民国世界文学经典译著·文献版（第五辑：英国美国小说）

◆长篇小说◆

The Forsyte Saga

资产家

[英]约翰·高尔斯华绥 著
王实味 译

上海三联书店

图书在版编目(CIP)数据

资产家 / [英] 约翰 · 高尔斯华绥著；王实味译 .
—上海：上海三联书店，2018.4
ISBN 978-7-5426-5835-7

Ⅰ . ①资… Ⅱ . ①约… ②王… Ⅲ . ①长篇小说—英国—现代
Ⅳ . ① I561.45

中国版本图书馆 CIP 数据核字（2017）第 040554 号

资 产 家

著　　者 / [英] 约翰 · 高尔斯华绥
译　　者 / 王实味

责任编辑 / 陈启甸
封面设计 / 清　风
责任校对 / 江　岩
策　　划 / 嘎　拉
执　　行 / 取映文化
监　　制 / 姚　军

出版发行 / 上海三联书店
(201199) 中国上海市闵行区都市路 4855 号 2 座 10 楼
电　　话 / 021-22895557
印　　刷 / 常熟市人民印刷有限公司

版　　次 / 2018 年 4 月第 1 版
印　　次 / 2018 年 4 月第 1 次印刷
开　　本 / 650 × 900　1/16
字　　数 / 520 千字
印　　张 / 34
书　　号 / ISBN 978-7-5426-5835-7 / I.1208
定　　价 / 156.00 元

敬启读者，如发现本书有印装质量问题，请与印刷厂联系 0512-52601369

出版人的话

中国现代书面语言的表述方法和体裁样式的形成，是与20世纪上半叶兴起的大量翻译外国作品的影响分不开的。那个时期对于外国作品的翻译，逐渐朝着更为白话的方面发展，使语言的通俗性、叙述的完整性、描写的生动性、刻画的可感性以及句子的逻辑性……都逐渐摆脱了文言文不可避免的局限，影响着文学或其他著述朝着翻译的语言样式发展。这种日趋成熟的翻译语言，推动了白话文运动的兴起，同时也助推了中国现代文学创作的生成。

中国几千年来的文学一直是以文言文为主体的。传统的文言文用词简练、韵律有致，清末民初还盛行桐城派的义法，讲究"神、理、气、味、格、律、声、色"。但这也在一定程度上限制了情感、叙事和论述的表达，特别是面对西式的多有铺陈性的语境。在西方著作大量涌入的民国初期，文言文开始显得力不从心。取而代之的是在新文化运动中兴起的用白话文的句式、文法、词汇等构建的翻译作品。这样的翻译推动了"白话文革命"。白话文的语句应用，正是通过直接借用西方的语言表述方式的翻译和著述，逐渐演进为现代汉语的语法和形式逻辑。

著译不分家，著译合一。这是当时的独特现象。这套丛书所选的译著，其译者大多是翻译与创作合一的文章大家，是中国现代书面语言表述和中国现代文学创作的实践者。如林纾、耿济之、伍光建、戴望舒、曾朴、芳信、李劼人、李葆贞、郑振铎、洪灵菲、洪深、李兰、钟宪民、鲁迅、刘半农、朱生豪、王维克、傅雷等。还有一些重要的翻译与创作合一的大家，因丛书选入的译著不涉及未提。

梳理并出版这样一套丛书，是在还原中国现代文学史上的重要文献。迄今为止，国人对于世界文学经典的认同，大体没有超出那时的翻译范围。

当今的翻译可以更加成熟地运用现代汉语的句式、语法及逻辑接轨于外文，有能力超越那时的水准。但也有不及那时译者对中国传统语言精当运用的情形，使译述的语句相对冗长。当今的翻译大多是在著译明确分工的情形下进行，译者就更需要从著译合一的大家那里汲取借鉴。遗憾的是当初的译本已难寻觅，后来重编的版本也难免在经历社会变迁中或多或少失去原本意蕴。特别是那些把原译作为参照力求摆脱原译文字的重译，难免会用同义或相近词句改变当初更恰当的语义。当然，先入为主的翻译可能会让后译者不易企及。原始地再现初时的翻译本貌，也是为当今的翻译提供值得借鉴的蓝本。

搜寻查找并编辑出版这样一套丛书并非易事。

首先确定这些译本在中国是否首译。

其次是这些首译曾经的影响。丛书拾回了许多因种种原因被后来丢弃的不曾重版的当时译著，今天的许多读者不知道有所发生，但在当时确是产生过一定的影响。

再次是翻译的文学体裁尽可能齐全，包括小说、戏剧、传记、诗歌等，展现那时面对世界文学的海纳百川。特别是当时出现了对外国戏剧的大量翻译，这是与在新文化运动影响下兴起的模仿西方戏剧样式的新剧热潮分不开的。

困难的是，大多原译著，因当时的战乱或条件所限，完好保存下来极难，多有缺页残页或字迹模糊难辨的情况，能以现在这样的面貌呈现，在技术上、编辑校勘上作了十足的努力，达到了完整并清楚阅读的效果，很不容易。

“民国世界文学经典译著・文献版”首编为九辑：一至六辑为长篇小说，61种73卷本；七辑为中短篇小说，11种（集）；八、九辑为戏剧，27种32卷本。总计99种116卷本。其中有些译著当时出版为多卷本，根据容量合订为一卷本。

总之，编辑出版这样一套规模不小的丛书，把世界文学经典译著发生的初始版本再为呈现，对于研究界、翻译界以及感兴趣的读者无疑是件好事，对于文化的积累更是具有延续传承的重要意义。

2018年3月1日

[英] 約翰·高爾斯華綏 著

王實味 譯

資產家

中華民國二十五年七月初版

高爾斯華綏肖像

序

在中國以戲劇家聞名的高爾斯華綏，在英國文學裏他所站的位置，無寧是一個寫實主義的小說家。那使他在劇壇上成名的第一篇劇銀盒，是在一九〇六年出版，同時，他贏得小說家地位的第一部大作資產家也是在這個時候與世人見面。此時作者剛好四十歲，從作家的年齡說來，正是青年時代。在此以前，高爾斯華綏在三十歲左右的時候，也曾發表了一些小說，可是和他以後成熟的作品相比較起來，只不過是些習作而已。資產家才是他成熟作品的第一部，在這個意味上，這部小說是小說家高爾斯華綏最重要的一部傑作。這部長篇的故事，本來是當作一個獨立的小說而寫的，可是過了十二年之後，作者在一九一八年忽又發表了短短的一段插話似的中篇小說，起名叫某一福賽的晚春（Indian Summer of a Forsyte），其中在資產家裏出現過的兩個主要人物在此又復重現。過後，作者好像醉心於福賽一門的命運似的，接着在一九二〇年發表了訴訟（In Chancery），和覺醒（Awakening），翌年又發表了出租（To Let）。這三部大作和兩段中篇的插話便在一九二二年，用福賽家故事（The Forsyte Saga）的名字，作爲一冊而出版了。過後，在一九二四年發表了白猿（The White Monkey），一九二六年發表了銀匙（The Silver Spoon），一九二八年發表了白鵠之歌（The Swan Song）。這三部大作，又加一九二七年發表的兩段插話，一個叫沈默之求愛（A Silent Wooing），一個叫路旁之人（Passers By），又作爲一冊，在現代喜劇（Modern Comedy）的名字之下，於一九二九年出版。這一部現代喜劇，和前述的福賽家故事，一共六大冊巨著，總稱爲福賽家年代記（The Forsyte Chronicles）。一般以爲高爾斯華綏敍述福賽家的事，似乎在此已完成了。不料在一九三〇年又出現福賽家插話集（On Forsyte Change），一九三一年又出現了侍女（Maid in Waiting），一九三二年出版了開花的曠野（Flowering Wildness），一九三三年出版河的那一面（Over the River）。這三部作品又復總稱叫故事的結末（End of the Chapter），繼續在前兩部大作之後，完成了作者所計畫的福賽家史。河的那一面據說是在作者去世的前一日才寫完的，那麼，假如作者不死，也許福賽家史還要繼續下去也不可知。可是，只就他已完成的這三部曲來看，已足叫我們吃一大驚。一方面覺得高爾斯華綏氏精力的過人，因爲除開這幾部大作而外，他還留得有許多短篇小說、論文、小品以及戲曲等。又一方面，又使我們感到作者對於他寫小說的工作看得如此眞摯神聖。因此，更使我們覺得作者寫的不只是一篇小說。正如作者自己所計畫，也如一般批評家所相許的，這十幾部大書所構成的三部曲，乃是英國中流以上的紳士階級的歷史，這三部鉅著中經過的年代足足有五十餘年，這五十餘年中英國紳士階級的隆盛，變遷，衰亡，他們的傳統，他們的思想，他們的道德，他們的感情，都呈現在這裏面。作者所描寫的，乃是這一個階級的道德的組織，社會的組織，同時又暴露出這組織的弱點。可以說一部英國中流社會的興亡史，都呈現在這裏面了。而資產家剛好是這一部英國社會史的起首，從這個意味說來，這部作品，不惟在他的作品中是重要之作，就在我們拿來當成一部英國的社會史讀也是極重要的作品。在這裏面，高爾斯華綏爾後所想描寫的，都已略具了一個雛形。

在這部作品裏，我們看出了福賽一家所代表的英國人。他們正如書中一位福賽的叛離者小岳里昂所說：

『福賽（所代表的）是經紀人，是商業家，是社會的柱石，是風俗習慣的基礎，是一切烜赫堂皇的東西。……至低限度的估計，在我們皇家學院底學者之中，要占四分之三是福賽，在我們小說家中要占八分之七，在新聞界要占一大部分。在科學方面我不知道。在宗教方面，他們更是煊赫的代表者，在下院中也許比任何地方都多，貴族方面更不用說了。』

這樣大多數的代表者的福賽們，有着怎樣的特色呢？在資產家裏，我們看見他們全體共有的特質，也看見他們各個特有的素性。看見他們對於生、死、幸福、名譽等的觀念，看出他們對於行爲、宗教、戀愛及藝術等的解釋。我們又看見他們的家宴，他們的晚餐，他們的結婚，他們的葬式。在這種種具體的動作裏，一貫地所表現出來的他們的特質，便是所謂自己保存的利己主義，由此而生出所謂的「財產意識。」他們的房子，他們的錢財，他們的妻子，他們的兒女，他們的幸福，健康，無一樣在他們不是當成財產來看。這意識是他們至死不放手的，而他們的悲劇，痛苦，也便在因欲把持着這個意識而生的爭鬥上。金錢便是這種意識的具體表現，所以他們凡是不能用金錢來衡量的東西，便不能了解，因此，藝術的價值，在他們看來，只是它的賣價能值多少而已。土地在他們也只是在它能值多少價錢，所以當書中的玖恩問她的叔祖詹姆士怎麼不在鄉間去建房子時，詹姆士就臉一紅說：

『爲什麼？買地皮——你以爲我買地皮有什麼好處，蓋房子麼？——那我底錢連四分利息也拿不到。』

『那有什麼要緊呢？你可以得到新鮮的空氣。』玖恩說。

『新鮮的空氣；我要新鮮的空氣來幹嗎呀，

因於這種財產意識的福賽們，便因此而處處都喜歡照着老規矩做。他們決不客觀地來觀察自己，因為『決不站在第三者的位置來看你自己，這乃是最妙的自己保存。』他們也不討論思想，因為他們每個的心，就如書中另一人物斯維沁一樣『自朝至暮，腦裏很有活動。』他們正如書中的主人公布新萊所說的一樣『要有整齊規則，然後才得了自尊，這在生活裏和在建築裏都是一樣』所以他們拼命地要求規則相整齊，因而成了因襲道德的支柱，成了風俗習慣的基礎，痛恨一切新的，他們所沒有見聞過的東西。因為這些東西，便是意味着在威脅他們的安全。福賽家人這種守舊因襲的心理，便由作者在另一部書中很明白地表示出來：

『我相信我的父親，我的父親相信我父親的父親，我父親的父親相信我父親的父親的父親，他們即是替我造財產，替我保管財產的人。我相信這國家是我們一手造成的，而我們便要保持着國家這種現狀。……』

這即是福賽們的信條。他們互相之間，雖是那麼猜忌，一個深怕別一個比他找的錢多，而婦女們更巴不得那一族中發生點什麼醜聞，以便互相談論，以消磨那沒有法子可以消磨的歲月，可是一旦遇着有什麼新的人物或者新的行動要來破壞他們的安全時，便立又合爲一體，互相團結起去抵禦。在他們這種財產意識所生的道德組織之下，便藏得有這種安全意識來維繫着。福賽們自然不是奴隸，他們雖只有在因襲道德，社會傳統允許之下，儘可自由行動的。惜乎他們這種規則與整齊，大半已成了形式的東西，已經沒有支持在眞正的團結統一的力量上，因此，一代一代地傳下去，這家族也就逐漸地瓦解。這在資產家裏還只是一個萌芽，它的衰亡之跡，便可在其餘的福賽史裏看得出來了。

這種以財產意識爲基礎的福賽們，對於社會有如何的貢獻呢？這裏我們又舉小岳里昂的話來，作一個抽象的說明：

「他們確是佔有英國人之半數，還是較好的半數，安全的半數，是那三分利息的半數，是那重要的半數。使一切能夠實現的便是他們的財產與安全。使你的藝術成爲可能，使文藝科學甚至宗教成爲可能，都是他們。要沒有並不相信這一切而只把它們拿來利用的福賽們時，我們將變成怎樣的狀況去了呢？……大半的建築師畫家和著作家們都沒有信仰，福賽們也是一樣。藝術、文藝、宗教之得以延續存在，是由於很少幾個眞正信仰這些東西的瘋子們，和利用它們作爲交易而賺錢的福賽們，……」

因爲這個原故，無怪福賽們要自以爲是社會的柱石，國家的棟梁。相信他的道德關念，傳統思想卽是最合理的，最實踐的，行之全世皆可通，行之萬世而不變的，於是處處都不拿別人看他的眼光來看自己，而是拿自己的主觀，偏見，利己主義以及財產意識等來衡量一切事物了。可是天下事竟有以福賽這樣的力量也不能支配的。在此，我們觸到了資產家的內容來。

資產家的主人公是一個叫索米斯福賽的人，他正是福賽精神最完美的一個代表者。他處身立世，處處都在他所代表的社會因襲傳統，道德規律之內，是一個決不會跌倒的人。『像他那樣精神怯懦着可以跌倒的環境的人，怎樣會跌呢？一個人站在地板上，決不會跌的。』因此，他以爲理性和謹愼便可防止一切危險。可是偏巧是他的夫人會和一個非福賽的靑年藝術家發生起戀愛來。作者高爾斯華綏，便是藉這種個人不可抗的情慾，寫出它和福賽們所確立保障的道德制度的衝突。一面是福賽們激烈的願望，想用傳統、因襲、偏見等以繩制別人的生活，一面是不知有法律規則的個人的熱烈的慾念，作者在這書中曾說道：

「愛情並不是一種溫室中的家花，而是一種野生的雜草。是一夜風雨，或一陣陽光卽可發生出來的東西。是野生的種子，被一陣狂風沿路吹來而發芽的。這荒野的植物，當偶然開在我們的園中時，我們就叫它做鮮花，而當它偶然長在我們園子的藩籬外時，我們就輕視之爲雜草。可是，鮮花也好，雜草也好，它的顏色，香味，終歸是野性的。……這種野性植物發生的地方，男子和女人，只不過是圍繞着這蒼白色的，火焰似的花兒的飛蛾吧了。」

愛以因襲道德限制人的福音們，便以受了教堂許可結婚的戀愛，即是長在園子裏的植物，便謂之鮮花，而將一切不正當的戀愛都輕視爲雜草，可是荒狂的愛情，是不受這種東西範圍的，作者這段比喻說得很清楚了。可是，書中那一對飛蛾似的情人是如何終結呢？結果是男子死於車下，女人復又回家，索米斯終於得勝，這部作品也就於此終場了。

一般評論家們，都以爲高爾斯華綏處理這一對情人，令人不很滿意。作者極力在說愛慾的荒狂野性，可是作品中所表現出的兩人的愛情，却是一點也不荒狂，一點也不野性。主人公並沒有那種不顧一切與世界挑釁的悲壯，確僅只是俯首帖耳於社會因襲之下的哀愁，亞里斯多德曾說悲劇給與人的感情，是哀憐和恐怖。那麽，在資產家裏我們所得的只有哀憐，一點也不感恐怖。像托爾斯泰寫 Anna Karen na 那種令人不敢卒讀的感情，在高爾斯華綏的作品却找不出來」有人甚至說作者不能描寫極深刻的感情，因此反而是他作品銷行的原因，因爲深刻悲壯的感情是一般人所不敢去感覺的。在我個人的意見，我覺得這是寫實主義者高爾斯華綏，和作福賽家史的高爾斯華綏所不得不然的，高氏在這部作品裏，爲我們表現了福賽們的兩種最基礎的特質。一種是「財產意識，」上文已說過了。還有一種，是他們決不把他們整個的心身，寄在一件事物上，用小岳里昂的話來說，便是：『要讓任何東西使你忘了神也是很危險的——一所房子，一張圖畫，或是一個女人……』。這個是因爲自利主義的福賽們決不會爲自己以外的事物而忘記自己——這是太不安全了。在這樣實際的世界裏，在這樣平凡的人物中，而描寫荒狂野性，不顧一切的深厚感情，不是與背景有一點不調和麼？我們不要忘記高爾斯華綏是在寫的福賽一家。

又從寫實主義者的高爾斯華綏來說，他對於藝術描寫的主張，便是公平地從各方面去描寫他所看出來的事蹟，既不參加他自己的意見，也不迎合公衆的趣味，只是照事實寫事實而讓讀者於其中去找到他所能得的敎訓。他處理一個社會問題的方法，便只是從各方面把這問題所應說的都說出來，此外就在他的範圍以外了。在這部作品裏，作者是存心在描寫一個以壓制感情爲金科玉律的階級，它的精神和它的心理，因而他不描寫個人感情的奔放，只停筆於這階級最典型，最代表的性格，這也是無可奈何的事。譬如書中主人公的索米斯，便不是一個個性，而是福賽家的一個典型。作者在別的地方曾提到福賽們既不善也不惡，只是有時可悲有時可笑。所以他描寫索米斯也不是當成一個惡人來寫，他只是一個不自知地做了傳說因襲的奴隸而就自以爲是自由的人。他自己信奉這種因襲道德，同時也拿這種因襲道德去要求人家信奉一旦遇有和這道德反抗的人物事件，而又和他利害相衝突時，他便覺得受了無限的苦，可是還不知道這是爲的什麼來。作者寫他時，用的是十分的同情，一點也沒有加以惡意。對於他拿一定要保持婚姻的神聖，不許他的妻子離婚去自由嫁心愛的人，作者在妻子的立場上，已把這問題寫得很清楚。同時作者並沒有忘記了做丈夫的索米斯的這一面。這方面便由小岳里昂的幾句話語，總括起來：

『「這一切的核心」他想，「乃是財產，」但有許多人不願這樣說。對於他們，這乃是「婚約的神聖。」但婚約的神聖依賴於家族的神聖。家族的神聖則依賴於財產的神聖，而我還以爲這一切人們，都是那一點財產也沒有的上帝的信徒呢，這眞怪！

『(可是)在我回家的路上，我是不是要請我遇見的任何窮人去分吃我的餐食呢？要是那樣做，飯於我就太不夠吃，尤其是我的妻就太不夠吃，而她又是我底健康和幸福所必需的。也許，索米斯使用他的權利，並用他實際的力量去贊助那神聖的財產原理到底是對的。這原理對於我們一切人都有益，只除掉那些——因這辦法而受苦的人。』

一部資產家便是這麼地使我們看見許多可悲可笑的事，使我們看見在某種生活原理支配之下的複雜的人生，看見時時都有的，因這種原理而生出苦樂衝突的社會。作者不在描寫個人，而在敍述社會，反而因此，這部作品以及後來的幾部大作，在小說史上佔着了很重要的位置了。

讀完了資產家時，很令人想起中國的紅樓夢來。同是一樣地一邊是想藉以調整生活的堅牢的禮敎，一邊是個人無可奈何的情慾，同一樣暴露出禮敎在這種情熱下面，並無一點能力，可是也同一樣地現示出在受情慾的支配，又受禮敎的束縛的人們，比那禮敎更爲無力。同樣地兩部書中的主人公都是死的死了，降服的也降服了。作者所給與我們的只是弱者的可憐，並不是情熱的奔放。同樣地兩者都沒有那種叫人恐怖的深刻感情。可是這在資產家方面，便爲他客觀地描寫的社會背景而爲人所注目。而在紅樓夢方面，幾百年讀者都要浸潤在主觀的共鳴裏，認爲這卽是深刻的感情，這卽是書中的一切，由此看來，東西對於文學的看法，不是給人以一個明白的對照麼？

民國廿五年三月　張夢麟

資產家目錄

第二部

第三部

目錄終

資產家

第一部

一　岳里昂翁府上的「家宴」

凡是有這種特權可以參與福賽家家宴的人，都曾見過那種動人而且與人以教訓的光景——一個服裝煇煌的上層中產階級的家庭。可是在這些有榮幸的人們中，無論誰，如果他具有心理分析的才能（這是一種沒有金錢價値的才能，福賽家的人們當然不屑注意）那他所見的景象，不僅是好看，而且也顯示出一個隱微的人類問題。更明顯點兒說，他從這家族——各房互相敵視，各族人間決沒有所謂同情的這家族的聚會中，就可以看到了那種神祕而堅固的團結之明證，這團結便是足使一個家族，成爲一個極強固的社會單位，一個極淸晰的小社會縮影。他就可以看出了那隱約的社會進化的道路，他就可以了解一點兒族長的生活，野蠻的游牧人羣的聚集，民族的興起與衰落了。他就像是這麼一個人：從一棵樹初種時起，看着它生長起來——

——做一個堅强，特出與成功的模範，與它同時的許許多多比它纖維較鬆，汁液較少，軀幹較弱的樹木都死去了——終有一日會看見它變得柔嫩而繁密，茂盛得幾乎令人厭惱，花開得如火如荼。

一八八六年七月十五日，約下午四點鐘時分，偶然在斯坦霍門福賽岳里昂翁府上與會的觀察者所看見的，許就是福賽家人最興隆昌盛如火如荼的景象。

這天是一個家族宴會，爲的是慶祝岳里昂翁的令孫女福賽玖恩小姐與斐力布斯萊先生的訂婚。家人們都穿戴着雍容華貴的淺白手套，淡黃背心，羽飾和禮服到來與會——甚至連安姑太太也到了，這位姑太太，她現在是絕少離開她底兄弟狄莫塞那綠色客廳的屋角的；在那兒，她整天坐着，一面看書一面織東西，面前有一個淡藍色的花瓶插着染色的潘巴草（pampas grass產於南美阿馬孫河畔之pampas草原，極美觀，可作裝飾——譯者）做成的羽飾屏蔽着，她周遭有福賽家三代人物的肖像圍繞着她。甚至連安姑太太也到場了；她那挺直的脊背，她那靜穆的老臉上的威嚴，正足以代表這家族的嚴峻的所有慾的思想。

當一個福賽訂婚、結婚或出生的時候，福賽們便都要到場；當一個福賽死的時候——但這時還不曾有一個福賽死過，他們是不死的；死這回事與他們的主義相反，他們小心着提防死，用那種忿恨他們的財產被侵佔的富於生命力的人們之本能的小心提防死。

這天，與一羣別的客人混在一起的福賽們，有着一種不只是平常整潔的外貌，一種警戒般的詮索的決斷，一種鮮明觸目的岸然可敬，就像是他們裝扮着為要向什麼東西挑釁似地。索米斯福賽臉上那種成了習慣的嗤人以鼻的神氣，已經傳給了一切的福賽們；他們在提防着。

他們在態度上所表示的這種下意識的侮慢，使岳里昂翁的『家宴』成了他們家族史上心理學的倏間，使它成了他們底戲劇之開幕曲。

福賽們在忿恨着什麼東西，並不是個人的憤恨，而是全家的憤恨；這忿恨就在他們過分的衣飾整齊都麗中，在他們豐富的家人間的和愛中，在一種誇張的門閥尊大中，還在那種嗤人以鼻的神氣中把他自己表現出來。福賽們所嗅出的乃是危險；（危險這東西是引出任何社會團體或個人底基本性質時所極不可少的）危險的警覺使他們底防衛矜持更加顯明。他們整個一家，破天荒第一次得了一種直覺，覺得他們與一種奇異而危險的東西接觸了。

正靠有鋼琴有一個又高又胖大的男人，他那寬闊的胸膛上穿着兩件背心，在較平常的事故中他只穿一件緞背心扣一個鑽石別針，這天他却穿了兩件背心並扣着一個紅寶石別針；他那剃光的方形老臉顏色就像是蒼白的熟皮帶着顏色很薄的兩眼，在他那緞子衣服的上面現出最威嚴的樣子。這位乃是斯維沁福賽。另一個是他孿生的兄弟傑姆士，靠近着窗口，在那兒他可以得到比他應得分量更多的新鮮空氣；像那胖大的斯維沁一樣，他也有六尺多高，但很瘦弱——老岳里昂稱這兩兄弟爲胖的那個和瘦的那個——就像是生來和那胖的哥哥扯一個平衡似的，他底背永遠是俯着，此刻在對着那情景沉思；他那灰色的眼睛裏有一種專注於某種心頭煩惱的神情，時而又因把周遭的事情迅急地觀察一下而打斷了他底深思；他那因兩條平行的縐紋和一片長而剃得精光的上唇而顯得更瘦的兩頰，被丹得列利（Dundreary）式的頰鬚圍繞着。他手裏不斷地摩弄着一件瓷器。他底獨子索米斯離他不遠，正在聽一個穿櫻色衣服的女人談話；他面色蒼白而剃得極光，髮黑色已經頗有些禿了；他把他底下巴翹向一旁，把他底鼻子弄成上述那種嗤人以鼻的樣子，就像在輕蔑一個他知道他不能消化的鷄蛋似地。他底堂兄弟喬治在他後面，這喬治是福賽家第五房羅格爾先生底公子，很高，多肉的臉上有着一種狡惡的樣子，正在默思着他底冷諷的笑話之一。

一種與這訂婚事件相關聯的東西使他們都受了影響了。

彼此緊挨着坐成一行的有三個婦人——安姑太太，赫士德姑太太（這是福賽家兩位處女，）還有柔麗（這是柔麗亞的縮名）姑太太，最後，這一位當巳屆中年時，竟縱情忘我，嫁了一位體質不好的塞卜狄廝斯摩爾。她底丈夫已經死了許多年了。現在她同她底姊姊和妹妹一道兒住在貝斯瓦特路，她那第六的，最幼的弟弟狄莫塞家。這三個婦人每人手裏都拿着扇子，每人都穿着顏色衣裳，更佩着羽飾和胸針，足證這勝宴之莊嚴。

在房間的正中央，在那燭盤下面，這家族中的酋長岳里昂翁自己站在那兒，這地方正適合一個東道主。他很有族長的風度：年齡八十歲了，皓髮如銀，圓額如像穹窿形的屋頂，眼小作灰黑色，白的八字鬚大極了，蔓延下垂直到他那堅强的牙床之下；而且，雖然兩頰瘦削而太陽穴也凹陷了，他好像具有永恆的青春似地。他把他底身體挺得非常筆直，他那犀利沉靜的兩眼一點也沒有失去它們炯炯的光芒。因此他給人一個崇高的印象，超越出小人物們那種懷疑和憎惡。無數年來他都是任所欲爲，閱時既久這巳經成了他的權利了。因此，他從不曾覺得需要現出疑慮與挑釁的樣子。

在他與在場的其他四位兄弟——傑姆士，斯維沁，尼古拉斯和羅格爾之間，有着非常的不同，又有着許多的相似。照樣，這四位兄弟之中的每一位也與另一位很不同，而却又很相似。

從這五張不同的面孔與表情看來，可以特別看出在這表面的不同之下，有一種共通的下領的昂然穩定，這便是他們這一族的印記，它底來源在有史以前太久了，要稽考也無從稽考起，它是太邈遠太永在了，討論也無從討論——它正是他們家裏財產的憑據與保證。

在小一輩的人當中，在高大的雄牛樣的喬治身上，在蒼白熱情的亞奇拔特身上，在頑固得可愛而誘人的小尼古拉斯身上，在莊嚴的，裝着决然態度的烏斯塔士身上，也有着這同樣的印記——也許比較模糊些吧，但有却是確鑿無訛的——一種這家族靈魂中某種不會消滅的東西之表象。

在這天下午，這一切如此不同又如此相似的臉子都有時現出一種不信任的表情，這表情的對象，無疑地是他們今天被邀集來同他們晤識的那個男子。

斐力布新萊據一般人所知是一個沒有財產的人，但福賽家的姑娘們從前也曾與這種人訂過婚，而且也曾眞正嫁了他們。所以，福賽們心裏的疑懼並不完全是爲了這個原因。因爲被家庭間的閒談謠論弄得迷霧般的模糊，連他們自己也不能說明這疑懼的來源了。無疑地，曾有一段閒話被人傳說他在循例去拜訪安，赫士德，柔麗三位姑太太時，戴着一頂淡灰色的帽子——一頂淡灰色的帽子，甚至還不是新的——一個灰土土的東西，帽頂簡直不成樣子。「非常地奇特，我親愛的——非常地怪！」赫士德姑太太從那昏黑的小門廊走過（她是頗近視的）曾努力想把它從一張椅上「嗾」走，把它當作一隻外來的卑劣貓子——她們底貓兒湯米竟有這類下流朋友！看見它不動時她簡直有些惶然了。

像一個藝術家永遠搜求着要發現有意義的，足以具現出一幅景物，一個地方或一個人的全體性格的小物事一樣，這些不自覺的藝術家們——福賽們——便本能地抓住了這帽子；它便是他們表現全體的小物事，整個事件的意義便都具現在這點小東西上；因為每人都曾問他自己：「我且問一問「我」會不會戴着那種帽子去作那種拜訪呢？」每人都答道，「不會！」還有幾個人比別人更富想像力，進一步加說：「我連想也永遠不會想到！」

喬治聽到這段故事獰笑了一下。這帽子顯然是戴了開玩笑的！他自己就是一個這類玩笑事的賞鑑家。

『太傲慢了！』他說，『這野蠻的海賊！』

於是『海賊』這諧趣字樣，便從這人口裏傳到另一人口裏，後來人們談論到布新萊時，都喜歡引用這名詞。

玖恩底姑奶們為了這帽子的事後來曾埋怨她。

『我們以為你不應該讓他戴那帽子，親愛的！』她們說。

玖恩用她那倨傲斬截的態度作答，正表現她為人意志的倔強：

『呵！那有什麼關係呢？斐爾從不注意他穿戴的是什麼東西！』

沒有一個人以這種豈有此理的答語為然。一個人會不注意他穿戴的是什麼東西？不會，不會！

這位與岳里昂翁公認的遺產承繼者玖恩訂婚，因而使自己得到莫大利益的青年，究竟是怎樣一個人呢？他是一個建築師，這職業的本身也並沒有戴那麼一個帽子的充分理由。福賽們沒有一個是作建築師的，但他們中間有一位認識兩個建築師，而這兩人是決不會在倫敦社交中戴那麼一個帽子去作這種關乎禮制的拜訪的，危險呀——啊，危險！

玖恩呢，當然沒有看到這一層；可是，雖然還不滿十九歲，她在家族中已很有名頭了。她不是會向索米斯夫人——她是常常打扮得很美麗的——說過羽飾是村俗的麼？索米斯夫人也眞正不再戴羽飾了，親愛的玖恩是如此坦率得厲害！

這許多疑懼，這種不贊成與十分眞正的不信任，並沒有阻止福賽們接到老岳里昂底請柬不來聚會。在斯丹霍門舉行一次『家宴』是萬分不易逢到的；十二年以來從沒有舉行過一次，眞正沒有自從老岳里昂夫人死了以後。

他們從沒有過這樣一次這麼多人的聚會，因爲，雖然他們有許許多多的不同，他們依然是神祕地聯合在一起，他們齊舉起了武器來抵禦一個共同的危險。像牛羣一樣，當一隻狗來到牧地中的時候，它們便頭挨頭肩挨肩地站好，預備撲上去把那侵入者踏死。同時，無疑地，他們之來也爲了要看看人家到底希望他們送什麼禮物；因爲雖然結婚禮品的問題，常常是這樣酌定——『你要送什麼呢？尼姑拉斯要送羹匙哩！』——但卻十分是視新郎爲何如人而轉移。如果他是漂亮，整齊，很有興旺氣概，那就更要送他精緻的東西；他會希望這種東西的。結果，在一種家人的商酌裁定之下（這種酌裁之得到結果，其經過就像是債券交易所之講妥價錢一樣，）各人恰好送了他應該送的適當的東西——恰到好處的精緻物品是在貝斯瓦特路狄莫埜那宏偉的紅磚所建造的住宅中規定的，這住宅下面就是公園，安柔麗和赫士德三位姑太太都住在這兒。

福賽家人之不安，只一提那帽子便足以知道是有道理的。那是多麽不可能而且謬誤呀，假如有一個家族，對於與外表體面有關的事（外表體面是偉大的上層中產階級之永在的特徵），竟而不感覺不安的話！

那使人不安的人正在遠處門旁站着，同坎恩談話；他底捲髮有一種蓬亂的樣子，就像他發覺了他周遭發生着的事體有點異常似地。同時他還有一種只有他自己在意識着一種可笑事的神氣。

喬治側身向他底兄弟烏斯塔士說道：

『他樣子就像是他會忽然逃走——這傲慢的海賊！』

這個『樣子奇怪極了的人』，照斯摩爾夫人以後對他的稱呼，是中等身材，强壯結實，面色蒼白而帶褐色，有灰白的上髭，顴骨凸出得很大，兩頰凹陷。他底前額向後傾斜到頭頂，並在他底眼睛上面凸出成爲隆起形，如像我們在動物園中獅房裏所見的前額一樣。他有西班牙舍利酒(Sherry)色的眼睛，有時會使人惶惑地的對人不注意。老岳里昂底車夫在驅車把玖恩和佑新萊送到戲院以後，曾向那管家說道：

「我不知道他是怎樣的一個人。在我看他就像是個半馴服的豹子似地。」

時而有一位福賽走來，橫步走過去，對他看一眼。

玖恩站在他的前面，擋着他們這種無聊的好奇心——她是個很瘦小的女子，就像有人曾說過似地，「就只有頭髮和精神，」她有着無畏的藍眼睛，堅實的牙床，鮮紅的氣色，她底面龐和身體與她那滿頭紅金色的頭髮對襯之下，好像是太嬌弱不勝似地。

一個有着美麗身材，曾被這家族中的人比作異教女神的女人，站在那兒帶一個隱約的微笑看着他們兩人。

她那戴着法國灰色手套的兩手彼此交叉着，她那莊嚴而動人的臉兒斜向一邊，近前一切男人的眼睛都在凝視着這面孔。她底身段微微擺動，身段是如此平衡，就像空氣都可以使她動着一般。她底兩頰上有着熱力，但很少血色；她那大而黑的兩眼很溫柔。但男人們所看的乃是她底雙唇——問一個問題，回一句答語，帶着那種隱約的微笑；它們是富於情感的，風流香膩的唇，好像會吐出溫熱與芬芳，如像一朵花的溫熱與芬芳一樣。

這被這麼觀察着的訂婚的一對兒，並沒有覺到那靜默的女神在看他們。最先注意到她的乃是布新萊，他問她底名字。

玖恩把她底愛人帶到那身材美麗的女人面前。

『夷倫是我最好的密友，』她說；『你倆也要作好朋友才好哩！』

這小婦人說過這句命介語後三個人都微笑了；當他們正笑着的時候，索米斯福賽悄悄地從那美身段的女人身後現了出來（她乃是他底妻子，）說道：

『啊！把我也介紹一下！』

實在，在公衆宴會中他是絕少遠離夷倫身邊的，即令在因社交上偶然的事故而分開時，也可以看到他用他底兩眼追隨着她，在眼裏有着奇異的，監視和渴慾的表情。

他底父親傑姆士依然在那窗口細細搜察那件瓷器上的產地。

『我對於老喬里昂答應這件婚事很覺不解，』他向安姑太太說。『人們告訴我他們會要過許多年後才能結婚的。這少年『不』新萊（他故意把布新萊的『布』字唸作『不，』與一般習慣相反）一個大也沒有。當溫尼弗雷嫁達悌時，我曾使他把所有的錢都拿來作爲妻子的財產，幸而如此，否則現在他們也會沒有一個大了！』

安姑太太從她那天鵝絨椅子上擡頭看了一下。她前額覆披着灰色的捲髮，這捲髮幾十年來都不曾改變過樣子，它把這家族中的一切時間的觀念都除去了。她不回答，因爲她輕易不說話，節省着她那老了的喉音；但對於有內疚的傑姆士，她這一看正如一句答語一個樣。

『是的，』他說，『我對於夷倫之沒有錢是無能爲力的。索米斯太性急了；他只顧侍奉着她，弄得身體都瘦了。』

發氣地把那瓷碗放在鋼琴上，他把眼光溜向門畔的那一羣。

『我底意見是，』他突然地說，『事情就是這樣也好。』

安姑太太並不問他解釋這句奇異的話語。她知道他正在想什麼。假若夷倫沒有錢，她就不會這麼蠢去亂來，因爲人們說——人們說——她正在要求與丈夫分居；可是，當然，索米斯並沒有——

傑姆士把她底幻想打斷了：

『可是』他問，『狄莫塞在哪兒呢？他沒有同他們一道兒來麼？』

從安姑太太那緊閉的雙層間勉强露出一個溫柔的微笑：

『沒有，他覺得來是很不謹愼的，像現下白喉症這樣流行着而他底身體又是很容易傳染疾病的。』

傑姆士答道：

『呵，他倒很會關心他底身體。我就不能像他那樣子當心我自己。』

要想說他這話中的主要成分是欽佩，是忌妒，還是輕蔑，這是很不容易的事。

實在，人們是很少看見狄莫塞的。他是這福賽家的最幼的一員，職業是出版家。幾年以前，當事業還正十分興隆的時候，他就嗅出了事實上在當時尙未到來的營業不振（不過大家都說這不景氣是一定會來的，）於是他便賣掉了他在一個主要出版宗教書籍的公司中所有的股票，把一筆頗大的價款投資於三分利息的政府公債了。爲了這行爲，他立卽取得了一個孤立的地位，因爲再沒有別一個福賽願把他底錢投資於四分以下利息的事業的；同時，這種孤立漸漸地，確實地毀損了一個普通以上的小心翼翼的精神，他差不多變成一種神話——一種安全穩妥之化身，出沒於福賽世界的內幕。他從沒有冒昧結過婚，也沒有子女來拖累他。

傑姆士把他底話又接下去，輕拍着那件瓷器。

『這並不是眞正的烏斯特（Worcester，英國城名）古瓷。我猜老岳里昂總告訴了你一點關於那年青人的事了吧？據「我」所知道的一切，他是沒有職業，沒有收入，而且沒有值得說起的親族的；不過呵，我什麼也不知道——沒有人告訴我任何事情。』

安姑太太搖頭。她那方下巴的，鷹樣的老臉抖顫了一下；她那兩手蜘蛛腿樣的手指彼此交叉緊扣着，就像是她在隱微地再裝强她底意志似地。

因爲比一切的福賽們都長幾歲，她在他們中間保有一種特殊的地位。機會主義者與自利主義者的這全家人，都在她淸正的福躬前低首下心——不過他們實在並不比他們底鄰人更加投機和自利——但當機會太好時，他們除了躱避她還有什麼辦法呢！

把他瘦長的兩腿屈動着，傑姆士繼續說下去：

『岳里昂，他總好任所欲爲。他沒有孩子——』他把話停住了，想到了老岳里昂底兒子，玖恩底父親小岳里昂依然在活着；這小岳里昂曾做了那樣一件壞事，遺棄了他底妻和孩子與那外國女家庭教師一道私逃，把他自己底命運斷送了。『好的，』他急急又把他底話接下去，『假如他喜歡做這種事，我想他是有能力的。呵，他打算給她多少呢。我想他會給她一千鎊一年；他底錢再沒有別人可遺給了。』

他伸出他底手去與一個短小精幹面孔剃得精光的人握手，這人頭上一根頭髮也沒有，鼻長而不平，口圓，冷然的，灰色的眼睛生在長方形的額下。

『喂，尼克呀，』他聲音低沉地說，『你好麽？』

尼古拉斯福賽就像鳥兒一般敏捷，樣子就像是一個聰明得不可思議的小學生（但他已經十分合法地從他經理的公司中賺了一份大家產，）他把他那更冷然的指尖放進了那冷然的手掌中又趕快縮了回去。

『我病極了，』他說，撅着嘴——『整禮拜都不好；夜裏不能睡。我那醫生也說不出爲什麽。他是個聰明的傢伙，否則我也不會要他，但我除了賬單之外再不能從他得到什麽了。』

『醫生！』傑姆士說，話語變得有些火氣了；『爲了我們這個或那個「我」把倫敦所有的醫生都試過了。從「他們」是得不到滿意的；他們什麼也說得出看，斯維沁在那兒。他們爲他治好了什麼？他在那兒；他比前此更胖；他大得駭人；他們不能使他底重量減輕一點兒。看看他罷！』

又高又大又闊的斯維沁福賽，凸胸鳩様的胸膛上穿着兩件發亮的背心，大搖大擺地向他們走來。

『唉——你們好呀？』他用他那富家公子哥兒的語調說，把好字的發音聲母特別地加重（這困難的聲母“h”由他加意保護是絕對安全的）——『你們好麼？』

每個兄弟在看着另外兩人時都帶一種煩惱的神情，從經驗知道他們將要盡力菲薄他底疵病。

『我們正在說哩，』傑姆士說，『說你並不見瘦點兒。』

斯維沁凸出着他那無光的圓眼睛用力聽着。

『瘦點兒？我倒是剛好的，』他說，把身子微向前傾，『一點也不像你瘦得像柴棒兒似地！』

可是，恐怕失掉了他前胸的寬闊，他又把傾向前的身子收回成一種穩靜不動的狀態，因爲他對於整齊漂亮的外表再看重不過了。

安姑太太輪着她那老眼看看這個又看看那個。她底眼色是嚴肅而又帶着姑息。這三位兄弟也一個個都看着她。她日漸龍鍾了了不得的女人！八十六年如一日；也許還會再活個十年的，雖然從來身體並不健壯。斯維沁與傑姆士兩位雙生兄弟只有七十五，尼古拉斯不過一個七十左右的孩子而已。他們都健壯，推想起來是很可告慰的。在他們所有的東西中，各人底健康，自然地爲他們所最關心。

『我自己本身是很好的，』傑姆士繼續說，『不過我底神經有點兒毛病了。一點兒事就煩惱得我要死。我將不得不去拔斯城洗温泉。』

『拔斯城！』尼古拉斯說。『哈路哥特的温泉我也洗過。洗澡是沒有用的。我需要的是海邊空氣。耶摩斯港再好沒有看罷，一到那兒，我就睡得——』

『我底肝病壞極了，』斯維沁慢慢地摻進來說。『這兒痛得厲害；』他把他底手放在腰際。

『你太少運動了，』傑姆士不耐煩地說，他底眼睛看着那瓷器。他又急急加說道：『我那兒也有些痛的。』

斯維沁臉漲紅了，他底老臉現得好像土耳其鷄。

『運動麽！』他說。『我運動得太多了：我在俱樂部就從來不坐電梯。』

『我不知道，』傑姆士急忙說。『我對於任何人都什麽也不知道；也沒有人告訴我任何事情。』

斯維沁很命盯了他一眼，問道：

『你底肝痛你怎麽辦的呢？』

傑姆士得意了。

『我，』他說，『服了一種混合的——！』

『你好麽，叔祖？』

玖恩站在他底面前了，她那勇毅的小臉兒從她那小身體上擡起看着他那高個子，伸出着她底手。

傑姆士臉上那種得意逝去了。

『你也好罷？』他說，愛意地俯視着她。『原來你明天就要到威爾士去拜望你愛人底姑母們麽？在那里你會老過着雨天哩。這不是眞正的烏斯特古瓷。』他把那碗輕拍一下。『聽我說，當你母親結婚時我給她的那一套才是眞正烏斯特古瓷哪』。

玖恩同她底三位叔祖一個個握過手，轉身向着安姑太太。那老婦人臉上現出一個非常可愛的樣子；她因熱情而抖顫着吻女孩子底頰。

『呵，我親愛的，』她說，『原來你要離家一整月麼！』

女孩子向前走去，安姑太太從後面看着她那細弱的小個兒。老太太底眼睛開始泛出一層淚水，就像鳥眼的薄翳似地；她熱切地跟踪看着她在那忙亂的人羣中，因爲這時人們開始在告辭了。她底指尖彼此緊壓了又緊壓，又在忙着聚集着意志力，準備對於自己最後不可免地也要告別。

『是的，』她想，『大家都非常好；許許多多人來慶賀她。她應該很快樂了。』

在那門畔的一羣人之中——那衣飾整潔的，從律師，醫生，證券交易所經紀人，以及各種上層中產階級職業者家庭中來的人們——福賽家人僅佔五分之一；但在安姑太太眼中他們好像全都是福賽們——當然這是沒有多少不同的——她僅只看到她自己底血與肉。這家族就是她底世界，她再不知道別的世界，也許永遠不曾知道過任何別的世界。他們一切的小祕密，一切的病痛，訂婚，結婚，他們生活情形如何，他們是否在賺錢——這一切便是她底所有，她底快樂，她底生命；在此以外，就只有一種模糊不清的，沒有實際重要的人與事之迷霧了。這便是她輪到死時她要捨棄的世界；這就是給與她那種尊嚴，那種沒有它便沒有人願意生活下去的內心自尊的東西；這世界她熱切地依附着，帶一種日漸加甚的貪慾依附着。如果生命是漸漸從她溜去，這便是她要保留到臨終的東西。

她想到了玖恩底父親，同那個外國女孩子私逃的小岳里昂。啊！對於他底父和他們大家是怎樣一個可悲的打擊喲！那樣一個前途不可限量的青年人！雖然總算萬幸，小岳底妻子並沒要求離婚，沒有鬧成社會的新聞，但終是一個可悲的打擊！是許久許久以前了！當六年前玖恩底母親逝世時，岳便與那女子結了婚，據她聽說他們現在已經有兩個孩子了。可是，他已經再沒有權利來到這兒使她對家族的尊嚴不能感到十全十美，剝奪了她應有的看見他和吻他的快樂；她對於他本是那樣地引以自豪的，他是那樣一個前途不可限量的青年人！這思潮在她那頑固的老心裏，與一種忍受了許久的創傷之痛苦混合起來，使她更加難過。她眼裏泛出了一點淚水，她偷偷地用一塊最精緻的蔴紗巾把兩眼揩乾。

『喂，安姑母？』她後面一個聲音說。

臉剃得精光的索米斯福賽，肩也平整，頰也平整，腰也平整，但他整個的外貌却帶一點隱祕的圓胖意味；他兩眼下視而斜睨着安姑母，就像要把眼光透過他自己底鼻梁似地。

『你對於這婚事作何感想呢？』他問。

安姑母底眼光傲然地落在他身上；自從小岳里昂離開家庭以後，他便是最長的姪兒，現在他是她最喜愛的後輩了，因爲她從他身上認出了一個這家族精神的眞正繼承者，這精神不久將爲她所不能保有了。

『那青年人倒很好，』她說；『而且他還是個很好看的青年人哩；不過我懷疑他是否親愛的玖恩十分合適的愛人。』

索米斯摸摸一隻金漆燭臺的邊兒。

『她會使他馴服的，』他說，偸着把他底手指濕一濕去磨擦那些凸起的球形。『這是眞正的古漆；現在不易得到了。要在約伯孫店裏出賣一定很可以賣點錢。』他很有興味地說，好像他覺得他在使他底姑母高興起來似地。他像這般推心置腹是少見的。『我自己也願要它，』他加說：『古老的漆器總可以得到大價錢的。』

『你對於一切這類事情眞聰明極了，』安姑母說。『親愛的夷倫好麼？』

索米斯底笑容消逝了。

『倒還好，』他說。『只是說她失眠；他比我睡得好得多，』他看着他底妻，她正在那門畔同布新萊談話。

安姑母嘆了口氣。

『也許，』她說，『她不同玖恩這般要好會好點兒。她是那麼一個剛毅的人，親愛的玖恩！』

索米斯臉上一紅，那紅色很迅速地越過他平整的兩頰而集中在兩眼之間停止在那兒，這表示他思想很煩惱。

『我不知道她看上了那輕浮小東西什麼好處，』他發怒說，但看到他們跟前又有了別人，他轉過身又開始端詳那隻燭臺。

『有人告訴我岳里昂又買了一所房子，』他父親底聲音在近旁說；『他一定很有錢——他底錢一定多得他不知怎樣處置了！據說房子是在孟特白列方場；與索米斯家鄰近他們從沒有告訴我——夷倫從沒有告訴我任何事情！』

『地址的位置好極了，離我家不到兩分鐘的路程，』斯維沁低聲音說，『從我家裏驅車到俱樂部我也只要八分鐘哩。』

福賽們住宅的位置對於他們簡直有生命相關的重要，這也無足驚異，因爲他們成功發達的整個精神都由此具現了。

他們底父親是農家子，於十九世紀初葉從杜塞州來到倫敦。他底相識們都把他稱作『超等的杜塞州福賽，』他本業石匠，後來陞到了建築大匠的地位。在他底暮年，他遷居來到倫敦，直到死依然以建築爲業，死後葬於巍峨門。他遺留下了三萬鎊以上的財產給他底十個兒女。老岳里昂如果偶然談到他時，說他是『一個健實渾厚的人；並不十分文雅高尚。』第二代的福賽們實在覺得他於他們並不十分光榮。他們所能在他性格中找到的惟一有貴族氣味的一點，乃是他有喝馬德拉（Madeira）名酒的習慣。

對於家族歷史最爲淵博的赫士德姑太太描寫他道：

『我記不起他曾做過什麼事情；至少，在我那時候是如此。他是一個——有許多房屋的人呀，我親愛的。他底頭髮顏色差不多同你叔父斯維沁一樣；身體很壯大的。高？不很高喲』一（他身高五尺五寸，臉上有些斑點）；『一個面色很鮮健的人呀。我記得他常喝馬德拉酒；不信去問問你安姑母看。他父親是怎樣一個人麼？他——呵——他與杜塞州靠海邊的田地是有關係的。』

傑姆士有一次自家去看他們祖先發祥的這地方究竟是怎樣一個地方。他發現了兩所古老的農莊，有一條車轍深陷入那淡紅色土質的大車路，通到海岸邊一個磨穀處；還有一所圍牆有壁柱的灰色小教堂和一座更小更灰的禮拜堂。那發動磨穀機的溪流潺潺流下去化作十數條小河，在這河口周圍有豕類在獵食。一眼看去只見着是迷漫的霧氣。大概原始的福賽們曾有好幾百年很知足地雙足深陷泥中，面向着海，一禮拜又一禮拜地在這泥沼中走着。

無論傑姆士在去時是否抱有到那兒找到一種遺產或一種頗名貴的東西的希望，他回到城裏時是很垂頭喪氣的，於是可憐地只好盡力把這件失敗的工作裝點起面子來。

『從那兒是尋不到什麼東西的，』他說：『是一個平常的鄉下小地方，像那些丘陵一般古老。』

這地方底古老算是一種慰安。有時非常現得誠實的老岳里昂，在談到他底祖先時常這樣說『鄉農——我想是很無足道的人們。』但「鄉農」這名詞他總要重覆說幾遍，就像它會予他以慰藉似地。

這些福囊們，他們個個都很騰達，已成了所謂『頗有地位的人』了。他們在一切事業中都有股份，只是還沒有購買國債——狄莫塞要除外——因爲他們生活中再沒有像把錢去幹三分利息營業這樣可怕的事了。他們也搜集圖畫，也作那種有利於他們底害病僕役的慈善機關之贊助人。他們從他們那建築家的父親遺傳了一種對於磚瓦泥灰的才幹，也許在原始時代是什麼邪教的團員吧，現在他們循着自然之路，成了英國國教會的會員了；他們並使他們底妻子兒女，頗按時地到這首善之區較時髦的教堂去聽道。要懷疑他們對於基督教的信仰就會使他們既痛苦而又驚訝。他們中間也有幾個人在教堂裏出錢付座席費，藉此以最實際的方式表示他們對於基督教義之同情。

他們底住宅位於公園周圍，隔着一定的距離，像崗警一般監視着，惟恐他們慾望貫注的這倫敦市的中心花園，會從他們掌握中滑去，撇得他們自視不如前此那樣高。

老岳里昂住在斯丹霍門廣場；傑姆士夫婦住在公園街；斯維沁住在海德公園大廈內幾間

橙黃淡碧的冷清而闊綽的房間中——！他從沒有結過婚，他從不的！——索米斯夫婦結愛巢於武士橋畔；羅格爾夫婦構居於皇子花園中；（羅格爾是個出色的福賽，他曾抱有而且實行了一個思想，教他底四個兒改營一種新業務『收買房產——再沒有比這更有出息的事了！』他常說；『我就從來不幹別的事』）

再說到海曼斯夫婦——海曼斯夫人是那一位嫁了的福賽姊妹——他們住着一所高高地踞在坎布敦山上的房子，這山樣子就像是一隻長頸鹿，而且高得直使人看時會頸頷子扭筋；尼古拉斯一家住在雷白魯森林，一所買得非常便宜的大住宅，最後，但非不重要、狄莫塞住在那貝斯瓦特路，安赫士德與柔麗三位姑太太在他底保護之下與他同住在那兒。

不過傑姆士這半天老是在沉思着，現在他問他今天的主人兼老哥，在孟特白里方場買的那房子掏了多少價錢。在過去兩年中，他自己也曾在那兒看上了一所房子，不過房主要的價錢太大。

老岳里昂把他購置這房屋的詳情覆述了一遍。

『可以住二十一年麽？』傑姆士重覆說；『正是我要買的那房子——你買的價錢太大

了！』

老岳里昂縐了縐眉。

『我這麼說並不是我想要這房子，』傑姆士急急說；『如果像這樣大價錢就不合我底目的了。索米斯知道那房子的，好啦——他會告訴你你出價太昂了——他底意見是很值得聽從的。』

『我對於他底意見一點兒都不重視，』老岳里昂說。

『好的』傑姆士抱怨地說，『你要任行己意——這是個好主意。再會！我們要驅車往赫林翰公園去。我聽說玖恩就要往威爾士去。你明天就要孤寂起來了。你想怎樣消遣呢，你最好到我們那兒去同我們一道兒吃飯！』

老岳里昂拒絕了。他走出前門，看着他們上了他們那四輪輕車，向他們擠了擠眼，已經忘記了他底怒氣——傑姆士夫人面向前邊的馬匹坐着，她高而莊嚴，有着褐色的髮；夷倫在她底左手——那父子兩位丈夫坐在前面正對着他們底妻子，好像在期待着什麼似地。老岳里昂看着他們在陽光下馳去，在那彈簧坐墊上搖擺着跳躍着，默不作聲，車子動一下他們也隨着動一下。

在車行途中傑姆士夫人打破了沉默。

『你們不曾見過這麼一大羣光怪陸離的人們罷？』

索米斯從眼皮下看了她一下，點點頭，同時他看見夷倫悄悄把她那不可捉摸的眼光看他一下。這是很可能的，大概福賽家的每一枝派在驅車從老岳里昂底『家宴』中馳去的時候，都曾說過這種話。

在最後告辭的客人中，四老爺尼古拉斯與五老爺羅格爾一起步行而去，他們底腳步沿着海岱公園向地下鐵道的普雷街車站走去。像一切其他有了相當年紀的福賽們一樣，他們也有着自己底馬車，而且永遠不僱乘街車，如果他們有任何方法避免的時候。

天色很晴朗，公園中的林木正是六月中旬枝葉茂密最美觀的時期；這兩兄弟好像並不注意外面的景象，雖然這景象很有助於散步與談話之舒暢。

『眞的，』羅格爾說，『她是一個好看的女人，那索米斯底妻子。我聽說他們不大和諧哩。』

這位兄弟有着高高的前額，面色是一切福賽中最紅潤的；他那淡藍色的眼睛打量着路旁市屋的前部，時而把他底傘拿平把各房屋不同的高度作一種如他所謂『太陰法的測量』

「她沒有錢，」尼古拉斯回答說。

他自己就娶了個很有錢的老婆，因爲他結婚時，正是婚後婦人財產法尚未施行的黃金時代；得力於這筆錢，他便用它使自己發達起來了。

「她父親是個怎樣的人呢？」

「他名叫西龍，是一個教授，我聽說是如此。」

羅格爾搖搖頭。

「幹這頑意兒是不會有錢的，」他說。

「人們說她母親底父親是個士敏士廠主哩。」

羅格爾臉上現出了高興的樣子。

「但是他後來破產了，」尼古拉斯繼續說。

「啊！」羅格爾驚呼說，「索米斯同她在一起定會有麻煩；你記着我底話好啦，他定會招麻煩——她樣子有些異怪。」

尼古拉斯舐舐他底脣。

『她是個美麗的女人，』他把一個要穿過街去的淸道夫揮向一旁。

『他怎樣把她娶到手的呢？』羅格爾立時問。『她底衣着一定花了他不少錢哩！』

『安告訴我說，』尼古拉斯囘答，『他爲了她幾乎發狂了。她拒絕過他五次。傑姆士爲這事很煩惱，我看得出。』

『啊！』羅格爾又說；『我很替傑姆士難過；爲了達悌的事他已經煩惱一次了。』他那紅潤的面孔因身體的活動更加明亮，他把他底傘更常常地揮到他底眼際。尼古拉斯也帶一種高興的樣子。

『我覺得太蒼白了些，』他說，『但她底身材眞是頂刮刮了！』

羅格爾不答。

『我要說她是容色超羣，』他終於說——『這是福賽字典中最高的讚詞。』『那青年布新萊永做不出什麼好事來的。我在白捷特酒店聽人家說他是一個那種好藝術的傢伙——抱着一種要想改良英國建築的思想；幹這個玩意是不會有錢的！我倒願意聽聽狄莫塞對於這事要說些什麼。』

他們進了車站。

『你要坐幾等車呢？我坐二等。』

『我是不坐二等的，』尼古拉斯說：『在二等車裏你眞不知會傳染上什麽。』

他打了一張往諾丁山門的頭等票，羅格爾打了一張往南肯沁敦區的二等票。一分鐘後火車來了，這兩兄弟分了手各人進了各人底車廂。各人都因對方沒有改變他底習慣同自己在一起多呆一會兒而覺得不高興；羅格爾在心裏說：『老是一個頑固的乞丐，尼克！』尼古拉斯向自己說：『羅格爾老是一個乖僻傢伙！』這福賽們的心裏很少有感傷成分。在那已爲他們征服而他們也已沉沒於其中的偉大的倫敦城中，他們會有什麽閑暇去感傷呢？

二　岳里昂翁到戲院去

在第二天五點鐘的時候，岳里昂翁一個人坐着，脣間啣着一枝雪茄煙，身旁桌上有一碗茶。他倦了，在未把那雪茄吸完以前他已經睡熟。一個蒼蠅釘在他底髮上，他底呼吸在那沉滯的靜默中發聲很響，他底上脣在他那白的上髭下一伸一縮的。那雪茄烟從他那血管暴露而有縐紋的手的手指之間掉落在那空的火爐中自家燒完了。

在這不透明的玻窗遮去外邊景物的陰沉小書齋裏，充滿着暗綠色天鵝絨和花樣刻得極繁的紅木傢具——對於這一套傢私老岳里昂常常說：「無疑地它們終有一日將可以賣一筆大價錢！」

想着在身後他可以把賤價買來的東西賣得高價，他覺得很愜意。

在那種一個福賽底住宅後部房間所特有的豪華的褐黑的雰圍中，他那靠在他底高背椅墊子上的白髮大腦袋，與這雰圍相襯得很有荷蘭畫家雷布郎那黑白分明的圖畫情調，但這情調被他那八字鬍給破壞了，因為這八字鬍使他底臉上帶了點軍人氣概。一座四十年以前他還未結婚便跟着他的老鐘，依然在一秒一秒地滴達響成忘妒的音調，這每一秒鐘都永遠再不能為它底老主人所有了。

他從來不很高興到這房間，除掉要從那角落裏的日本式櫃櫥中取雪茄以外，他從這一年尾到另一年尾很少走進去，這房間現在可以報復他了。

他底兩太陽骨在那深陷着的兩頰之上，就像茅屋頂似地彎曲着，他底顴骨與下巴在睡覺中都擠得尖了，他底臉上已經有了一種記號說明他是一個老人。

他醒了。玖恩去了！傑姆士會說他會很孤寂。傑姆士常是一個可憐的東西。他很心滿意足地追想他壓過了傑姆士買到手的那所房子。老是斤斤論價，這霉頭觸得他正好；那傢伙他就只想到錢。可是他是否出錢太多呢？那房子要費許多的手脚去，——他敢說在他把玖恩這事體弄完結以前，他會需用他一切的錢。他根本就不應該答應這個婚約。她是在柏恩斯——建築家柏恩斯和白爾博家裏遇見這布新萊的。他相信那柏恩斯——這個人他認識，有點兒老太婆氣——是布新萊底姑丈。以後她就常常追求着他；而當她起意要怎樣時，是無法阻止她的。她總是不斷地愛同這些沒出息的人相親。這個傢伙沒有錢，但她定要同他訂婚——他是一個輕浮不顧實際的傢伙，那會使他自己墮入無底止的困難境遇中。

有一天她很輕率地來見他並把事情告訴他了；而且，就像是安慰他似地，她加說道：

「他是如此的好。他會整禮拜只吃可可茶過活！」

「他想要你也只吃可可過活麼？」

「呵，不的；現在他境遇日漸好了。」

老岳里昂把他底雪茄從他那鬍梢被咖啡染黑了的八字鬍下拿掉，注視着她，那如此緊抓着他底心的，瘦小的小東西。他對於「順境」比他底孫女知道得多了。可是她，在用她底兩手抓住他底兩膝以後，又用她底下巴磨他，做出一種小貓嗚嗚般的聲音。把雪茄烟灰磕下，他在煩惱的絕望中叱咤說：

「你們全都是一樣的：在沒有得到你所要求的東西以前，你們是不會滿足的。如果你定要自討苦吃，你就討好了；但我一點不願參加意見。」

因此，他對這事完全不過問，只提出一個條件，要布新萊每年至少能賺四百鎊時才準他們結婚。

「我是不能給你很多錢的，」他說，這口調是玖恩聽慣了的。「也許這位什麼人會供給你可可吃罷。」

自從這事情開始以後，他很少看見過她底影子。眞糟！他絕無意給她一大筆錢，好讓一個他毫無所知的傢伙去過閑怠的生活。他從前已經看見過這種事情了；結果絕不會好。最糟的是，他要想撼動她底決心是沒有希望的，她就像一匹騾子似地頑固，從兒時就是如此。他不知道事情如何結果他們必得量布裁衣斟酌過活。在他未看到這青年布新萊有自己底收入以前，他是決不讓步的。這玖恩顯而易見地要同這傢伙發生問題；他之不懂得賺錢就同一條牛一樣。至於這次跑到威爾士去拜訪那青年男子底姑母們，他想着她們定是些老貓婆。

老岳里昂一動不動地瞪着墻壁；假使不是眼在睜着，你也許以爲他是熟睡着……竟會以爲那小畜生苶米斯配給他忠告！他一向是個小畜生，把他底鼻子翹上天！隔一會他還要成一個有錢的人了，在鄉下蓋一所住宅一個有錢的人麼哼！像他底父親一樣，他常常嗅着有沒有便宜的交易，一個冷血的小乞丐！

他站起身向那壁櫥走去，開始從圓圓一大捆雪茄烟中抽出烟來，很有條理地裝滿他底烟匣。那些烟按價論貨色倒不算壞，但如今你得不到好雪茄了，再沒有雪茄能比上往昔那漢孫普利格公司所出的老牌超等雪茄了。那才算得一支雪茄哪！

這思想像一種悄悄襲人的香味一樣，使他想起當初新在里士滿（Richmond）公園那些令人驚賞的夜中，吃過晚飯後在『皇冠節笏』飯店的平屋頂上，與尼古拉斯特列夫利，特拉桂，傑克赫林，和安東尼桑倭綏等坐着吸煙的時候了。他底雪茄在那時是多麼好呀！可憐的老尼古—

——死了，傑克赫林哩——也死了，特拉桂哩——爲了他那妻子而死了，桑倭綏哩——龍鍾極了（這無足異，像他那樣的食量。）

在他昔日一切的儕輩中，好像就只剩他自己還在着——斯維沁當然要除外，他那樣胖大得令人生氣，所以他並沒有怎麼衰老。

簡直很難相信這是許久以前的事，他覺得他依然是年青的！當他站在那兒數他底雪茄時，這是他一切思想中最辛辣最苦澀的。像他這樣子頭白如雪而又寂寞，他在心裏却依然是青春年少的。而那些在漢斯特荒原(Hamstead Heath)上消磨的禮拜日下午，那時小岳里昂常與他出去散步，順着西班牙路到巍峨門，到兒童山，又同到那荒原上在傑開斯托飯店用餐——他底雪茄在那時又是多麼美味呀！而且那時的天氣又是那樣好！現在簡直沒有好天氣了。

當玖恩是個五齡小兒的時候，在每隔一個禮拜日他帶她到動物園去，離開了她底母親與祖母那兩個好婦人，在那熊洞的頂上，把小圓餅作餌安在他底傘端去餵她所喜歡的熊，他底雪茄在那時又是多麼甜美呀！

雪茄！他底衰老甚至還沒有使他底味覺失去哪，——那1840—1850年間人們所信服的著名的味覺，人們談到他時常說道：『福賽——他是倫敦味覺最好的人！』這味覺在某一意義上曾爲他治了財產——那受人稱讚的茶商福賽與特列夫利的財產，他們底茶同任何一家底茶都不一樣，有着一種香味，一種十分少見的眞正好茶的可愛處。在倫敦商業區福賽與特列夫利底住所周圍，有着一種在特別港埠特別船上作特別東方貨物之特別交易的業務與神祕的空氣。

他曾工作於那種事業！在那些日子人們是眞正地工作！現在這些青年小狗子很少有知道工作這字的意義的。他曾精通一切細情，了解一切進行的事件，有時爲它整夜的不睡覺。而且他常是親自選擇代理店，爲此很引以自傲。他常常說，他那會看人的眼睛，便是他成功發達的秘訣，而施用他這種巧妙的選擇力，乃是他在那一切事業中所眞正喜歡的事。像他那樣有才能的人，做那事業是大才小用了。即令在現在，當那事業已經變成有限公司，而且正在營業衰落的時候（他許久以前已經把他底股份賣掉了），想到當時他還感到一種深刻的懊惱。他本可以多麼更有作爲的喲！他定可以在律師界成大名的！他甚至還想過要作國會議員咧。尼古拉斯特列夫利是怎樣地常常向他說：『你什麼都能做的，岳，假若你不是這樣太愛惜你身體的話！』親愛的老尼古那樣一個好人只太放縱了一點！那爲人注目的特列夫利「他」從來不愛惜他底身體。所以他死了。老岳里昂底手很穩定地數着他底雪茄，他心裏忽然想着不知他一向是否「太」愛惜他底身體。

他把他底雪茄烟盒放進外衣貼胸的袋裏，扣上衣服，走上了那通到他臥室的長樓梯，兩脚慢騰騰地向上挪，手扶着梯欄藉以省力。這所房子太大了。等玖恩出嫁以後（如果她眞會如他所猜測的一樣嫁這個人的話，）他就把房子出租，自己去租房間住去。僱十幾個僕人在家裏只吃飯不做事有什麼好處呢？

聽到他按鈴總管家走了進來——他是一個有鬍鬚的高大的人，脚步很輕，特別會沉默不作聲。老岳里昂叫他把他出門的衣裳拿出來。他要到俱樂部去用餐。

「車子送玖恩小姐到車站回來許久了呀？兩點鐘就回來了？那麼，告訴他六點半再來。」

岳里昂翁在正敲七點時走進去的俱樂部，乃是那些昔日昌盛現已式微的上層中產階級政治組織之一。雖然還被人談論起，也許正因爲還被人談論起，它露出了一種令人失望的無生氣。人們說『狄秀良』俱樂部已到了衰敗時期已經說倦了。岳里昂翁也會這樣說，但却用一種眞足以使皮氣好的俱樂部員生氣的態度不理會這事實。

『你爲什麼還要掛名在那俱樂部呢？』斯維沁常常十分惱怒地問他。『爲什麼你不參加我那「波里哥維」呢？在倫敦花二十先令買一瓶酒，你再沒有地方能買到我們那種海地西克酒了；』又把他底聲音微放和平地加說道：『這酒就只剩五千打了。我一生每天夜裏都喝它。』

『我要把這事考慮一下，』老岳里昂就這樣回答；可是當他眞正考慮這事的時候，常是有一個五十幾尼（guinea）金圓入會費的問題存在，而正式加入又得費四五年的時間他繼續考慮下去。

他要作一個自由黨員是太老了，對於他底俱樂部的政治主義他也久已不再相信，甚至還有人聽他說過它們是『劣貨；』而繼續作一個和他信條相反的會員，這却使他快樂他一向對於那地方就有一種輕蔑，參加它是在許多年以前人們因爲他是『商人』而拒絕他加入『胡克博克』俱樂部的時候。就像他並不如他們任何人一樣的好！他自然地鄙視這允許他加入的俱樂部。會員們是一羣不足道的傢伙，其中有許多在商業區——證券經紀人，律師，拍買經紀人之類！像大多數個性強而很少獨創力的人一樣，老岳里昂對於他所屬的那一階級不大看得起，他忠誠地遵行他們底習慣，社會的或其他方面的，却又私心覺得他們是『一班尋常人。』

年齡與人生哲學——他對於這些都已有他底份兒——已使他對於他在『胡克博克』俱樂部之失敗的記憶模糊了；現在，在他底思想中它是被記憶爲一切俱樂部之王。這許多年來他不可作它一個會員的，可是，爲了代他請求入會的人傑克赫林請求的手續弄糟了，他們沒有知道拒絕他是怎樣的錯誤。』哼他們對於他底兒子岳立刻就允許加入了咋，他相信那孩子還依然是一個會員哩；八年以前他曾接到過他一封從那兒發的信。

好幾月他沒到『狄秀良』去了，那所房子已經改成了雜色裝璜，人們在急於要賣掉舊房子舊船時，便是這樣裝璜它們。

『討厭的顏色，這吸煙室！』他想。『餐室的顏色很好。』

那黝暗的可可糖色中間雜着淡青的彩飾很中他底意。

他點了菜在一個屋角一張桌前坐下，這屋角正是那個屋角，這桌子也許正是二十五年前他每當假日帶同小岳里昂到杜魯利街那戲院去時所常坐的桌子。（主義幾乎與維新的狄秀良俱樂部，其中的東西却沒有很大進步。）

那孩子喜愛這戲院，老岳里昂又想起了他怎樣常常坐在他對面，在一種小心而又露破綻的冷漠之下隱匿着他底高興。

他給他自己也點了那孩子常常揀選的菜——湯，鱈白魚，肉片，和一種果餡麵點，呵！只要他正坐在他對面就多麼好喲！

他父子倆有十四年沒見面了。老岳里昂凝思着，在他自己和他兒子的事件中是否有一點過錯，這十四年中他像這般懷疑並不是第一次了。同那可愛的風騷女子丹尼桑倭綏（現名丹尼白魯·安東尼桑倭綏底女兒）作了一次不幸的戀愛，反動之下使他與玖恩的母親結了婚。他也許應該把他們底婚姻阻撓一下；他們太年青了；可是在見過岳那樣易受情感衝動之後，他只有十分熱心地望他結婚。四年以後劇變就來了！要贊成他兒子在那劇變中的行徑，當然是不可能的；理性與教養——作他底主義基礎的兩種有力因子之聯合——告訴了他這種不可能，但他底心受創了。那事件之可怖的殘忍，對於心毫無憐憫。還有玖恩那髮紅如火的小東西，她在他身上任何地方都爬過，把她自己屈繞糾纏着他——屈繞糾纏着他底心，這心生就是弱小無告的小東西底玩物與愛護之源。用他所特具的內在的明照，他看到他必得與這一個或是那一個分離；在這種情形之下是無法兩全其美的。悲劇就在這裏。而那弱小無告的小東西勝利了。他不願兼籌並顧，於是他同他底兒子分了手。

那次分手一直到現在沒見面。

他曾提議繼續給小岳里昂一筆減少數月的津貼，但這津貼被拒絕了，也許這拒絕比任何事更傷了他底心，因爲他最後一點兒內蓄的愛情的出口也隨之逝去了；更因而有了如此具體而堅實的破裂之證據，這種破裂的證據是只有一個錢財事件一種錢財的賜與和拒絕才能生出的。

他底餐食沒有什麼味。他那一瓶香檳酒是乾燥而苦澀，也不像往日那種『威武克利果』(Veuve Cliguots)酒了。

喝着那杯咖啡，他自己想着他要往戲院去。於是他在太晤士報上(他不相信別的報紙的)看當晚戲院的告白，戲目是『斐德里歐』(Fidelio)。

幸而不是一齣瓦格納(Wagner 德國著作家)那傢伙所作的那種新式日爾曼啞劇。

戴上了他那老式的聽戲用的帽子，(這帽子因用得過久，帽沿已經變得扁平了，帽口非常大看來就像是一種舊時代的象徵，）戴上了一雙很薄的淡荷色羊皮舊手套，（這手套有很濃的俄國皮臭照習慣他總是把它們放在他底外衣袋裏緊挨着他底雪茄煙匣，）他便跨進了一輛兩輪輕馬車。

車子順着各街道很活潑地轔轔前進，老岳里昂看到街上那種他未習見的熱鬧很爲震驚。

『這些旅館一定生意好極了，』他說。『不幾年以前這種大旅館還沒有一個。他對附近他所有的一些產業作了一個滿意的迴想。它底價值一定在飛漲！多麼熱鬧呀！

可是，從這思想他開始浸沉於他那些奇異的無關個人的幻想之一了，這種幻想是一個福賽所特別缺乏的，他之所以高出於他們其祕密有一部分就在這兒。人們是多麼渺小的東西，而人們又是多麼恆河沙數喲！他們都將怎樣結局呢？

下車時他絆了一下，一個錢也沒多給那車夫，他走向售票處去買他底正廳票，手持着錢袋站在那兒——他總是把他底錢裝在一隻錢袋裏，從不贊成那種把錢散放在衣袋裏的習慣，現今有許許多多年青人都是這麼幹的。那售票員傾身露出頭來，就像一隻老狗攢出狗洞一樣。

『啊呀，』他用一種驚詫的聲音說，『原來是岳里昂福賽先生呀！眞是的許多年沒看見您了，先生。唉喲！這年頭可不比從前了。怎麼！您同您底朋友，還有那個拍賣員——特拉桂先生和尼古拉斯特列夫利先生——您們每期定規要在這兒佔六七個正廳坐位的呀！您好吧，先生？我們都見老了喲！』

岳里昂翁眼裏的紅色更深了；他付了一幾尼的票價。他們還沒有忘記他。他聽着開幕樂的聲音昂然走進，像一匹老戰馬走上疆場一樣。

摺起他那上戲院的帽子，他坐下了，照老例把他那淡荷色的手套去下，架起眼鏡把院內周圍看了半天。後來把它們放下擱在他那摺起的帽子上，他把他底兩眼盯在臺幕上。他比前此更苦辣地覺得他是一切都完了。這戲院裏從前常常充滿着的那一切女人，一切美麗的女人都哪兒去了呢？他從前在等候一個大歌唱家上場時心頭那種感覺哪兒去了呢？他那種生命之陶醉與自己有力享樂那一切陶醉的感覺都哪兒去了呢？

他在當年是個最偉大的聽戲家！現在簡直沒有歌劇院了！瓦格納那傢伙把一切都毀壞了；再沒有美妙曲調了；也再沒有唱這種曲調的聲音了。呵！那些可驚的歌唱家們逝去了！他坐在那兒看着表演了許多舊的節目，心頭感到一種麻木的感覺。

從他那耳朵上邊的銀色鬈捲到他那有寬緊靴腰的漆皮靴裏的脚之姿式，老岳里昂身上毫無萎頓衰弱的徵象。他就像是極其相近地就像是他當年每夜到這兒來時一般挺壯；他底眼光同那時一般好——差不多一般好。但他有着怎樣一種倦怠與幻滅的感覺喲！

他一生向來有享樂一切事物的習慣，即令是不完美的事物——不完美的事物是很多的——他都很有節制地享樂它們，以便使他自己不衰老。可是此刻他底享樂能力拋棄了他了，他底人生哲學也拋棄了他了，只給他撇下了這種一切都完了的可怕感覺。連那四人歌隊，那佛羅利安歌也無力驅除他那孤寂的陰暗了。

只要岳在同他一起就好了！那孩子現在定已四十歲了。他已經把他獨生子底生命浪費了十四年。而岳也不再爲社會人士所不齒了。他已經結了婚。岳里昂翁曾不自禁地對於這行爲表示他底好感，寄了一張五百鎊的支票給他兒子。那支票在一封從『胡克博克』俱樂部發出的信中被退還了，信上寫着這些話：

『我最親愛的父親，

『你送我這筆很大的欵，足見你還沒有十分地以我爲不然。我把它退還你，但假如你覺得這樣是妥當的把它拿去生息將來遺給那個與我們同教名而且蒙恩與我們同姓的小孩子（我們把他起名叫做岳梨）我將十分欣幸。

『我十分衷心地希望你健康如常。

『愛你的兒子，

岳。』

這信正如那孩子之爲人一樣。他一向都是這麼柔順的傢伙。老岳里昂父送去這麼一封回信：

『我親愛的岳，

『這筆款子（五百鎊）在我底賬簿內記下爲你底孩子生息戶名寫作岳里昂福賽，並將按期依五分利息登賬。我希望你正在成功發達。我底健康現在仍然很好。

『致我底愛情與你，我是，

『你慈愛的父親，

『岳里昂福賽。』

每年一月一號，他使更加上一百鎊和應得的利息。數目日漸增加起來——到下一個新年就增至一千五百鎊有奇了！從這一年一度的事件中他曾得了多少滿足，這是很不易言的。但他們底通訊已中止了。

雖然他愛他底兒子，雖然他有一種刺激他評論人們底行為時不按道理而視結局的本能——這本能一部分是生來的，一部分是，如像與他同階級的千萬人一樣，是繼續飽經世故的結果——但在他心底裏是存着一種不安的。就事態而論，他底兒子是應該為衆所棄的；這種法條是在他所曾讀過的，聽說過的，親見過的一切小說中，戲詞中和戲劇中載着的。

在接到那退還的支票以後，他覺得好像在什麼地方有什麼事情錯了似地，他底兒子為什麼沒有為人所擯棄呢？可是，這又有誰知道呀？

當然，他曾聽說——其實是他專門去打聽出來的——岳住在聖約翰林，聽說他在威斯達利亞路有一所帶一個小花園的房子，並把他底妻帶去，去與人在社會上相交際——那無疑地是一種很奇異的社會——還聽說他們有了兩個孩子——他們把他取名叫岳梨的那小東西（就各種情形而論，這名字在他覺得很有點諷刺的意味，而老岳里昂是又怕又不喜歡諷刺的，）和一個結婚後所生的，叫作霍萊的女孩。誰能說他兒子底境遇究竟如何呢？他把他從他外祖父方面承繼得的進欵作資本加入了羅意保險公司，作了一個保險員；他還畫圖畫——水彩畫。老岳里昂知道這事，因爲自從他偶然在一家商店的櫥窗中看見一張泰晤士河風景畫下面簽着他兒子底名字以後，他時時祕密地去買它們。他以爲它們畫得不好，爲了那簽名而不把它們掛起來；他把它們鎖在屜子裏。

在那龐大的戲院室內，他起了一種可怕的渴望要見他底兒子。他憶起當年他常常把那穿着荷蘭絨布衣服的孩子放在他底腿彎下來回溜着玩的日子；他憶起他在他那小馬身邊跑，教他乘坐的那些時候；他憶起他初次送他進學校的那一天。他一向是一個愛他而又可愛的小東西！在他去到伊頓學院以後，他也許把那種討人喜歡的態度學得太多一點兒，這態度，老岳里昂知道只有在那一類地方而且要花許多錢才能得到；但他一向是和藹可親的。他常常是和易近人的，即令在劍橋大學畢業以後——也許有點太隔離了，爲了他受了那許多良好教育的原故。岳里昂翁對於我們底公立學校和大學的情感從沒有變動過，他令人感動地對於這種爲國中最高等人所專用的組織保持着他那驚賞而又懷疑的態度，對於這組織他自己不幸未有特權去享受：……現在玖恩走了而且離開了——或者說同離開了他並無二致，重行會見他底兒子一定是一種慰安。但想到這是對於他底家族，他底道德觀念和他底階級之背逆，他很覺內疚，於是他把他底兩眼注視着那個歌者。一個無價值的傢伙——一個下流無價值的傢伙！那佛羅利安更是塊木頭！

戲終場了，如今的觀衆們太容易滿足了！

在那擁擠的街上，他仕一位胖而比他年輕得多的紳士面前搶雇了一輛馬車，這車那紳士本以爲可以雇定了的。他住的那條街要從拍爾賣爾大街經過，可是走到轉角，那馬車夫不直穿過綠茵公園，反驅車轉向聖傑姆士街走去。老岳里昂把他底手從車中伸出來（他是不願讓車子多繞錯路的；）可是，一回頭，他看見他自己正到了那『胡克博克』俱樂部之前，於是那整晚在他心頭的那種渴望戰勝了。他叫那車夫把車停下。他要進去問問岳是否還隸屬於這俱樂部。

他走了進去，那大廳恰如當初他常與傑克赫林在這兒會餐時一樣，當時這兒的廚司是倫敦最好的；他用他那犀利直射的眼光把四周一望，使他一生比大多數人更享幸福的就是這眼光。

『岳里昂福塞先生還是這兒一個會員麼?』

『還是，先生；現在正在部裏，先生。尊姓呀?』

老岳里昂一楞。

『我是他底父親，』他說。

說過以後，他便站在那兒，背向着火爐。

小岳里昂正要離開俱樂部，已經戴好了他底帽子，正當他要穿過那過道時，閽者迎見他了。

他已經不再年輕，髮已漸變灰白，臉哩——除瘦點而外與他父親底臉一模一樣，有着同樣的大而下垂的八字鬚——也顯然衰老了。他面色變得蒼白起來。經過這許多年以後，這種會見簡直可怕，因爲世界上再沒有像一幕演劇似的場面般可怕的事了。他們見面一言不發地互相握手。接着，那父親聲音顫着說：

『你好吧，我底孩子?』

那兒子回答道：

『你好吧，爹爹?』

老岳里昂底手在他那薄的淡荷色手套中發顫。

『如果你與我同路，』他說，『我可以邀你同車。』

於是就像習慣了每夜彼此一塊兒回家一樣，他們走出去跨進了馬車。

老岳里昂覺得他底兒子似乎長大了。『完全是一個大人了，』這是他底評語。在那兒子本性和藹可親的臉子上，已經蒙了一種頗有冷諷意味的假面具，就像他在他一生的遭際中發現了防衞具之必需似地。他的眉目當然是一個福賽的容色，但那表情却更像是一個學者或哲學家的內省樣子。無疑地，在這十五年的過程中，他曾不得不對自己作過許多次的反省。

小岳里昂第一眼看到他底父親時，他無疑地感到一種震驚——他樣子是那樣地衰頹而老耄。可是在馬車中，他却好像很少變樣子，依然有着那永不能忘的沉靜態度，依然是硬朗而且目光犀利。

『你看來很健康，爹爹。』

『貓貓虎虎，』老岳里昂回答。

他焦急得要命，他覺得他必須把這焦急用言語表達出來。像這樣把他底兒子賺了回來，他覺得他必須知道他底經濟狀況。

『岳，』他說，『我很願聽你告我你底境況如何。我想你總負債了吧？』

他這樣說是爲了好使他底兒子容易自承些。

小岳里昂用他那冷諷的語調答說：

『並不！我並沒有負債！』

老岳里昂覺得他發了氣，於是把他底手摸了摸。他冒了個危險，不過，這也值得的：岳從來沒有向他發過怒的呀。他們不再說話了，繼續驅車向斯丹霍門前進。老岳里昂請他進去，但小岳里昂搖頭。

『玖恩不在這兒的，』他底父親急急說，『今天離家去作一種拜訪去了。我想你總知道她已經訂了婚快出嫁吧？』

『可就訂婚了麽？』小岳里昂低沉地說。

老岳里昂跳下車，在付車費時，他生平第一次把一塊金鎊誤當作一個先令給那車夫了。

把那錢幣放在嘴裏，那車夫悄悄地鞭擊馬腹飛快地去了。

老岳里昂用鑰匙輕輕地開了鎖，推開門，作了㗊手式。他底兒子看見他莊嚴地把他底外衣掛起，臉上帶一種打算要偸櫻桃的孩子似的表情。

餐室的門是開着的，煤氣燈擰得很小；一盞酒精燈在一隻茶盤上發出嗞嗞聲；在茶盤近旁，有一隻樣子很冷嘲似的貓在那餐桌上熟睡着。老岳里昂立刻把它『嗾』跑了。這小事故在他底感覺上是一種輕鬆；他把他那聽戲戴的帽子在那畜生後面搖得哰啦響以驅逐它。

『它身上有虱子了，』他說，跟着它走出房去。在那過道中通到地下室的門口，他大聲『嘶』了好幾遍，就像藉以幫助攆走那貓子似地，直到偶然的巧合，那管家從下面現了出來。

『你可以去睡，巴費，』老岳里昂說。『我會鎖門熄燈的。』

當他又進入餐室的時候，不幸那貓子已先他而入了，把尾巴向上翹着，宣示它對於這不要管家上來的策略，自始就看透了。

老岳里昂全生的家庭策略運用中，都有一種不幸追隨着。

小岳里昂忍不住微笑。他是善於諷刺的，而這天晚上一切的事於他都似乎很可笑。那趕貓的故事，那他自己底女兒的訂婚。原來他現在與她無關，正與他同這貓一樣了！這種報應很使他覺得有趣。

『玖恩現在樣子如何？』他問。

『她是個瘦小的小東西，』老岳里昂答說；『人們說她像我，但這是瞎講。她倒更像你底母親——眼睛頭髮與她一個樣子。』

『啊！她還美麼？』

老岳里昂是不任意稱讚任何事物的，關於這方而他那福賽族的精神是太强了。尤其不任意稱讚任何他眞正讚賞的東西。

『倒不難看——下巴正是一個老牌福賽的下巴。在她去後這兒將是很寂寞的呀，岳。』

他臉上那種樣子又使小岳里昂感覺着初見他父親時那種震驚了。

『你將怎樣消遣你自己呢，爹爹？我想她總是一心專於愛着他吧？』

『消遣我自己？』老岳里昂用一種發怒的聲音重覆這句話『一個人單獨住在這兒將痛苦不幸極了。我不知道事情將怎樣結局。我眞願——』他忍住了他底話，又加說道『問題是，我究竟怎樣處置這所房子才好哩？』

小岳里昂把房門四周一看。它是特別地大而陰暗，裝飾着他兒時已經記得的靜物圖畫——熟睡着的狗把鼻子挨在一把一把的紅蘿蔔上，旁邊更有些洋葱和葡萄頗不相襯地躺在一起。這所房子是個糜費的東西，但他想像不出他底父親會住一個較小的地方；因此一切似乎更加好笑。

老岳里昂坐在他那有扶手的大椅上，他是他底家族他底階級和他底教派之表徵，白頭圓額代表着節制，秩序和愛錢財。正是倫敦所有的一個孤寂的老人。

他在那房間陰暗的舒適中坐着，像個被一種偉大的力量所支配着的木偶，這力量對於家族或階級或教派是毫無顧忌的，只是機械似地動着，以可怖的行程趨向不可解的目標。這就是他給那有超然觀察力的小岳里昂的印象。

這可憐的老爹爹！原來這就是他那麽萬分中庸地生活着的結果與目的！孤寂，一天老似一天，渴望着有一個人同他談談話！

又該老岳里昂回看着他底兒子了。他想把他這許多年來不能同人談的許多事情都談一談。過去要想把他對於蘇河區的資產定要漲價的信念，要想把對於新煤礦公司的總理皮賓那驚人的沈默之不安（許久以來他就是這公司的董事長了），要想把他對於美屬高魯薩地方股票的跌落之厭恨等等正經地告訴玖恩，甚至要想向她討論用某種處置他可以最妥當地避免繳付在他死後須付的遺產稅，簡直都是不可能的。可是在一盃他好像要永久攪動的茶影響之下，他終於開始講起來了。一個生活的新景象像這樣子展開了，這是一個談話的樂士，他可以於此找到一個避免預想與後悔之風浪的港灣，可以於此用那種麻醉劑來安慰他底心靈，這麻醉劑就是籌畫怎樣圓滿地遺下他底財產，並使他那要繼續活着的惟一的一部分永在。

小岳里昂是很喜歡聽人講話的；這是他偉大的性格。他把他底眼睛凝視着他父親底臉，時而加上一句問語。

鐘鳴一下了，老岳里昂還沒有說完，一聽見鐘聲他底生活規律心恢復了。他帶一個吃驚的樣子掏出他底錶來：

「我要得睡了，岳，」他說。

小岳里昂站起身伸出他底手扶他親父上樓。那老臉又現得衰竭而瘦削了；眼光鎮靜地看着別處。

「再見，我底孩子；你好自珍重。」

過了片刻，小岳里昂掉轉脚步一直走出門去了。他幾乎視而不見；他底微笑抖顫着。自從他第一次發現人生不是一個單純事體以後，這十五年以來他還從未曾發現人生是這般奇異地複雜錯綜。

三　斯維沁家的宴會

在斯維沁家那向着公園的橘色夾淡藍色的餐室中，圓桌拉開擺了十二個座位。一個雕琢的玻璃燭臺滿插着明燭，懸掛在房間中央就像是一塊大的石鐘乳，照耀着那金邊的大鏡，那邊桌上的大理石屏，與那有顧繡椅墊的金色大椅。一切東西都表示着那種愛美心，那深種於每個有其特殊方法從窮鄉僻壤進入繁華社會的家族心中的愛美心。斯維沁實在有一種對於樸素之厭憎與對於金碧輝煌之愛好，這常使他在他底朋儕中被認為一個有偉大——雖然一方面也有點奢侈——嗜好的人；而且由於知道凡是進了他底房間的人們沒有一個會看不出他是一個有錢的人，他已經生出了一種實在而延續的快樂，這快樂也許在他底生活中再沒有別的情事會給與他了。

自從他辭退房產經理職以後（這職務在他看是一種可憐的職務，尤其是拍賣部方面）他已經耽溺於生來的貴族嗜好了。

他暮年這種極端的奢侈，像隻蒼蠅釘在一塊糖上似地附着於他了；而他那自朝至暮很少有心事佔據的心，乃是兩種相反得奇怪的情感之合體，一種情感是持久而實在的滿足，滿足於他是靠自己的力量賺有了他自己底財產，另一種情感是覺得像他這樣一個特殊的人物，應該永遠不讓工作來擾亂他底心情。

他站在那食器架邊，穿一件有金色瑪瑙紋大扣子的白色背心，看着他底僕人把三瓶香檳酒深深地塞進冰桶裏。在他那硬領的兩尖角之間——這硬領雖然他一動就刺得他痛，但他仍無論如何不願更換它——，他那下顎的蒼白肌膚一動也不動。他底眼光從這個酒瓶看到那個酒瓶。他正在心裏打算他底理論如次：『岳里昂喝一杯，也許兩杯，他是非常珍重他底身體的，傑姆士哩，他如今不能喝酒了。尼古拉斯——芳妮同他無疑地會大喝清水的！索米斯不算數；這些小侄輩們——索米斯三十一歲了——不能喝酒！可是布新萊哩？』想到這個有點不在他底哲學範圍之內的生人底名字，斯維沁停了一停。他心裏起了一種疑懼。這是不可知的！『玖恩只是一個女孩子，而且又在戀愛中！愛米麗（傑姆士夫人）很喜歡喝幾杯香檳的。柔麗那可憐的老精靈會嫌這酒太乾燥，她是不解味。至於海蒂齊思曼哩！想到這個老朋友使他心裏起了一片烏雲，把他那灼灼然的眼光遮暗淡了：她總要喝半瓶以上的！』

可是在想到他其餘的客人時，一種像一個正要嗚嗚叫的貓子般的表情襲上了他底老面孔：索米斯夫人！她也許喝不多，但她會給她所喝的酒以正當評價的；給她好酒喝是一種快樂！一個美貌女人——又很對他同情！

想着她就像喝了香檳一樣！給一個那樣好看的年輕女人好酒喝是一種快樂，這女人很講究裝飾，有動人的態度，出衆極了——款待她簡直是一種快樂。在他那硬領的兩尖角之間，他這天晚上第一次把他底頭微微疼痛地一動。

『亞多夫！』他說。『再放進一瓶去！』

他本人也可以喝許多的，因爲，感謝那位白來特醫生的藥方，他覺得自己好極了，而且他一直很小心着不吃午飯。他有好幾個禮拜沒有覺得這樣好了。伸出他底下脣，他又作最後的吩咐：

『亞多夫，預備火腿時要加一點點兒西印度果汁。』

踱到休息室他在一隻椅子的椅楞上坐下，叉開着兩膝；他那又高又大的身塊子，立刻被一種期待的，奇異的，原始人的心神凝注所包圍了。只消一聲通報他即可站起來。他有好幾個月沒曾開一次宴會了。這次慶祝玖恩訂婚的筵宴，最初是一種麻煩（在福賽家族之間，用宴會使婚約嚴肅化的習慣，是被信仰宗教般地遵守着）但發請來和叫筵席的勞作過了之後，又使他感覺得適意的刺激。

像這樣坐着，手拿着一隻錶，又胖，又整潔，又金黃燦爛，就像是一個扁平了的牛油球，他心裏什麼也不想。

一個有貓鬚的高個子——他從前曾作過斯維沁的僕人，現在是一個鮮果菜蔬商——走進來高唱道：

『齊斯曼夫人到，塞普提厤斯摩爾夫人到！』

兩個婦人走近前來。前邊的一位，通身穿戴着紅色衣飾，兩頰上也打着大塊的紅臙脂，有着冷酷而潑悍的眼睛。她走到斯維沁面前，伸出了一隻裝在蓮馨花色的長手套中的手：

『喂，斯維沁，』她說。『我許久許久不見你了。你好麼？呀，我親愛的孩子，你一天天胖得多厲害了喲！』

斯維沁只有用眼睛釘視以表示出了他底感情；一種無言而悻然的忿怒在他胸頭澎湃着。一個人胖或講到別人胖是很粗鄙的；他不過有點挺胸而已，沒別的，轉身向他底妹妹，他緊握住她底手，用一種命令的語調說道：

『喂，柔麗。』

塞普提麻斯摩爾夫人是四位姊妹中最高的；她那良善的圓臉已經變得有點兒惡辣；臉上有着無數的小突起，就像是在這天晚上以前一直戴着個鐵絲面罩，忽然去掉，便在她整個臉上留下了一條一條的小壓痕。連她底眼睛也突脹着。這就是她把她對於塞普提麻斯摩爾之死的永恆的忿恨表示出來的方法。

她說錯話是很出名的，而且，像她底同族們一樣頑固，每當說過錯話時她總要堅持不錯，並加上另一句錯話。因爲死了丈夫，這家族的頑固性與實際性在她的身上都凝固着了。她最好講話，如果情形許可，她會一點心腸沒有地講上好幾點鐘，用史詩般的單調敍述着無數命運之神

虐待她的事情；而她也從不知道聽她講話的人都同情於命運，因爲她底心是和愛的

這可憐的靈魂在斯摩爾（一個體質很壞的人）底病榻前坐了許久之後，就得了這個毛病；常在許多病人，小孩子和其他無告的人們跟前坐了不知多少時間設法使他們快活，而且，她永不能使她自己不覺得社會是人們能生活於其中的，最不知感恩的地方。她曾一禮拜又一禮拜地在那絕頂聰明的說教人——湯姆士斯各勒斯脚下坐着，這人對於她有很大的影響的；可是她居然能够說服一切的人，說連這事也是一件不幸。她在這家族成了一種諺語了，當無論何人被人認爲是特別悲苦的時候，人們便說他是一個『老牌的柔麗』假若不是一個福囊，任何人底心境如果像她那樣子，怕到了四十歲就會死；但她已七十二歲了，而且從來沒有像現在般康健。人們會覺得她是還有享樂能力的，這能力也許仍然可以表現出來。她有着三隻金絲雀，一頭小貓，湯米，半隻鸚鵡——她與她底妹妹赫士德共有這些可憐的生物（小心地養着不使狄莫塞看見——他是很厭惡畜生的）不同人類一樣，認爲她被人虐視是她自己也沒辦法的，使都很熱情地同她親密。

這天晚上她穿着黑色的羽紗衣服，胸前鑲一個紫色的不周正的三角形，在她那細喉頸下

邊，沿衣領還滾着黑絲絨花邊，她穿着這衣服現出一種陰鬱的莊嚴華美；差不多每個福賽都是以黑紫色的夜服爲貞靜的。

向斯維沁發着氣，她說道：

『安在問你哩。你這樣長久都不見我們一面！』

斯維沁把他底兩個大拇指插進他那背心的兩袖口，回答說：

『安日漸龍鍾昏瞶起來了；她應該找個醫生看看！』

『尼古拉斯福賽先生與夫人到！』

尼古拉斯福賽，緊縐着他那長方形的雙眉，帶着一個微笑。在這天白日裏，他已經把一個計畫之實行弄成功了，那計畫是把上部印度的一族土人僱到錫蘭島（Ceylon，在印度洋中——譯者）的金礦去作工。一個得意的計畫，終於不顧許多大困難而實行了——他當然該喜歡的。這將使他底礦產加倍；而且，如他常常有力地爭論着所說，一切的經驗都是表示一個人必得死；無論他是在自己底國度裏死於悲慘衰老，或是在外國礦窖的底層中因潮濕而早死，實在都很少關係，只要他改變他底生活方式，就會有益於不列顛帝國。

他底才能是不容懷疑的。他常仰起他那不整齊的鼻子向他底聽者加說道：

『爲了缺少幾百個這種人我們有好幾年沒付股息啦，而股票的價格也跌落得厲害。我賣它們連十先令也賣不到。』

他曾到耶摩斯港去過回來了覺着他至少又可以多加十年陽壽。他緊握住斯維沁底手，用一種滑稽的語聲說道：

『好啦，我們又回到這兒來了喲！』

皂古拉斯夫人是一個乾癟衰老的女人，她在他身後快樂得吃驚似地微笑着。

『傑姆士福賽先生和夫人到！素米斯福賽先生和夫人到！』

斯維沁把他底兩脚跟並在一起，他底舉止儀態常是使人讚賞的。

『喂，傑姆士，喂，愛米麗！你好麼，索米斯？你也很好罷？』

他用他底手握住了夷倫底手，他底兩眼睜得大大的。她是個美麗的女人——微微有點兒太覺蒼白，可是她底身段，她底眼睛，她底牙齒！配素米斯那東西太冤屈了！

創造的神們，賦與了夷倫以櫻黑色的眼睛與金色的髮，這種足以激動男子視綫的奇異配合，據說是表示着沒有堅強的個性。她那金色外套上端的頸與兩肩之豐腴白膩，使她這人帶有一種誘人的異致。

索米斯站在後面，他底兩眼釘着他妻子底頸子。斯維沁手中依然持着的打開着的錶，長短針已指示過了八點了；這距他開宴的時間已過了半點——他沒有吃午飯——一種奇異的原始人的焦急在他心裏激動起來。

『岳里昂一向不遲到的！』他向夷倫說，帶一種不能制止的惱怒。『我想一定是玖恩躭擱了他！』

『在愛情中的人們常是好遲誤的，』她答說。

斯維沁凝視她一下；他底兩頰現出了黑紫色。

『他們並沒有什麼事要躭擱的。眞是新樣的胡鬧！』

在這種暴怒的後面，那種模糊的原始人類的狂暴也好像在忿恨抱怨。

『告訴我你以爲我這鑽星好麼，斯維沁叔叔，』夷倫柔聲地說。

在她衣服胸前的紐帶之中，閃耀着一枚五角的星飾，是十一枚鑽石做成的。

斯維沁看着那鑽星。他對於寶石之類是很有興趣的；再想不出更投他心意的問題來分散他底煩惱了。

『這是誰給你的呢？』他問。

『索米斯。』

她底臉上並沒有什麼變化，但斯維沁那無光的眼睛圓睜着，就像他忽然因洞察着什麼而痛苦起來似地。

『我敢說你在家裏定是很沉悶的，』他說。『無論那一天你高興來同我一起吃飯，我將給你一瓶你在倫敦所能買到的最好的酒喝。』

『玖恩福賽小姐——岳里昂福賽先生到！……布斯文萊先生到！……』

斯維沁把他底手臂一揮，用叫嚣的聲音說道：

『開飯，現在——開飯！』

他挽着夷倫走進，理由是說他自從她作新婦以來從沒有欵待過她。布新萊挽着玖恩，布新萊被安置在夷倫與他未婚妻之間。在夷倫的另一面是傑姆士和尼古拉斯夫人，其次是岳里昂與傑姆士夫人，尼古拉斯與海蒂齊斯曼，索米斯與斯摩爾夫人，湊成整圓的又是斯維沁。

福賽家的家宴遵守着一定的傳統習慣。例如，沒有拼盆就是習慣之一。這習慣的理由是沒人知道的。在少一輩的人當中有一種論理，說這是由於牡蠣的價錢太貴了；但說是由於一種要直截了當的慾望，由於一種實事求是的好意識，立時斷定拼盆不過是不足道的東西，這更爲近似些。只有傑姆士夫婦，因爲不能反對一種公園街幾乎普遍遵行的習慣，時而對於這家庭傳統習慣是不忠實遵守的。

在靜靜地入席以後，接着是一種沉默的，甚至慍然的彼此傲睨，直到上了第一道菜；中間不過偶然穿插着如下的一言半語，『湯姆身體又不好了；我不知道他是怎麼回事！』——『我想安每天早晨總不下樓吧？』——『你底醫生叫什麼名字呀，芳梨？』——『叫斯塔白士麼？他是一個庸醫喲！』——『溫尼福雷麼？她底孩子太多了。四個，不是麼？她瘦得就像一條木片！』——『這舍利酒是什麼價錢，斯維沁？我覺得太燥烈了！』

第二杯香檳斟上時，可以聽到有一種嗡嗡聲，這聲音，把它那偶然的附加物除去而分解出它底主成分時，便會被發覺是傑姆士在說一個故事；這故事說了很長時間，甚至還把吃那『羊腰』的時間也使佔了一刻——這樣菜是大家普遍認爲一個福賽家筵宴中最頂兒尖兒的菜品的。

凡是一個福賽，在請客時沒有不備一品羊鞍肉的。這樣菜既多液汁而又堅實，其中有着一種適合於『有一定地位』的人們的東西。這菜既滋養而又——有味；正是那種人們記着要吃它的東西。它有過去有將來，如像把一筆儲欵繳付給銀行一樣；而且它還是一種可供人討論的東西。

這家族的每一枝系都頑固地堅持一個特別產地——老岳里昂說達特摩（Dartmoor 英國 Devonshire 省南部之高原——譯者）的羊肉好，傑姆士說威爾士的好，斯維沁說蘇士丹（Southdown，太晤士河南岸的山脈——譯者）的好，尼古拉斯却主張說隨人們怎樣嘲笑，但羊肉再沒有新西蘭島的好了。至於他們兄弟中最有獨創性的羅格爾哩，他便不得不發明他自己底特別產地，他用一種眞不愧是一個爲他底兒子們計畫了一種新業務的人底聰明，發現了一個賣德國食品的舖子；當別人駁斥他不對時，他便拿出一個肉商給他底發票來證明他底眼光不錯，那發票上指示着他比其他的人們花的價錢都貴些。就在這個時候老岳里昂轉向玖恩發表他那忽然而來的哲學思想道：

「你可以相信我底話他們是一羣不可理喻的人，這些福賽們——等你更年長一點時，你就會明白這個！」

只有狄莫塞一人無所拘執，因爲雖然他吃羊鞍肉很衷心快樂地吃，但他說他却很怕吃它。

對於任何一個在心理學上喜歡研究福賽們的人，這偉大的『羊鞍肉』之一點是無上重要的；不僅是因爲它可以說明他們底頑固——個別地或綜合地——而且因爲它可以表示他們在本性與本能上，是屬於那個相信滋補與香味而不爲感傷的美的追求所動的偉大階級。

這家族的較年輕的人們，其實完全沒有這麼一塊肉也可以過得的，他們倒寧願吃些珠雞或龍蝦生菜——一種足以引起想像而較少滋補力的東西——但這些人都是女性；或者，如果不是女的，也定是被他們底妻子或母親教壞了，她們在她們底整個結婚生活中都不得不吃羊鞍肉，把一種內心對它的反感遺傳到他們底兒子性格中了。

偉大的羊鞍肉論戰告一結束，一種條克斯巴利（Tewkesbury，英國 Gloucestershire 省自治市名——譯者）產的火腿開始了，抹着一點點兒西印度果汁——斯維沁吃這樣菜吃得那麼久，以致使餐事的進行受了一種阻礙。爲要使他吃得更痛快點，他停止了他底談話。

索米斯正在從塞普提麻斯摩爾夫人旁邊那坐位上窺察着他之觀察布新萊有着他自己底原因，這原因是與一個他很得意的建築計畫有關的。這建築師也許正合他底用，他坐在椅子上把背倚在後面，若有所思地用麵包殼屑擺些小堡寨，樣子看來很聰明。索米斯注意到他底體服做得很精緻，但太小了，就像是許多年以前做的似地。

他看見他轉身向着喬倫說了句什麼話，她便現得笑容可掬，如像他常見她向別的人笑時那樣——她從沒有向他這樣笑過。他用力想聽淸他們在說些什麼，但柔麗姑母又在說話：

這對於索米斯不是永遠似乎奇怪極了嗎？不過上一個禮拜日，親愛的斯各勒斯先生在演講他底說教詞時是那麼聰明，那麼雋永：『「在那一方面，」他說，「如果一個人得到了他自己底靈魂而失掉了他一切的財產，會得益處呢？」——』這，他說，就是中產階級底格言；喂，他這樣說是什麼意思呢？當然，這也許是中產階級所相信的——她不知道：索米斯以爲如何呢？

他心不在焉地回答道：『我怎麼會知道呢？不過，斯各勒斯是一個騙子，不是麼？』因爲布新萊正在繞着那圓桌看，就像在指出客人們底特點似地，索米斯不知道他在說些什麼。從她那微笑看來，夷倫顯然是同意於他底話的。她好像永遠是同意於「別人」的。

她底眼睛轉向他自己身上了；索米斯立時垂下了他底眼光。那微笑從她肩邊逝去了。

一個騙子？但索米斯是什麼意思呢？假若斯各勒斯先生是一個騙子，又是一個牧師——那就任何人都可以作騙子了——這眞可怕！

『是呀，他們確是些騙子！』索米斯說。

在柔麗姑母那片刻吃驚的沉默中，他聽淸了夷倫口中吐出的幾個字好像是說：『放棄希望能，你們一切進入這兒的人們！』

但斯維沁又已吃完了他底火腿。

『你要買蘭子是在什麼地方買呢？』他在用一種求婚者似的聲調向夷倫說話；『你應該到斯尼萊博白店裏去——他會給你新鮮的。那些「小」人們，他們就不願那樣麻煩！』

夷倫轉身要答他底話，索米斯看見布新萊在看着她自己對自己微笑。那像伙有一種奇異的笑。一種半癡的樣子，就像是一個旁人逗得他喜歡了的小孩子笑一樣。至於喬治送他的那諢號——『海賊』——他倒覺得不大像。看見布新萊轉身向着玖恩，索米斯也微笑，但很帶着嘲諷意味——他不喜歡玖恩，而她這時樣子像並不十分愉快。

這並不足怪，因爲她剛與傑姆士作過下列的談話：

『我在回家時曾在河邊停了一下，傑姆士叔祖，看見了一個美好的蓋房子的基地。』

傑姆士是一個慢而徹底的吃家，他停止了咀嚼之進行。

『哎？』他說，『那麼那在什麼地方呢？』

『離潘堡很近。』

傑姆士放了一片火腿到口裏，玖恩等待着他。

『我想你大概不知道那地方的地皮是世襲財產吧？』他終於問了。『你對於那地方的地皮價格大概一點也不知道吧？』

『知道的，』玖恩說，『我曾打聽過。』她那一頭赤髮下面的剛毅的小臉，似乎有些急躁和熱切。

傑姆士帶一個好探問者的神氣看着她。

『怎麼？你不是想買地皮吧！』他大聲叫說，丟掉了他底叉子。

玖恩被他這種關心鼓起了很大勇氣。她許久以來就有一個得意的計畫，就是要她底叔祖們在鄉下蓋別墅，一方面於他們自己有益，一方面也可以使布新萊得利。

『當然不是，』她說，『我以為那是一個如此好的地方，好給你——或者什麼人去建築一所別莊！』

傑姆士斜視着她，又把一塊火腿放在他底口裏。

『那地方的地皮該是很貴的，』他說。

玖恩以為是他個人關心，其實不過是每個福賽在聽到一種有用的東西將有到別人手裏的危險時一種局外人所受的刺激罷了。但她不願看到她底機會失去，繼續要說出她底目的來。

『你應該到鄉下去住，傑姆士叔祖。我惟願我有許多錢，那我就一天也不再住在倫敦。』

傑姆士那長瘦的個子被激動得深入內心了；他還不知道他底姪孫覓有這種直率的主張。

『你為什麼不到鄉下去住呢！』玖恩重複地說：『那不是於你有很多好處麼？』

『為什麼？』傑姆士臉一紅開始說。『買地皮——你以為我買地皮有什麼好處，蓋房子麼？——那我底錢連四分利息也得不到！』

『那有什麼關係呢？你可以得到新鮮空氣喲！』

『新鮮空氣！』傑姆士叫說；『我要新鮮空氣有什麼用處——』

『我以爲任何人都喜歡要新鮮空氣咧，』玖恩譏諷地說。

傑姆士用他底餐巾把他底全嘴都揩了揩。

『你不知道錢的價值喲，』他說，不看她底眼睛。

『不知道！我還希望我永遠不知道咧！』帶一種說不出的恥辱咬着她底嘴唇，可憐的玖恩沉默了。

爲什麼她底族人們都是這樣有錢，而斐力却永遠不知道他明天的烟錢將從何處得來呢？爲什麼他們不能爲他幫點忙呢？但他們是那麼自私自利。爲什麼他們不能蓋鄉間別墅呢？她具有這一切非常可憫的天真的武斷，有時就遭這種不快的結果。她在挫辱中轉身向着布新萊，而他正在同夷倫談話，於是玖恩在精神上打了個冷戰。她底眼睛漸漸因發怒而直瞪着，就像老岳里昂意志受了挫折時的眼睛一樣。

傑姆士也弄得煩惱了。他覺得好像有人在威嚇他，說他沒有把他底錢作五分利息投資的權利似地。岳里昂把她嬌慣壞了。他自己底女兒絕不會說出這種話來。傑姆士對於子女一向是很放任的，這樣自己意識着使他更深刻地感到煩惱。他沉思地攪弄着他底楊梅，接着，把它們用奶油大澆一下，很快地吃着它們；它們哩，無論如何也逃不脫他。

他煩惱是無足怪的。五十四年以來（他在法定的最年幼時就被允許作律師了，）從事於利率絕對高而穩妥的抵押放欵，投資產業之收買，以給事主和自身安穩地從別人手裏賺可能的最大數目爲原則而作交易的經紀人，更從事於人生一切關係中確切有弄錢可能的勾當，他終於已經變得只想着錢的事件了。現在錢就是他底光，就是他視物的媒介，沒有它他便眞正看不見眞正認不出客觀的現象；而居然有這麼一句話『我希望我永遠不知道錢的價値！』對着他底面說了，侮辱他，眞使他不高興而且惱怒。他知道這是胡說，否則當時一定會使他吃驚。世界將變成怎樣一個樣子喲！可是，忽然想起了小岳里昂的故事，他覺得舒服了一點，因爲，像那樣一個老子，會生出什麼好兒女來呢！這使他想起了一種更加不快的事。這一切關於索米斯和夷倫的閒話是怎麼回事呢？

像在一切自尊的家族中一樣，他們已經建立有一個交易家族秘密，估價家族證券的中心市場。在福賽交易所中，大家都知道夷倫對於她底婚姻很抱遺憾。她底抱憾是大家所不以爲然的；她應該早知道她自己底心情沒有可靠的女人會作出這樣的錯誤的。

傑姆士苦痛地想着，他們住在一個極好的地點，有一所很好的房子（只小一點兒，）沒有孩子，也沒有金錢上的困苦。索米斯對於他的業務，向來是謹守秘密的，但是一定很有一點錢了。他從他底業務可以得一筆很可觀的收入——索米斯也同他父親一樣，是那有名的『福賽·布斯塔·福賽』律師團的一個——而且一向是很謹愼的。他還把他所經營的幾宗抵押借款弄得非常之有出息——短期即死押——再幸運不過的勾當了！

夷倫簡直沒有什麼不快樂的原由，可是人們說她近來在要求與丈夫分居。他知道這將引起什麼結果的。這當然不是以爲索米斯縱酒罷。

傑姆士看着他底兒媳。他這悄然的一瞥是冷然而懷疑。其中有着祈求與恐懼，還有一種個人的憂惱。他爲什麼要像這般煩惱呢？這大概也許全是胡謅的；女人們是些可笑的東西！她們說得那麼誇張，你簡直無從相信起；其次，也沒有人告訴他任何事情，他得親自把一切都打聽出來。他又偷着看夷倫，又從她看到索米斯。索米斯一方面在聽着柔麗姑母講話，一方面在低頭向着布新萊那邊看。

『他是很暱愛她的，我知道，』傑姆士想。『只看他那樣常常給她買東西就知道。』

於是她那種不愛他兒子之非常無理性，更使他覺得深刻。同時，這也是一件可憫的事，因爲她是個引人愛的小東西，而他，傑姆士，也一定會眞正十分暱愛她的，只要她會讓他愛的話。她最近却與玖恩好起來了；『這事』於她很不好，這事當然於她很不好。她日漸有了她自己底意見了。他不知道她要這種東西來幹什麼。她有一個很好的家，願要什麼就有什麼。他覺得她底朋友應當由別人代她選擇。像這樣繼續下去是危險的。

眞的，玖恩有着那扶掖不幸者的習性，她已經從夷倫口裏聽到了一種自認，爲酬答她對她的信賴，她使向她說敎正視不幸事件之必要，有必需時就離婚。可是對於這種勸告，夷倫深思地沉默着，就像她覺得想到要毫無情感地實行這種鬥爭就害怕似地。他永遠不會放棄她的，她曾向玖恩這樣說。

『誰管他怎樣？』玖恩叫着說；『隨他願怎樣做就怎樣做去——只要你堅持非離不可！』

在狄莫塞家她也曾毫不猶豫地說過這類話；傑姆士在聽見這話時曾感到一種自然的忿怒與

恐怖。

假若夷倫定要——他簡直不敢如此想——離開紊米斯，那將怎麼好呢？但他覺得這思想是如此地不能忍受，於是他立卽不再想它了；他不能忍受這思想喚起的許多陰暗的幻影，在他耳中轟鳴的族人們紛紛議論，以及這衆目昭彰的事件之可怖——這事件與他和他底獨生子是如此地密切相關！幸而，她並沒有錢——乞丐似地一年只有五十鎊收入！他輕蔑地想起那個沒有錢財遺給女兒的赫龍。對着他底酒杯深思着，他底兩腿在桌下轉筋了，當女客們離開房間時他完全忘記了起身相送。他將不得不同紊米斯談談——不得不告訴他要他好生提防；他們不能像這般生活下去，現在旣有這麼一種隨時可以發生事的危機。他非常不樂意地注意到玖恩底酒杯都滿滿地並不曾喝。

『就是這小東西從中作祟，』他默默地想；『夷倫自己永不會有那種思想的。』傑姆士是一個善於想像的人。

斯維沁底聲音把他從他底冥想中喚醒了。

『我買它花了四百鎊哩，』他說。『它當然是一件眞正的藝術品嘍。』

「四百哼！！這是很不少的一筆錢哪！」尼古拉斯應和着。

他們所談論的東西是一件雕工很精緻的意大利大理石像，這雕像放在一個座子上（座子也是大理石的，）使全屋顯出了文化的氣氛。雕像中的人物有七，都是裸體的女人，雕工極其精美，一個居中爲主，其餘六個陪侍的都面向着她，而她則向着自己；這一切都使觀者得一種愉快的，對於她那絕頂高貴之欣賞的意識。柔麗姑母幾乎正坐在這雕像對面，整晚上她費了絕大的困難避免去看它。

老岳里昂說話了；開始這討論的也就是他，

「四百鎊磚頭！你告訴我你買這東西花四百鎊嗎？」

在他那硬領的兩尖角之間，斯維沁底下巴在這天晚上作了第二次的擺動。

「四——百——鎊，英國金鎊；一個大都不少。我並不後悔它並不是一般英國貨色——它是眞正的近代意大利出品呀！」

索米斯翹起了他底嘴脣一笑，又轉眼向布新萊看着。那建築家正在他紙烟的烟霧後面冷笑。現在，眞的，他樣子更像一個海賊了。

『這東西眞要費許多工夫哩，』傑姆士急急地說，其實他是被那一羣像的龐大感動了。

『把它拿到約伯孫店裏一定可以賣大價錢。』

『那彫這東西的外國鬼子，』斯維沁說下去，『向我要五百——我給他四百。它實在值得八百。像將要餓癟了，那窮鬼子！』

『啊！』尼古拉斯忽然應和說，『都是些可憐的襤褸傢伙，這些藝術家們；我眞不知道他們是怎樣生活。那些年弗拉喬萊蒂就是一個，那個常被芳梨和女孩子叫進去拉胡琴的人；如果他一年能賺一百鎊，那怕就是他能賺的最大數目了！』

傑姆士搖頭。『啊！』他說，『「我」不知道他們怎樣生活！』

老岳里昂站起身，口啣着雪茄，走到近前去看看那座雕像。

『要我出兩百鎊我都不出！』他最後這樣聲言。

索米斯看見他底父親與尼古拉斯焦急地互看一眼；在斯維沁底另一邊，布新萊仍然在烟霧迷濛中。

『我不知道「他」底意見怎樣，』索米斯想，他很知道那座雕像是太「老式」得很了；是太屬於前一時代了。在約伯孫底舖子裏已再沒有這類藝術品出賣。最後斯維沁底答語來了。『你對於一座雕像從來什麽都不懂。你只有你那些圖畫，再沒有別的！』

老岳里昂走回他底座位，吸着他底雪茄。要說他將被引得去同斯維沁那麽一個頑固的乞丐，一個像騾子一般蠢頑，連一個草帽和一尊雕像的區別都不知道的人去爭論，大概是不會有的。

『黏土細工！』他就只說出這幾個字。

斯維沁許久以來身體已使他不能奮起狂跳了，他把他底拳頭擊在桌上。

『黏土細工！我到願意看看你家裏有沒有任何像這一半好的東西！』

在他底話語後面又在慍怒着那種原人的狂暴。

多虧傑姆士解救了這個嚴重局面。

『喂，「你」底意見如何，布新萊先生？你是一位建築家；你應該懂得一切關於雕像的事情！』

每隻眼睛都轉向布新萊；大家都帶一種奇異的懷疑的神氣等待他底回答。

索米斯也第一次開口了，他問道：

「對啦，布新萊，你底意見如何呢？」

布新萊冷淡地答道：

「這東西是很非凡的。」

他底話是對斯維沁說的，他底眼睛却狡猾地向老岳里昂笑着只有索米斯還不滿足。

「爲什麽非凡呢？」

「因爲它底純樸。」

這答語之後跟着一個莊嚴的靜默；只有斯維沁一人拿不穩這是否一句恭維話。

四　房屋之設計

在斯維沁家的宴會三天之後，索米斯福賽走出了他那綠漆的前門，隔着街口的方場回頭看，使他覺得那房子須要油漆的印象更證實了。

他離家時，他底妻子正坐在客廳的沙發上，兩手交叉於衣兜中，顯然在等候着他出去。這並不是偶有的事。事實上每天都有這種情形。

他不懂她究竟覺得他有什麼不好。這當然不會是還以爲他縱酒！他難道負了債，好賭，或者好咒罵嗎；他性情狂暴嗎；他底朋友們太狂縱嗎；他曾夜中不回家嗎？都不是。

他在他妻子身上所感到的那種深刻而遏抑着的嫌惡，在他是一種神秘，而且是一種更可怕的苦惱之根源。說她誤嫁了他，不愛他，曾努力愛他而不能愛他，顯然地不成理由。

能夠對於他底妻子與他不投契想出了這種奇怪原因的人，當然不類一個福賽。

因此，索米斯是不得不把他整個的責任都放在他妻子身上。他從沒有遇見過這樣一個能引人愛慕的女人。無論到任何地方，他總要看見一切的男子都被她所吸引；他們底樣子，態度，聲音等洩露了他們是被她吸引着；她在這種注意之下的行動，倒是無可非議的。她是一個那種女人——這種女人在昂格魯撒遜人種中是不十分多見的——生來就是要被愛和愛人，不愛時就不能生活；這當然是他連想也沒想到過的。他把她那吸引人的魔力，視爲她底價值之一部，視爲他底財產；可是，這魔力實在使他懷疑到，她定能像她接受別人的愛一樣給與別人以愛；而她對他却什麼也沒給！『那麼她爲什麼要嫁我呢？』這便成了他永續的想頭。他忘記他底求婚了；

他忘記那一年半的期間了，在那時期中他曾向她進攻而且設伏以待；他想方設計請她吃飯，送她禮物，過相當時間向她求一次婚，老是不離她底身邊，藉使其他戀慕她的人不能接近她。他忘記那一天了，在那天她對她底家庭環境起了極強的反感，他便巧妙地乘機使他許多的勞苦得到了成功。如果他還記得一點事情，那便是那個金髮黑眼的姑娘用以對待他的那種美味的反覆無常；他當然記不得她忽然有一天依允了他，並說她願意嫁他時臉上那種奇異，忍從，乞求的樣子了。

那是一個書上和人們所稱讚的那種眞正衷誠的愛之呼聲，是一個愛人費了無數苦功，終於得到了愛之報酬時所聽到的，自此以後，一切定都像婚禮中的鐘聲一般愉快了。

索米斯向東走去，順着那有涼蔭的一邊沿途窺伺着。

如果他不決定遷移到鄉下去蓋房子住，那所屋子是須要粉刷修理的。

恐怕這一月來他已經想了一百次，現在他又想到這個問題了。匆匆忙忙地去作事是沒有益處的！他底環境是很寬裕舒適的，收入漸漸增加，快到一年三千鎊了；但他用以投資的資本也許不如他父親相信的那麼多——傑姆士有一種意向，總希望他底孩子們比他們實際更加富足與闊綽些。『我能夠很容易地湊出八千鎊來，』他想，『並不用收回羅伯成或李各爾的欵子的。』

他在一家圖畫店前站下向裏面看，因爲索米斯是一位圖畫藝術的嗜好者；他那孟特白列方場六十二號有一間小屋，其中滿放着油畫，都靠牆堆着，因爲他沒有地方掛它們。他常是在天黑以後從商業區回去時在路上帶着它們回家，在星期日的下午，他就去到這小屋裏，把那些圖畫拿出來看，檢查背面的記號，時而也註上幾句話。

這些畫差不多全是野外風景，畫着人物作爲前景，表示着一種對於倫敦，倫敦的高樓大廈和一望無盡頭的長街（他和他底同族同類底生命都是消磨在這些地方）之神秘的反抗。他時而要拿一兩張圖畫帶到他的馬車上，在赴商業區的路上走到約伯孫店前停下。

他絕少拿它們給任何人看，愛倫底意見是他在心裏很敬重的，但也許正是如此，他從不請她表示意見——她也絕少到過這地方來，除了偶然來盡某種爲妻的職責之外。他並不請她看這些圖畫，她也就從來不看。這對於索米斯又是一種不快的事。他恨她這種驕傲，而又私心害怕着它。

在那畫店的厚玻璃窗中，他底影像站在那兒看着他。

他那高帽子邊緣下的油光的頭髮就同那帽子本身一樣也有着一種光亮；他那蒼白而平板的兩頰，他那剃得精光的脣之輪廓，他那帶着灰色鬚根的岸然的下巴，以及他那扣好的圓角外衣之嚴整，表現出一種矜持而難捉摸的，鎮靜有力方寸不亂的樣子；可是他那冷然，灰色，緊張，兩眼之間的額際有一條縐紋的眼睛，却若有所暗示地在觀察着他，就像它們知道一個秘密的弱點似地。

他詳看那些圖畫的題材，畫家的名字，把它們底價值計算一下，但沒得到他常常從這種內心的估計生出的滿意，於是他向前走去。

六十二號很可以再住一年，假若他決心蓋房子的話！這時正是蓋房子的好時期，錢價好幾年來已不像那麼昂貴了；而他春天到魯濱山去視察李各爾抵押產業時在那兒看見的那個地基——眞是再好沒有了！在海岱公園幽靜區十二英哩以內，地產的價錢定要高漲，當可以小本而獲大利；所以蓋一所房子，如果眞正蓋得式樣好，實在是一種頭等的投資。

他並不以他是他們家族中一個有一所鄉下住宅的人爲意；因爲感情，即令是爲了社會地位的感情，對於一個眞正的福賽乃是一種奢侈品，這東西他們只有在更實際的快樂慾滿足後才去理會。

要把夷倫弄出倫敦城，離開到處走和與人交接的機會，離開她底朋友和那些教唆她的人，就是這個目的！她同玖恩太親密了！玖恩厭惡他，他也厭惡玖恩。他們却是屬於一個血族的。只要把夷倫弄出城去，就是最大的成功了。那所房子將會使她快活，她將高興地忙着從事於裝璜，她是很懂藝術的！

房子一定要得式樣好，要得永遠可以租得高價，要得奇特，如像巴克斯最近蓋的那有一個譙樓的房子似地；可是巴克斯親自說過，他那建築師使他花錢太厲害了。同那些傢伙共事，你簡直不知道他們將陷你於何種境地；假若他們有點名望，他們將使你花無限的費用，而且還自負不凡。

一個平常的建築師是不好的——一記起巴克斯那房子的譙樓，就阻止他不去僱一個平常的建築師了。

他所以想到了布新萊就是爲此。在斯維沁家赴宴以後他已經打聽了，雖沒有打聽得很詳細，但很足鼓起他底勇氣：「一個新派的建築家。」

「聰明不呢？」

「你要他多聰明他就有多聰明——只有點兒——有點兒太高華了！」

他並沒打聽出來布新萊曾建築過什麼房子，也沒打聽到他取費如何。他所得到的印象是，他定能依他自己底條件而行。對於這打算他愈想愈喜歡。這樣還可以使利益不溢出於家族之外，在福賽們這幾乎是一種本能；而且，即令不能免費，他也將能得到最惠的條件——這只是很公道的，因爲一方面布新萊得到了他施展才能的機會，因爲他要蓋的這房子是一所與普通房屋不同的大廈。

索米斯得意地想着這工作一定可以招致布新萊；因爲，像一切的福賽一樣，每遇到可以佔一些便宜的時候，他便可以作一個澈底的樂觀主義者。

布新萊的事務所在斯樂安街，又近在眼前，他還可以時時順便視察那些建築圖樣。

還有一層，夷倫好像也不會反對離開倫敦，如果這工作給了她最好的朋友底愛人的話。玖恩能否結婚許要依靠這事。夷倫當然不能阻礙玖恩底婚事；她永遠不會這樣做，他知道她太清楚了。而玖恩因此也將很喜歡這一來他就看出事情的益處來了。

布新萊樣子很聰明，但他也有——這是他最大的吸引力之一——一種不十分知道他利益所在的神氣；在錢的事件上他一定是很易與的。索米斯這樣想並不是抱有欺騙的意思；這只是他心理的自然態度而已——任何一個好的事業家心理都如此——他在千百個好的事業家們中間穿過向魯各特山走去，他們底心理也都如此。

就這樣當他帶一種舒服的感覺想着布新萊在錢的事件上定很易與時，他把他那偉大階級底定律——人性本體的定律實行了。

當他用肘分着路在人叢中向前進時，他那常是看定他脚前地下的眼睛，被聖保羅教堂的圓屋頂吸引得舉起向上看了。這古老的圓屋頂，於他有一種特別的吸引力，每一禮拜之內，在他日常的巡禮中，他總要不是一次而是兩三次地停步走進這教堂的邊廊下，站在那兒觀看那些碑石上的碑文和人名。除了足使他集中他底思想於當日的事務而外，這偉大的教堂對於他的吸引力是不可解釋的。如果他心裏有任何特別重要或須要特別敏銳手腕的事情時，他總要走進去，像老鼠一般窺伺着，從這塊碑石徘徊到那塊碑石。接着像來時一般悄沒聲地走去，便很有精神地走上齊泊塞斜坡，步態中表現一種更堅定的目的，就像他已經看見了一種他決心要買的東西似地。

這天早晨他又走了進去，可是，他不像一向那樣從這塊碑石窺伺到另一塊碑石，却把他底眼光轉向那些圓柱和壁上的間距，站在那兒不動。

他那昂起的臉，像一般人進到教堂中時一樣現出敬畏而默思着的樣子，在這大屋中直顯得像石灰一般白。他那帶着手套的手，放在他底傘柄上拱抱在面前。他把兩手舉起。也許他得到一種什麼神聖的靈感了。

『是的，』他想『我必得有地方掛我底圖畫。』

這天晚上當他從商業區回來的時候，他到布新萊的事務所去訪問了。他看見那建築家穿着襯衫，吸着煙斗，在用尺子在一幅圖樣上畫些線條。索米斯推辭不吃茶，立刻就直截談起他底來意。

『假若你禮拜天沒有更要緊的事，請同我一陣到魯濱山去，並告我你對於一處建築地基的意見如何。』

『你要建築房子麼？』

『也許，』索米斯說；『不過你不要向別人說起。我正需要你作顧問。』

『很好，』那建築家說。

索米斯把那房間竊竊打量一下。

『你這地方倒是高得狠，』他說。

他所能得到的任何與布新萊的業務性質和範圍有關的報告，一定都有用處的。

『我倒覺得這兒非常地合式，』那建築家答說。『你是在富貴人家中習慣了。』

他磕出了他底煙灰，但又重行把空煙斗啣在嘴裏；這烟斗也許有助於他底談話之進行吧。索米斯看見他每邊頰上有一個窪窠，像是因爲呼出了口中的空氣而顯出的。

『像這樣一個事務所你須付多少租費呢？』他說。

『五十鎊的貴價，』布新萊答。

這答語給索米斯一個很好的印象。

『我以爲確是貴了點，』他說。『我在禮拜天十一點鐘左右再來約你。』

因此在那個禮拜日他坐一輛輕馬車來約布新萊，並與他乘車同赴車站。到晉濱山時，他們尋不到馬車，遂步行那一英哩半的路程向那地基走去。

這天是八月初一，天氣好極了，烈日當空，萬里無雲，他們底脚在通到那小山的直而狹的路上蹴起了一陣黃色的土灰。

『這是沙土，』索米斯說，斜視着布新萊所穿的外衣。在兩邊的口袋裏塞着好幾捲紙，一隻脇下夾着一枝樣子很怪的手杖。索米斯細看這些和其他的特別地方。

除了一個聰明人或者實在是一個海賊而外，怕沒有人會這樣不修邊幅的；雖然這些邪僻的地方是索米斯所看不慣的，但他也從它們得到一種滿意，把它們認爲是那些他定可以因而獲利的性格之明證。如果這傢伙會蓋房子，他底衣服有什麼關係呢？

『我已經告訴你了，』他說，『我想要這房子蓋成，不讓人知道使人一驚，所以你一點也不要告訴別人。我底事情在沒有成功時我從不向人說起。』

布新萊點點頭。

『要讓女人們知道你底計畫，』索米斯說，『那事情結果如何便不可知了。』

『啊！』布新萊說，『女人們就是魔鬼！』

索米斯心底裏許久以來就有這種感覺，不過他從沒有把它用言語表現出來。

『噢！』他低聲地說，『原來你已經開始在——！』他忍住了，但又不能制止地爆發一種輕侮說：『玖恩有她自己底脾氣的——她常是如此。』

『對於一個安琪兒一點脾氣並不是一件壞東西。』

索米斯從沒有把夷倫稱作安琪兒過。他不能這樣破壞他最好的本能，讓別人知道她價值的秘密而且露出他自己底馬脚。他不答。

他們已經走進了一條橫貫一個牧場的粗築的路。一條大車道成直角地通到一個土谷，在土谷那一邊，一座小屋的烟囱在一個密林邊的一叢林木中高聳着。一叢叢羽毛樣的草掩覆在那高低不平的地面上，從這些草中有百靈鳥高飛入日光的輕霧中。在遠遠的地平線上，在無數的接續不斷的田畝和樺籬之上，高起着一列連綿的小坵。

索米斯在前引導着，直到他們跨過小坵到那較遠處的一邊，在這兒他止步了。這就是他所選定的地基；現在他要把這地點告訴別一個人，他變得有些不安了。

『經理人住在那所小屋裏，』他說；『他會給我們些午飯吃——我們最好在未談論這事之前先吃些午飯。』

他又在前領導着走向那小屋去，經理人出來歡迎他們；這人是一個高個兒，名叫歐里佛，臉子很胖，有着灰白色的鬍子。在吃午飯時，索米斯幾乎完全沒吃，他一直看着布新萊，有一兩次用他底絲手絹在拭他底前額。午飯終於吃過了，布新萊站起身來。

『我知道你們有事要談談，』他說；『我要去隨便看看。』不等待回答他就走了出去。

索米斯是這處地產的律師，他同那經理人一起呆了將近一個鐘頭，看地圖並討論李各爾和其他抵押事件；他提到那建築地基的問題時好像是附帶問問似地。

『你底地主們，』他說，『應該對「我」降低他們底價格的，試想我將是第一個來蓋房子的呀。』

歐里佛搖頭。

『你所看定的那地基，先生，』他說，『乃是我們所有的地基中最賤價的了。山坡頂上的地基要貴得多哪。』

『你記着，』索米斯說，『我並沒有決定；我根本不要蓋房子也是十分可能的。這地租太貴了。』

『唔，福賽先生，如若你不做這交易，我將很引以爲憾，我以爲你也錯過了機會呀，先生。在倫敦附近沒有一塊地有這般好風景也沒有一塊地更便宜些，要把各方面都計算一下的話；我們只要一登廣告就會有許多人來尋交易哩。』

他們彼此互看着。他們底臉子說得很明白：『我敬重你是一個事業家；但你別希望我會相信你一句話。』

『好的，』索米斯重覆說，『我還並沒有下決心，這交易大概會拉倒的！』說着這話時他拿起他底傘來，把他那冷然的手遞到那經理人手裏，微微握一下都不會握就收了回來，於是走出到陽光中。

他深思着慢慢地向那地基走回去。他底本能告訴他那經理人所說的話都是眞的。一塊便宜的地基。事情的佳處是，他知道那經理人並不眞以爲它便宜；因此他自己底看事明瞭的知識是勝過那經理人了。

『無論便宜不便宜，我定要買它，』他想。

百靈鳥們在他腳前驚起，空中滿飛着蝴蝶，一種甜馨的芬芳從草中發出。羊齒植物濕潤的氣味從那樹林中漫佈着，在樹林深處隱藏着斑鳩在咕咕地叫，和暖的微風從遠處帶來了教堂鐘聲的鏗鏘和鳴。

索米斯眼看着地面向前走，他底兩脣一開一合就像在預想一種美味的食品似地，但當他到了那塊地方時，並不見布新萊的踪影。等了片刻以後，他跨過那牧場向那山坡走去。他本想呼喊，但又害怕自己底聲音。

那牧場就像曠野一般寂靜，沉寂中就只有野兔急馳進洞的沙沙聲，和百靈鳥底歌聲。

偉大的福賽軍之開路先鋒索米斯，在前進使這曠野文明化的時候，覺得他底精神被這種沉寂，被這種看不見的歌聲，被這種熱而芬芳的空氣弄得沮喪了。他已經開始要倒轉腳步了，這時他終於看見了布新萊。

那建築家正四肢平伸地躺在一棵大橡樹下面，這橡樹因年老樹身已起了許多龜裂，枝葉繁茂佔據了極大的空間，生在那坡頂的邊緣上。

索米斯把他肩頭挨了一下，他才擡頭上看。

『哈嘍！福賽，』他說，『我已經給你找到爲你蓋房子的好地方了！看這兒！』

索米斯站在那兒看一下，接着冷然地說道：

『你也許是很聰明的，但這個地方也許要我再花一半那麼多的錢哩！』

『別把價錢放在心裏，老哥。你看看這面前的景緻！』

差不多從他們足下起，成熟的稻子延鋪下去，在遠處向下傾斜到一個黑暗的小林。一片田畝和樺籬的平原，直伸到遠方那灰藍色的山垠。在右首一絲銀線中可以看出那河道來。天是那麼蔚藍，太陽是那麼明亮，在這景象中好像有一種永在的夏天在主宰着。薊草的茸球在他們周圍漂浮着，被以太的寧靜弄得它們狂樂了。熱氣在稻穀上跳舞，一種柔和的不能聽到的細聲滲透着一切，就像是正在天與地之間舉行歡宴的，燦爛光明的時間在微吟似地。

索米斯看着。他忍不住地覺得胸頭有種東西在膨脹。要是住在這兒眼看着這一切，要能夠把它指示與他底朋友，要談說它，佔有它！他底兩頰發紅了。那溫熱，那燦爛，那光明，沉入他底意識中，就像是四年以前衷倫底美貌沉入她底意思中並使他渴戀她似地。他偷着看布新萊一眼，布布新萊那被老岳里昂底車夫稱爲『半馴服的豹子』，眼睛，好像正在那風景上狂恣地欣賞。日光照着他那臉上的疙瘩那麽大的頰骨，那下巴尖兒和那前額上端直立的隆起線；索米斯帶一種不快的感覺看着這粗野，熱情，無憂無慮的臉子。

一陣長風翻着禾浪，並帶來一股熱氣撲到他們臉上。

『我能够在這兒給你蓋一所人人見了都羨慕的房子，』布新萊最後打破了沉默說。

『我相信的，』索米斯淡然地答。『可是沒有錢去蓋它喲。』

『只要有八千鎊我就可以給你蓋一所皇宮。』

索米斯變得非常蒼白了——他心裏在起着一種鬥爭。他把眼光低下去，堅决地說道。

『我出不起這數目。』

用他那老鼠般的步態，他又慢慢地引路向先前那塊地基走去。

他們在那兒討論要設計的房屋內容種種，躭擱了一些時候，後來索米斯又回轉那經理人的小屋去了。

約半點鐘後他走了出來。會合了布新萊動身向車站走去。

「好啦，」他說，「嘴並沒怎樣打開，『我終於定妥你所選定的那地基了。』」

他又沉默了，心裏煩亂地盤算着怎麽這個在外貌上爲他所輕蔑的人，竟克服了他自己底決心。

五　一件福賽的家事

索米斯福賽，像偉大的倫敦城中與他同階級同時代的千萬思想開明了的人們一樣，已經再不看重紅色天鵝絨的椅子了，已經知道那近代大理石彫的一輩女子是太『老式』了，他所住的一所房子便盡力裝飾得時髦。這房子有特別花樣的紅銅門環，有已經改爲向外開的窗子，有裏面滿盛着佛霞花（Fuchsias）的懸掛着的花盆，後面更有一個翠綠瓷磚鋪就的小院，院的四周放着許多栽在孔雀藍色木桶中的粉紅色紫陽花——這小院是非常有助觀瞻的。在這兒，在那把屋後面完全遮蔽着的羊皮紙色日本式遮陽之下，主人或賓客在喝着茶並閑玩着索米斯最近所買的小銀匣時，便可以不被好奇的人們所看見。

內部的裝飾有拿破崙時代風味，類似威廉摩理斯（William Morris，英國詩人，藝術家和社會主義者，1834—1896）一派的裝飾就大小論，這屋子是很宏大的宅中有着無數像鳥巢一般的幽僻處所，到處放置些銀製的小物件就像是鳥卵似地。

在這一般的完美中有兩種難得將就的東西在鬥爭着。這兒住着一位女主人，她若住在一個孤島上還要生活得精緻講究；而男主人哩，他底講究精緻却似乎是一種投資事業，這種講究精緻是爲助長他底成功發達而生，是與競爭律相吻合的。這種競爭性的愛好精緻，曾使索米斯的學生時代夏季第一個先穿白背心，冬季便先穿絨背心，並使他從沒有在出現於羣衆中時領結爬到硬領上，更使他在畢業式日當着那聚集來聽他背誦莫利愛（Moliere，法國戲劇家，1622—1673）的一大羣人之前，先打去他那漆皮長靴上的灰塵。

像許多的倫敦人一樣，索米斯已習慣了把自己打扮得皮膚般光潔無瑕：要設想他會有一絲頭髮蓬起，會使他底領結有八分之一英吋的不端正，會帶一條沒燙光亮的硬領，簡直是不可能！他不洗澡絕不出門——洗澡乃是流行的時髦事；而他對於那些不好洗澡的人又譏刺得多刻薄喲！

但我們可以想像夷倫却能在路旁的溪流中沐浴，像山澤女神一樣，爲的是有新鮮暢快，而且可以看到她自己那白皙肉體的快樂。

在這遍全宅的矛盾衝突中，女的敗北了。就像是在民族中仍然在繼續着的撒克遜人種與塞耳特人種（Celt）之間的鬥爭中一樣，較弱較易受他人影響的氣質使勉強帶上了一種因襲的上層建築。

因此，這宅第便與千百個其他與它同樣闊綽而有大望的宅第十分相似了，它已經變成了：『索米斯福賽夫婦那所十分可愛的小宅子，別緻極了，我親愛的——眞正幽雅呀！』

因爲，索米斯福賽這名字——我們把它讀作傑姆士皮巴狄，讀作湯麻斯亞特金士，或是讀作愛孟紐斯拔諾列第都可以，——在事實上已經可以代表任何對於裝飾鑑賞有點自負的倫敦城中上層中產階級了；雖然他們住宅的裝飾不同，但這樣說却是不錯的。

在八月八日的晚上，赴魯濱山一禮拜之後，在這所住宅——『別緻極了，我親愛的——眞正幽雅呀！』——的餐室中，索米斯與夷倫在坐着吃飯。在禮拜天吃一頓熱的大餐，是該宅和其他許多公館裏共有的一種小小與衆不同的高雅，索米斯結婚後不久就定下了這個規則：『禮拜日定得要僕役給我們預備熱食——他們除了拉手風琴而外是沒有別的事做的。』

這習慣並不曾產生什麼革命。因爲——這對於索米斯是一種可悲的徵象——僕役們都很愛戴艾倫，反對一切安全的傳統習慣的她好像看出了他們也應有權利賦有一點人性的弱點似地。

這快樂的一對兒坐在那華美的花梨木桌邊，並不是面對面坐，而是成直角；他們吃飯並不在桌上鋪桌布——這又是一種與衆不同的高雅——而且一直沒說一句話。

索米斯在用餐時，常好談些商情或者他正在買什麼東西，只要他有話可談，艾倫底沉默無言，並不致使他覺得難過。可是這天晚上他却覺得要談是不可能的。決定要蓋房子的事整一禮拜來在他心裏盤算着，他已經下了決心要告訴她。

他爲了這種說明所感受的神經不安，使他非常煩惱；她並沒有使他這樣感覺的權利——妻子和丈夫本是一個人哩。自從他們坐下以後，她從沒有看他一下，他不知道她在那些時候究竟一直在想些什麼。這是太難堪了，當一個男人努力工作，爲她賺錢——是的，他還有些傷心哩——時，而她却坐在那兒看來——看來就像是她在看見那房間裏面的墻壁要閉攏來把她壓死似的。這簡直要使一個男人站起身離開那桌子。

那從玫瑰色燈罩中射出的燈光落在她底頸和臂上——索米斯喜歡她穿一件露頸露臂的短衣用餐，這使他在他多數的相識面前感到一種說不出的優越，因爲她們底妻子同他們在家用餐時常喜歡穿着最好的長外套或茶舞長衣。在那玫瑰色的光線之下，她那琥珀色的頭髮和白皙的皮膚，與她那棕黑色的兩眼成一種奇異的對比。

一個男人還能夠佔有比這色澤深濃，上面有鮮艷嫵媚的玫瑰花，紅寶石色的酒杯，古雅的銀器皿的餐桌更好的東西麽？一個男子還能夠佔有比這坐在這桌旁的女人更美的女人麽？在福賽們，感恩並不是一種德性，飽於世故而又善競爭的他們是沒有事件要知道感謝的；索米斯只覺到一種將要變成痛苦的煩惱意識，覺得他沒有像有權佔有她那樣佔有她，覺得他未能像伸手折那玫瑰花一般折下她來，嗅出她內心的秘密。

從他其他的財物中，從他所收買的一切東西——他底銀器，他底圖畫，他底房產，他底投資財產中，他得到了一種秘密諗熟的感覺；但從她身上他並沒得到。

在他這所宅第裏，每堵墻上都有着記載。他那商賈氣的性質對於一種向他說她不能爲他所有的神秘警告加以抗拒。他已經娶了這女人，征服了她，使她成爲他所有的了，而他却除了佔有她底肉體而外並不能佔有其他，這於他好像是違反了一切法律中最根本的法律——所有權法了；這還是就假定他眞能佔有她底肉體而言，其實連他是否能够佔有她底肉體，他也開始在懷疑了。如果有人問他是否想佔有她底心靈，這問題在他定覺得又可笑又感傷。但他確實這樣想的，而那記載却說他永遠不能。

她常是沉默，温靜，柔和地表示嫌厭；就像是惟恐她或許因言語，動作，或表情會使他相信她是愛他似地他向他自己問道：我得永遠這樣生活下去嗎？

像與他同年歲的大部分小說讀者一樣（索米斯是個最好讀小說的人，）文學已經渲染了他底人生觀；他已經學會了那種信念，說事情不過是時間問題而已。到最後，丈夫總是獲得妻子底愛情的。即令是在那些以悲劇結果的情形中——在一種他不大喜歡的書中——作妻子的也常是嘴裏說着痛悔的話而死，或者假若死的是丈夫——不快的思想——她就在悲悔的劇痛中，撲倒在他屍體上。

他常常帶夷倫到戲院去，本能地選擇那些描寫近代社會夫婦問題的近代社會劇看，那種夫婦問題萬幸是與實生活中的夫婦問題不同的。他發現在戲劇中也常是那麽結束，即令情非中有一個愛人摻雜其間。索米斯在正看着戲時常是同情於愛人的；可是與夷倫同車回去的途中，沒有回到家裏之前，他就看到那樣是不行的，於是他很喜歡那戲原來的結果了。還有一種當時剛剛變成時髦的丈夫强項，頗爲粗魯，但極爲健康的男子，他們在戲劇的結果中特別是容易勝利的；對於這種人索米斯是眞正不同情，而且，假如不是爲了他自己底地位，他定會向那傢伙表示他底厭憎。但他是如此地感到那種要作一個勝利丈夫，即令是一個「强項」丈夫的需要，在他自己是如何地重大，所以他從不把一種也許是由於人性之反常作用而生的厭惡，從他自己內心裏一種粗暴之源裏流露出來。

但夷倫這天晚上的沉默是特別的，他從前從沒有看見過她臉上有這樣一種表情。因爲使他吃驚的總是特別的事態，索米斯吃驚了。他吃過他底飯後開胃食品，並催促那個正用銀刷掃清殼屑的女僕快走開。當女僕離開那房間以後，他把杯裏倒上酒說道：

『今天下午有什麼人到這兒來過麼？』

『玖恩來過。』

『「她」來做什麼呢？』福賽們覺得這是一種原理，人們沒有什麼原因目的是不到任何地方去的。「來談論她底愛人吧，我想？」

夷倫不答。

「據我看，」索米斯繼續說，「好像她愛他比他對她更愛些。她總是到處跟隨着他。」

夷倫底眼光直使他感覺不安。

「你沒有理由說這種閑話！」她大叫說。

「爲什麼？任何人都看得出的。」

「他們看不出什麼的，即令他們看得出，說這種話也是下流的。」

索米斯底鎮靜失去了。

「你是一個好妻子喲！」他說。但他心裏懷疑爲什麼她底答語那麼發火；她一向不如此的。「你喜歡玖恩喜歡得發了瘋！我可以告訴你一件事：現在她有了那海賊拖曳着她，一點也不把你放在心上了，這你將來會知道的。但你以後再不能多見她了，我們要到鄉下住去。」

他很高興在這種怒氣的爆發掩護之下把這消息露出了。他本以爲會引起一種憂傷的哭泣的；聽到了他這宣佈以後的那沉默使他吃了驚。

『你好像並不關切似地，』他不得不加說。

『我已經知道了。』

他銳利地看着她，

『誰告訴你的？』

『玖恩。』

『她怎麼知道呢？』

夷倫不答。沮喪而且不快，他說道：

『這是布新萊一筆好生意；這將爲他成功的階梯。我想她把一切都告訴你了吧？』

『是的。』

又靜默了一下，接着索米斯說道：

『我想你不「願」去吧？』

夷倫不答。

『好的，我不知道你願意怎麼樣，你在這兒好像一向是不滿意的。』

「我願不願會與這事有什麼關係麼？」

她拿起了那一瓶玫瑰花走出了房去。索米斯仍然坐着。他簽訂了那合同就爲了這個嗎？他將要花費萬鎊左右就爲了這個嗎？他記起布新萊底話了：「女人們就是魔鬼！」

但立刻他就平靜一些了。事情總還算好。她本也許會忽然激怒起來的。他曾預期會比這情形更糟的。到底還幸虧玖恩先替他把話說明了。她一定是從布新萊探聽了出來；他早應知道她會這麼做的。

他點着了他底煙捲。無論如何，愛倫總算並沒有鬧。她會就絶的——這是她最好的地方；她很冷淡，但並不乖戾。把紙煙的煙氣噴在那光亮的桌上一個甲蟲身上，他沉思着想那房屋的事情去了。煩惱也沒有用；他立刻就要去同她和解。她定是在那日本式遮陽下面黑暗中坐着織東西在。一個美麗溫暖的夜呀。……

事實是，這天下午玖恩會快樂得兩眼發亮地跑來說道：「索米斯眞是個大好老。這機會於裴力眞好——這正是他所需要的機會！」

愛倫底面孔仍然是沉鬱而迷惘着，她繼續說下去：

『自然是說你那魯濱山的新房子嘍。怎麼你不知道麼？』

夷倫並不知道。

『呵！那麼，我想我是不應該告訴你的！』焦急地看着她底朋友，她大叫道：『你樣子好像毫不關心似地。你不知道這正是我所求的機會麼——這正是他一直想得到的機會哩。現在你將可以看看他底才能了；』於是她把整個的事實都說出來了。

自從她自己訂婚以後，她好像對於她朋友底情形不十分關心了；她同夷倫呆在一起時總把她自己底一切事情向夷倫說；有時，不管她一切的愛憐，她那微笑依然不能免地要帶一點對於這個在她底生活中做了那樣一個錯誤——那樣一個重大而可笑的錯誤的女人之憐憫的輕蔑。

『他將把一切的裝飾都弄得很好——全權佈置。那是完全——』玖恩大笑起來了，她那瘦小的身子愉快地顫着；她舉起她底手，在一條細洋紗的幔子上擊了一下。『你知不知道，我甚至還請求了傑姆士叔祖去——』可是，忽然覺得不高興說那回事，她忍住了；不久，看見她底朋友是那麼不願搭理她，便去了。她從那階石向後看，夷倫仍然站在那門口。為了回答她那臨別的招手，夷倫伸手到她底額際，慢慢轉過身去，把門關上了……

索米斯立即走到那客廳去，隔着窗子張望她。

在外面那日本式遮陽的陰影下，她很沉靜地在坐着，她那白肩膀上的花邊隨着她那胸脯輕輕地一張一弛而微動着。

但是，在這個那麼不動一動地坐在那黑暗中的，沉默的小東西身上，好像有着一種熱力，一種隱密的狂熱的感情，就像她整個的存在都被攪動了，並有一種變化正在她底內在裏進行着似地。

他不等她看見又悄悄走回了餐室。

六　傑姆士細描

索米斯決定要蓋房子的事不久就遍傳於家人間了，同時還惹起了那種任何與財產有關的決定都要在福賽們中間惹起的激動。

這並不是他底過錯，因爲他本決定不讓任何人知道的。玖恩因爲心裏裝滿了高興，曾把這事告訴了斯摩爾夫人，囑咐她說事情只可以告訴安姑太太一人——她以爲這定會使她喜歡，那可憐可愛的老人因爲安姑太太已經許多日子害病沒出房門了。

斯摩爾夫人立卽告訴了安姑太太，安背欹着她底枕頭微笑着，用她那清晰而抖顫的老聲音說道：

「這對於親愛的玖恩是很好的；但我希望他們要小心點兒——這是頗危險的！」

當柔麗姑太太去後，她臉上現出一種陰鬱，像是一塊預兆雨天的黑雲似地。

這許多天來她躺在床上時，她那再裝塡她意志的工作仍然一直在進行着；這也常常表現在她底臉上，她底兩嘴角不斷地用力閉緊着。

那從女孩兒時期起就服侍她的女僕斯米特——她常常這樣說她：『斯米特——一個好女孩子——只是太遲鈍了！』——每天早晨非常盡心盡力地做那老化粧法的『加冕』儀式。從她們那純白板箱的隱密處拿出那些平整的灰色捲髮——這是一個人威儀的象徵——她把它們安穩地放在她底女主人手裏，並背轉身去。

每天，柔麗與赫士德兩位姑太太總要被請來報告關於狄莫塞的一切；報告關於尼古拉斯有什麼消息；親愛的玖恩使岳里昂縮短她底訂婚期是否已經成功，現在那個布新萊先生正替索米斯蓋一所房子了；小羅格爾底妻子是否眞正——要分娩了；亞琪的開割成功如何；斯維沁對於他威格姆街上的那所空房子是怎樣處置的，那兒的房客失去了他一切的錢，並對他那麼壞；尤其是要問問索米斯的事；夷倫是否仍然——仍然要求分居呢？每天她還要告訴斯米特說：

『我今天下午要下樓來，斯米特，在兩點鐘左右。我需要你來攙扶我呀，在睡了這許多的日子以後！』

告訴了安姑太太以後，斯摩爾夫人又把這蓋房子的事告訴了尼古拉斯夫人，並嚴囑她別向別人說；而尼古拉斯夫人又去問温尼弗雷達佛看是否實有其事，以爲温尼弗雷既然是索米斯底妹妹，對於這事一定完全知道的。經過温尼弗雷當然就傳到傑姆士耳朵裏了。這引起了他十分的不安。

『沒有人，』他說，『告訴他任何事情。』因爲很害怕索米斯底沉默，他不直接去找索米斯自己而拿起他底傘向狄莫塞家走去。

他碰見斯摩爾夫人和赫士德（她被告訴了——她是絕不會轉告人的，她覺得談話很討厭）立等着並且急切地要討論這消息。她們想着，親愛的索米斯僱請了布新萊先生是太好了，不過頗爲危險。喬治曾把他叫作什麼呀？『海賊！』多麼逗人笑喲！但喬治一向是好逗人笑的！然而，肥水總算是沒落外人田——她們覺得她們眞要得把布新萊先生看作是她們家族之一員，雖然這好像很奇怪。

至此傑姆士插進話來：

『沒有人知道他半點什麼。我看不出索米斯對於那樣一個年青人有什麼需要。我想一定是夷倫出的主意，我將要告訴——』

『索米斯，』柔麗姑母打斷他底話，『告訴布新萊先生說他不願把事情讓別人知道。我敢斷言，他定不喜歡別人談論這事的，狄莫塞如果知道他也一定很煩惱我——』

傑姆士把他底手放在他耳朵後面。

『什麼呀？』他說。『我日漸聾得厲害了。我覺得我聽不見別人說話。愛米麗底脚趾也有病。月尾以前我們將不能動身往威爾士去了。總是有些鬼事情打擾！』已經知道了他所要知道的，他拿起帽子走去了。

這是個晴朗的下午，他穿過公園向索米斯家裏走去，打算在那兒吃飯，因爲愛米麗脚趾有病睡在床上，而拉賽兒和舍斯里又正在鄉下訪友。他從洛河貝斯瓦特路一面的斜坡小徑走向武士橋門，跨過一個草短而枯焦的牧場，場中點綴着染黑的羊，一對一對坐着的男女，伏地貼臥着的異鄉漂流者——這些漂流者們就像是一片戰爭的波濤剛在上面捲過去的戰場上的死屍一樣。

他很快地走，頭低着，既不向左也不相右看。這公園雖是他自己底戰場之中心，他曾畢生在這兒戰爭着，但它並不能在他腦中激起任何思潮或冥想。這些由鬥爭之壓迫與騷亂生出的軀在這兒的屍體，這些從他們牛馬生活之單調中攫取一點鐘的閑暇快樂，到這兒來相偎相倚而坐着的成對成雙的愛人，在他心裏並不能喚醒任何幻想；他已經活得把那種想像力失去了；他底鼻子像一隻羊底鼻子一樣，緊緊低垂在他所就食的牧場上。

他有一個房客最近顯得像要拖欠租金的樣子，他是否最好立刻把他攆走而冒險在聖誕節前不能租出，這已經成了一個嚴重問題。斯維沁剛剛租了很壞的房客，但這是他應得的報應——他把房屋空得太久了。

當他沉靜地走着時他這樣想着，小心地握着傘的木桿，正握在那灣柄下面，以使使傘桿的金屬包頭不挨地而傘中段的綢料也不至被磨擦。他那瘦而高的兩肩佝屈着，他底長腿迅速整齊機械般地挪動着，他從這公園中走過就像是一種陸地鳥類在飛越海洋一樣；在公園中，太陽用一種明亮的光焰照着那麼多的安閒——那麼多激烈殘酷的財產戰爭之人體的實證。

當他走出亞爾培門時他覺得有人挨他底臂。挨他的是索米斯，他從事務所走回家，從皮開底里街有涼蔭的一邊踱過時，忽然出現在他父親身邊了。

『你母親病倒了，』傑姆士說；『我正要來找你，但我想我總有些礙你事吧。』

傑姆士與他兒子底外面關係，可以從福賽們所特有的那種缺乏情感認出，雖然如此，他們倆却一點也不顯得不密切。也許他們互視為一種投資罷；他們當然很希求彼此幸福，高興彼此在一起。他們從沒有對於人生更深切的問題交換過兩句話，或者面對面宣洩彼此心裏有任何深在的感情。

一種非文字分析力所能說明的東西，把他們束縛在一起，這是一種在民族和家族的纖維中深藏着的東西——因爲人們說血比水要濃厚些——而他們倆又都不是冷血的人，眞的，對兒女的愛，現在在傑姆士心中直成他生活的主要動力了。有幾個人是他自己血肉之一部，他可以把他節儲下的錢財遺傳給他們，這就是他所以節儲錢財的原因；還有年齡到了七十五歲，除了節儲錢財而外，還剩有什麼事會使他快樂呢？他這樣爲兒女們節儲錢財就是生活的眞髓。

不管他那一切的『約拿主義，』在這整個倫敦城再沒有比傑姆士更健全的人了（假若像人們告訴我們一樣，健全的主要徵象是『保愛自我』的話；但狄莫塞無疑地是太自己保愛過甚了，）他從這倫敦城受了那樣多的恩，用那麽一種沉默的愛愛着它，因爲它是他一切發財機會的中心。他有着那種中產階級可驚的本能的健全，他不像岳里昂那樣有倔强的意志，有時又心軟而好作遐思，不像斯維沁那樣奇矯，不像尼古拉斯那樣能者多勞，不像羅格爾那樣經營事業——在他心裏比他們跳着更多的妥協讓步的脈搏；在他們所有兄弟中，他是在內心與外表最不引人注意的一個，因此他比他們更像會長生不老。

『家門』這東西對於傑姆士比對於其他任何人都更重要而親密。他對於人生的態度中，常有着一種原始的舒適的東西；他愛家庭的爐邊，他愛閑談，他還愛咕嚷着發怨語。他一切的決心，都是用他從他家庭心意中刮出的一種乳油做成的；而且，經過這家庭，他更從千萬與他同階級的其他家庭的心意中刮出這種乳油。他一年復一年，一週復一週地去到狄莫塞家，坐在他弟弟底前廳裏交繞着兩腿，長的白絡腮鬍子環繞着他那剃光的嘴，看着那家庭之煮壺嗞嗞發聲，乳油升到頂面上臨去時便覺得有保障了，精神復興了，安慰了，帶着一種描摹不出的舒服感覺。

在傑姆士那自我保愛本能的堅強不移之下，也有着很多眞正的溫柔；在狄莫塞家度一個鐘頭，就像是在一個母親膝頭上度一個鐘頭一樣；他自己對於家族羽翼護持之深切的渴望，照樣又在他對他兒女的感情上反應出來；一想到他們會在金錢上，健康上或名譽上無防護地隨社會去蹂躪，在他就等於一個惡夢。當他底老朋友約翰斯特雷底兒子自願去作特務員的時候，他不滿地搖搖頭，並很詫異約翰斯特雷怎麼竟允許他；當小斯特雷在南美洲被土人用槍刺死以後，他心裏得到了一個非常深刻的印象，以至他每到任何地方去，必定要特別說出這些話，

『我知道事情將如何結果的——我對於他們這種人眞是不耐極了！』

當他底女壻達悌因爲作煤油股票投機買賣而遭了那經濟危機時，傑姆士曾爲此苦惱得害病；就像是一切發達與隆的喪鐘都已敲響了。這使他直病了三個月，還到巴敦巴敦地方去了

一趟從事調養；一想到假若不是為了他傑姆士底金錢助力，達佛底名字也許已經出現於破產人名表上時，眞覺得有些可怖。

他底生理組織是如此健康，如果他有些耳痛，他就以為他要死了，他把他底妻子兒女們偶然的病痛都視為他們人的苦惱，是上帝給他的特別折磨，以破壞他心境的和平；但他除了他自己那個家庭以外完全不相信別的人會有病痛，在任何情形中，總定要說他們是太不知自己保重了。

他底總評語是『他們不病會怎樣呀？我自己也許會害病的，假若我不自小心的話！』

這天晚上當他往索米斯家裏走時，他覺得人生於他是太難堪了：愛米麗脚趾有病，拉賽兒又在鄉間遊蕩；他不能從任何人得到同情；安哩，她又病了——他不相信她會能撐持過這個夏天；到現在他已經三次到那兒沒見她能夠會他了！還有索米斯這種想頭，要蓋一所房子，這事他定得考察一下。至於夷倫同他的麻煩事，他不知道將發生怎樣的結果——任何壞結果都是可能的！

他在萬分難過的心境中走進了孟特白列方場六十二號。

已經七點半鐘了，夷倫打扮停當預備用膳，正坐在客廳裏。她在穿着她那金色的外罩長衣——因爲已經穿它赴過一次宴會，一次夜會和一次跳舞會，現在它就成了家常衣服了——還在她胸前綴一束流蘇花邊，傑姆士底眼睛立刻就直盯在這東西上了。

「你底東西都是從哪兒得來的呢？」他用一種動氣的語聲說「我從沒看見過拉賽兒和含斯里打扮得有你一半好。這朵玫瑰形花編，啊——這不是眞的！」

夷倫向前走近，向他證明他看錯了。

傑姆士不能自禁地感到她那謙和底勢力，和她身上蒸發出的那幽微誘人的芬芳底勢力了。沒有一個自尊的福賽，一擊之下就會屈服的；因此他僅僅說道：他不知道，他以爲她在衣飾上定費了不少金錢。

鈴聲響了，夷倫用她底白膀臂攙着他底臂，把他帶進了餐室。她把他安置在索米斯常坐的座位上，順桌角挨在她左手。燈光和柔地照在那兒，因此他並不因白日之漸漸逝去而感覺煩惱；於是她開始向他談論起他自己來。

不久，傑姆士臉上就起了一種變化，就像是一顆陽光中的果子悄悄露出了成熟的絢爛一樣；這是一種被撫摩了，稱讚了，寵愛了的感覺，而實際，那女主人並沒有明明地愛撫他，沒有明明白白說出稱讚他的話。他覺得他所吃的東西都是他所喜歡的；他在家裏就不能得到這種感覺；他覺得他從來沒喝過這麼好的一杯香檳，但一問牌子和價格，他很驚異這正是他自己存儲得有許多而却永遠不能牽就喝的那一種；他立刻就下一種決心要告訴他底酒商知道他是被欺騙了。

他丟下食物擡頭說道：

『你這地方有很多的好東西哩。喂，你那糖餚是花了多少錢買的？它一定很值幾個錢罷！』

看見對面墻上掛的一幅畫他特別喜歡，這畫是他自己給他們的：

『我從前還不知道它是這樣地好哪！』他說。

他們起身向客廳走去，傑姆士緊跟在夷倫後面。

『我以爲這才是一頓頂上等的小餐食哩，』他低聲地說，快樂地呼氣吹在她底肩上；『沒有濃膩厚重的東西——也不過於法國化。但「我」在家裏就吃不到這種飯。我一年要付我底廚娘六十鎊，但她却不能給我做這樣一頓飯！』

到這時爲止他還不曾談到那建築房子的事，當索米斯藉口說有事情而走上屋頂層他藏圖畫的房間時他也不說。

傑姆士被撇下單獨同他底媳婦在一起。那最好的美酒之光波，仍然在他底心頭眼底。他覺得十分地熱愛她。她眞正是一個引人愛的小東西；她靜聽你說話，並且對你所說的好像懂得似地；同時，他一方面談着，一方面打量着她底身材，從她那古銅色的鞋子直到她那金色波浪般的頭髮。她坐在一隻拿破崙時代式的大椅上，向後傾欹着，她底兩肩平衡地靠着椅背上端——她底身體，雖挺直而仍柔軟婀娜，從臀部以上都懸空無所倚持，每當她動時便搖動着，就像是要撲到一個愛人懷裏一樣。她底雙脣微笑着，她底兩眼半閉着。

也許是在她這動人的姿態中認出了危險，或者是由於消化關係而打了個飽咯，使傑姆士突然沉默了。他記得他從前從沒有同夷倫十分單獨在一起過。同時，當他看着她時，一種奇怪感覺爬上他底心來，就像是他忽然碰見了一種奇異稀罕的東西似地。

現在她在想些什麼呢——像那樣向後斜欹地坐着？

因此他說話時使用了一種較尖銳的聲音，好像剛從一場好夢中醒來一樣。

『你整天做些什麼事消遣呢？』他說。『你從沒有到公園街去過。』

她好像在作些沒有理由的遁詞，傑姆士不看她。他不願意相信她實在是在躲避他們——這樣含義就太嚴重了。

『我希望事實是因爲你沒有功夫，』他說；『你老是好同玖恩在一起。我希望她同她底愛人在一起你會於她有些益處，監護着她，或者這樣或者那樣。我聽人們說她現在每天簡直不在家了；你岳里昂伯伯他不喜歡這事，我想，他被撇得太孤寂了。人們告訴我她老是追隨在這青年布新萊左右；我想他天天到這兒來罷。喂，「你」覺得他這人怎樣呢？你以爲他知道他自己的心嗎？我覺得他好像是一個不値錢的人。我倒要說玖恩比他要好得多哩！』

夷倫底臉色紅漲了；傑姆士懷疑地看着。

『也許你不十分了解布新萊先生罷，』她說。

『不了解他！』傑姆士急急說：『爲什麼不呢？——你可以看出他是一個那種研究藝術的傢伙喲。人們說他是聰明的——他們都以爲他們是聰明的哩。你知道他比我知道得更多罷，』他加說；他那懷疑的目光又射在她身上了。

『他正在爲索米斯設計一所房子，』她柔和地說，顯然是想把事情圓轉下去。

『這使我想到我所要說的話了，』傑姆士繼續說；『我不知道索米斯對於他那樣一個青年人有什麼希冀。他爲什麼不找一個第一流的建築家呢？』

『也許布新萊先生就是第一流的哩！』

傑姆士站起來，低着頭打了一個轉身。

『正是如此，』他說，『你們年青人，你們都連合在一起，你們都以爲你們最有見識！』

長而瘦弱的身塊子停在她面前，他翹起一隻手指指着她底胸脯，就像是申斥她底美麗爲不當似地、

『我底意見只是，這些藝術家們，或是他們自稱的其他什麼人們，他們要多麼不可靠就多麼不可靠；我對你的忠告是，不要同他太要好了！』

夷倫一笑；在她那兩唇的曲線中，有着一種挑釁的神情。她好像已經失去她底謙抑了。她底胸脯一起一伏着，就像是心裏在發怒；她把她那在椅臂上休息着的兩手向內收攏來，直到她兩手的指尖還在一起；她那黑眼睛不可測地看着傑姆士。

傑姆士沉鬱地看着地板。

『我告訴你我底意見罷，』他說，『你沒有一個孩子要你顧念，佔據你底心，這是一件可惜的事！』

夷倫底臉上立刻現出了一種深思的樣子，連傑姆士也意識到她那柔滑的綢緞衣服下的身體是被一種峻烈的情緒佔據着了。

他底話引出的結果使他吃驚了，於是像大多數胆小的人一樣，他立卽想方法用威嚇來說明自己有道理。

『你好像不大喜歡出門。為什麼你不同我們坐車到海林翰公園呢？為什麼不常常看看戲呢？在你這年紀，你應該喜歡各種娛樂的。你是一個年青的女人哩！』

她臉上那種深思的樣子更加厲害了；他漸漸煩惱起來，

『好啦，我對於事情什麼也不知道，』他說：『沒有人告訴我任何事情。索米斯應該更為他自己當心些。如果他不自當心，他可不要來仰賴我——我再沒別的話講。——』

咬着他食指的指角，他用一種冷酷銳利的目光偷看着他底媳婦一下。

他正遇見了她那看定他自己眼睛的眼睛，那麼黑，那麼叵測，以至他不敢再看她了，並微微出了點兒冷汗。

『啊，我得走了，』他沉默了片刻之後說，又過一分鐘他就站起身來，微帶點驚詫的樣子，好像他曾希望她請他少停似地。把手伸給夷倫，他讓她把他引導至門口，開門放他走出到街上。他不願雇街車。他要步行，他要夷倫代他祝索米斯晚安，並說如果她想找一點兒快活，那麼他無論哪一天都可以驅車帶她到里士滿公園去。

他走到家，上了樓，把二十四小時以來第一次才睡覺的愛米麗喚醒，告訴她他在索米斯家所得的印象是事情怕要糟糕了；他講論這題目講了半點鐘，到後來，一面說他恐怕連睡得合眼也不能，一面翻了個身，立刻開始打起鼾聲來了。

在孟特白列方場索米斯剛從圖畫室出來，隱着身站在樓梯頂上，看着夷倫分揀最後一次郵差送來的信。她又回到客廳裏；但過了一分鐘又走出來，站在那兒好像靜聽着什麼似地。接着她悄沒聲地走上樓梯，懷中抱着一隻小猫。他可以看見她底臉伏在那小動物上面，小猫則挨着她底頸子嗚嗚地叫。爲什麼她不能像這樣子看他呢？

忽然她看見了他，她底臉色變了。

『有我底信沒有？』他說

『有三封。』

他側身站在一旁，她再也不說半句話直向前走進臥室去了。

七　岳里昂翁底叛離

在同一天下午，岳里昂翁從羅德板球場走出，打算回家去。還沒有走到漢米敦坊他又改變意向了，叫了一輛馬車，要車夫把他趕到威斯塔利亞路一個地方去。他已經下了一個決心。

這一禮拜中玖恩幾乎完全沒在家過；許久以來她完全沒陪同他在一起了，事實上，她自從與布新萊訂婚以後就沒有陪伴他過。他也決不要求她陪伴他。他是從不願向別人請求什麼的！她現在就只有一種思念在她心裏——布新萊和他底事業——她把他孤寄零擲在他底大宅子裏，同一羣僕人在一起，自朝至暮沒有一個人可與談談話。他底俱樂部爲要打掃裝修而停閉了；他底事務所休業了；因此他沒有事要到商業區去。玖恩曾想要他離開倫敦；她自己不願走，因為布新萊在這兒。

可是他自己一個人有什麼地方好去呢？他不能單獨到國外去；海上生活要使他肝火旺；他又憎恨旅館。羅格爾到一個溫泉療養所去了——他却不願在他這年紀還去開始做這種勾當，那些新花樣的所在都是些騙局！

他用這種理論公式使他自己沉溺在精神的孤寂中；他臉上的縐紋日漸加深，他底眼睛一天天帶着一種陰鬱向前看着，這陰鬱加在一副常是強健靜穆的面孔上是那樣奇異。

因此，這天下午他才有穿過聖約翰林之行，一路看見金色的光線洒在那一座座小屋前修圓了的綠色荊球花叢中，夏日的陽光好像在那些小花園中舉行歡宴；他很有味地周遭看着，因為這個地方是每個福賽走進來時都要公開的非難和私下好奇的區域。

他底馬車停在一所小房子前面了，這小房子底顏色是那種暗示長久沒有油漆過了的特別的灰黃色。屋前有一個外門和一條不平的小路。

他跳下車，樣子鎮靜極了；在一頂非常大的高帽子下面，他那有着下垂的八字鬍和兩鬢白髮的大腦袋非常莊嚴；他底目光凝定，微帶怒意。他是被逼着才到這裏來的。

『岳里昂夫人在家麽？』

『呵，在家先生——請問尊姓，先生？』

岳里昂翁在把姓名告訴那小女僕時，不禁瞧了她一眼。他覺得她像是一個如此可笑的小癩蝦蟆。

他跟隨她穿過那黑暗的過道，進了一個小小的雙間客廳，室內的傢具都覆有印花木棉布，那小女僕把他安置在一隻椅子上。

『他們全都在花園裏先生；您請坐一下，我去告訴他們。』

老岳里昂在那覆有印花木棉布的椅上坐下，四周看着。他覺得這整個地方都是汚穢湫隘的，照他底說法；這兒一切東西都有一種——他不能確切地說是什麽——襤褸的樣子，或者說一切東西都是勉强維持的樣子，他所能見到的傢具沒有一件能值得一張五鎊鈔票的。粉刷了頗長久了的牆上掛了些水彩畫；天花板上橫現着一道裂縫。這些小屋子全是些陳舊的二等貨色；他以爲租金每年總會在百鎊以下；這使他說不出地難過，想到一個福賽——他自己底兒子——竟住在這樣一個地方。

那小女僕回來了。請他到花園裏去。

老岳里昂從那法國式窗戶中走出。在走下臺階時，他注意到它們也需要油漆了。

小岳里昂，他底妻，他底兩個孩子，他底狗巴爾沙，都在那外面一棵梨樹下。

這樣向他們走去，乃是老岳里昂一生最鼓勇履險的行爲；但他底臉沒有半點不沉靜，沒有半點心慌意亂的樣子洩露他底心情。他用他那深入的眼光沉着地看着他底敵人。

在那兩分鐘間，他把他那一切不自知的秉賦：康強，鎮靜，豐富的精力都展示出到了完全的地步。使他和與他同階級的其他許多人成爲英國民族之中心的，便是這些東西這些人在他們自己底事件中，他們無矯飾的行徑便只表現出本質的個人主義，其他一切都不管；因爲英國人民生活本性的孤獨，這種個人主義在英國人是與生以俱來的。

狗兒巴爾沙繞着他底褲脚嗅着；這友善而含譏諷性的雜種——它是一隻俄國尨犬和一隻獵狐小狗私通而生的——對於生人能够嗅得出來。

奇異的問候過去，老岳里昂在一隻籐椅上坐下，他底兩個孫兒女在他底兩膝旁一邊站一個，沉默地注視着他因爲他們從未看見過這樣老一個人。

兩個孩子相貌並不相似，就像是暗示着他們出生的環境給與他們的那種不同似地。那未正式結婚而生的孩子岳梨是扁胖臉，苧蔴色的頭髮從前額梳開，下巴上有一個黶窩，有一種倔強的討人喜歡的神氣，眼睛正是一個福賽的眼睛；小霍萊，那結婚後生的女孩子，却是一個黑皮膚的沉靜小東西，有着她母親那種灰色而深思的眼睛。

在繞着那三個小花壇走了一轉以後，那狗子巴爾沙為要更具體地表示它對一切的極端輕蔑起見，也在老岳里昂面前坐下了。搖擺着它那天生緊緊捲在背上的尾巴，它並且用它那一瞬也不瞬的眼睛向上瞪視着。

即令在花園裏，老岳里昂也覺着東西都是湫隘破爛的；那籐椅被他沉重的身塊子壓得唧唧叫；那些花壇的樣子很蹩脚，在最遠的一邊，在那煤灰染汚的牆下，猫兒們造了一條路。

當他同他底孫兒女們在這樣用那種好奇而信賴，常在最小的人與最老的人之間發生的特別的觀察互相看着時，小岳里昂看着他底妻子。

她那瘦削的，有直眉毛和灰色大眼睛的卵圓臉兒已經紅漲了。她那從前額向後梳成美觀高起的浪紋的頭髮已漸變成灰色，正如他自己底頭髮一樣；而且，這灰色使她那突然現得鮮紅的雙頰，顯得令人心痛地可憐。

她臉上的神情是他前此從未看見過的，是她一向隱藏着不使他看見的，充滿着内心的恐怒，渴望與恐懼。她底兩眼在她緊蹙的雙眉下痛苦地直視着。她沉默不語。

只有岳梨在談着話；他有許多東西，終於要告訴這不相識的朋友，這人有着大極了的八字鬚，兩手滿蓋着青筋，坐在那兒兩腿交叉着，正像他自己底父親那樣子（這習慣是他自己也正要學得的）；但既然是一個福賽，雖然還不滿八歲年紀，他這時却不說出他心裏所最愛的那東西——在一家舖子橱窗中陳着的一營兵。他父親已經允許要買給他了。無疑地，那東西在他是覺得太珍貴了；一件天賜的東西，現在不能就說了出來。

這三代人靜寂無聲地團聚在那梨樹下，太陽光穿過樹葉照在他們這一小羣人身上，梨樹是許久已經沒有果子了。

老岳里昂有縐紋的臉上一塊一塊地發着紅，老人們在太陽下常是這樣一塊一塊臉紅的。他把小岳梨底一隻手握在他手裏；那孩子爬到他底膝上；小崔萊被這種情景所催眠，也爬到他們跟前來了；小狗巴爾沙底爪子抓地聲，很有節奏地一陣陣響着。

忽然小岳里昂夫人站起身急急走進屋裏去了。過了一刻，她底丈夫嘴裏輕輕說了一句藉詞，也跟她進了屋裏。就只剩老岳里昂同他底孫兒女們在一起了。

他心裏開始感覺着人性之奇異的突變冷颯地在他心裏作祟了，這突變依着周而復始律深入於他底心底。那種對於小兒的溫愛，那種曾經使他捨棄他底兒子而留下玖恩的對於小生命的熱愛現在又在他心裏作怪，要他放棄玖恩而跟隨這些更小的孩子了。青春像火焰一般永久在他心裏燃燒着，他趨向青春，趨向那些渾圓的小臂小腿，那樣亂搖亂動，需要看顧；趨向那些小圓臉兒那麼難以理解地莊嚴燦爛；趨向高銳的聲調，那尖利的呵呵的笑聲，那定要拖拖拉拉的手，那小身體緊靠着他腿子的感覺；趨向一切幼小的幼小的東西和重返於幼小的東西。他底眼睛柔和了，他底聲音和露着靑筋的手柔和了，他內心裏也柔和了。對於這些小東西，他立刻變成了一個快樂的所在，一個他們可以在這兒得到平安，可以談話笑樂玩弄的所在；後來，像日光一樣，從老岳里昂那籐椅中射出了三顆心聯合起來的快樂。

可是小岳里昂跟着他妻子到房裏去的情形却不同了。

他看見她坐在她底理妝鏡前一張椅子上，手掩着臉。

她底肩因悲哀在顫動着。她這種痛苦的悲哀在他是神秘的，他也曾無數次經歷過這種心情；他怎樣過出了這些心情來，他也不知道。因爲他永不相信它們只是一時的氣分，不相信他們的夫婦不會因此斷絕了。

到夜間她一定會兩手抱着他底頸子說：『呵！岳喲，我使你多麼受苦喲！』她從前已有無數次這樣了。

他伸出他底手去，不等她看見地偷着把他底剃刀盒放進了他底衣袋裏。

『我不能呆在這兒，』他想，『我得下去！』他一句話也不說離開了屋裏，又回到草場上去了。

老岳里昂把小霍萊抱在他底膝上；她拿着了他底錶玩；岳梨紅着臉，正在努力表示他能够倒豎起來。小狗巴爾沙緊挨着茶桌，瞪着眼看着蛋糕。

小岳里昂感到一種惡意的念頭，想打斷這種快樂。

他父親有什麼權利來像這樣子使他妻子苦惱呢？這簡直駭人，過了這樣多年以後！他應該知道這個；他應該先給他們預告；可是什麼時候會有一個福賽，會想到他底行徑會使別人苦惱呢！在這樣的思想他誤解了老岳里昂了。

他嚴厲地向孩子們講話，告訴他們到屋裏去吃茶去。他們非常吃驚地手攜着手走去了，因爲他們從前從未聽見他們父親這樣厲聲說話過，小霍萊還回頭看了一下。

小岳里昂把茶倒出來。

『我底妻今天有些不舒服，』他說，但他十分知道他底父親已經看穿那突然走進屋去的原因了，同時他幾乎恨這老人，看見他這樣沉靜地坐在這兒。

『你這所小房子很不壞，』老岳里昂帶一種精明的樣子說；『我想你是租的吧！』

小岳里昂點頭。

『我不喜歡這些鄰右，』老岳里昂說；『一羣窮相的人。』

小岳里昂答道：『正是，我們正是一羣窮相的人。』

這時沉默的空氣僅只被狗兒巴爾沙的爪子搔地聲所打破。

老岳里昂坦率地說道：『我想我不應該到這兒來的，岳；我現在是如此地寂寞！』

聽到這話小岳里昂站起身把他底手放在他父親肩上。

隔壁一個人家，有人正在一隻破得音諧不準的鋼琴上一再地彈着『水性楊花；』太陽已經到了遠處的牆上，花園已經在暗陰中了，一隻伏臥着的貓正在牆上取暖，它睡眼惺忪地看着小狗巴爾沙。遠遠的車馬聲輕輕傳來；那花園四周爬着長春藤的園籬，把一切都遮去了，只有天和屋子和梨樹還可看見，梨樹頂上的枝葉依然還被太陽染作金色。

他們在那兒坐了許久，很少說話。接着老岳里昂起身要走，一點也不提他是否還會再來。

他很悲戚地一路走去。一個多麼可憐的地方喲！他想起他那斯丹霍門那大而無人住的宅子了，那才是一個福賽的適當住所哪，有着那樣大的彈子房和客廳，但一禮拜又一禮拜過去了，却沒有人進去。

那女人底臉子他頗喜歡，但是太神經質了；他知道她使岳的生活難過。還有那些可愛的孩子啊！一件多麼蠢的事情喲！

他在兩行小住宅的中間向愛德華路走去，這一切小宅子都使他想起這種或那種曖昧的故事來。（不用說這是錯誤的，但一個福賽的偏見却是神聖的哩！）

社會，真的，盡是些饒舌賤婦和浮薄少年——他們竟挺身而出，來譏評他自己底血肉了！一羣蠢東西們！他把他的傘戳進地面去，好像要把它戳進那不幸的社會心中去似地，這社會竟敢放逐他底兒子和他兒子底兒子，而他本可以重行與他們一起過活的！他拚命地戳他底傘；可是十五年以來他自己底行爲也是追隨附和社會的——只有今天才與社會意見衝突了！

他想到了玖恩，想到了她死去的母親，想到了這整個的事故，想時感覺着他過去一切的痛苦。一件可悲的事！

他過了許久才到斯丹霍門，因爲天生頑固，雖然很倦了，他依然完全走着回去。

在樓下盥洗室洗過手以後，他走到餐室等着吃晚飯，這房間是玖恩出門時他所使用的惟一房間——它比較不冷清些。晚報還沒有來；他已經看完了太晤士報，所以沒有什麼事可做。這房間背着交通熱鬧的街面，十分寂靜。他不喜歡狗，但一隻狗也可以作個陪伴的。他底目光在四周牆上轉，落在一幅標題爲『落日時分的一羣荷蘭漁舟』的圖畫上；這是他所收藏的傑構。它並不能給他快樂。他閉上他底眼。他很寂寞！他不應該抱怨，他知道，但他忍不住抱怨：他是一個可憐的東西——他一向是一個可憐的東西——沒膽氣！這是他底思潮。

總管家走來鋪桌子開飯，看見他底主人顯然在熟睡着，行動便萬分小心。這有長髯的人也有八字鬚，曾使這家族的許多人員心裏起過嚴重的懷疑——尤其是那些像索米斯一樣的人進過公立學校，對於用人，是看慣了整潔無鬚的人。他眞能夠被當作一個管家麼？好玩的人談到他時把他稱作『岳里昂伯伯底異教徒；』衆所公認的滑稽家喬治曾把他起渾號叫作『酸氣』。

他在那大而光亮的皿櫥與那大而光亮的餐桌間萬分輕巧無聲地走動着。

老岳里昂看着他，假裝睡熟。這傢伙是一個狡猾的人——他一向這樣想——他除了趕快把事情弄完就跑出去賭博，或找相好女人，或者天曉得幹什麼勾當而外什麼都不管！一個懶貨！又胖！他對於他底主人一星兒也不關心！

可是接着與他底意念相反地來了他那種哲思的瞬間，老岳里昂所以與其他的福賽們不同就在於這些瞬間：

但這人究竟爲什麼要關心呢？你並沒僱他來關心，那麼爲什麼希望他關心呢？在這世界上，除非給人家錢，人家是不會對你有感情的。將來也許不同，在來世——他不知道，他不能說他依然又閉上了他底眼睛。

管家偷偷摸摸毫不顧慮別人的情感地作着他底事，從那皿櫥各個不同的格子裏拿出東西來。他好像老是把背對着老岳里昂；這樣他就可以免去那當着他主人做事的那種無規矩了；他時而偷着吹氣在那銀器上，用一塊小鹿皮擦它。他好像在細察那些酒瓶中所盛的酒量，瓶子他小心地拿着並端得頗高，讓他底鬍子垂在上面像保護着它們似地。當他做完以後，他站了一分多鐘看着他底主人，在他那綠色的眼光中有一種輕蔑的神情。

他這主人到底是一個老蠢貨，他不會活許久了！

像隻大牡貓一樣行動無聲，他穿過那房間去按鈴。他曾被吩咐七點鐘開飯。主人熟睡着，又怎樣呢；他立刻就要叫醒他；他睡覺到夜裏睡去好了！他要得爲他自己着想，因爲他要在八點半鐘到他底俱樂部去！

聽見鈴聲，一個小僮拿着一個銀的湯碗走了進來。管家從他手裏接過湯碗來把它放在桌上，後來，站在那敞開的門畔，他像引進一個客人來似地用一種莊嚴的聲音說道：

「晚飯開在桌上了，先生！」

老岳里昂慢慢從他底椅上站起身來，在桌前坐下吃起晚飯來。

八　房屋圖樣

衆人公認，一切的福賽都有甲殼，就像那種作成士耳其糖果，非常有用的小動物一樣；換句話說，他們沒有一個被人看見是沒有家宅的，卽令有也不會被人認出他是一個福賽，他們底家宅中都有華飾，有財產，有朋友，有妻子，當他們從一個爲千萬其他有家宅的福賽們所構成的社會走過時，這些東西好像也在跟隨着他們。人們不能想像一個沒有家宅的福賽——那樣他就像是一部沒有結構的小說，便是一個例外的變則。

在福賽們眼中布新萊好像是沒有家宅的，他好像是一個那種少有而不幸的人，他們從周遭盡是華飾，財產，朋友，妻子的生活中經過，而這些東西却不屬於他們。

他那斯樂安街上一所房子最高一層樓上的房間，外邊一個銅牌上刻着他底名字『建築家斐力貝恩斯布新萊，』並不像是一個福賽的房間。他除辦事室而外再沒有起居室，但有一個大的壁龕被障蔽着，裏面藏的是生活必需品——一隻短榻，一張安樂椅，他底烟斗，鼻煙盒，小說和一雙拖鞋。那房間的辦事部分內有着普通的傢具；一個敞開的分成許多格眼的櫥子，一個圓橡木桌子，一隻摺起的洗臉架，幾張木椅，一隻上面滿覆着畫件和圖樣的極大的高寫字檯。玖恩曾有兩次在他底姑母伴護之下到這兒來吃茶。

人們以爲他在後面有一間臥室的。

就福賽家人所確知的他底收入而論，其中有兩個顧問職務一年可獲得二十鎊，偶然還有點兒不定收入，還有——這是較有價值的一項——他父親底遺囑上吩咐一年給他一百五十鎊的年金。

關於他那父親的身世，所得知道的並沒什麽了不起。他好像是一個林肯州的鄉下醫生，生於克倫威爾地方，面貌很漂亮，性情浪漫——事實上在他那一州是個很有名的人物。布新莱底舅父貝恩斯，即貝恩斯與白爾特博兩建築師之一，他名字雖不是一個福賽，本性却很像一個，他對於他底姊丈很少有足稱道的。

『一個奇怪傢伙！』他常說：『常常說他三個最大的兒子是「好孩子，但太遲鈍了；」他們都在印度作官發大財哩！斐力是他所愛的惟一的一個兒子。我曾聽他說得最奇怪不過了；他有一次向我說：「我底好伙計，永遠別讓你可憐的老婆知道你在想些什麽！」但我並不聽他底勸告；我可不的！一個奇癖的人！他常向斐兒（斐力之暱稱——譯者）說：「無論你活着時像不像個上等人，但你死時一定得像個上等人才好！」而他自己死時也就穿着很闊氣的禮服，帶着緞子襯領，還有一隻鑽石別針。啊，特別極啦，我告訴你罷！」

對於布新萊自己，貝恩斯常熱烈地稱許，帶着一種同情：『他也染了一點兒他父親底浪漫主義。怎麼不呢，你看他那樣拋棄好機會而離開我事務所的行徑；像那樣子帶着一個行囊走去了六個月，究竟爲什麼呢？——去研究外國建築學——外國的！他能有什麼好處獲得呢？果然不錯——一個年靑聰明的人——！一年賺不到一百鎊！現在他底訂婚實在是一件最好的事情了——可以使他堅實點兒；他乃是一個那種人，他們白日躺在床上而却整夜坐着不睡，只因爲他們沒有秩序而已；但他却一點也不壞——一星兒也不壞。老福賽是一個有錢的人哩！』

貝恩斯先生使他自已非常爲玖恩所喜悅，這一向她常到朗兌斯方場他家中去拜候他。

『索米斯先生底這房子——他是一個多麼了不得的事業家喲！——正適宜於斐兒』他常向她說；『你現在不要想同他多見面才好，我親愛的小姐。好事——好事！他年靑人要得努力作事求上進。當我像他這年紀時，我是日夜工作不息的，我親愛的妻常常向我說道，「寶貝，不要太努力工作了，爲你底健康着想罷！』但我決不讓我自己怠惰！』

玖恩曾抱怨說她底愛人老沒工夫到斯丹霍門去。

他第一次來時，兩人在一起還不到一刻鐘的工夫，就又碰見綦普提麻斯摩爾夫人來了，她總是好幹這種不湊巧的事。斯摩爾夫人一到布萊新就依照預約站起身藏在那個小書齋裏，等待着她離去。

『我親愛的，』柔麗姑太太說，『他是多麼瘦喲！我常看見訂婚未娶的人都是瘦的；但你不能使他再瘦得厲害了。可以去買巴魯醫生製的牛肉汁給他吃；你叔祖斯維沁吃了它於身體非常有益哩，』

玖恩在那火爐前小身個兒筆直地站着，她底小臉兒含怒地抖着，因爲她把她姑太太不合時的拜訪當作對她自己的損害；她譏諷地回答說：

『他瘦是因爲他忙；凡是做着值得一做的事情的人，永遠沒有胖的！』

柔麗姑太太生氣了，她自己也常常很瘦，但她從瘦所得的惟一快樂，是她可以有機會希望胖一點兒。

『我覺得，』她憂戚地說，『你不應該讓人們把他叫作「海賊；」人們會以為這很奇怪，現在他要給索米斯蓋一所房子了。我眞希望他要小心點兒；索米斯有很好的鑑賞力哩！』

『鑑賞力！』玖恩大叫說，立刻生起氣來；『我並不以找布新萊造房子，是他或者這家族中任何人有什麼鑑賞力！』

斯摩爾夫人吃了一驚。

『你斯維沁叔祖，』她說，『一向是有很好的鑑賞力的！索米斯底小宅子也很可愛；難道你以為不可愛嗎？』

『哼！』玖恩說，『那只是因為有夷倫在那兒！』

柔麗姑太太努力想說些使她喜歡的話。

『親愛的夷倫是不是十分喜歡住在鄉下呢？』

玖恩直瞪着她，她眼中的神情好像她底良心突然跳進她底眼中了似地；那神情逝去了，一個甚至比那神情更專注的樣子代替了它，好像已經把那良心瞪視得變了樣子似地。她蠻橫地答道：

「她當然喜歡的;爲什麼她不喜歡呢?」

斯摩爾夫人漸漸不安起來了。

「我不知道,」她說;「我以爲她也許不願意離開她底朋友們。你傑姆士叔祖說她對於生活不十分感覺興趣。「我們」以爲——我意思是說狄莫塞以爲——她應當多多出門玩玩。我想你離開她一定很難過的罷!」

玖恩把她底兩手緊扣在頸後。

「我眞希望,」她說,「狄莫塞叔祖不要談論與他無關的事情!」

柔麗姑太太把她那高身個筆直地站起來。

「他從不談論與他無關的事的,」她說。

玖恩立刻後悔了;她跑到她姑奶面前吻她。

「我很抱歉,好姑奶;但我希望他們不要管裘倫底事。」

因爲再想不出對於這問題的適當的話講,柔麗姑太太沉默不語;她預備要走,把她底黑緞背心胸口扣起,她拿起她底小手袋兒說:

「你底好祖父身體好麼？」她在過道中間，「我想現在他定是很寂寞的，你底全部時間都被布新萊佔去了。」她俯身鼕餮地吻她底姪孫女，脚步小巧婀娜地走去了。

玖恩底眼裏漲滿了眼淚；她跑進那小書齋裏，布新萊在那桌前坐着正在一個信封上畫些鳥兒，她趺坐在他底身畔哭着說：

「呵，斐兒喲！事情是這樣地可怖！」她底心之熾熱就像她底頭髮一般紅。

在這個禮拜日早晨，當索米斯正在刮臉時，僕人報告他一個消息，說布新萊先生在下面很願會見他。他把那通到她妻子房間的門打開說道：

「布新萊在樓下。我要刮完臉，你去招待他一下。我頃刻就下來。他來是爲了房子圖樣，我想是。」

夷倫看着他不答，但把她底裝飾弄完走下樓去了。

他看不出她對於這房子的意見究竟怎樣。她並沒有說什麼與這事有關的話，而且，只要與布新萊有關的事，她總是十分和氣的。

從他底更衣室的窗子，他可以看見他們在下面小天井中一起談話。

他急急要把臉刮完，把下巴割破了兩次。他聽見他們笑，自己心裏想道：「好，他們十分融洽，無論如何！」

如他所預期的，布新萊是來帶他去看房屋圖樣的。

他拿了他底帽子同他一道去了。

圖樣攤開在那建築家房中的橡木桌上；索米斯蒼白着臉，很專注很仔細地俯在那些圖樣上看了許久不說一句話。

他終于用一種迷惘的聲音說：

「這是一種很奇異的房子！」

一所二層樓長方形的屋子，盖在一個四方形中，內包着一個天井。那天井被樓上一圈走廊所包圍，上面有個玻璃屋頂，從地上直豎的八根柱子支持着它。

這在福賽們眼中眞是一所奇怪的房子。

「這裏有許多地皮都浪費着哩，」索米斯繼續說。

布新萊開始踱着，索米斯不喜歡他臉上那種表情。

『這房子的原理是，』那建築家說，『要使你有地方呼吸——像個上等人一樣！

索米斯伸直他底手指，好像在測量他將因這屋子得到怎樣的品位似地，他回答說：

『呵！是的，我知道。』

布新萊臉上現出了他所特有的樣子，這樣子表示着他一切的熱心。

『我努力在這兒想爲你設計一個它本身有種自尊的房子。如果你不喜歡它，你最好這樣說；這當然是誰也不要考慮的事情——如果你再可以添設一個特別盥洗室，不管如何的逼窄，誰還需要一所房子自身的自尊呢？』他忽然把他底手指指着那中間長方形的左邊的一部分：『在這兒你可以不致感覺逼窄。這兒你可以掛圖畫，用幔子把它從天井隔開；拉開幔子你就可以有一塊五十一尺長二十三尺六寸寬的空場。這中央的雙面暖爐，一面向着天井，一面向着圖畫室；這盡頭的墻完全是窗子；從這兒你可以有東南方來的光線，從天井你可以有北方的光線。你其餘的圖畫可以掛在樓上的走廊中，或者掛在其他的房間裏，在建築學中，』他說下去——雖然看着索米斯而却好像沒看見他，給索米斯一種不快的感覺——『如像在生活中一樣，沒有整齊你就不會有自尊。人們告訴你說這是陳腐的話。但無論如何這究竟是奇特的；我們從未想到把生活的主要原理放進建築物中間過；我們把我們房子裏滿裝些飾品，玩物，角落，一切足以吸引人眼光的東西。其實不對，眼睛應該休息的；有幾根粗線條就達到這目的了。總之，需要整齊——沒有整齊就沒有自尊。」

不自覺的諷刺家索米斯，注視着佈新萊的領結是十分歪斜的，臉也沒剃光，衣服也並不怎樣整齊，建築學好像把他底整齊都耗去了。

「這房子不有點像一個兵營麼？」他問。

佈新萊並不立即回答他。

「我知道是什麼原故，」佈新萊說，「你需要一所李圖麻斯特式的房子——一所美麗而便利的房子，僕人們可以住在頂閣裏，前門要低下，矮了下去又高了上來。那你最好去找李圖麻斯特好了，你將看得出他是一個了不得的人物，我從小到現在都認識他的！」

索米斯吃驚了。其實這圖樣是他很喜歡的，他之隱藏他底滿意只是他底本性。要叫他說句恭維話是很不容易的。他輕視那些易於稱讚人的人們。

他覺得他自己是在一種爲難的境地中，不說一句恭維話就得冒失去一件好東西的危險。

布新萊正是那種人，也許把圖樣撕去不再爲他蓋房子了；一個大孩子！

這種他自以爲高出於它的孩子氣，使索米斯感到一種特別的，幾乎催眠般的力量，因爲他從未覺得他本身有過這類東西。

『好的，』他終于吞吐地說，『這房子當然是——是很獨創的。』

他私心內對于『獨創』這字樣，有着一種如此的不信任甚至不喜悅，以致他說了這話還覺得他自己並沒有眞正把心事說出來。

布新萊好像高興了。正是這類話才能使他這樣一個傢伙高興！他底勝利使索米斯鼓起勇氣來了。

『這是——是一個很大的地方，』他說。

『寬闊，空氣，光線，』他聽見布新萊說，『你在一所李圖廠斯特那種房子裏，是不能生活得像個上等人的——他只會給工廠主們蓋房子。』

索米斯不要再聽地動了一動；他已被人看作一個上等人的，他怎樣也不願與工廠主比肩。他內心對于一般原理之不相信又復活起來。談論着整齊和自尊有什麼鬼好處呢？他覺得這房子像是很冷的。

『夷倫是受不了這冷的！』他說。

『啊！』布新萊嘲諷地說。『你底夫人麼？她不喜歡冷？我會當心着使她不會冷的。在這兒！』他指着那天井墻上等距離畫着的四個記號。『我已經給你設計裝鉛框的熱水管；你可以得到是有很好的花樣的。』

索米斯懷疑地看着那些記號。

『這一切都很好，這一切，』他說，『但他需要花多少錢呢？』

那建築家從他衣袋裏掏出了一張紙：

『這屋子照理應得完全用石頭建築，可是因爲我想你不會願意花這樣多錢，我已經讓步只用石頭鑲個表面。房子是應該用銅屋頂的，但我也已改用了綠泥石。像這樣，連金工等在內，需要八千五百鎊才行。』

『八千五百鎊呀？』索米斯說。『呀，我已經告訴你至多不能超過八千鎊哩！』

『少一個子兒也做不到，』布新萊冷然地答說。『你願就願，不願就拉倒！』

也許這是把一個提案提向索米斯的惟一方法。他不知所措了。他底內心要他把這整個事件放棄掉。但那圖樣很好，他也知道它——有完美和莊嚴；僕人們底房間也好極了。他要住在這樣一所宅子裏定會受人敬重——這房子有這麼獨創的式樣，而又配合得十分完美。

他繼續細細觀看那圖樣，同時布新萊走進臥室去刮臉穿衣去了。

兩人沉默無語地步行走回孟特白列方場，索米斯不絕地從眼角斜睨着他。

那海賊是一個頗爲好看的傢伙——他這麼想——當他好生收拾打扮起來的時候。

當他們兩人走進時，夷倫正俯身在那些花上。

她說要差人到公園那邊去接玖恩來。

『不要，不要，』索米斯說，『我們還有正事要談淸楚！』

吃午飯時他幾乎誠懇起來，老是讓着布新萊吃。他很快活地看見那建築家是那麼高興，當他照着他禮拜日的老規矩去私看他底圖畫時，他讓他同夷倫一起消遣那個下午，吃晚茶時他走下客廳來看見他們如他所謂刺刺不休地談說着。

他在門口不等他們看見，私自慶幸事情將要轉向好的方面了。幸而她同布新萊很要好；她好像對於新房子的事情要很贊同喜歡了。

他在他底許多圖畫中靜靜地冥想着，已經決定了再加五百鎊，如果必要的話；但他希望這一下午也許會使布新萊的估計讓點步的。這是一件布新萊非常容易挽救的事情，只要他願意；他定有許多方法可以使蓋房子少花點錢，而却不失去那房子的好處的。

因此他等待他底機會，直到夷倫給那建築家遞第一杯茶的時候。從窗幔縫中射進了一縷陽光，晒熱了她底面頰，在她底金髮與溫柔的眼睛中照耀着。也許正是這一縷陽光，把布新萊底臉也照得紅了，使他底臉上現出了一種有點驚怕的樣子。

索米斯憎恨陽光，他立即起身去拉那窗幔，接着他從他妻子手裏拿過他自己底一杯茶，比他初意更冷然地說道：

『你究竟不能想一個方法只用八千鎊蓋成它麼？一定有許多的小東西你可以更改一下的。』

布新萊一口把茶喝下去，把杯子放下，答說：

『沒有一點東西可以更改的！』

索米斯知道他這提議觸着了一種個人虛榮心之難以解釋的地方了。

『好啦，』他用一種忿怒的讓步同意了；『你定要照你自己底辦法行事，我想是。』

過了幾分鐘布新萊站起身要走，索米斯也站起身來，要把他送出宅去。那建築家好像高興得要命。在看見他搖擺着走去以後，索米斯若有所思地回到客廳來，愛倫正在那兒收拾樂譜；被一種不能制止的好奇心的激盪所動，他問道：

『喂，你覺得那「海賊」怎樣？』

他一方面眼看地毯，一方面等她回答，但他却不得不等許久時間。

『我不知道，』她終於說。

『你以為他是不是好看呢？』

愛倫微笑。這笑索米斯覺得好像在譏嘲他。

『是的，』她答說；『很好看。』

九　安姑太太之死

在九月末的一天早晨，安姑母竟不能從女僕斯米特手裏取過那表示高貴的假冠髮了。在把那老面孔看了一下之後，那被急忙請來的醫生聲言福賽小姐已經在熟睡中死去了。

柔麗姑母和赫士德姑母被這震驚駭昏了。她們從沒有想像到這樣一個結果。眞的，她們是否曾經實感到終要有一個結果到來都是疑問。她們在心裏覺得安像這樣子一句話也沒有，甚至連一點掙扎也沒有就離開了她們，是不可理解的。這不大像她爲人。

其實使她們深刻感到的，也許是那卽令是一個福賽也得鬆開她生命之把握的思想罷？假若一個人如此，大家當然都如此了！

直等整整過了一點鐘她們才下決心告訴狄莫塞。要能不讓他知道就好了！要能慢慢地把事情告訴他就好了！

她們在他門外站了許久耳語着。告訴了他以後，她們又在一起耳語着。

他們恐怕他將來會一天天更加悲哀。不過，他聽到噩耗時並不如她們所預期的那樣悲哀。他要得睡着不起來，當然的！

她們分手了，靜靜地哭着。

柔麗姑母呆在她底房間裏，這打擊使她睡倒了。她那淚汚的臉，被那些因動感情而起的小突起分成了一格一格。生活沒有了安簡直是難以想像的，她七十三年以來同她住在一起，只有她底結婚生活那短期間是她們底分離時期，那結婚生活現在覺得像是如此地虛幻。每隔一定時刻，她走到她底抽屜前，從那些香草小袋下面拿出一條新的手帕。她那熱切的心，簡直不能忍受安冰冷地躺在那兒的思想。

赫士德姑母坐在客廳裏，沉默着，忍耐着，她是這家族中最沒有精力的一個；而她最初也曾哭過，但哭得不劇烈，沒有顯然的影響。她底保留精力的主要信條，就在悲哀也沒有離開她。她坐着，很瘦弱，一動不動，看着那火爐格架，她底手閑放在她那黑綢衣的衣兜裏。無疑地，他們很想叫起她來作些什麼事。就像這樣有什麼好處似地！做些什麼事也不會使安活轉來！爲什麼要麻煩她呢？

五點鐘時兄弟們到了三位，岳里昂和傑姆士和斯維沁；尼古拉斯正在耶摩斯港，羅格爾正害着很重的瘋痛病。海曼夫人在白天較早時曾一個人來過，看過安以後就走了，留了一句話叫告訴狄莫塞——話是並不曾告他——說事情應該早點兒告訴她。事實上，他們全都覺得應該早點告訴他們，好像他們遲來了便錯過了什麼似地；傑姆士說道：

「我知道事情會怎樣結果的；我曾告訴過你們，她不能活得過這個夏天。」

赫士德姑母不答；現在已經將到十月了呢，但爭論有什麼好處呢；有些人是永遠不會滿足的。

她打發人去告訴她底姊姊說兄弟們來了。斯摩爾夫人立刻走了下來。她已經洗了她底臉，但臉是仍然腫脹着，雖然她嚴厲地看着斯維沁底褲子——因爲它是淺藍色的，他在俱樂部中聽到這消息沒回家更衣就來了——但她比平常更帶着歡欣的表情，卽令在此刻，她那好做錯事的本性也是她不易鎭服的。

五個人立刻一同上樓去看屍體。在那純白的被單下，已經放置了一條棉被，因爲現在安姑太太比平常更需要溫暖；枕頭已經移去，她底脊背和頭平整地躺着，象徵着她那一生的倔强；那緊在她額上的頭巾兩邊都扯齊耳朶了，在頭巾與被單之間，她那幾乎同被單一樣白的臉，被人閉着眼給轉向着她底兄弟和姊妹們。在它那特殊的平和中，那面孔比平時更有力量，在那很少縐紋的羊皮紙樣的皮膚下，幾乎全剩了骨頭——堅强的牙床和下巴頦骨，太陽穴凹陷的前額，瘦削的鼻——一個不能克服的精神底堡壘，但這精神也被死制服了，在她那上視的無光的眼中，好像在努力要恢復這種精神，要恢復它剛剛放下的那監護權力。

斯維沁僅只對那面孔看了一眼就離開那房間了，後來他說那景象使他非常不安。他跑下樓的腳步聲震動了整個宅子，抓起了他底帽子他就跳上了他底馬車，並不告訴那車夫趕到那兒去。他被車夫趕了回家，那整晚上他坐在樓上一動也不動。

吃夜餐時他什麼也不能吃，只喫了一隻鷓鴣，喝了一平脫上好香檳酒。……

老岳里昂站在那床的底端，兩手摺疊在面前，房裏那些人之中只有他一人記起了他母親之死，雖然他在看着安，但他却在想着他母親死時的光景。安是一個老女人，但她終於死了——一切人都要死的！他底臉子不動，他底眼光好像在看着遼遠的地方。

赫士德姑母站在他旁邊。她現在不哭了，淚已盡了——她底身體不允許她再多費精力；她搓她底手，不看着安而從這邊看到那邊，想找一種方法逃避認識現實之費力。

在所有的兄弟姊妹中，傑姆士表現得最動感情，淚水從他那瘦臉上的平行縐紋中流下；他現在不知道再向什麼地方訴苦了；柔麗不好，赫士德比無用更壞！他對安之死感到的悲哀比他曾預想到的更甚；這將使他難過好多禮拜！

不久赫士德姑母就溜出去了，柔麗姑母開始來回走着做些『必要的事情』以致她有兩次撞着了東西。老岳里昂被從他底冥想——那對於許許久久以前事情的冥想中驚醒；嚴峻地看了她一下，走去了。只有傑姆士一個人被撇在那床邊；悄悄地四周一望，看看是否有人在看着他，他把他那高個子彎俯下去，在死者底前額上吻了一下，接着他也急急離開那房間了。在過道裏遇見了斯米特，他開始問她關於葬禮的事情，看見她一無所知，他使嚴厲地抱怨說如果她們不當心，一切事情都要糟糕。她最好着人去請索米斯——他非常通達這類事情；她底男主人一定很悲苦，他想——他一定需要照顧；至於她底女主人們哩，她們不好——她們沒有才幹！她們一定也會害病，他相信一定。她頂好是去請一個醫生來，事情最好是趕着時候做。他不以爲他安姊姊有最好的見識；如果她請白蘭克作醫生，她現在也許還在活着。斯米特任何時都可以道人到公園街去，如果她有所請問的話。當然，他底馬車可以供她們葬禮使用。他問她有沒有一杯紅酒和一塊餅乾呢——他還沒有吃中飯哩！

葬禮前的幾天靜靜地過去了。當然，許久大家已經知道安姑太太底一點兒財產是遺給了狄莫塞。因此，事情沒引起一點騷動。惟一的辦事人索米斯佈置一切，及時發出了下面的請柬給全家族的每一個男子：

『致——

安福賽小姐於十月一日正午卜葬於魏峨門公墓，屆時敬請涖臨。送殯馬車於十時四十五分在貝斯瓦特路「葬屋」前聚齊。請勿送鮮花。

『敬希賜覆。』

這天早晨到了，很冷，倫敦的天宇高而鋪着灰色的雲，十點半鐘時傑姆士底馬車第一來了。車中坐的是傑姆士和他底女婿達悌，一個漂亮男子，挺壯的胸脯在一件大禮服中緊扣着，一幅黃而肥的面孔上飾着捲得很好看的八字鬚，那在刮臉時非常用力也刮不淨的頰鬚根，好像是深種於剃鬚者人格中的一種東西的表記，這種頰鬚根在營投機買賣的人們中間特別常見。

索米斯以辦事人的資格接待各來賓，因爲狄莫塞依然不能起床；他要在葬禮以後起床；柔麗姑母和赫士德姑母也得一切完畢後才下來；因爲已經通知了，任何人願意回來的都爲預備午飯。第二到的是維格爾，因爲瘋濕痛仍然跛着，同車圍繞着他的有他二個兒子——小羅格爾，烏斯塔士，湯木斯。他其餘的一個兒子裔治差不多緊跟着他們也坐一輛車來了，並在那過道中停步問索米斯經手辦事可以揩多少油。

他們是互相憎恨的。

接着來了兩位海曼——格爾士和傑西——十分沉默，穿着整齊，他們那晚禮服褲子燙着特別顯著的摺痕。接着是老岳里昂一個人來了。再其次是尼古拉斯，他臉上有一種健康的顏色，他底頭與身體每一動都帶一種小心隱藏着的快活。他底一個兒子隨後來，老實而無生氣。斯維沁福賽與布新萊是同時到的，站在那兒互相鞠躬請在前面走，但門一開他們又爭着同時走進來；在過道中他們又重新說些謙詞，斯維沁整理他那在爭擠時弄歪了的領帶，很慢地走上樓梯。再次是另外一位海曼；再次是尼古拉斯底兩個已婚的兒子同推狄曼，斯奔德，華里——福賽和海曼家姑娘們底丈夫。這時客人算到齊了，總共二十一位，除了狄莫塞與小岳里昂而外，這家族中一切男子都到場了。

進了那綠色夾紅色的客廳，每人都很不安地想找一個座位，急於要隱藏他們褲管那加重的黑色，這房間鮮明的顏色使他們這種不常穿的服裝更加現得陰暗了。在他們這種褲子的黑色與他們手套的顏色中好像有一種不當——一種感情的誇張；許多人都私心嫉妒地用吃驚的眼光看着那『海賊，』他並沒帶手套，而又穿一條灰色褂子。一種低沉的談話開始了，沒有一個人說到死者，却彼此互問安好，好像藉此發一種對這葬禮的間接弔奠似地，他們是來給這葬禮以光榮的。

不久傑姆士就說過：

『喂，我想我們應該出發了。』

他們走下樓去，兩人兩人地，很精密地照着分派的先後，上了馬車。

靈櫬車走得很慢；送殯的馬車慢慢在後面跟着。第一輛車中坐着老喬里昂和尼古拉斯；第二輛是傑姆士與斯維沁兩位孿生兄弟；第三輛是羅格爾與小羅格爾；索米斯，小尼古拉斯，喬治和布新萊跟在第四輛車中。其他還有八輛車子，每輛坐有這家族的三個或四個人；在他們後面跟着的是那醫生的馬車；其次，隔一個相當距離，是那些家中雇員和僕人們底車子；在最末尾的一輛車中完全沒有坐人，只是把這全體車數湊成十三個。

當這行列走在貝斯瓦特路的大道上時，它走得慢騰騰地，可是，一轉到比較不熱鬧的街道，立刻就奔跑起來，像這樣子進行着，時而走到繁華的街上便緩緩而行，到最後算到達目的地了。在第一輛車中，老岳里昂和尼古拉斯在談論他們遺囑的事情。在第二輛車中，那兩雙生子在稍微說一兩句話後便完全沉默了；兩人都很聾，要使彼此聽見費力就太大了。只有一次傑姆士打破了沉默：

「我將要在什麼地方搜尋一塊墳地。你曾做了什麼準備沒有，斯維沁？」

斯維沁用一種可怕的眼光瞪着他答道：

「不要向我談這類事！」

在第三輛車中，他們時而伸頭向外看他們已走多遠，在這個時候零星地說一些不相連的談話，喬治說道，「喂，這眞是那可憐的老太太該死的時候了。」他不相信年紀七十歲以上的人，還有什麼好處。小尼古拉斯溫和地回答說，這原則好像不適用於福賽們。喬治說他自己到六十歲就要自殺。小尼古拉斯微笑着並敲着他底下巴，覺得「他」底父親定不喜歡這理論的；他在六十歲以後賺了許許多多的錢。好啦，最大限度算七十歲；到那時候，喬治說，就是他們死去並把錢遺給兒女的時候了。一直不作聲的索米斯到這兒參加了進來；他還沒忘記那『辦事揩油』的話，差不多不爲人所見地睜起他底眼皮，他說永不會賺錢的人們是只好說空話的。他自己是打算能活多大就活多大。這話喬治也夠受，因他是著名的沒有錢。布新萊心不在焉地咕嚨說『是呀，是呀！』喬治打一個呵欠，談話便中止了。

一到目的地，那棺木被擡進了禮拜堂，送殯的兩人一排成縱隊跟在後面走進去。這一羣衛士，都是因血族關係與死者相聯繫，在這偉大的倫敦城中實是一種與人以深刻印象的奇特景象；這城裏滿着各種各樣的生活，無數種的職業，娛樂，任務，可怕的無情，可怕的個人主義的誘惑。

這家族聚集來誇耀這一切，來表示一種堅固的聯合，來光榮地例示出他們繁榮的根本原則：私有財產定律，因了這定律這樹才茂盛起來，連樹榦帶樹枝都茂盛起來，樹汁在一切部分流動着，到了一定的時刻充分地成長。這在她最後的睡眠中躺着的老婦人底精神，召集他們來作這種示威。這便是她對於這聯合的最後要求，這聯合就是他們底力量——這便是她最後的勝利，因爲在她死時這大樹還是完好的。

她有幸不至於看見那些枝葉因越出重心而墮折。她未能察知她後人們底內心。那在她身上起作用的同一定律，把她從一個高瘦挺直的女孩子長成一個強壯成年的少婦，從一個少婦長成一個老邁、頑梗、脆弱，幾乎像一個女巫般的女人，當她以前和世間接觸而得的圓滑都已失去，她底個性更漸銳利化，——這同一的定律將在她曾像母親般監護着的這家族中起作用，也正在這家族中起作用。

她曾看着這家族由初興而旺盛，她曾看着它強壯成長，她底老眼睛沒來得及再看見些什麼她就死去了。她很想努力，而且也許她眞正能夠用她老的手指和抖顫的吻使它再多興旺強壯一會兒的；可惜喲！就是安姑母也無力同造物鬥爭！

『月盈則虧！』按照這造物最偉大的諷刺的道理，福賽家族在衰落之前聚在一起作了一次最後的誇耀。他們底臉成單行地或相左或相右，大半都不動情地俯首看地，藉以遮住思想；但間或也有一二人向上看，兩眉之間擠成一線，好像在看那禮拜堂牆上一種他所不能堪的景象，在聽着一種使人吃驚的聲音。那些低聲的談話聽來很怪，發出了這家族之同一調子，同一不可把握的家族之聲，就像是只有一個人在急急地反覆咕噥着。

禮拜堂中的儀式完了，送殯者們又成縱列排起來要送那屍體到墓地去。窆坑張開着嘴，穿黑衣的人們圍着它等待着。

福賽們底眼睛從那高而神聖的曠野——那兒有千萬上層中產階級的人物長眠着——下看到成羣的墳墓的那一面去；倫敦城躺在那兒——那遠處沒有太陽照在它上面，像在悲悼它底女兒，同着這個家族一起悲悼如此親愛的母親而兼監護人的她之死去。無數的尖塔和屋宇，在那財產的灰色大網中掩蔽着，就像是躺在這最老的福賽之墳墓前的崇拜者們似地。

幾句禱詞，幾滴聖水滴在土上，把棺材放進它底窩中，安姑母就這樣長眠於此了。

五位兄弟團繞着墓穴站着，白頭低垂，他們便是使安姑母長眠的經手人；他們要看看安在她底墳墓中是否舒適。她底一點兒財產必要保留不與她俱去，可是其他的他們就要盡力辦好。

接着一個一個地走開，戴上帽子，轉身去看那家族墓碑上的新銘文：

紀念

安福賽

上記岳里昂與安福賽之女

死於一八八六年九月二十一日

享年八十七歲又四天

也許不久又要有一個人需要新銘文了。這簡直是奇異而不堪忍受，因爲他們一點也沒想到福賽們能够死。他們每個而且全體都渴望離開這種痛苦境地，這使他們想到他們不敢想的事情的典禮——趕快走開去各幹各自底事業並且忘記。

而且，天又冷；風像一種慢而足以吹散各種東西的力量一樣，越過那些墳墓吹上小山，冷氣吹到了他們身上。他們開始分散成一羣一羣，努力趕快跳進那些等候着的馬車。

斯維沁說他要回到狄莧塞家去吃午飯，並說誰願與他同車他都可以帶他。大家都以爲與斯維沁同車的特別享受是不大容易消受的，因爲那車並不大；沒有人願同他去，他一個人去了。傑姆士同羅格爾立刻跟在他後面；他們也要去吃午飯。其他的人漸漸散去，老岳里昂帶了三個姪兒與他同車，他很想看這些少年面孔。

索米斯還有些瑣事要在墓場辦事處辦理，他與布新萊步行走去。他有好多話要同他說，辦完事以後，他們慢慢踱到漢穆斯特廣場，在那西班牙飯店吃午餐，關於建築房子的事作些實際上的討論，費了許久時間；後來他們向前走向電車道，直走到凱旋門，在這兒布新萊與他分手往斯丹霍門去會玖恩去了。

索米斯回到家時非常高興，並在吃晚飯時告訴夷倫說他同布新萊談了許久，布新萊眞是一個聰明傢伙；他們還一起散步走了很遠，這與他底肝臟很有益——他許久以來缺乏運動——總而言之這是很滿意的一天。假若不是爲了可憐的安姑母，他定要帶她去聽戲；旣然不便去，他們必得好生在家裏銷磨這個晚上。

「那海賊問你問了好幾次，」他忽然說。被一種難移去的要表示他所有權的慾念所動，他從椅子上站起身，在他妻子底肩上吻了一下。

第二部

一 建造的進行

這冬天的天氣頗爲和暖。商業上的交易很清淡；如像索米斯在下淡心蓋房子以前所料想的一樣，這乃是一個從事建築的好時機。因此在四月末他在魯濱山蓋的這所房子的外殼便已經完工了。

現在，他的金錢已變成一個具體的可以看見的東西了，於是他一禮拜中常有一次兩次甚至三次到這兒來，在那些磚屑木片中像老鼠般悄悄地連續伺察幾點鐘，永遠留心着不要弄髒了他底衣服，在那些未完工的磚砌門洞下輕輕走過，或者圍繞着那中間天井中的許多柱子打趖。

他還要緊貼在這些東西前面站好幾分鐘，就像要透視它們底質料究竟是好是壞似地。

他約定布新萊在四月三十號同他把賬目清算一下，在約定的時間五分鐘以前，他走進了那建築師爲他自己在那老橡樹近旁所紮的篷帳了。

帳目已經預備好了，放在一張摺疊式的桌子上，索米斯把頭點了一下便坐下去查看它們。過了許久他才擡起頭來。

『我看它們不懂，』他終於說了；『它們差不多比預算的數目多了七百鎊哩！』

把布新萊底面孔瞪視了許久以後，他很快地繼續說下去道：

『只要你能堅決地對付這些建築工人，你就會使費用減少的，如果你不放厲害一點兒，他們事事都要敲你的竹槓。這一切花費都給他打一個九扣，只要比預算多個什麼百十鎊，我倒也並不在乎！』

布新萊搖搖頭。

『只要我能省的每一個銅子兒我都省去了！』

索米斯忿然地一動把桌子推了過去，使桌上一頁頁的帳目嘩啦地落到地上。

『那我就只有一句話，』他紅漲着臉說，『你眞把事情弄得糟透了！』

『我已經告訴了你許多次了，』布新萊厲聲地答說，『事情是要有額外開支的。我已經一而再，再而三地指明告訴你過了！』

『這我知道的，』索米斯悻悻說；『如果這兒那兒多花個十鎊八鎊我並不會反對。我怎麼知道你所謂「額外開支」竟會達到七百鎊呀？』

兩個人底性格對於這並不算小的相差都有關係。在一方面，這建築家熱心專注於他底設計，專注於一所他所創造所信仰的房子之影象，便生怕他底設計，要遭阻止或被逼而敷衍了事；在另一方面索米斯也是同樣眞正而全心地相信，每花一個錢，都要得到十分的好貨，遂使他不願相信値十三先令的東西便不能用十二先令買到。

『我悔不該擔任建築你這房子，』布新萊忽然說。『你常跑到這兒來麻煩得我要死。人家花一倍錢，只望得一倍貨，你却要兩倍的東西，現在，你有了一所在體型上賽過全國的房子，你却又不想出錢了。如果你急於想解約的話，我敢說我自己也可以找到這筆超出預算以上的款子的，可是我——我發誓永不再給你做半點事情！』

索米斯又恢復了他底從容態度。他知道布新萊並沒有錢，這提議當然是不可能。他還看到如果事情弄僵了，他將不知何時才能搬進他衷心愛上了的這房子，而且又在這緊要關頭，正是需要這建築師親身照顧一切的時候。同時，還要得爲夷倫想一想咧！她近來是怪異的。他實在相信她之所以對於這房子的計畫還能容忍者，只是因爲她喜歡布新萊而已。同她作一個公然的衝突是不可以的。

『你並用不着生氣，』他說。『如果我願意擔負，我想你也用不着吵鬧。我底意思不過是，既然你告訴我一件東西要值這麼多錢，我很想知——好啦，老實說，我——很想知道我到底要出多少。』

『聽我告訴你！』布新萊說，索米斯被他那銳利的眼光刺得又痛苦又吃驚。『我給你做事，你所付的代價已經太低微啦。就我對於這房子所做的這種工作而論，就我爲此而花費的整個時光而論，你怕要酬給李脫麻斯特或別的一個什麼蠢蛋四倍我這麼多錢。事實是，你所需要的是一個頭等人物，而却花四等費用，而你這目的也實實在在達到了！』

索米斯看到了他底話都是認眞說的，雖然很生氣，但吵鬧一頓的嚴重結果是太明擺在他眼前了。他看見他底房子沒有完工，妻子的反抗，他自己成一個談笑的資料。

『讓我們把賬通看一下，』他慍然地說，『看看錢究竟是怎麼花的。』

『很好，』布新萊同意說，『但我們要快點兒，如果你不反對的話。我要得趁時回去帶玖恩聽戲去。』

索米斯偷覷了他一下，說道：『到我們那地方去與她相會吧，我想？』他常常到他們那地方去的。

頭一天夜裏曾經下雨——春雨，地上發出陽春和野草的氣息。溫暖柔和的小風吹着那老橡樹底樹葉和金色的蓓蕾，畫眉鳥在日光中拚命地啼着。

這是那樣一個春天，這種天氣使一個人心裏生出一種無可形容的渴慕，一種痛苦的甜蜜，一種使他站着木然不動，看着樹葉或青草，張開兩臂去擁抱他所不知的什麼物事的渴望。大地發出一種令人沉醉的溫暖，悄悄地升起穿透了冬之神所穿的寒冷衣衫。這便是大地邀請人們的撫摩，邀請人們睡下躺在她底懷裏，把他們底身體在她上面打滾，把他們底唇吻着她底胸。

索米斯從夷倫得到了他那樣向她請求的允許，也正是在這樣一個春天，坐在一棵倒下的樹底樹身上，他第二十次地向她允許說，假如他們底婚姻要不美滿的話，她將可以像沒有嫁他一般自由。

『你發誓如此麼？』她曾這樣說。幾天以前她還把這誓言向他提起。『胡說！我沒有發出任何這類的誓言』因一種突然的不幸，他現在記起它來了。爲了女人，男人會以多麼奇怪的事作誓喲！無論何時爲要獲得她，他都會發出這種誓言的！現在他也願意以此作誓，如果藉此可以感動她的話——但沒有人能夠感動她的，她是如此地無情！

隨着春風之新鮮甜蜜的滋味，他心頭充滿了回憶——他求婚經過的回憶。

在一八八一年的春天，他正在拜訪他底老同學和事主喬治·利孚西支，這利孚西支是白蘭克珊人，爲要發展彭莫斯附近他底松林，把必要的組織公司的事，付託給了索米斯爲他籌畫。很懂事的利孚西支夫人，使舉行了一個音樂茶會來歡迎他。索米斯不是音樂家，因而這演奏使他非常的無聊。在演奏將終時，他底目光被一個單獨站着的，穿喪服的姑娘底臉子吸引住了。她那高而又頗瘦的身段上的線條，從她那緊貼地穿着的黑衣中現露着，她那帶着黑手套的手交叉在胸前，兩脣微張，大而黑的兩眼，從這個面孔溜看到那個面孔上。她那低垂在她頸上的髮，像燦爛的金屬絲捲般在她那黑色的圍巾上閃耀着。當索米斯站在那兒看她的時候，那種大多數男人有時感覺過的感覺悄悄穿透了他底全身——一種奇特的，感官的滿足，一種奇特的確實，這就是小說家和老太太們所謂的一見傾心。他立即尋路向他底女主人走去，一面仍偷偷地向她望着，耐着性子，等音樂奏完。

『那黃頭髮黑眼睛的姑娘是誰？』他問。

『那——呵！夷倫赫龍。她底父親赫龍教授今年死去了。她同她底繼母住在一起。她是一個好姑娘，一個美麗的姑娘，但沒有錢！』

『請你爲我介紹一下，』索米斯說。

他所能找到來說出的話很少，而她對他那很少幾句話也不大答應。但他抱定再見她的決心而去了。他出乎偶然地達到了他底目的，在那碼頭上遇見了她同她繼母在一起，她底繼母有一種習慣，從上午十二點到一點要在那兒散步。索米斯很敏速地結識了這位太太，不久他並且看出她正是他所需求的聯盟者。他對於家庭經濟方面敏銳的嗅覺，立時告訴他，夷倫雖自己每年有五十鎊，可是她繼母每年還要貼錢給她用，更告訴他依然在盛年的赫龍夫人很想再醮，她繼女那意外成熟的美麗成了她實現這渴望的目的之障礙，於是索米斯便偷着一點不放鬆地安排起計畫來。

他並沒露出他底主意就離開了彭莫斯，但過了一月又回到那兒來，這次他不向那姑娘而向她底繼母講話。他說他已經下了決心；他願等到無論何時。他確也等了不少期間，眼看着夷倫美麗成熟，渾身的線條日漸柔和，青春的血液使她底眼睛更加發亮，使她底面龐像乳酪般光潤；每次去訪問總向她求婚，訪問後就帶着她底拒絕回到倫敦，心頭痛苦萬分，但却像墳墓般堅定而沉默。他努力想探出她拒絕的秘密原因；只有一次他微微得到了一點兒啓示。這是在一次跳舞大會中，這種跳舞會乃是那海濱避暑地的羣衆惟一發洩熱情的方法。他當時同她在一個窗口坐着，他底感覺隨着那圓舞的節拍刺痛着。她從她那慢慢揮着的扇子上面看了他一下，他簡直瘋魔了。抓住那搖動着的手腕，他把他底兩脣向她底臂肉上緊緊貼去。她打了個冷戰——直到今天他還沒忘記那冷戰——也沒有忘記她所給與他的那萬分嫌厭的眼色。

過此一年之後她就答應了。什麼使她答應的他永遠不能明白；他從那頗有點外交幹才的赫龍夫人也什麼都打聽不到。在他們結婚以後有一次他問她道：『你當初爲什麼那樣常是拒絕我呢？』她用一種奇異的沉默回答他。從他第一次看見她時，她於他就是一個啞謎，現在她於他依然是一個啞謎。……

布新萊正在門口等待着他；在他那頭髮蓬鬆的好看的臉子上有一種奇異，渴欲而又快樂的表情，好像他也在那春日的天空中看到了幸福的將來，在那春日的空氣中嗅出將到的快樂似地。索米斯向那等待着的他看着那樣子這麼快樂的傢伙是什麼回事呢？他那雙脣和兩眼都蘊蓄着微笑在等待些什麼呢？索米斯不知道布新萊呼吸着充滿花香的空氣站在那兒等待着的是誰。在他向來所鄙棄的人面前，他又感到被打敗了。他急急向那房子走去。

『這屋瓦惟一的顏色是，』他聽見布新萊說，『紅寶石色雜以灰點，使它們現着透明的樣子。我很想聽聽夷倫的意見。我要爲這天井的門口裝上紫皮幔子；如果你把這客廳裱作象牙色，那就可現出夢幻的感覺。你底目的是要使這一切的裝潢都要如我所謂——動人罷。』

索米斯說：『你意思是說我內人很動人麼！』

布新萊閃避這問題。

『在這天井的中央你應該有一叢澤蘭花。』

索米斯傲慢地一笑。

『我幾時到畢琪商店去看，』他說，『去看看什麼合式的東西！』

他們彼此再找不到多少話說了，但在赴車站的路上索米斯問道：

「我想你覺得夷倫很有藝術趣味吧？」

「不錯的。」這突兀的回答顯然是想打斷他的話，就像是說「如果你想談論她，請你同別的人去談論！」

這一整下午索米斯所感到的那種徐徐增加的慍怒在他心裏燃燒得更強烈了。直到他們走近車站，兩個人都不再說話，到車站時索米斯問道：

「你預計什麼時候可以完工呢？」

「要到六月末，如果你眞想把裝潢事件也付託我的話。」

索米斯點點頭。「但你十分了解，」他說「這房子的花費實超出我預算之數很多。我同時還可以告訴你，我本要把這事擱下不幹的，不過我底習慣是一旦決了心的，不願中途而廢！」

布新萊不答。索米斯帶着狗也似的頑固的不喜歡，斜睨了他一眼——因爲雖然有着那種難服侍的神氣和傲慢闊綽的沉默態度，有着固定着的唇和方下巴的索米斯，却還是同一隻忠犬有點相像。……

當這天晚上七點鐘玖恩到了孟特白列方場六十二號的時候，女僕畢爾生告訴她說布新萊先生在客廳裏太太——她說——正在更衣，頃刻就會下來。她就去告訴她玖恩小姐來了。

玖恩立即止住了她。

『不要畢爾生，』她說，『我就進去好了。你不用去催促索米斯夫人。』

她脫下了她底大衣，畢爾生帶一種很曉事的神色連客廳門都不代她打開而走下樓去了。

玖恩停了一停，在那斑駁的老橡木箱子上面的一個老式的小銀鏡中照一照自己——一個瘦小莊嚴的青年身段，帶一個勇毅的小面龐，穿一件白色長衣，在頸子下面剪作月形，那頸子在她那一頂辮結的金紅頭髮下顯得太細小了。

她輕輕地把那客廳門打開，意思要出其不意使他一驚。房中充滿了溫香的開着花的杜鵑底香味。

她把那香氣深深吸了一口，聽見布新萊底聲音不是在室中而是在很近處說道：

『啊！我要同你談的事情多極了，現在我們沒有時間談！』

夷倫底聲音答道：『爲什麼不在吃飯時談呢？』

『一個人怎樣能夠談——』

玖恩首先本打算走開，但她反而向那通到小天井的長窗口走過去了。杜鵑花的香氣就是從這兒進來的，她底愛人和夷倫正在那兒，背向着她站着，他們底面龐在那些金緋色的花朵中掩映着。

沉默地，不害羞地，雙頰紅漲，兩眼中冒着怒火，她在那兒察看着。

『你禮拜天一個人來——我們可以一道去看那房子去。——』

玖恩看見夷倫從她那花朵的幃蔽中擡頭看他。那並不是一種賣弄風騷的眼色而是——而叫這窺看着的女孩更恨的，是一個惟恐她這一眼洩露感情太多了的女人底眼色。

『我已經答應了要同一位叔叔乘車游玩一下。』

『是那大胖子吧！使他帶你去好了；路只有十哩——他底馬正能夠跑這麼遠。』

『可憐的老斯維沁叔叔！』

一陣杜鵑花的香風撲到了玖恩臉上；她覺得難過而且發暈。

『這樣做罷！呵！這樣做罷！』

『但爲什麼呢？』

「我必須同你在那兒見面——我想你定願幫助我。——」

答語對於玖恩似乎很溫柔地發出從那些花朵中微微發顫：「我是願幫助你的！」

她向前走到那窗口的敞開處。

「這兒是多麼悶人喲！」她說：「這香味我簡直不能忍受！」

她那非常忿怒而坦率的目光在他們兩人面上溜動着。

「你們是在談論那所房子吧？我還沒有看見過它哩，你們知道的——禮拜天我們都去罷！」

夷倫臉上那紅色已經消逝了。

「我那天要同斯維沁叔叔乘馬車游玩去，」她答。

「斯維沁叔叔！他有什麼關緊？你可以拋下他的！」

「我一向是不願拋下別人的！」

一陣脚步聲傳來，玖恩看見索米斯正站在她底身後。

「好！如果你們都已到齊，」夷倫說，帶一種奇異的微笑看看這個又看看那個，「飯也妥當了」

二 玖恩底娛樂

晚餐在沉默中開始了；兩位女人面對面，兩位男子也面對面。

湯在沉默中吃完了——好極了，只是有點兒濃膩！魚陳上了。在沉默中遞到每人面前。

布新萊冒險嘗試說道：『這是第一個陽春天氣。』

夷倫溫柔地應和道：『是的——第一個陽春天氣』。

『春天麼！』玖恩說；『連一絲風都沒有！』沒人回答她。

魚撤去了，那是一種杜府（Dover）產的新鮮鰈魚。接着畢爾生送上了香檳酒，酒瓶頸上經着白絲帶。

索米斯說道：『你們怕會以為它太燥烈了。』

鷄片端上來了。鷄腿上都捲着桃色壁紙。玖恩拒絕不吃，於是又復沉默起來。

索米斯說道：『你最好吃一隻，玖恩；再沒有別的菜來了。』

但玖恩依然不吃，因此便端走了。接着夷倫叫道：『斐爾，你聽見過我底畫眉鳥歌唱沒有？』

布新萊答道：『當然聽過——它叫的聲音叫得又高又響。當我來此時在那方場上就聽見它叫了。』

『它是個這麼可愛的東西！』

『要生菜不，先生？』春鷄撤去了。

但索米斯正在說話：『龍鬚菜是很不好吃的。布新萊，吃甜點心時，要吃一杯舍利酒嗎？玖恩，你一點也沒有喝。』

玖恩說道：『你知道我從不喝酒的。酒是這麼可怕的東西！』

一隻銀盤子盛着蘋果做的點心陳上來了。夷倫微笑着說道：『今年的杜鵑眞好極了！』

布新萊聽了這話輕輕說道：『眞好極了！這香味眞特色！』

玖恩說道：『你怎麼「竟能」喜歡這香味呢？請給我點糖，畢爾生。』

糖遞了給她，接着索米斯說道：『這蘋果點心很好。』

點心撤去了。接着是長久的沉默。夷倫點頭示意地說：『把那杜鵑花挪出去罷，畢爾生。玖恩小姐聞不得這香味。』

『不要；讓它在這兒好了，』玖恩說。

法國橄欖拌着俄國魚子醬盛在小碟中端上來了。索米斯說道：『我們爲什麼不能有西班牙橄欖吃呢？』但沒有人回答。

橄欖撤去了。玖恩舉起她底酒杯要求說：『請給我一點水。』水給她了。一隻銀盤子端了上來，裏邊是德國梅子。有許久沒人說話。大家都完全一致地在吃梅子。

布新萊數着梅核：『今年——明年——終有一時——』

愛倫溫柔地結語說：『永不。好一個光輝燦爛的落日呀。天際仍然是桃紅色——眞眞是美麗極了！』

『藏在黑暗之下。』他回答說。

他們底眼光相遇了，玖恩輕蔑地叫說：『一個倫敦的落日！』

埃及香煙裝在一個銀盒裏遞了上來。索米斯拿起一隻說道：『你們今夜看的戲是什麼時候開始？』

沒有一個人回答，接着是拂瓷杯子盛着土耳其咖啡端上來。

夷倫靜靜地微笑着說道：『只要——』

『只要什麼呢？』玖恩說。

『只要能够永遠是春天就好了！』

白蘭地酒端了上來；酒陳而澄清。

索米斯說道：『布新萊，最好喝點兒白蘭地。』

布新萊喝了一杯；大家都站起身來。

『你要僱輛馬車麼？』索米斯問。

玖恩回答道：『不要。請拿我底外套來，畢爾生。』她底外套拿來了。

夷倫從窗邊低聲說道：『這麼一個可愛的夜星星已經要出來了！』

索米斯接說道：『好啦，我希望你倆都及時行樂。』

玖恩從門口答道：『多謝。來呀，斐爾。』

布新萊大聲叫道，『我就來了。』

索米斯譏嘲地微笑一下，說道：『我祝你幸運！』

夷倫到門口看着他們走。

布新萊叫道：『晚安！』

『晚安！』她溫柔地答……

玖恩使她底愛人把她扶到一輛馬車的車頂上，說她想要風涼，在那兒沉默地坐着，把她底臉對着那微風。

車夫向後扭了一兩次頭，打算冒險找句話說，但又不說了。他們是活潑的一對兒！春意也侵入到他底血流中了；他覺得需要放放氣，於是嘴裏咯咯作聲，揮動着他底鞭梢兒，轉着他底馬頭，就連可憐的馬們也嗅到了春之氣息，蹄聲得得活潑地在鋪道石上奔跑了半小時尚不覺疲困。

整個的城中都現着活氣；生着嫩葉的樹枝向上捲曲着，等待着和風能帶些什麼禮物來。新點上的燈增加了明亮，成羣的人們在那燈光下顯得面孔慘白，同時上面紫色的天宇下有大塊的白雲迅急而柔和地流動着。

穿着晚禮服的男子們已經把大衣紐扣解開了，正得意地踏上俱樂部的階石；工人階級到處闃蕩着女人們——那些在夜晚這時刻很寂寞的女人們——很寂寞並成羣向東方湧去的女人們——慢慢地搖擺着向前走去，步態中現出一種希望，夢想着好酒好食，或者偶而也有片刻夢想着爲表示愛情而給與的吻。

這些在燈光與流動着的天宇下走着的無數人影，每人都從這春之激動得到了一種不安的幸福。每個都像那些外衣敞開着的俱樂部員一樣，脫去了一些階級，信仰，習慣之類；從他們那歪斜的帽子，蹣跚的步態，笑語，沉默也表現着在這熱情的天空下他們乃是同類。

布新萊與玖恩無語地走進了戲院，走上了他們樓上包廂的坐位。一齣戲正開始，那半昏黑的屋子裏一排排的人類都向一個方向看着，好像是一個大花園裏的花朵都向着太陽。

玖恩從前從沒有坐過樓上包廂。自十五歲以來，她總是照例同她底祖父坐正廳，但並不是普通正廳，而是那全院中最好的座位，在第三排的中心，是老岳里昂在開演日許久以前從商業區回家的路上在格羅根班恩飯店預先買定票子的；他把票子同他底雪茄煙盒與舊羊皮手套一起放在他底大衣袋裏，到了往觀之夜就遞給玖恩拿着。在那些正廳坐位中——一個白頭如銀身體挺直的老人，一個熱情急切頭髮作紅金色的瘦小姑娘——他們坐在那兒看了不少的劇，在歸家的途中，老岳里昂定要批評那主要角色說：『呵，他是一個不中用的傢伙你要能看過小博布孫就好了！』

她老早就抱着深在的喜悅期待着這天晚上；這是秘密的，並沒有伴護人，斯丹霍門的家中再也不會有人知道，家裏以爲她是在索米斯家裏的。她曾希望她這爲她底愛人而弄的詭計會有些報酬；她曾希望這一夜能打破那厚重寒冷的陰霾，能使他們中間的關係——這關係最近一直是如此令人迷惑令人痛苦——重行變得溫暖光明而單純，如像去冬以前一樣。她本來打算要直截把一件事情說出來；她兩眉之間現一個顰蹙向那舞臺看着，毫無所見，兩手在她底兩膝間緊夾着。一羣忌妒猜疑的毒蠆一再刺螫着她。

假如布新萊明白她底這個苦惱，那他就並不露出來。

幕落下了。第一幕已經終了。

『這兒眞熱得要命！』那女孩說；『我很想出去。』

她面色很蒼白，她知道——因爲她那這樣磨敏銳了的神經使她什麼都能看見——他是又不安又悔恨。

在戲院的後面有一個臨街的露天陽臺；她佔據了這地方，靠在那兒站着一語不發，等着他先開口。

最後她再忍耐不下了。

『我有幾句話要向你說，斐爾，』她說。

『是麼？』

他話音的抵抗語調使她很快地發了火，使她底話衝口而出：『你總不給我一個同你要好的機會；你已經有許久是這樣了！』

布新萊眼光向下面街上瞪着他不作答。

玖恩動情地哭說：『你知道我是願意爲你盡力一切的——我是願意作你底一切的——』

街上騰起了一陣嗡嗡聲同時一個尖銳的「乒」聲刺進了這聲音，是開幕的鈴聲響了。玖恩不動。她內心裏在起着一種拚命的鬥爭。她應否把一切疑心都給找出證據來呢？她應否直截向那正在把他從她拖開的勢力和誘惑挑戰呢？她本性是好挑戰的，於是她說；『斐爾，你禮拜天帶我去看看那所房子！』

帶着一個在她脣上抖顫着消逝着的微笑，努力要——多麼困難喲！——不顯示出來她是在窺察他，她把他底面孔審察了一下，看見它在躊躇猶豫，看見一個不快的顰蹙襲上了他底眉心，血液湧到了他底臉上。他答復說，『禮拜天不行，我親愛的；另揀一天能！』

『爲什麼不在禮拜天呢？在禮拜天我就不會妨礙你的事了。』

他顯然在作一個掙扎，說道：『我那天有個約會。』

『你是要去帶——』

他底眼睛漸漸發怒了；他聳聳肩，答道：『一個阻止我不能帶你去看那房子的約會！』

玖恩咬着她底脣直至出血，再不說一句話走回她底座位，但她忍不住那忿怒的眼淚從她臉上流了下來，幸而戲院中因劇上情節而熄燈黑暗了，沒有人看見她底苦惱。

可是在這個福賽們底社會中，沒有一個人能說他會不被人察覺的。

在後面第三排，尼古拉斯最小的女兒烏斐米亞同她那出嫁了的姊姊推狄曼夫人正在觀察着。

她們在狄莫塞家裏報告她們看見了玖恩與她底未婚夫在戲院裏。

『在正廳裏麼？』『不，不不是在——』『啊！自然是在那樓上包厢裏了。那對於現在的年靑人好像是十分時髦似地。』

嗯——不是在那——。——無論如何，「那」婚約是不會支持許久了。她們從沒有看見過一個人像那個小玖恩那樣子火氣冲天過！她們眼裏含着快樂的眼淚述說在一幕戲正在表演中她回歸她底坐位時怎樣脚踢了一個男人底帽子，和那男人怎樣看她一眼，烏斐米亞有一種出名的無聲的笑結尾十分使人掃興地發出了銳叫；當斯摩爾夫人舉起她底兩手說『我底天呀！踢了一個帽——帽子麼？』的時候，她發出了許多這種的笑，以致不得不用嗅鹽來使她止住。當她臨去時，她向推狄曼夫人說道：『「踢了一個帽——帽子麼？」呵！我眞要笑死了！』

對於『那個小玖恩』哩，這本來要供她『娛樂』的一夜，乃是她一生最不幸的一夜。上帝知道她是努力想壓抑她底自尊，她底猜疑，她底忌妒的！

她在岳里昂家門口與布新萊分手，並沒有哭出來；那要得把他底愛人征服的感覺，很足以使她保持鎮靜，直到他底脚步聲漸遠時她纔重行感覺到她底不幸之實際程度。

那位沉靜無聲的『酸氣』把她開門迎入，她本要溜進她自己底房間去的，但老岳里昂已經聽見她走進門來了，他正在那餐室門口。

『進來吃你底牛奶罷，』他說。『奶還暖熱着等待你在。你回來得太遲了。你到什麼地方去了呢？』

玖恩站在那壁爐旁邊，一隻脚蹬在爐架上，一隻臂放在爐頂板臺上，就像她祖父在那夜從歌劇院回來時所取的姿勢一樣。她快要哭出來，所以沒心去管她告訴他的是什麼。

『我們在索米斯家裏吃飯來。』

『哼！那資產家呀！他底妻在場罷——布新萊也在場的吧？』

『是的。』

老岳里昂用那種刺透的目光凝視着她，在這種月光下是很難隱藏什麼的；但她並不在看他，當她掉過臉來時，他立刻終止了他底窺察。他已經看够了，而且太多了。他俯身從那火爐中爲她端那杯牛奶，掉轉身去咕噥着說道：『你不應在外面呆到這麼晏；這會使你的身體壞得不中一點用的。』

他現在是在他底報紙後面隱藏着了，報紙被他抖得嘩啦一響；但當玖恩走去吻他時，他說道：「晚安，我底寶貝，」語調是那麼抖顫出人意料，以至使那女孩只有走出那房間忍着不猝然大聲悲哭，這是她在這一夜裏哭了多久才止的。

當房門被關上以後，老岳里昂丟下報紙急切向前凝視着瞪了許久許久。

「那個窮鬼！」他想。「我早就知道她同他會有麻煩的！」

他心裏充滿了不安的懷疑與懸揣，因爲覺得自己無力去阻止或控制他們間的事，更覺苦痛。

那東西是不是要丟掉她呢？他很想走去對他說：「喂，你先生！你是不是要遺棄我底孫女兒麼？」但他怎麼能夠呢。雖然對於事情極少或毫無所知，但他那無誤的聰敏使他知道她們間一定有些事情在發生着。他猜測到是布新萊到孟特白列方場去得太多回了。

「這個傢伙，」他想，「也許不是一個光棍；他底面貌生得並不壞，但他是個怪異的東西。我不知道他是怎樣一個人。我將永不能了解他是怎樣一個人！人們說他做事耐苦像一個黑奴一樣，但我看不出這有什麼好處。他不務實際，他沒有方法。當他到這兒來時，他像個猴子一樣儼然地坐着。如果我問他要喝什麼酒，他就說：「謝謝，什麼酒都好。」如果我請他吸一根雪茄，他吸起來就像那是一隻兩辨士的德國貨似地。我從沒有看見他看玖恩時的目光是他看她時應有的目光；可是他也並不是想得她底錢。如果她只要表示一下，他明天就會毀約的。但她卻不願——她不是這種人！她將緊緊黏着他！她是像命運一般頑强——她永遠不會放手！』

深深嘆了口氣，他把他底報紙翻了過去；他也許可以在那字裏行間找到慰藉吧。

在樓上她自己房裏，玖恩坐在她那打開的窗前，春風在快活地掠過那公園以後吹進窗口來，使她發熱的兩頰冷却而却使她底心燃燒。

三　與斯維沁同車

在某一著名老學校底唱歌集中某一首歌裏，有下面這麼兩行：

『他那藍色大禮服上的紐扣是多麼明亮喲，塔啦啦！

他歌唱得多麼好喲，就像一隻鳥一樣！……』

斯維沁並沒有眞個像隻鳥一樣歌唱，但他覺得幾乎像要努力哼一隻曲子似地，當他走出了海倍公園大廈，觀察着他那被牽到門前的雙馬時。

這天下午和暖得就像是六月天氣，爲要與那古歌中的喻寫相合起見，在再三打發亞多夫到下面去看定風向是否絕對沒有一星兒向東吹以後，他也眞正穿上了一件藍色大禮服而省去一件外套；那大禮服在他壯大的身塊子上扣得如此其緊，如果紐扣並不明亮的話，它們也許很可原諒地原是可以明亮的。他在那街旁便道上很莊嚴崇高地帶上了一雙狗皮手套；戴着那樣鐘形的大高帽子，身材又高又大，他樣子太原始野蠻得不像一個福賽了。他那經亞多夫搽過了生髮香油的厚密的白髮，散放着獨活糕和雪茄的香味——雪茄是人所稱讚的斯維沁牌子，這煙他花一百四十先令買一百枝，老岳里昂曾經刻薄地說這煙就送他他也不吸它；需要一個馬肚子才受得住！……

「亞多夫！」

「老爺！」

「拿那張新格子呢的毯子來！」

他怎樣敎導那傢伙都不會現出漂亮樣子的；他覺得索米斯夫人專會看人的！

「把車篷放下；我是要——去——與——一位太太——同車游玩！」

一個美麗的女人一定喜歡把她底長外衣露出讓人鑑賞的；而——他正是要與一位太太同車！這好像是快樂的往日又重行開始了似地。

他有許許久久沒與一個女人同車了！最後一次與他同車的女人乃是柔麗，如果他沒記錯的話；那可憐的老東西在車中一直是像隻貓子一樣的怕怯怯地，使他如此地不耐，當他把她送到貝斯瓦特路下車時，他說道：『我要再讓你坐我底車才算碰鬼！』他眞個再沒有與她同過車了，眞沒有過了！

走到他底馬頭旁邊，他仔細地把馬嚼子看了一下；並不是因爲他對於馬嚼子有什麼在行——因爲他沒有一年付六十鎊給他底車夫而自己來爲他做這種工作，他從來不這樣辦的。事實上他之所以被人認爲一個愛馬家，大半是爲了這件事：有一次大賽馬的日子，他曾被一個賭騙子欺騙過。但俱樂部中有一個人，在看見他驅着他底灰色馬到門前以後——他底馬永遠是灰色，他覺得有人會以爲你雖花了同樣的錢而却顯得更闊氣——曾把他稱作『駟馬福賽。』這名字由尼古拉斯特列夫利——老岳里昂底死伙伴兒，偉大的御人，因爲比全國任何人都有更多驅車遇險的經驗而爲人所共知——傳到了他底耳朵裏，嗣後斯維沁就認爲要做到名符其實才對這名稱很投其所好，並不是因爲他曾經駕過驪馬或曾有駕御驪馬的希望，而是因爲這名稱的聲音很有些出衆。驪馬福囊！眞不壞！斯維沁生得太早了，以致錯過了他底適宜職業。如果他較近二十年來到倫敦，他一定會變成一個股票掮客，但當他需要擇業的時候，這偉大的職業還沒有變成上層中產階級最光榮的行當。他之執業拍賣員實實在在是被逼迫不得不然的。

一坐上驪車的座位，韁繩被遞到了他手裏，他便在那直射的陽光中從他那蒼白的老面頰上霎着眼把周圍慢慢看了一下。亞多夫已經上車站在他底後面，那立在馬頭前面的戴制帽的馬夫準備着要放手；一切都預備妥當了，只等一聲號令，斯維沁就把號令發出了。車騎向前衝去，轉瞬之間，車轔轔一響，鞭梢一舞，便到了索米斯門前了。

夷倫立即走了出來，跨上車去——他後來在狄莫塞家裏描寫道——「身輕如像——嗯——塔格龍妮（Taglioni）一般，上車時毫不慌張，沒有忘記這個需要那個；」尤其是，斯維沁細味着這件事，用一種使塞普提麻夫人非常不安的眼光看定她，「沒有愚蠢的焦怕！」他又向赫士德姑太太描繪夷倫底帽子。「並不是一個你們現在的女人們所喜歡的那種搖搖幌幌的大東西，鬆散着又招塵土，而是一幅整潔的小——」他把他底手畫了個圓圈，「白面幕——眞是最上等的愛美趣味。』

『那是什麼做的呢？』赫士德姑母問，她對於任何衣飾的敍述都表示一種無精無神而永久不變的興奮。

『什麼做的？』斯維沁回答說；『那「我」怎麼會知道？』

他沉默起來了，沉默得如此深沉；以致赫士德姑母開始恐怕他是失了神。她自己不想去喚醒他，她一向不做這類事的。

『我希望會有什麼人來，』她想；『我不喜歡他這樣子。』

但斯維沁忽然又復活了。『什麼做的？』他慢慢地喘息着說，『那該是什麼做的呢？』

他們還沒有走四哩遠，斯維沁就得到了一個印象，覺得夷倫是喜歡與他同車的。她那白面幕覆着的臉兒是那麼溫柔，她那黑眼睛在春光中那麼發亮，每當他向她說話她就舉眼看他並且微笑一下。

禮拜六早晨索米斯曾看見她在她底寫字檯邊，手裏拿一張寫給斯維沁的短柬，是向他聲明不能踐約的。她爲什麼要向他毀約呢？他問她要向她自己家人失約可以隨她高興，但他不願讓她對『他』底家人失約！

她對他凝視了一下，把那短信撕毀了，說道：『很好！』

接着她又開始寫另外一封信。他立卽隨便看了一眼，看見信是寄給布新萊的。

『你爲什麼事要給「他」寫信呀？』他問。

夷倫又用她那凝視的眼光看定他，從容地說道：『爲了他要我爲他做的一件事情。』

『哼！』索米斯說。『托你做事！如果你開始做這種事，當心你會被停止你底工作的！』他不再多說了。

斯維沁一聽說魯濱山三字把眼睛一瞪；這路程對於他底馬太遠了，而他又一向是在七點半鐘俱樂部尙無多人到來的時候吃飯的；那新換的厨司頭兒對於預備一頓較早的餐食，比較賣力——那懶蟲！

不過，他很願意去看看那所房子。一所房子對於每個福賽都足使他動心，尤其對於一個曾作過拍賣員的福賽。最後他終於說道，路遠並沒有關係。當他較年靑時，他曾在里士滿公園附近住過許多年，養着兩匹馬和他底馬車，每天要來來往往驅車做交易的人們把他稱作驪馬福賽。

他那T字式車與他底馬自海俗公園區以至王公大人都知道。Z——公爵曾想得到它們，願意給他雙倍的價錢，但他不肯；當你有一件好東西時你應知寶貴呀，對麼？一種嚴肅驕傲的樣子可怕地現在他剃光的方形老臉上，他把他底頭在他直豎的硬領中搖動着，好像一隻火雞在抖毛似地。

她眞正是一個動人的女人！他後來向柔麗姑母細描她底長外套，柔麗姑母聽他那說法驚得舉起手來。

她穿着就像是一張皮般貼合——緊得就像是一隻鼓；這就是他所喜歡的樣子，是完完整整的一襲，不像現在那樣破破爛爛嚇烏鴉草人般的女人！他瞪視着塞普提麻斯摩爾夫人，她底身材像傑姆士——又長又瘦。

「她有着一種風度，」他繼續說，「值得配一個皇帝而她又是毫不驕傲的！」

「她好像已經完全把你克服了，無論如何，」赫士德姑母從她那角落裏說。

無論何人攻擊他時斯維沁聽得再淸楚沒有了。

「那又有什麼呀？」他說。「我看到一個——美貌的——女人時我就知道她是美貌的，而我所能說的話不過是我並沒有看到一個配得上她的年青男人；但或者——你——看到過的，喂，或者——你——看到過的！』

『噢？』赫士德姑太太細聲說，『你問問柔麗！』

可是，在他們到達魯濱山許久以前，那種不常受的風吹，已經使他昏昏欲睡了，他閉着眼趕着車，僅賴他一生的習慣姿態，他那高而大的身子才免於歪斜。

在守望着的布新萊走出來迎接他們，三個人一道走進了那所房子，斯維沁持一枝金漆的馬剌甲粗手杖在前領導着，手杖是亞多夫遞給他的，因為長久坐在車上不動，他底雙膝已經酸痛了。他穿的是他底皮外衣，為要提防這未完工的房子有冷風侵襲他。

那樓梯——他說——很漂亮！爵邸式的！它們需要陳設些雕像！他走到那通入內天井的門口兩柱間站住了脚步，詢問似地舉起了他底手杖。

這裏是作什麼用呢——這是門廊或者什麼東西？但向上面的天光一看，他底靈感來了。

『啊！是彈子房呀！』

當聽說那是一個中間種花草的有頂天井時，他轉身向夷倫道：

『爲花草浪費這地方呀？你聽我勸告，把這兒安一張彈子檯好啦！』

夷倫微笑一下。他已經揭起了她底面幕，把它像女尼的頭巾似地盤繞前額，那微笑和這白巾下的一雙黑眼對於斯維沁現得比前此更動人了。他點點頭。他看見她是曾聽他底勸告的。

他對於那客廳或餐室很少批評，只說它們很『寬闊；』但當他隨着布新萊持燈在前引導而走下石階進入那酒窖時，他現得如此地狂樂，怕再不能允許他這麼一個莊嚴的人更快樂忘形了。

『這地方之寬大，』他說，『總可以容個六七百打哩——一個十分漂亮的小酒窖！』

布新萊表示要從下面那小樹林指示他們看這房子，斯維沁止住了脚步。

『從這兒可以看到一片很好的景緻哩，』他說；『你沒有一張椅子麼？』

從布新萊底帳棚裏拿來了一張椅子給他。

『你們下去，』他和悅地說，『你們兩人！我願坐在這兒看看這景緻。』

他在那橡樹旁邊陽光中坐下了；身體又壯大又挺直，伸出一隻手扶在那手杖的圓尾結上，另一隻手撑在膝上；他底皮外衣敞開着，平頂的高帽子踞在他蒼白方平的臉上；他底眼光漫然無神地注視着那風景。

當他們穿過田間向下走遠去時，他向他們點頭。他這樣被撇下作片刻靜靜的回想實在並不覺不快。空氣很和暖，太陽光也不過熱；眼前的景物很美好，很可——。他底頭有點兒歪向了一邊；他把它硬起來並且想道：奇怪他——啊！他們在從下面向他招手！他舉起了他底手搖了好幾次。他們很活潑——那景物很可——。他底頭歪向了左邊，他立刻把它硬直了起來；它又倒向右邊，它再不動了；他睡熟了。

睡熟了，像是那高丘頂上的一個哨兵，他好像在宰治着這風景——可讚嘆的風景——好像是異教時代原始福賽們底特別藝術家所繪的，用以記載心靈克服物質的影像似地！

他底無數代鄉紳祖先們，常常手叉着腰站着打量他們那一小塊一小塊的田地，他們那灰色凝定的眼睛掩飾着他們那潛伏着的強暴根源的本能，掩飾着他們那不容他人的佔有本能——這所有無數代的祖先們好像也在這高丘頂上與他一塊兒坐着。

但雖然這樣睡着，他那嫉妒的福賽靈魂却遠遊到天曉得的幻夢之淵了；他底靈魂跟着那一對青年男女，去看他們在那下面樹林裏——在那春光燦爛，充滿着春之氣息與花香，無數的鳥兒歌唱着地下生滿了藍鐘花和溫馨的花草，太陽在樹頂上照着如像黃金般的樹林裏幹些什麼；去看他們在那過窄的小徑上那樣挨近地一道踱着，挨近得他們老是接觸着究竟在幹些什麼；去監視夷倫那黑賊般要偷竊春之心靈的兩眼他底靈魂像是個不爲人所見的偉大的伴護人，在那兒與他們一起停步看那隻還沒死一點鐘的田鼠毛茸茸的死屍，那菌形銀色的皮毛尚未被雨露所沾汚；在那兒看着夷倫那俯着的頭，那憐憫的雙目中溫柔的眼光；看着那青年男子底頭，那麼用力那麼奇異地凝視着她。還與他們一道前進，越過那曾有一個樵夫在那兒工作過的一片空地，那地上的藍鐘花都被踐倒，有一棵樹身已從它那斬痕累累的殘幹上搖放倒了。同他們一起爬上這樹，向前直到那小林的邊際，從那兒伸展着一片未經人發現過的鄉野，自這鄉野的遠處傳來了這樣的聲音：『咕咕——咕咕！』

沉默地同他們站在那兒，並因他們底沉默而感覺不安，怪極了，奇極了！

接着又回去了，好像心虛似地經過那樹林——回到那伐木地方，仍然沉默着，在那永不間歇的鳥聲裏，在那野外的芬芳氣息中——咳！這是什麼氣息呢——像是他們走進的那些花草——又回到那橫斷着小道的樹身前了。

接着他那幅賽靈魂潛隱着，煩躁着，在他們上面拍着翅膀，努力要弄出聲響來，看着她在那樹身上平立着，她那美妙的身段搖擺着，向下笑對着那眼睛那麼奇異而明亮地向上凝視着她的青年男子，現在失脚了——啊！往下跌了，哦！滑倒了——倒在他懷裏了；她那柔軟溫熱的肉體被抱住了，她底頭向後仰躲避他底唇；他底吻；她底畏縮；他底呼叫：『你必定知道——我是愛你的！』『必定知道——眞的，一個美貌的——？！愛哈！

斯維沁醒了；是什麼魔物在捉弄他。他嘴裏有着一種滋味。他在什麼地方呢？

碰鬼！他原來睡着了！

他曾夢到一碗新奇的湯，其中却有着辛辣味兒。

那兩個年青人——他們到什麼地方去了呢？他底左腿麻木酸痛得要命。

『亞多夫』『這可惡的東西不在跟前；這東西在別的地方睡着了。

他站起身，又高又大又強壯，穿着皮衣，急切地向下面那些田間看，不久他就看見他們走來了。

夷倫走在前面，那年青傢伙——他們把他起個什麼渾號呀——『海賊？』——在她後面樣子很像個下流的狗；不用說，碰了釘子了。活該，像那樣子帶她下去看房子！要看一所房子從屋前草地上看才是恰當的地點哪。

他們看見他了。他伸起他底膀子，痙攣地搖動鼓勵他們。但他們已經停住脚步了。他們站在那兒做什麼呢，談話——談話麼？他們又走來了。他一點也不懷疑，而且也毫無足怪，她一定在使他很難堪，爲了像這樣一所房子——一所醜東西，不是「他」所常見的那類房子。

他凝定地瞪着他們底面孔，眼光是淡色而固定。那青年人的神色怪極了！

「你這房子沒有什麼用的！」他刻薄地指着那所房子說；「太新奇了！」

布新萊就像沒聽見他底話一樣注視着他；斯維沁後來對赫士德姑母描寫他是「一個奇怪的傢伙——看你時樣子怪極了——一個滿頭疙瘩的叫花子！」

什麼使他起了這種突然的心理作用他却沒說；也許是布新萊那龐大的前額和頰骨與下巴或是他臉上一種飢渴的表情使然吧？這表情是與斯維沁所認爲紳士應有的那種恬靜的滿足是相反對的。

一聽說要吃茶他精神煥發起來。他對於茶本有一種輕視——他底哥哥岳里昂曾作茶商，並賺了許多錢——但他是那麽渴而口裏又有那麽一種辛辣味，以致使他任何東西都準備去喝，他渴望把他嘴裏那滋味告訴夷倫——她是那麽有同情心——但這麽做是不大高尚的；他把他底舌子捲動了一下，微微地抵着口蓋把它吮了一吮。

在那棚帳遠處的角落裏，亞多夫正在把他那貓樣的鬍子俯伏在一隻瓶子上。他立即去下它來打開一瓶一乎特裝的香檳酒的瓶塞。斯維沁微笑一下，向布新萊點點頭說道：『喂，你眞是一個克利斯陶島的伯爵！』這本有名的小說——他所讀過的半打之一——曾在他心中引起一種特殊的印象。

從桌上端起他底酒杯，他把它端得遠遠地以觀察酒底顏色；雖然他那樣渴，好像他還不願去喝不像樣的東西！接着，舉杯湊向唇邊，輕輕啜了一口。

『酒是很好的，』他終於說了，把杯子端在鼻子前面；

『還不如我那海地西克酒！』

就是在此刻，他忽然得到了一個想頭，這想頭他後來在狄莧塞家裏這樣總括地說道：『我相信那建築家小子一定愛上了索米斯夫人了！』

從這一刻起，他那青白圓睜的眼睛從不間斷地老是爲了這發現而鼓瞪着。

『那傢伙，』他向塞普提麻夫人說，『用他底眼光跟踪着她就像是一隻狗——那疙疙瘩瘩的叫化子！這我並不詫異——她是一個動人的女人而且，我要說，是最穩重謹愼的「夷倫身上那一種隱微的芬芳，像是從一朶含苞未放的花心蘊蓄着無限溫香的花中發出的一樣，感動得他在心裏造成了這樣一個影象。『但我還沒有拿得十穩，』他說『在我看見他拾起了夷倫底手帕以前。』

斯摩爾夫人底兩眼興奮得漲紅了。

『他把那手帕還給她沒有呢？』她問。

『還給她？』斯維沁說；『我看見他在那上面吻得流涎，他還以爲我沒有在看他哩！』

斯摩爾夫人張開着口——太關心得說不出話來了。

『但「她」並沒有假他以顏色，』斯維沁繼續說；他停住了，眼睛瞪了一兩分鐘，那瞪眼的樣子使赫士德姑太太非常吃驚，——他忽然想起了這件事：當他們坐在車上動身回來的時候，她曾第二次把她底手遞給布新萊，並放在他手裏不動……。他曾用勁把他底馬鞭了一下，急於想使她完全為他自己所佔有。但她曾掉頭回去看，並且對於他底第一句問話沒有作答；他也沒有能夠看到她底臉——她老是把頭低垂着。

什麼地方有一幅斯維沁沒曾見過的圖畫，畫着一個男子坐在一塊岩石上，在他身畔，一個海中女神浸在那平靜的綠波中仰臥着，手放在她裸露的乳上。她臉上半現着微笑——一種無望地屈服和私下很快樂的微笑。坐在斯維沁身畔的夷倫，也許就是這樣微笑着罷。

當香檳使他發了熱，夷倫也完全為他自己所有的時候，他把他底許多乖運都傾吐出來了；他說着他對於那俱樂部的新廚司頭兒之隱忍的忿怒；他對於威格穆街那所房子的煩惱，那兒的流氓房客因幫助他底內弟而破產了——就像慈善和幫助不先起於家族間似的。還說到他底耳聾以及他右腰上有時的疼痛。她諦聽着，她底眸子在她眼皮下浸濕着。他以為她在對於他底苦惱作深思，更十二分地憐憫他自己起來。可是他穿着皮外衣，胸前飾着帶扣高帽子歪戴着，載御着這美麗的女人，他從沒有感覺過比現在更闊氣了。

然而，一個水果小販載着他底情婦在作禮拜日的兜風，好像也有同樣的感與。這人一路把他底驢子鞭得飛跑，在他那小船式的車中坐得筆直就像蠟人一樣，他底下巴很神氣地安置在一塊紅手帕上，正如斯維沁底下巴安置在他那全幅領飾上一樣；同時，他底情婦一條髒污的皮圍領兩端飄揚在後面，也模仿着一個時髦女人。她底村野情郎揮動着一根尖端繫着一條破繩子的鞭棍，很奇異地極類似斯維沁那鞭梢成圓形的揮舞，回頭對着他情人狎睨也怪氣地很像斯維沁那原始的凝視。

雖然有一時並沒覺到這下等流氓在跟前，斯維沁不久就感到他正在被人戲弄了。他把他底鞭條抽他底馬腹。可是，因一種不幸的命定，兩輛車子老是並行着。斯維沁那蒼黃腫脹的臉子變紅了；他舉起他底鞭子要打那水果小販，但因一種上帝的特意干涉使他得免於這樣過分忘却他底尊嚴。一輛從一個大門中趕出的車子使斯維沁底馬車和那小販底驢挨到了一起；車輪彼此一軋，那較輕的車子車輪滑出並且被軋翻了。

斯維沁並不旁視。他無論如何不願停車去救助那流氓。如果他跌斷了頸子，那正是他活該。但他即令願停車他也不能够。兩匹灰馬受了驚了。車子東一搖西一擺，當它們急馳而去時人們都擡起驚惶的臉看着。斯維沁底大膀臂盡可能地伸直，收勒着那韁繩。他底兩腮膨脹了，雙唇閉緊了，他那腫脹的臉現出了陰鬱忿怒的紅色。

夷倫手抓着鐵欄，每一顛簸她更把它抓得緊些。斯維沁聽她問道：

『我們將要遭遇危險麼，斯維沁叔叔？』

他在心跳中喘息着說『沒有什麼；馬有一點怕生！』

『我從來沒遭過危險哩。』

『不要動！』他把她看一下。她正在微笑，十分地恬靜。『靜靜地坐着，』他重複說。『不要害怕，我會送你到家的！』

在他這一切可怕的掙扎中，他很驚詫地聽她用一種不像她自己的聲音回答道：

『我就永遠不得到家我也不在意！』

車子可怕地顛簸了一下，斯維沁底驚訝被嚥到肚裏去了。兩匹馬因上一個小山弄乏了，現在平靜下來在緩緩地奔跑，最後終於自然地停住了。

『當我，』——斯維沁在狄莫塞家描寫說——『把它們帶住時，她是像我自己一般冷靜。上帝保佑我底靈魂！她那樣子就像她對於是否要跌斷頸子毫不以爲意似地她說的話是「我就永遠不得到家我也不在意！」』倚在他底手杖柄上，他使斯摩爾夫人震嚇地喘着說『我倒不十分詫異，她底丈夫是小索米斯那麽一個只講究服飾的沒用東西！

他倒沒有去想像當他們把布新萊一個人撇在那兒以後他曾作些什麽；無論他是像斯維沁以他作比的那狗一樣去東西徘徊——徘徊走下那矮林去，那兒的春光依舊燦爛，鶌鴣依舊從遠處叫着；走到那兒把她底手帕緊湊在他脣邊，手帕底香味與薄荷和茴香的味道混合着；走到那兒心頭抱着那麽一種强烈而精緻的痛苦使他可以在那林中哭將出來；或者想像到他眞正作了些什麽。事實是，直到斯維沁走到狄莫塞家裏，斯維沁已經把布新萊忘却了。

四　傑姆士親自去看

凡是不了解福賽交易所的人們，也許不能預見到夷倫去看了那所房子所引起的一切激動。

當斯維沁在狄莫塞家裏把他那可紀念的駕遊之整個故事敘述了以後，這同一故事就被轉告了玖恩，告訴她時稍含有一星兒好奇心的懷疑，稍稍有半點兒惡意，而且是眞正希望告訴她會有益處。

『這說起來是一件多麽「可怕的」事情喲，我親愛的！』柔麗姑母結尾時這樣說；『關於那不要回家去的話。她這樣說是什麽意思呢？』

這對於玖恩簡直是一個離奇的故事。她痛苦地紅漲着臉聽着，突然草率地一握手就走去了。

『差不多無禮極了！』玖恩去後斯摩爾夫人向赫士德姑母說。

對於她聽到了這個消息的態度，大家就得到一個正當的推測。她是驚愕了。因此一定有點蹊蹺的怪事！她同裘倫本是那樣的好朋友呀！

這與過去許久以來所發生的許多謠傳和私語是太完全若合符節了。還記得烏斐米亞敘述他們在戲院裏的事——布新萊先生常是在索米斯家裏麽？，哦，真的是的，當然他「一定」常是如此——爲了那所房子！一切事都不公然地說。只有在發現了最重大和最緊要的刺激時，在福賽交易所中才有公開談論一件事情的必要。這機關配合得太精緻了；一個暗示，一點點兒微小的悔恨或懷疑的表示，就很足以使這家族的靈魂——那樣地有共鳴心——振動。振動沒有一個人希望這種振動會生出什麽禍害——而且十分反是；振動的動機是由於最好的意念，由於感覺着這家族的每一分子在這家族靈魂中都有一分關係。

這種私談竊議底下還有許多的好意結果常常依一般社會習慣去作弔慰的訪候，因此對於受害者施以眞正的好處，並使未遭害者得到慰藉，因爲他們很快意地感到了總算有一個人在爲了一件事物而受苦。但他們自己却並沒有受到影響。事實上，這只是一種要使事情很快地傳與別人知道的欲望，一種激動『公共言論機關』的欲望，譬如說罷，這會使傑姆士與塞普提麻夫人發生聯繫，塞普提麻夫人又與小尼古拉斯夫婦發生聯繫，他們夫婦又與其他的什麼人發生聯繫，一直傳下去。他們已經升入了而現正隸屬着的那偉大的階級，要求一種有效的坦白，還要求一種更有效的緘默。這種連合保證了他們底階級關係。

較年少的福賽中有許多很自然地覺得，並且要公開地宣稱他們不願他們底事情被人刺探；但那種無形的家庭私談竊議的磁流是那麼有力，他們無論怎樣也不能自圖地要對於每一件事都知道得詳詳細細。大家覺得這是無法可想的。

他們中間有一個（小羅格爾）曾作一次英雄的企圖，想解放將來的一代，說狄莫塞是個『老猫子』。這種努力很公道地反衝到了他自己身上；三個字十分奇巧地傳到了柔麗姑母耳朶裏，她用一種震驚的語調告訴了羅格爾夫人，從羅格爾夫人就退還了小羅格爾。

而且受苦的人到底只是那些做錯事的人；舉例說，如像喬治，他因爲賭彈子使把他底錢都輸掉了；或者如像小羅格爾自己，他是那麼可怕地幾乎要同那女子結了婚，那女子，據傳說他已經同她發生了實際夫婦關係了；或者再說夷倫罷，她不但被人講而且被人想着是在危險中。

這一切不僅使人快意而且是很有益處的。這使貝斯瓦特路狄莫塞家許多的時光可以輕鬆地度過，否則這些時光對於那兒住着的三個人使將沉悶而無法銷磨；而狄莫塞家也不過是這倫敦商業區的許多這類家庭——這類安全階級中性人們底家庭之一罷了，這些人們自身沒有鬥爭，必得在別人的鬥爭中找到他們生存的動因。

如果不是爲了這種家庭私談的甜蜜滋味，那兒一定是眞正很寂寞的。謠言和揑造的故事，報告，推測——它們不就是這家中的孩子，同這兩姊妹一兄弟在他們自己生活中所錯過未得的，多言的小孩子們一樣可親愛可珍貴嗎？談論着它們，就像是他們能够佔有那一切他們溫柔的心情所渴想的兒女和孫兒女一樣。雖然狄莫塞底心是否渴想還是問題，但每當一個新生的福賽孩子降世，他十分難過却是無疑的。

小羅格爾說什麼『老猫子！』烏斐米亞叫起她底手大叫道：『呵喲！那三個人！』並且不出聲地笑起來笑到結尾是尖聲銳叫，——這都是無益的。無益的，而且也太不忠厚。

這在現階段似乎——尤其在福賽們眼中似乎奇怪（且不說『不可能』）的事態，從某種事實上看起來，是究竟並不那麼奇怪的、

有些事情被他們忽視了。

第一，在那許多沒有出毛病的婚姻所養成的安全中人們已經忘記了『愛情』並不是一種溫室中的家花，而是一種野草，是一夜微雨，或者一時陽光可使它生長的；是從一顆被狂風在路上刮動着的野的種子發出芽來的它是這麼一種野草，當它在我們底花園樺籬之內開了花時，我們便說它是一種家花；當它開花在籬外時，我們便說它是一種野草；可是，無論是家花或是野草，它底色與香却永遠是野的！

其次，福賽們並不一般地都認識這一點——他們自己生活中的事與人，是反對他們認識這種眞理的——就是，在這種野花生出的地方，男人和女人不過是圍繞着那鮮紅色花朵的蛾蝶而已。

小岳里昂那惡作劇之發生已經是許久以前的事了——現在有某一傳說重行發生的危險，說人們底心理是永遠不願越過樣離去採那花的說人們可以這樣想，在相當時期有一次愛的經驗就像害一次麻疹一樣，一直舒舒服服地在結婚的懷抱裏把這經驗度過，也就像害麻疹用牛油拌蜜的舒緩劑塗抹一樣。

在一切聽到了這關於布新萊與索米斯夫人的奇怪謠言的人們之中，傑姆士是最爲關切的。他早已忘記了他在他自己底求婚期間，是怎樣地又瘦又蒼白，蓄着栗色的頰鬚，徘徊圍繞在愛米麗底跟前了。他早已忘記了那麥鎭邊界上他們曾在那兒度他們底早期結婚生活的小房子了，或者不如說，他早已忘記了那早期結婚生活，而並沒有忘記那所房子，一個福賽永遠不會忘記一所房子的——他後來賣掉了那所房子淨賺了四百鎊哩。

他早已忘掉那些日子了，他們爲了審愼結合而有着許多希望，恐懼和懷疑（因爲愛米麗雖然很美却沒有一個錢，而他自己當時也只可憐地一年賺一千鎊，）他早已忘記那奇異不可抗拒的把他拖向前去直到他覺得如果他不能娶那女子便要死的誘惑力了，那女子有着那麼整潔地梳向後面的淡色美髮，有着那從貼身背搭中露出的白皙膀臂，有着那合適地掩蔽在一件眞正寬大的紗衣裏的白皙身體。

傑姆士已經閱歷過了這種愛火，但他也閱歷過了那洗滅了這種愛火的似水流年；他經驗過了一切經驗中最悲慘的經驗——忘記了在愛情中是什麼滋味了。

忘記了！忘記了那麼久，以至他甚至連他忘記了的事也忘記了。

現在他聽到了這謠言，這關於他兒媳的謠言；一個十分模糊的黑影在明白顯然的表面事態中隱藏着，像鬼一般縹緲無形，但也像個鬼一樣，帶着一種難以形容的恐怖。

他努力想把這事放在心裏加以考慮，但完全沒用，正如想把他每天在晚報上所見的那些悲劇之一安在他自己身上一樣。他簡直不能夠，事情決不會有一點關係。這完全是人們胡說。她與索米斯不和，在她是很可能的，但她是一個良善的小東西——一個良善的小東西！

正如頗佔大多數的男子一樣，傑姆士很有點嗜好醜聞怪事，並且用一種實際的語調舐着口脣說道，『對啦，對啦——她與小狄孫；人們告訴我他們正住在蒙特卡羅哩！』

但一件這類事情的含義重大——事情過去現在與未來的——他就從沒有想到過。他所看到的只是事情的內容，其中含有怎樣的快樂與苦惱，在那些事實中潛伏着怎樣迂緩而有權力的命運，十分坦白無隱，有時很下賤，但一般都很有趣味。他對於這類事情並不好斥責，稱讚，做推論或加以分類；他只是頗酷嗜地聽着，又復述他所聽到的，在這種習慣中找到頗不小的益處，如像從飯前喝完一杯舍利酒和苦酒所得到的益處一樣。

可是現在，這樣一件事——或者毋寧說那謠言，這類事件的先聲——發生於他自己本身的近前了，他覺得像在霧中，這霧使他底口裏充滿了難受而濃膩的滋味，他出氣都很困難。

一件醜事！多半是一件醜事！

把醜事這字樣向他自己反覆念着，便是他使這事膠結成爲可以思考的惟一方法。他已經忘記了了解任何這類事件底過程，前途或意義所必須的感覺了；他簡直再不能把握住人們爲了情慾而冒危險的可能性了。

在他一切的相識人們之中——這些人一天又一天到商業區去做他們底無論什麼生意，在閑暇時就買股票，買房產，吃大餐，作游戲運動，據他所知，如果要假定其中有任何人會爲了像情慾這樣一種神秘奇幻的東西而冒危險，在他定似乎是很可笑的。

情慾！他似乎眞個聽說過這東西，而且如像『永遠不要把一個年靑男人和一個年靑女人放在一起』一類的定律，固定在他底心裏就像是平行的緯度線固定在一幅地圖上一樣（因爲一切的福養當事情眞正是實實在在時是很嗜好實際主義的；）但說到別的什麼，——嗯，他便只能拿『醜事』這口頭禪來評論它。

啊！但其中並沒有事實哩——不能够有事實的。他並不害怕；她眞正是一個良善的小東西。但你一旦有了這樣的猜忌，你便放不下去了。而傑姍上又是個神經質的人——一個那種常是爲事情所煩擾，因了豫想和臨事不決而感受痛苦的人。爲了恐怕放過了他一方面也許會得到的東西，除非到了他不下決心便絕對定要失去它的時候，他是生理地沒有下決心的能力的。

可是在生活中，還有許多時候是連下決心這工作也不依靠他自己的，這就是其中之一。

他有什麼辦法呢？同索米斯詳談麽？那只不過使事情更加糟些。而且事情又到底還沒有什麽，他覺得一定。

這完全是那房子作祟，他自始就不贊成這計畫。索米斯爲什麼要到鄉下去呢？而且，如果他定要花許多錢爲他自己蓋一所房子，爲什麼不請一個頭等人物，偏要找那沒有人知道他一點兒的布新萊呢？他已經告訴過他們事情將有如何結果的。他還聽說那房子超過了索米斯預算要出的建築費很不少哩。

這事情比任何其他事實更使傑姆士想到了事態之眞正危險。同這些「藝術的」傢伙們共事常是如此的；一個聰明人使不應該與他們打半點交道。他也警告過夷倫了。看現在是不是出了毛病！

傑姆士忽然想到他應該親自去看看。在那他底心胷被包圍了的不安之迷霧中，想到他能够去看看那房子使給了他說不出的滿足。給他以輕鬆的也許只是那要做一件事情的決心——更許是他將要去看那房子的事實。

他覺得他看看那被懷疑的男子本人所建造的，以磚泥木石築成的一所大廈，就等於他刺探了那關於夷倫的謠言是否眞實。

於是他誰也不告訴，便坐一輛車子去到車站，搭火車奔向魯濱山去；從那兒——因爲那兒依周圍環境習慣沒有可僱的馬車——他發現他不得不徒步走路。

他緩緩地爬上那小山，他那伸不直的兩膝與高聳的兩肩苦痛地彎屈着，他底眼睛注視着他底脚，但最整潔的是他底高帽子和大禮服，它們因照管得十分周到而十分光潔無瑕。管理這事的是愛米麗；這就是說，她當然並不親自料理這事——地位高尙的人是不照看彼此底衣飾的，愛米麗就是地位高尙的人——而是由她管理着那管家料理的。

他不得不問了三次路；每次他都反覆地說明那人家指示他了的方向，使他所問的人也反覆說一遍，接着再反覆說一遍，因爲他生性好多講話，而一個人到一個新環境又是應該儘量小心的。

他老是切實地向他們說他所尋找的是一所『新』房子；可是，僅只當被人從那些樹陰中指示他那房頂時，他才覺得眞正滿意於沒有被人完全指引到錯路上。

一個低沉的天空好像要用一塊粉白了的天花板之灰白色掩蓋着世界。空氣中並沒有新鮮和芬芳。在這樣一天，就是英國的工人也不大願意多做他們不得不做的工作，而且在做工時也沒有那消遣勞作之痛苦的快樂談話了。

在那未完工的房子裏面，有穿襯衫的人們在慢慢工作着，各種聲音發出來——痙攣的敲打聲，金屬的刮磨聲，鋸木聲，以及手車在木板上的滾動聲；那工頭底被一根繩子鎖在一根橡樹木料上的狗子，時而無力地發出嗚嗚聲，好像是一個滾水鍋的叫聲似地。

新安上的窗玻璃，每塊的中央都塗着一塊白粉，像是一隻瞎狗底睛眼向外瞪着傑姆士。建築的和樂繼續下去，在那灰白色的天宇下粗厲而無生氣。但那些正在新耕的泥土中尋蟲吃的畫眉鳥却十分沉默。

傑姆士在一堆堆的小石中間擇路而行——通到住宅的私路正在鋪——直到他到了那門廊前面。到這兒他停住步擡起了他底眼睛。從這個觀點是看不見很多東西的，那一點兒他立刻就看到眼裏了；但他在那兒站了許多分鐘，誰知道他是想些什麽呢。

他那成小角狀突出的白眉下藍瓷色的眼睛一動也不動；他那美好的白色八字鬚間寬嘴巴的上唇抽搐了一兩次；從那急切狂樂的表情——索米斯臉上有時現出的那種被人佔了便宜的表情就是從這表情生出來的——傑姆士也許在說：『我不知道——生活是一件麻煩事兒。』

在這樣站着時布新萊出其不意地走來了。

傑姆士把他那正在昂頭向天上尋看什麽燕巢的眼睛低下來看着布新萊底臉，那臉上有着一種詼諧的諷刺。

『您好，福賽先生？親自到這兒來看麼？』

據我們所知，這確是傑姆士來此的原因，他被弄得因而不安了。可是，他伸出他底手，說道：

『你好麼？』但並不看布新萊。

布新萊帶一個諷刺的微笑爲他讓路。

傑姆士在這禮貌中嗅到一些可疑的東西。『我很想先在這外面打個圈兒，』他說，『看看你這一向做的是什麼工作！』

圍繞着那房子的東南和西南兩面，砌有一列磨圓的石子砌成的，有着兩三寸寬的四方花邊的花壇，邊緣下斜到土裏，準備鋪以草皮；傑姆士順着那花壇走去。

『「這東西」花費了多少錢呢？』他看見那花壇繞着那轉角延長下去時問。

『你估計得多少呢？』布新萊問。

『我怎麼能知道？』傑姆士有點不知如何是好地答；『總要値兩三百鎊罷，我想！』

『正是這個數目！』

傑姆士把他銳利地看了一眼，但那建築師樣子並不在意，他便把這答語，認爲是他沒有聽淸楚他說的話。

一走到那花園門口，他便停住脚觀看那景緻。

『那樹應當給伐掉，』他說，指着那棵橡樹。

『你以爲如此嗎？你以爲讓那棵樹生在那兒，你所得的風景就不足償你所花費的錢麽？』

傑姆士又懷疑莫定地看他一眼——這年青人說話有一種特別的態度：『好啦，』他說，帶一種作難的神經過敏的加重語氣，『我不大懂你要一棵樹有什麽用。』

『明天就把它放倒好了，』布新萊說。

傑姆士吃驚了。『呵，』他說，『你不要說是我說要把它伐掉的！「我」對於這事什麽也不知道！』

『不知道麽？』

傑姆士繼續臉紅着說道：『怎麽，我怎麽要知道呢？這並不干我事。你自己負責做去好了。』

『你允許我說出你底名字來吧？』

傑姆士變得更加吃驚了：『我不知道你爲什麽要說出我底名字，』他忿忿說；『你最好隨那棵樹長着好了。那並不是你底樹哩！」

他掏出一條絲手帕揩他底前額。他們走進了那所房子。像斯維沁一樣，那室內的天井很使他注意。

『你一定在這兒費了多得邪氣的一筆錢罷，』他把那些柱子和走廊看了許久以後說。『喂，裝起這些柱子來你花了多少呀？』

『我一時說不清楚，』布新萊若有所思地答，『但我知道這是多得邪氣的一筆錢！』

『我倒也這樣想，』傑姆士說。『我倒也——』他與那建築家底眼光相遇了，話沒有說下去。從此以後，每當他遇見任何他想知道花了多少錢的東西時，他便遏抑住他底好奇心不問。

布新萊好像決定了要讓他把一切東西都看看，而且，假如傑姆士要不是太會「細心注意」了，他定會發現他自己要圍繞着那房子再兜一個圈子的。他又好那麼急於想要傑姆士問他問題，以至傑姆士覺得他得有所防備。他開始感覺太費力的痛苦了，因爲就他那樣一個高個子人而論，他總算够結實健壯，但他已經是七十五歲的人了。

他漸變得沮喪了；他好像並沒有接近任何東西，並沒有從他這次巡視得到任何他當初彷彿希望的知識。他僅只更加不喜悅且不信任那年青人了，這人底禮貌使他倦得要死，而在他底態度中他現在當然也看出了諷刺。

那傢伙比他所想像的更加厲害，比他所希望的更好看些。他有着一種『不在乎』的神氣，這是把危險視爲人生最不可耐的事物的傑姆士所不以爲然的；他還有一種特別的微笑，非常出你意料地笑出來；他還有很奇怪的眼睛。他使傑姆士想起了一個飢餓的貓，據傑姆士後來說。這是他同愛米麗談話時，對於布新萊態度中所含的那種特別的，惱人的溫和有禮與諷刺盡其所能的近似描寫。

最後，把一切能看到的東西都看罷了，他又出來到那他從那兒走進去的門口；現在，覺感到他是在白白地浪費時間，氣力和金錢，他便盡力鼓起一個福賽的勇氣來，把布新萊銳利地看一下說道：

『我想你是常同我底媳婦見面的罷；那麼，「她」以爲這房子怎麼樣？但她還沒有看見過它罷，我想？』

他明明知道夷倫已經來過這裏——自然，除開那一句非常意外的話，不願意再回家去，而外，他也並不覺得她這躺來訪，還有什麼其他的意義。他又知道玖恩聽見這個消息時的態度。但是他這麼問了。

他把問題這樣提出，是他决定了要給布新萊一個他所謂的機會。布新萊許久才回答，但把他底眼睛帶着不安的鎮定看着傑姆士。

『她——已經——看見這房子了，但我不能告訴你她以爲它怎樣。』

又煩氣又遭了挫折，傑姆士底本性却阻止不使他把事情放下。

『哦！』他說，『她已經看見了麼？索米斯帶她來的吧，我想？』

布新萊微笑着答道：『呵，不是！』

『怎麼，難道她一個人來的麼？』

『呵，不是！』

『那麼——是誰帶她來的呢？』

『我眞不知道我是否應該告訴你誰帶她來的。』

對於明知是斯維沁的傑姆士，這答語好像不可思議。

「怎麼！」他吃格地說，「你知道——」但他停住話了，忽然看出了他底危險。

「好啦，」他說，「如果你不願告訴我，我想你是不會告訴的！沒有人告訴我任何事情。」

布新萊有點使他吃驚地問了一個問題。

「喂，我說，」他說，「你能不能告訴我你們是否還有人到這兒來？我很願在場引導！」

「還有？」傑姆士惘惑地說，「還有什麼人呢？我不知道還有什麼。再見。」

他眼看着地伸出他底手，同布新萊底手握了握，手握着傘底尖端拿起傘來，順着那花壇走去了。

還未轉過角去以前，他回頭向後看，看見布新萊在慢慢地跟着他——「像隻大猫一樣順着墻偸偸地走，」他向他自己這樣說。當那靑年人脫帽爲禮時他並不理他。

走出了那私路不致被看見了以後，他底脚步更緩慢了。非常迂緩，比他來時更加佝僂，又瘦，又餓，又心裏難過，他向着車站走將回去。

那海賊看着他那麼可哀地走回家去，也許爲了他對於這老人的態度有些抱歉罷。

五　索米斯與布新萊通信

傑姆士完全沒把他這次去看那房子的事向他底兒子提起；可是有一天早晨爲了一件事到狄莫塞家去——爲的是一件與衛生當局强令他底兄弟執行的陰溝計畫有關的事——他在那兒把這事說出了。

那所房子並不壞，他說。他能够看出那房子定可以賺許多錢。那傢伙倒有他底聰明，但他可不知道在房屋落成之前將使索米斯花費多麼少。

烏斐米亞福賽碰巧在那房裏——她是來借那當時風行一世的斯各勒士神父新著的一本小說慾情與鎮痛劑的——她便附和起來。

「我昨天在百貨店裏看見了夷倫；她正同布新萊先生在雜貨部談得親熱極了。」

她這麼簡單地敘述出的一幕，其實眞正曾給了她一個深刻而錯綜的印象。她本是急忙到宗教商業百貨店——這商店規模宏大，只允許有身家的人先交貨款然後送貨，再沒有別的商業機關更爲福賽們所中意了——的綢緞部去給她母親配一點絲絨，她母親還正在外面馬車中等候着。

從雜貨部走過，她底眼光很不快意地被一個美麗身段底背影吸引住了。那身段是那麼動人地和諧，那麼平衡，衣飾那麼合式，以至把烏斐米亞本能的是非心立刻驚醒了；她並非從經驗而是從直覺地知道那種身段是很少與貞德連在一起的——在他的心裏確是決沒有在一起過。因為她自己底背影是不大高明的。

她底懷疑幸而證實了。一個從藥品部走來的男子脫下了他底帽子，向那不相識背影的女士說起話來。

就是在此刻她看到她所要接觸的是誰了；那女的無疑地是索米斯夫人，年青男子是布新萊先生。她趕快藉着買一匣南棗躲避起來，因為她不願在這大清早急急忙忙的時候很不雅地手拿着包裹去與人會見；于是她完全是無意中作了他們這小聚會的一個有興味的旁觀者。

索米斯夫人照常是有點兒蒼白，兩腮帶着緋紅；布新萊先生底態度很奇怪，但很動人（她以為他是個頗為相貌出衆的男子，而喬治給他起的『海賊』這名字——這其中有着一種浪漫的成分——也十分可愛）。他好像在辯解什麼。眞的，他們談得那麼懇切——或者毋寧說他談得那麼懇切，因為索米斯夫人並沒說許多話——以致他們輕忽地妨礙了交通使人繞路而行。一個漂亮的老年軍官走向雪茄部去，不得不側身繞得很遠地走過，他偶然擡起頭看見了索米斯夫人底臉兒，眞個脫帽向她爲禮，那老傻瓜男人都是那樣！

但使烏斐米亞不快的乃是索米斯夫人底眼光。她在他動身走去之前從沒有看他一下，等他去後她從後面追踪看着他。而且，呵，那眼光。

烏斐米亞爲了那眼光費了很多不安的思索。就說那眼光中烏黑的依依不捨的溫柔曾使她不快也不爲過分；那女人就像拚命想把他拖回來並取消她剛剛說過的話似地，

啊，是的，她當時還要去買絲絨，沒有工夫去詳細刺探那事件；但她是『鬼鬼祟祟的——很鬼祟！』她只向索米斯夫人點點頭，表示她已經看見了；而且，就如她後來把這事向她底密友弗蘭細（羅格爾底女兒）談述時，對弗蘭細說，『她眞現出被人撞見隱私的樣子……』

傑姆士初看去是最不願接受半點足以證實他那自己那辛辣懷疑的消息，他立刻接過她底話來。

『哦，』他說，『他們一定是在商買裱壁紙。』

烏斐米亞一笑。『在雜貨部買麼？』她輕輕地說；從桌上把那本情慾與鎭痛劑拿起，加說道：『你願意把這書借我罷，親愛的姑母？再見！』接着走去了。

傑姆士差不多立即跟着也走了；他已經呆得過久了。

當他走到福賽·布斯塔·福賽律師事務所時，他看見索米斯正坐在他那旋轉椅中起草一件辯訴書。索米斯簡率地向他父親問了早安，從他底衣袋裏取出一個信封，說道：

『你看看這信也許會覺得有趣味。』

傑姆士看信如下：

『斯樂安街309D，

『五月十五日。

『親愛的福賽，

『你底房子已經蓋好了，我底建築師的責任已經完結。如果要我繼續從事裝飾——我之擔任此事是由於你請求的——我很願讓你明白地知道我定要自由自主地做事。

『你沒有一次來時不作一些與我底計畫相反的提議。我這兒現有你底三封信，每封推薦一種我永遠夢想不到會使用它的材料。昨天你底父親又來了，他又作了些更有價值的建議。

『因此，請你下決心看是讓我爲你裝飾；或是讓我告退，其實我是寧願告退的。

『但你須知道，如果讓我裝飾，我要單獨從事，不受任何種的干涉。

『如果我做這事，我願把它通統做完，但我定要自由自主。

『你誠實的

『斐力布新萊。』

這封信底眞確和直接的原因當然在不可知之列，不過這是很可能的：布新萊也許被一種對於他自己對索米斯的地位——那永在的藝術對財產的地位之忽然的反感所動，這種地位的對立，是常刻在現代最不可少的器具背面上的。幾行字就總括得非常好！其仕妙處可以匹敵塔西太斯最美麗的句子。卽是：

發明者：湯麻斯蘇魯。

所有者：柏傳穆培黠。

『你要怎樣答復他呢？』傑姆士問。

索米斯連頭都不扭一下。「我還沒有決定，」他說，繼續寫他底辯訴書。

他有一個事主，在一塊並不屬於他的地皮上蓋了些房子，忽然接到了最惱人的警告，要他把房屋拆去。可是在小心地把一切事實查明之後，索米斯便想出了他底方策，說他底事主是有一種所謂佔有權的，而且雖然那地皮是無疑地非他所有，但他有權去保持它，且最好這樣做；於是事主現在便按照這種顧問方略進行去——如像水手們所說——「使它這樣。」

他在作有效的顧問方面是很有名氣的；人們常說到他道：「去找小福賽好了——他是個聰明的傢伙！」他對於這種名望也看得很寶貴。

他那天性的沉默寡言於他很有益；再沒有東西更足以使人們——尤其是有財產的人們（索米斯沒有別種事主）得到那種他是個安全可靠的人的印象了。傳統，習慣，教育，遺傳的伶俐，國民性的謹愼，一切都合起來形成一種顚撲不破的職業上的誠實，這誠實本是由於一種內心的避免危險而來，就因是這事實，使他決不會受誘惑。既然他底心靈悄悄使失敗成爲可能的環境，他如何能失敗呢——站在地板上的人是決不會跌倒的！

因此那些無數的福賽們，在無數的各種各樣與財產（自妻子以至於灌溉權）有關的事件中，有時便需要一個可靠的人代爲服務，覺得把事情託付索米斯是又令人放心又有利益。他那一點點兒傲慢混合着一種盡量搜求成例的神氣也與他很有益——一個人除非很懂得是不會傲慢的！

事實他乃是業務的主腦人物，因爲傑姆士雖然仍舊差不多每天來親自看看，但他現在除了坐在他底椅子上，扭扭腿，把已經決定的事情微微弄亂一點，不久便又走去而外是很少做事的，那另一個伙伴布斯塔哩，又是個不中用的東西，他做許多事，但他底意見從來沒被採納過，

索米斯沉靜地繼續寫他底辯訴書。但要說他心裏很安然則是廢話。他正在被一種麻煩就要來臨的感覺痛苦着，這感覺在他心裏作祟已經有些時了。他盡力把當作是生理的不適——他底一種肝疾——但他知道並不是如此。

他看看他底錶。一刻鐘後他就要蒞臨新煤礦公司的常會——這公司是岳里昂伯伯底一種企業；他要到那兒去見見岳里昂伯伯，並向他談點關於布新萊的事情——他還沒決定談什麼，但總有些事情——無論如何在他沒會見岳里昂伯伯以前他總不復這封信。他站起身井然有條地把辯訴書草稿放在一邊，走到那小黑櫥裏，扭開燈，他用一塊棕色的溫底蘇香皂洗手，在

一個毛巾捲兒上揩乾。接着他梳他底頭髮，對分髮十二分小心，扭滅燈，拿起帽子，說聲他兩點半鐘就會回來，便跳進了那包爾特利街。

這兒離鐵商街新煤礦公司的辦事處並不遠，新煤礦公司的常會總是在鐵商街開會，與別的公司那更講表面的在大砲街旅館開會的行徑不同；老岳里昂自始就不睬張新聞界他底事業——他說——與公衆有什麼關係呀！

索米斯恰在開會時來到，在他那董事席上坐下，董事們成行坐着，每人面前一個墨水壺，面對着股東們。

老岳里昂坐在董事席的正中，黑色緊身的大禮服襯着他那白的八字鬚特別惹人注目，他正向後靠着，手指尖橫放在一篇董事報告書和賬目上。

在他底右首，坐着大塊頭的秘書『一尾大』的海敏斯；一種太悲戚了的悲戚在他那美好的眼中閃爍着；他那鐵灰色的鬍鬚也像他身上其他的地方一樣現有陰翳，使人覺得那鬍鬚後面的領結太黑了似地。

這會議眞正是一個可哀的會，這時距那秘密地去考查各礦山的專家斯各利爾底電報到來，僅只有六星期的光陰，這電報報告他們說他們底鑛山監督皮賓在奇異地沉默了兩年之後，努力要給他底董事會寫一封信時自殺了。那封信現在正在桌上；信要得宜讀給股東們聽，一切事實當然得使他們知道。

以前，海敏斯常常站在火爐前面上身子向前俯着向索米斯說：『什麼事股東們都知道了。他們所不知道的都不值得知道。你可以相信我這話，索米斯先生。』

有一次，老岳里昂也在場，索米斯還記着當時的一點不快。他底伯伯嚴厲地擡頭看着說道：『別胡說，海敏斯！你底意思是說他們所知道的才不值得知道罷！』老岳里昂不喜歡欺詐的。海敏斯眼裏冒着怒火，但又像一個被訓練好的八兒狗般帶着微笑，用一種假裝的稱讚大聲回答道：『呵，啊，那不錯，先生——那很好。令伯總是好開玩笑。』

第二次他會見索米斯時他就藉機會向他說道：『董事長太老邁了——我不能使他了解事情；而他又是那麼頑固——但像他有那樣一個下巴的人，你能夠希望些什麼呢？』索米斯點點頭。

人人都知道岳里昂伯伯底下巴是一種警告。他今天樣子很煩惱，雖然他帶着那開常會的神氣；他（索米斯）一定要向他談布新萊的事。

在老岳里昂左邊坐着那矮小的博開爾先生，他也帶着開常會的嚴肅神氣，好像在尋找一個特別心軟的股東。挨着他的是那個聾董事，綯着眉頭；那聾董事再過去是老白梨地漢先生，溫和極了，帶一種自覺有道德的——他當然應該如此，知道他常常帶到董事室去的那棕色紙包兒是隱匿在他那帽子後面的（他底帽子是那種老式的寬邊高帽子，這種帽子常常配着大的弓形領結，剃淨的兩唇，紅潤的雙頰和爽淨的小白頰髭。）

索米斯在開常會時總是到會的；他以為最好這樣，怕容或『發生什麼事情！』他帶着他那嚴謹倨傲的神氣四下裏看着那房間的墻壁，墻上掛着鑛山與港口的圖案，還有一幅大的照相，照的是一個通到一個作埸的鑛洞，而那作場開採的結果是非常地賠累。這幅照像仍然在墻上保有着它底地位，是商業中潛伏的永在的諷刺之一證，是各位董事底得意而失敗了的計畫之肖像。

這時老岳里昂站起身了，要提出報告和賬目。

在一種天神樣的靜穆之下，隱着那種一個董事心中深藏着的對于股東們的敵視，他鎮靜地面對着他們。索米斯也面對着他們他們那些人他一看就認識大半，其中有老斯克魯漱，一個柏油商人，他常常來，如海敏斯所謂『使他自己令人討厭；』他是個樣子乖僻的老傢伙，紅臉吊腮，把一頂扁頂的帽子放在他底膝頭上。還有波姆絲神父，他常常提議對於董事長加以致謝，在提議中他永遠不變地表示希望董事會不要忘了把僱員們加以升遷，把僱員那字的尾音特別加重，顯示更加有力更足表示大英民族的唸法（他具有他那僧袍所代表的帝國主義傾向。）他有一種有效益的習慣，好在散會後硬拖住一位董事，請問他以爲來年的生意是好是壞；依照答復是屬于好或壞的方面，使在會後兩禮拜中賣出或買進三股。

其中還有那位軍人，歐巴利少校，即令只是附議改選查帳員他都要發言的，有時他還使人感到嚴重的驚惶，奪去別人要說的謝辭。無寧是謝詞的提案，這提案的投票，交給某人看管，這人正在得意得了不得時，他却不管，自己就幹起來了。

這些人再加上四五個可靠而沉默的股東就成了股東的大多數，索米斯與這四五個人是很爲投契的——他們是事業家，常爲他們自己監視着他們底事務，毫不慌張——善良穩重的男人，每天到商業區來，晚間就回到他們善良穩重的妻子們跟前。

善良穩重的妻子！這思想中有種東西把索米斯胸中那種無名的不安又喚醒了。

他應怎樣對他的伯父說呢？對於這封信他應怎樣覆呢？

「……如果有哪位股東有什麼問題要問，我很願意答復。」輕輕地響了一下。老岳里昂把報告和賬目放下了，站在那兒用拇指和食指捏弄着玳瑁邊的眼鏡，

索米斯臉上現出了一個微笑的影子，他們最好趕快把他們底問題提出！他很知道他伯父底那種方法（一種理想的方法）會立即說道：「那麼，我就提議承認這報告與帳目！」從不讓他們得到發言的機會——股東們有名地好曠廢時間！

一個白髮的高個兒帶一種瘦削不滿意的神氣站起身來：

「董事長先生，我遵命提出一個問題，是關于帳目中一筆五千鎊的欵子的。「該欵贈與我們故鑛山監督底夫人及其家屬」（他忽然地四周一望），而這鑛山監督是那麼——嗯——不智地（我說——不智地）在一個他底服務於其公司有極端重要的時候自殺了。你已經說過，他那麼不幸地用他自己底手使其中斷的合同本是五年，而這五年却僅滿了一年——我——」

老岳里昂做了個不耐煩的樣子。

『我相信我是遵命發言，董事長先生——我請問這由董事會付給或提議付給——嗯——死者——的一筆款，是否是爲了他假如不自殺時，公司便可得到的他底服務嗎？』

『這是爲了酬勞他過去的勞績，這勞績我們全都知道——你也同我們一樣知道——是有着非常價值的。』

『那麼，先生，我所要說的只是他底勞績既屬之於過去，報酬的數目太大了。』

這位股東坐了下去。

老岳里昂等了一秒鐘說道：『我現在提議這報告與帳目——』

那位股東又站起身來：『我可否請問一下，董事會是否知道這並不是他們底錢——若是是他們底錢我就毫不躊躇地要說——』

第二個股東，有着一張頑固的圓臉，索米斯認得他是那已故鑛山監督的內弟，站起身來熱烈地說道：『依我底意思，先生，這數目還嫌太少。』

那位波姆絲神父站了起來。『如果我可以發表鄙見的話，』他說，『我要說這個——嗯——

——死者犯了自殺的事實應該由我們高貴的董事長很嚴重地——「很」嚴重地考慮一下。我毫不懷疑他已經考慮過，因爲——我這樣說是代表我自己，同時我以爲也是代表在場一切的人（請聽，請聽）——他是十分爲我們所信任的。我本希望我們大家都願以慈善爲懷，但我肯定地覺得』（他嚴厲地看定那已故鑛山監督底內弟）『他應該用一種方法，用一種書面的表示，或者也許最好把欵數減少，來表明我們很不贊承這麼一個有希望有價值的生命竟那麼違神地拋開了職責，正當爲他自己底利益與——如果我可以這樣說的話——「我們底」利益起見，嚴重地需要它繼續存在的時候，把它中斷了。我們不應當——不，我們不可以鼓勵這麼嚴重的一種放棄一切責任——對人和對神的責任之行爲。』

這位可敬的教士先生重行歸座了。那位故監督底內弟又站起身來：『我堅持我所說過的意見，』他說；『欵子的數目還太少！』

那第一個股東忽然插進話來：『我要求有誰能說這筆付欵是合法的，依我底意見這筆付欵並不合法。公司的法律顧問在這兒；我相信我依法可以向他問這個問題。』

一切的眼光都轉注到索米斯身上。發生了一件事情了！

他站起身，很冷靜地緊合着兩脣；可是他底神經在他內在裏抖動着，他底注意力終于從那內心裏浮現着的黑雲之默思拖開了。

『這事的論點，』他用一種低而細的聲音說，『一點也不淸楚。既然在將來再沒有獲得勞力的可能，這筆付欵是否嚴格的合法實是疑問。如果願意的話，只好由法庭決定。』

那監督底內弟縐了縐肩，用一種帶諷刺的語調說道：『我們並不懷疑要向法庭去求決定。我可以問問給我們這種驚人貢獻的先生尊姓大名麼？是索米斯福賽先生呀？眞的！』他帶一種有辛辣的態度看看索米斯又看看老岳里昂。

索米斯那蒼白的頰變紅了，但他底倨傲並不動搖。老岳里昂把他底眼光釘着那發言人。

『如果，』他說，『故監督底「內弟」再沒有別的話說，我提議這報告與帳目——』

可是，在這倏忽間，那很使索米斯同情的五個木訥的股東之中有一個站了起來。他說：

『我根本完全否認這個提案。這提案是叫我們給與這人底妻子兒女以周卹，據你說她們是依靠他生活的。她們也許是如此；我並不管她們是否如此。我是在主義上反對這整個事件。這正是應該對于這種傷感的人道主義作一種抗爭的時候。國家將被這種東西吞噬去了。我反對把我底錢付給那些我對他們毫無所知而他們也未盡半分力賺得這錢的人們。我整個地反對；這並不是生意經。我現在動議將這報告與賬目撤回，並將這筆卹金完全取消加以修改。』

當這強壯沉默的人說話時老岳里昂一直在站立着。這段演辭在所有的人心中都喚起了一種回聲，震盪着對于強者和反對慨施運動之崇拜，這運動在當時大衆中較健康的人們之間，已經開始了。

那『這並不是生意經』一語甚至把董事會都感動了；每個人在私心裏都覺得這不是。但他們也知道那董事長之獨斷的性格與頑固的。他在心裏也一定覺得這不是生意經；但他定要實現他底提案。他會撤回這提案麼？大家以爲不會。

大家都關切地等待着。老岳里昂舉起他底手來，黑圈的眼鏡在拇指與食指間微微顫着暗示一種恫嚇。他對那強壯而沉默的股東說：

『像你那樣深知當礦山爆發事件中我們故監督之努力服務，你認眞要我作這種修改嗎，先生？』

『我認眞要。』

老岳里昂把修改註上。

『有什麼人附議這修改沒有？』他問，鎮靜地四下裏望着。

就在此刻，索米斯看着他底伯父，感到那老人內在所有的那種意志力了。沒有一個人動。老岳里昂直瞪着那强壯沉默的股東臉上說道：

『我現在動議「承認1886年度的報告與帳目。」你贊成麼？凡贊成者請依常例舉手表示贊成。不贊成者——沒有。通過。下一議案，先生們——』

索米斯微笑一下。岳里昂伯伯果然有他底一種法門！

但現在他底關心又重返於布新萊身上了。眞怪，那傢伙竟這麼魔祟着他底心思，卽令是在從事業務的時候。

夷倫之去看那所房子——但那其間並沒有什麼，只是她應該告訴他而已；但她又是從來不告訴他任何事情的。她是一天天更加沉默更加易怒了。他祝告上帝願房子已經完功，他們是要復活了！遠離開倫敦住在那兒的都市是不適宜于她的；她底神經不够健康。那分房而居的胡鬧現在又現在要散會了。海敏斯在那賠累的礦穴照像下面被那位波姆絲神父硬拖住了說話。矮小的博開爾先生兩道聳起的雙眉綴成許多怒氣的微笑，正在與老斯克魯蘇作一種臨別吵鬧，他們倆彼此相恨就像恨毒藥一樣。他們中間有一種柏油合同事件，小博開爾先生已自董事會代他底一位任兒訂妥了，搶了老斯克魯蘇底生意。這事索米斯是從海敏斯聽來的，海敏斯這人好講閑話，尤其是好講關於他底董事們的閑話，但對老岳里昂却眞是例外，因爲他是很怕他的。

索米斯等待着他底機會。最後一位股東也正走出門去的時候，他向他底伯父走近，老岳里昂正在戴上他底帽子。

「我可以同你談一分鐘麼，岳里昂伯伯？」

索米斯想從這會見中得到什麼東西是還說不定的。

由于他那哲學意味的怪癖，或者也許——海敏斯會毫不懷疑地這麼說——由于他底下巴，一般的福賽們對于老岳里昂都抱有一種頗有些神秘的敬畏；除了這種敬畏而外，索米斯與他之間還有而且一向就有一種深刻的敵意。這敵意隱藏在他們那互相招呼的冷淡態度之下，隱藏在他們談及彼此時那種含糊的語調之下，敵意之由來也許是起於老岳里昂看到這位後聳那種沉默的堅忍（他倒要自然地稱之爲『頑固』）覺到一種內心的懷疑，不知他對於他能否任行己意。

這兩位福賽在許多地方是兩極端地不同，但他們却各自方法不同地都具有——比他們家族中其餘的人程度更高地具有重要的性格，堅忍而審愼地精察他們底『事務』，這種性格乃是他們那偉大階級的最高標幟。他們倆無論哪一個，只要有一點兒幸運和機會，都有才能做一番大的事業；他們倆無論那一個本可以作一個大財政家，大經紀人或政治家的，但老岳里昂在他底某種心境中——當他受了一根雪茄或自然界的影響時——一定會對于他底高尙地位加以懷疑，雖然也許不至于藐視，而從來不吸雪茄的索米斯却是不會這樣的。

其次，在老岳里昂底心中常有一種痛心處，覺得傑姆士——他常以爲他是那麼不足道的傑姆士底兒子竟會走上了成功發達之路，而他自己底兒子則——！

最後，但並非不重要——因爲他是同任何其他的福賽一樣地在那家庭閑談私議底映照之中——他已經聽說了那件關於布新萊的不祥，含糊，但一樣擾亂人心的謠言，他底自尊心受了深重的創傷了。

很奇特地，他底忿怒並不向夷倫而却向索米斯發洩；想到他侄兒底妻子（爲什麼這東西不能把她更照管得嚴一點兒——呵！奇怪的不公道就像是索米斯有能力更照管得她嚴一點兒似地！）竟而在把玖恩底愛人佔爲己有，對于他是難忍地耻辱。看到事情的危險，他不像傑姆士一樣只會煩躁不安，却以他那比較寬大的人生觀而生的公平態度，認爲事情並非不可能；夷倫是很具有一種誘惑力的！

當他們一起離開董事室出來走到齊浦山街的熱鬧區域時，他對于索米斯向他說話便預覺到是談這個問題。他們一道走了半天沒說半句話，索米斯脚步細碎而搖搖擺擺，老岳里昂身子挺直，頹然地把他底傘當作手杖。

他們不久就走到了比較淸靜的地方，因爲老岳里昂要到另一處去開董事會，他底路要向穆爾格特街那方面走。

這時索米斯並不擡起頭而開始說話了：「我接到了布新萊給我的這封信。你看看他說些什麼，我想我應該讓你知道。關于那所房子我已花費了比我原來打算花的數目多得多了，我想把我的立場弄清楚。』

老岳里昂不高興地把那信看了一遍：『他說的很清楚了呀，』他說。

『他說什麼要隨他「自由自便」哩，』索米斯答。

老岳里昂對他看着。那對于這後輩的壓抑了很久了的忿怒與敵意（這後輩底事情開始妨礙着他自己底事情了）從他心裏爆發了出來。

『那麼，如果你不信任他，爲什麼你要僱用他呢？』

索米斯悄悄斜睨了他一下：『現在要再談這問題是太遲了，』他說，『我只是要使他十分明白，就是，如果我讓他自由自便，那他就不要使我吃虧。我以爲假如你向他說話，那一定更有力量些！』

『不行，』老岳里昂斷然地說；『我不願管這個事！』

伯伯和侄兒的話語，都使對方明白後面含有未明言的更重要得多的意義。他們交換的那眼光就像是這種意識的一種啓示。

『好的，』索米斯說；『我以爲爲了玖恩底原故我應當告訴你，如此而已；我以爲你最好知道我是不能忍受任何胡鬧的！』

『那於我有什麼關係呀？』老岳里昂截斷他底話。

『呵！我不知道，』索米斯說，被那銳利的眼光嚇着，他再說不出別的話來了。『可別說我不曾告訴你，』他愠然地加說，又恢復了他底鎮靜。

『告訴我！』老岳里昂說。『我不知道你這話是什麼意思。你爲了這麼一件事情來麻煩我。「我」不須要聽你底事情；你必須自己去設法處理它們！』

『很好，』索米斯不爲所動地說，『我就自己去處理！』

『那麼我們再見，』老岳里昂說，於是他們分手了。

索米斯倒轉他底脚步，走進了一家有名的餐館，要了一碟燻薩門魚和一杯法國白葡萄酒；他在中午是絕少多吃東西的，而且常是站着吃，覺得站着於他底肝臟很有益，他底肝本很健康，但他却把他底一切煩惱都歸咎在他底肝裏。

吃完以後，他慢慢地囘到了他底事務所，低着頭，並不注意那人行道上千萬擁擠着的人們，而那些人也照樣不注意他。

晚間的郵班爲布新萊送到了下面的復信：

「福賽·布斯塔·福賽，

「法律事務代理所，

「白蘭克街2001，泡爾特市，東中區，

「五月十七日，1887。

「親愛的布新萊，

「你底信我收到了，信裏的條件非常使我驚訝。我本已覺得你是而且一向是「自由自使」的；因爲我想不出我那麼不幸提出的任何建議曾得你贊同過。在依你請求允許你得以「自由自使」時，我希望你淸楚地了解，等房子完全裝飾好交給我，整個的費用連你底薪水在內（是我們彼此議定了的）不得超過一萬二千鎊。這已經給你很大的寬限了，而且，你知道，也比我原來打算出的數目多了很多。

「我是，

「你誠實的，

「索米斯福賽。」

第二天他接到了布新萊一封短信：

「斐力貝恩斯布新萊，

「建築師，

「斯樂安街309D，西南區，

「五月十八日。

「親愛的福賽，

「如果你以爲在裝飾這種精微的工作上我能夠限制我自己一定花多少錢，我怕你是錯了想頭了。我可以看出你是厭倦了合同而且也厭倦了我，所以我最好告退。

「你誠懇的，

「斐力貝恩斯布新萊。」

索米斯對于他底答復作了長久而苦痛的深思，深夜中當艾倫已經去睡了時，他在餐室裏寫成了下面一信：

『孟特白列方場六十二號，西南區，

『五月十九，1887。

『親愛的布新萊，

『爲了我們雙方面的利益着想，我以爲在這個階段把事情這麼擱下是極端不必要的。我並不是說你比我那信所說的數目多用了十鎊或二十鎊或者甚至五十鎊，我們中間就會有什麼麻煩。事情旣是這樣，我很願你對於你底答復再多考慮一下。我在這封信的條件之下給你以『自由自使』，並希望你設法把裝飾事宜完成在這種事件我知道是很難說絕對要用多少錢的。

『你誠實的，

『索米斯福賽。』

第二天寄來的布新萊底覆信是：

「親愛的福賽，

「很好。

「五月二十日。

「斐乃布新萊。」

六 老岳里昂在動物園裏

老岳里昂把他底第二個會議草草處置了事了，會議是一個董事會常會他是那麼專斷，以致他去後他同事的董事們對於老福賽之更加專橫要陰謀不軌，他們說他們對他這種專橫絕對不打算再多隱忍了。

他走出坐地下火車到了玻蘭路車站，在這兒僱了一輛車向動物園馳去。

他在那裏有一個約會，是那些近來舉行得更加多了的約會之一，驅使他赴這種約會的是他對於玖恩之日漸增加的不安和他所謂『她底變性。』

她老是遠避着不同他謀面，而且日漸瘦了；如果他向她說話他總得不到回答，或者被她搶白一頓，或者她看着他就像要突然哭出來似地。她是盡可能地變了，完全爲了這布新萊的原故。至於說告訴他些什麼，却一點兒也沒有！

他常常呆坐許久時間深思着，他底報紙拿在眼前也並不看，一根雪茄在他雙唇間熄滅了。她自從三歲以來一直是他那麼一個好伴侶呀！而他又是那麼愛她！

許多不顧家族和階級和習慣的力量在乘虛侵入；他無力控制的，緊迫的事件之陰影使他不安，一個習於任行己意的人底煩惱，是常因不知事實究竟如何而激起的。

對於馬車之走得慢很發氣，他到了動物園門口了；可是，深感到一刻千金之不可放棄，當他走向那約會處時已經忘却了他底惱怒。

他底兒子與他底兩位孫兒女一見老岳里昂來了，便從那熊窟上邊的石臺上急急走下，把他引開向那獅牢走去。他們在他兩旁扶持着他，一人握着他一隻手，而像他父親一樣執拗的小岳梨則拿着他祖父底傘，拿的方式是把傘柄的鈎彎向前要鈎人底腿似的。

小岳里昂在後面跟着。

看着他底父親同着孩子們一起就像是看一齣戲，但是一齣使人嘴裏笑心裏落淚的戲；一個老人和兩個孩子一道散步是一天中任何時都可以見到的；但看着老岳里昂帶着小岳梨與小霍萊，對於小岳里昂却像是我們心底隱藏着的事情之特別表演。那挺壯的老人之完全屈服於他兩手中的兩個小人是太辛辣地溫柔了，小岳里昂是習於好內省的人，他在他底口裏輕輕詛咒。這景象之影響他的方式很不適於一個福賽，因爲一個福賽的最大特色便是不動感情。

他們就這樣走到了獅牢。

這天植物園中曾舉行過一個早宴，有一大羣的福賽——即穿得講究且自置有車馬的人們——又逛到動物園來了，以便在回歸路特蘭門或白蓮斯敦方場之前儘可能地使他們所費的錢多得點代價。

『我們到動物園裏去罷，』他們彼此說；『那會是很好玩的！』這天的門劵是一先令；園中一定不會全是那些可怕的下等人。

他們成行地聚集在那一長列樊籠之前，看着那些黃褐色饕餮的熊在等待着它們這一天中惟一的娛樂。野獸愈餓，人們便愈覺得高興有趣。小岳里昂不知道這是因觀者們嫉妒它底好胃口哩，還是更人道地因它底食慾立時就可以滿足了。他耳朵裏不斷地聽到這類話：『那是個很難看的野獸，那隻虎！』『呵，多麼可愛喲！你看看它那小嘴！』『是的，它還好看的！別太挨近了，母親。』

時而，這個或者那個把他底衣袋用手拍得輕輕作響，並且四面看一看，好像怕小岳里昂或一個什麼樣子襤褸的人來竊取袋中錢物似地。

一個吃得很肥穿着白背心的人，矯情地慢騰騰說道：『這只是貪慾饕餮罷了；它們不會餓的。它們並不作運動呀。』正在話說完的時候一隻虎攫住了一塊血淋淋的肝，那胖子發笑了。他那穿戴着巴黎式大衣和金鼻夾眼鏡的妻子斥責他道：『你怎麼能笑呢，哈利？這麼一種可怕的景象！』

小岳里昂縐了縐眉。

他一生的遭遇，雖然他已不再太把它們視爲己身的事了，使他時而好發一種輕蔑；他從前隸屬過的那一階級——馬車階級——尤其易引起他底譏刺。

把一隻獅子或者虎禁錮起來實在是一種野蠻行爲，但沒有一個文明人會承認這事。

舉例來說，把野獸禁閉起來是野蠻的這思想，他底父親大半就從來不曾感到過；他是屬那老一派的人，這種人以爲把狒狒和大豹囚禁起來，同時是使之有人性而有教育意義的。他們無疑地是抱着那種觀點，說過相當時間，就可以使這些東西不再那麼無理性地爲了要掙破樊籠的鐵柱而悲哀心痛以死，致使社會花錢去另買幾個了。在他底眼中，像在一切的福賽眼中一樣，看着這種美麗的生物在被拘囚着的愉快，是完全使他們不願顧及野獸被禁閉之不自由了，在他們看來野獸是上帝太不小心地置於自由之域的！這乃是爲了野獸們底好處，立刻使它們脫離露天與運動的無限危險；使它們能在保護嚴密私自佔有的室內練習它們底本能！眞的，野獸們除了生來就是爲要被人幽閉在樊籠裏而外，好像是沒有別的目的。

但因爲小岳里昂底秉性中有着公平的成分，他使想到把那些僅是缺少想像力的東西加以烙印說它們是野蠻，一定是錯誤的；因爲，抱這種觀點的人沒有一個曾被放在與他們所關在籠裏的野獸相似的境地，因此他們便不會了解它們底感覺。

直到他們將要離開園中——岳梨與霍萊在一種欣喜的狂歡中的時候，老岳里昂才找到機會向他底兒子說他心底深藏的那事件。『我不知道怎樣想才好，』他說；『如果她像她現在這樣子下去，我不知道將發生什麼結果。我想要她去見見醫生，但她不肯。她一些兒也不像我。她簡直是同你母親一個模子。執拗得像匹驢！如果她不想做一件事情，她硬不做，這就完了。』

小岳里昂微微一笑；他底眼光飄到了他父親底下巴上。『同你是一對兒，』他想，但什麼也不說。

『其次，』老岳里昂繼續說，『還有這個布新萊。我很想敲他底腦袋，但我不能夠，我想，可是——我覺得你可以這樣做，』他懷疑地加說。

『他做了什麼事呢？如果他們不能相好的話，到是讓他們拉開好多了！』

老岳里昂看定他底兒子。現在他們已實際討論到一個關於兩性間關係的問題來，——他覺得不相信他的兒子。岳一定抱着有什麼不正當的意見。

『好啦，我不知道「你」怎樣想，』他說；『我敢說你是同情於他的——我並不以為怪；但我以為他行為很不正當，如果他碰見我，我就這樣告訴他。』他把這話題丟下了。

與他底兒子來討論布新萊底邪行之眞正性質與意義是不可能的。他底兒子十五年以前不正做過同樣（怕還更壞些）的事情麼？那作惡行的結果到現在還不知怎樣底止啦！

小岳里昂也不作聲；他很快地看透了他父親底思想，因爲，離開了福登家那種居高臨下的明白淺顯的觀察，他已經變得意識容銳明辨入微了。

但他十五年前對於性的事作所採的態度，與他父親底態度太不同了。兩者的溝渠是沒有溝通的可能的。

他冷靜地說道：『我想是他同別的女人發生了戀愛了吧？』

老岳里昂捉摸不定地看他一眼：『我不知道，』他說；『人們這麼說。』

『那麼，這大概是眞實的，』小岳里昂出其不意地說；『我想「人們已經」告訴了你那女人是誰了吧？』

『告訴了，』老岳里昂說——『索米斯底妻子！』

小岳里昂並不發聲口哨。他一生的遭遇使他不能對於這麼一個問題打口哨了，但他看着他底父親，同時一個微笑的影子浮漾在他底臉上。

卽令老岳里昂看見了，他也裝沒有看見。

『她同玖恩還是親密的朋友啦！』他低聲說。

『可憐的小玖恩！』小岳里昂温柔地說。他依然把女兒當成三歲的小兒看。

老岳里昂忽然止住了脚步。

『我對這事一點兒也不相信，』他說，『這定是什麼老女人編造出來的。給我僱一輛馬車，岳，我倦得要死了！』

他們站在轉角上看有沒有一輛空車走來，同時一車又一車馳過，車中是從動物園載來的形形色色的福賽馬底嫵飄，僕役的號衣馬具的燦爛，在那五月的陽光中閃耀着，每一輛車——四輪皮篷車，座位相對的四輪車，雙重座位的無頂車，維多利亞式車，轎式車——都好像趾高氣揚地輪軸滾動着：

『你知道，我同我底馬和我底僕從，

這整個的服裝眞要值許多黃銅。

但我們花了這些錢實在配。

看啦，窮狗們！老爺和太太是

雍容華貴——啊！這就是入門的票子！」

而且，每個人都知道，這種歌調正是一個出遊的福賽很適宜的伴奏曲，

在這些車輛中，有一輛雙重座位的無頂車，車行的速度比其他車子更快，拖車的是一對亮栗色的馬。車子風馳電掣跳躍而前，車中的四個人好像搖得如在搖籃中一樣。

這輛車把小岳里昂底注意力吸引住了；忽然，在後排座位上他認出了他底叔叔傑姆士，雖然他底髭鬚更加白了，却依然不會被人認錯；在他對面坐着拉賽兒和她已出嫁的姊姊溫尼弗雷達悌，脊背用陽傘障蔽着，化粧是精緻無瑕，傲然昂着頭，好像他們剛剛在動物園裏看見的兩頭鳥兒一樣；在傑姆士身旁斜倚着達悌，穿着新式大衣，扣得緊貼而平整，每隻袖口突出一隻纖繡得很精緻的大紗襯袖。

這輛車有一種特別的光明璀璨，一種最上等油漆額外加添的塗抹，使它好像在一切其他的車中特別出衆，就像因一種巧妙的華美——就像是那種使『藝術作品』與普通『圖畫』有別的東西一樣——它被人認爲模範的車子，認爲作福賽的最合適的寶座。

老岳里昂沒有看見他們過去；他正在撫慰那疲倦了的可憐的崔萊，但那車中的人們却看見他們這一羣了；兩位婦人底頭忽然挺了出來那遮陽傘有着一種一上一下的遮掩動作；傑姆士坦白地挺出他底臉像是一隻長身鳥雀底頭一樣，他底嘴慢慢地張開了。那盾牌樣的圓形傘蓋漸變漸小而消逝了。

小岳里昂看到他被人認出了，連溫尼弗雷也認出了他，雖然當他放棄他被人認爲一個福賽的權利時她恐怕只不過十五歲。

『他們』樣子並沒有很大改變！他還分毫不差地記得他們以前服飾的樣子；馬，人，車子——不用說現在全不同了——但仍然是十五年前一模一樣的格式；一樣的整潔表現，一樣細心研究了的倨傲——雍容華貴！車馬之奔馳還是老樣，陽傘的位置還是老樣，整個的精神完全是老樣！

在那被驕傲的盾狀傘遮開的陽光中，一輛又一輛的車子走過去。

『傑姆士叔叔剛剛走過去，同他家的女眷們，』小岳里昂說。

他底父親回頭一望。『你叔父看見我們沒有？看見了？哼！「他」想幹什麼，跑到這地方來？』

這時一輛空的受雇車走了來，老岳里昂叫住了它。『我不久再來看你，孩子！』他說。『你一點不要對於我剛剛講的關於布新萊的事加以注意！——我一星兒也不相信它！』

吻一吻努力不讓他走的孩子們，他跳上車被載着去了。已經把霍萊抱在懷裏的小岳里昂，一動不動地站在那轉角上，眼送着那輛馬車。

七　狄莫塞家的一個下午

如果老岳里昂上車時說的是：『我一星兒也「不願」信它！』那他表示他底心情一定更眞實些。

想到傑姆士和他底女眷曾看見他同他底兒子在一道，不僅在他心中喚醒了那種每當被人打攪時感到的煩惱，而且喚醒了那種兄弟間心裏自然的敵意，這種敵意的根株——兒童時期的爭鬧——有時隨年事增長而更加强固深入，隱隱地養成一棵樹木，在相當時期可以結出最毒烈的果子。

直到這時候，他們六兄弟間的敵意，只不過是各自私心而自然地懷疑別個比他們自己更有錢；這種心理，一面因行將老死——死了便一切都了——一面因他們底管事人之偉大的『嚴守秘密』而變爲熾烈的好奇心。管事人都有點聰明，對着尼古拉斯就假裝不知傑姆士底收入，對着傑姆士就假裝不知老岳里昂底，對着岳里昂就假裝不知羅格爾底，對着羅格爾就假裝不知斯維沁底，而對着斯維沁他就最使人生氣地說尼古拉斯一定是個有錢的人。只有狄莫塞是例外，他是住在金鑲邊的安全裏了，不怕聽別人的富有。

可是現在，他們之中至少有兩人間起了一種很不同的敵對憎恨意識了。自從傑姆士那麽無理地來刺探他底事件——照他底說法——老岳里昂就再不願相信這關於布新萊的傳說了。他底孫女是因了『那東西』家中的一分子而被人輕視的！他決心認定布新萊是遭了陷害。他底邪行一定還有別的一種原因。

坎恩同他吵了嘴，或者有別的什麽原故；她近來最容易發怒不過了！

可是，他要把他底心頭事向狄莫塞談一點兒看他是否還要再繼續亂放暗示！他毫不躊躇，立刻就往那兒去，並且小心在意，別等爲了這事要再去一趟。

他看見傑姆士底馬車在那『茆亭』前面的便道上停着在。原來他們已先他而到了這兒——在喋喋地講論看見了他的車，他敢說是稍前一點，斯維沁底灰色馬正與傑姆士底栗色馬頭與頭相對着，就像在私議這一家的種種，同時他們底車夫也在上面私議着。

老岳里昂把他底帽子放置在那窄過道中的椅子上（就是在這椅子上許久以前有新萊底帽子曾被誤認作一隻貓），把他那枯瘦的手在他那大白八字鬚向下垂着的臉一抹，好像要把一切洩露聲色的痕跡都擦去似地；於是走上樓去。

他看見那前間客廳裏擠得滿滿的。即令在最好的時候——沒有客人的時候——房裏一個人也沒有的時候——這房間也就夠滿了，因為狄莫塞與他底姊姊們遵行他們這一代人底傳統觀念，以為除非把一個房間『適當地』陳設裝飾起來，它是不十分『美好』的，因此，其中陳列有十一張椅子，一隻沙發，三張桌子，兩架櫥子，無數的擺件玩物和一個大鋼琴之一部。現在，有斯摩爾夫人，赫士德姑母，斯維沁，傑姆士，拉賽兒，温尼弗雷，烏斐米亞（她是重來送還那本情慾與鎮痛劑的，這書她在吃午飯時已經讀過了）和她底密友羅俗爾底女兒弗蘭西斯（她是常作些歌曲嗜好音樂的一位福賽），就只剩一張椅子沒有人坐了——那兩張從來沒有人坐的椅子當然除外——而這惟一的椅子也被一隻貓所佔據，老岳里昂立時把它踢了開去。

在這些日子，狄莫塞家有這許多客人是十分常見的。這一家人全體而且每個都一向對於安姑母有一種眞正的敬意，她現在死去了，他們便更到這兒來得勤些，而且呆得時間長久些。

斯維沁是第一個先到的，木然地坐在一隻紅緞金背的椅上，他底樣子處處表現着他要比他其他的兄弟姊妹活得更久些，他那又高又大的身材正象徵着布新萊稱他的「大胖子」，有着厚密的白髮，腫脹，木然不動，剃得精光的臉，在這陳設得十分華麗的房中他樣子現得比前此更有原始人的氣息。

他底談話像近來常有的情形一樣，立時就轉到了裘倫頭上，他立刻就告訴柔麗和赫士德兩位姑太太他對於他聽見正被人傳說的謠言之意見。不會——他這麼說——她也許須要同人吊吊膀子——一個漂亮的女人定要恣情歡娛的；但他不相信有比這更不檢點的事。沒有一點明顯的事實；她對於事理太通達了，對於她底地位和我們家族應如何關切報答太知作正當的估計了！不會有醜——他本要說「醜事」的，但這觀念是如此地荒謬，於是他一擺手好像說——「但不說這個罷！」

卽假令斯維沁對於這事的態度，是一種崇拜女人而生的——可是眞的，有什麼不是靠着這家族的庇陰而得的呢，這家族中有這麼多人都使他們自己很得意發達，都已得到了某種地位？卽令他在不得意而悲觀的時候『曾經』聽到過『鄉老』和『很無足道』一類話語說到他底祖先，但他能會相信麼？

不會！他懷抱着一種祕密的見解，把它可憐地緊抱在胸前，以爲他底祖先有些地方有一種高貴的所在。

『一定，』他有一次向小岳里昂說，還是在小岳里昂未走上邪路之前。『看看我們罷，「我們已經」繁昌起來了！我們身上一定有些好的血脈。』

他從前很喜愛小岳里昂：那孩子在大學裏很與闊人們相交接，曾與那老壞蛋查理斯斐士特爵士底少爺們相識——其中也有一個後來成了個痞子；他還有着一種氣派——他與那外國女孩而且是個家庭教師一起逃走了，眞是萬分可惜！如果他定要像那樣逃走，他爲什麼不能選擇一個可增加他們光榮的人呢？他現在是怎樣一個人了呀——一個羅意保險公司的保險員；人們說他甚至還畫圖畫哪——圖畫！天哪！他本可以巴結成一個準男爵福賽岳里昂爵士，在國會中佔一議席，在鄉村中有一封地的！

爲了一種衝動而跑到紋章局去探聽家世的也是斯維沁，每一個大家族中遲早總要有一個人被這種衝動催促到那兒去的；在那兒人們告訴他說他一定無疑地是與那有名的『福賽』家同族，那家族的紋章是『黑紫底，紅線，上綴以三枚盾形環扣，』無疑地希望他把這種紋章認購下。

可是斯維沁並不這樣做，但在問實了徽飾是『正雉羽』，題辭是『致福塞』以後，他便把那種雉翎附在他底馬車和車夫底衣扣上，而把徽飾和題辭都寫在抄紙上。他把那紋章却不向別人宣佈，一部分因爲他還沒花錢認買，把它們掛在車上定顯得是假裝門面，而他又是憎恨假裝門面的；另一部分因爲他像全國的實事求是的人一樣，對於他不能了解的東西有一種私心的厭惡與輕蔑——他覺得這『黑紫底，紅線，上綴以三枚盾形環扣』很難——誰也會覺得難——咽下。

可是，他從不忘記他們告訴了他，說如果他繳付這紋章費，他就有權用它們；這更加强了他對於他是個高等紳士的信念。他家族中其餘的人也就不知不覺地引用了那『正雉羽，』有些比其他的人更認眞些,連那『題辭』也採用了;可是老岳里昂拒絕使用後者,說那是一種欺騙——一點意義也沒有,據他所能看到的。

在老一輩的人們中間,他們心底裏也許知道他們底徽飾究竟是從什麼偉大的歷史事件中得來的罷;如定要尋根究柢,他們就與其說謊——他們不喜歡說謊,有一種意見以爲只有法國人和俄國人才說謊——便急急承認這事斯維沁不知怎樣得來的。

在少一輩的人們中間,這事件是被一種妥當的審愼包裹着。他們不想去傷害他們長輩的情感,也不願去覺得自己好笑;他們只是使用那徽飾而已。……

『不會』,斯維沁說,『我曾有機會親自去打聽過,我所要說的是,她對那年青海賊或布新萊或什麼名字的傢伙,態度上並沒有與她對我的態度不同的地方;事實上,我倒要說……』但說到這兒弗蘭西斯與烏斐米亞走了進來,使他底談話不幸中止了,因爲這問題是不便在年青人面前討論的

雖然斯維沁在正要說明一點重要情形時被這樣阻止住了有些沮喪,他立即又恢復了他底藹然可親的樣子。他頗爲喜愛弗蘭西斯——弗蘭絲,在家族中人們都這麼稱呼她。她很伶俐,

人們還告訴他說她因作歌曲頗賺了一點兒私房錢；他說這是她很聰明的地方。

他對於婦女是抱着自由維新的態度的，這他眞地很引以爲得意，爲此他不覺得她們有什麼原因不可畫畫作歌，甚至著書——尤其是如果她們能藉此賺點有用錢財的話；他並不反對——這可以使她們不去胡來。她們並不是男子呀！

『小弗蘭細』（她常被人帶一種好意的輕侮這樣稱呼）要算是一個重要的人物，縱令只把她當作是一個福爾賽們對藝術態度之例證的話。她不眞正『小』而且頗爲高大，有着一個福爾賽的黑頭髮，這頭髮再加上一種灰色眼睛，使給了她一種所謂『塞爾特人的風度。』她寫些題名爲『斷續的嘆息』或者『在我死之前吻我罷，母親』之類的歌曲，像讚美詩般用着疊句：

『吻我罷，母親，在我死之前；
吻我——吻我罷，母親，啊！
吻，啊吻我在——在我死之——
吻我罷，母親，在我——死——死之前！』

她親自和着曲子作歌，還作別的詩詞。在較快樂的時候她也寫些圓舞曲，其中有一曲叫作『肯沁敎區的喧囂，』差不多成爲肯沁敎區的民歌了，這歌中有一種好聽的抑揚。如像：

這是很獨創的。其次還有她底『孩子們底歌，』又諧趣又有敎育意義，尤其是那首『老祖母底大紅鯉魚』和那首題名爲『捶黑他底小眼睛』的小曲，差不多預言般地滿含着正要來臨的帝國精神。

任何出版家都願收受這些歌曲，評論刋物如像高等生活和婦女高尙導報都狂樂地激賞着：『弗蘭細福賽小姐又一活潑短曲，妙筆生花，動人哀感。連我們自己也被感動得流淚而且發笑了。福賽小姐前途將不可限量。』

弗蘭細具有她那族類之眞正的本能，她立意認識適宜的人——寫文章論到她的人；談到她的人，以及交際社會中人——她心裏記着恰在什麽地方才可以使用她底誘惑力，並對於身價高漲之穩定趨勢特加注意，這在她心目中就代表着未來。就用這種方法她使她自己普遍地爲人所敬重了。

有一次，在一個她底情感被戀愛所鞭策的時候——因爲羅格爾一心一意地收買地產，他這一生的精神便使他惟一的女兒對熱情有一種嚮往——她便改寫起偉大眞實的作品來，選用琴樂曲的形式爲提琴作曲。這歌曲是她底作品中使福賽們不快的惟一的一首。他們立刻覺得這是不會有好銷路的。

羅格爾本非常喜歡有一個聰明的女兒，並常常談及她已經自己賺了多少私房錢了，但這隻提琴曲使他沮喪起來。

『那樣的胡說亂道！』他這樣叫它。弗蘭細借了烏斐米亞底那新簫，到太子花園的大廳中去演奏這曲。

就事實說羅格爾是對的。這『確是』胡說亂道，但是——煩惱的是那種沒有銷路的胡說亂道，每個福賽都知道，有銷路的胡說亂道是一點也不是胡說亂道的——與胡說亂道有天壤之別。

可是，不管那種說藝術價值視其賣錢多寡而定的穩健安全的常識，有些福賽——如像赫士德姑母她一向是嗜好音樂的——也不禁以弗蘭細底音樂非『古典派』爲遺憾；對她底詩也是如此。但如赫士德姑母所說，他們在那年頭一點詩也看不見了，一切的詩都是些『無價值的小東西。』沒有一個人能夠寫出像失樂園（Paradise Lost 英詩人米爾敦詩篇名）或采爾海洛（Childe Harold 拜倫詩篇名）一樣的詩來；這兩詩每一詩都使你覺到眞正讀了些東西。不過，有些事情估據有她底心神對於弗蘭細也是很有益處的；別的女孩子在浪費錢而她却是在賺錢哩！赫士德姑母和柔麗姑母都是很急於聽到最近弗蘭細歌曲的代價如何增高的故事的。

她們現在同斯維沁一起靜聽着，斯維沁則坐着假裝不聽見，因爲這些年靑人說得那麼快而又那麼含糊不淸，他不能聽出她們說些什麽。

『我簡直想像不到，』塞普提麻夫人說，『你是怎麽做的。我就永遠也不會有這種膽量！』

弗蘭細輕輕一笑。『我倒很寧願同一個男子而不願同一個女人打交道。女人們都是那麽毒辣！』

『我親愛的，』斯摩爾夫人叫說，『我敢斷言我們並不毒辣的。』烏斐米亞又發起她那無聲的笑來笑的結尾是那樣銳叫出來，像窒息了似地說道：『啊喲，你有一天會使我笑死的，姑姑。』

斯維沁看不出有笑的必要；他厭惡人們在他自己覺得無可笑處時而發笑。真的，他根本就厭惡烏斐米亞，他說到她時，常常稱她作『尼古底女兒她叫什麼呀——那蒼白的一個？』他險些兒作了她底教父——真的，假如不是他對於她這外國派的名字堅決反對，他一定作了。他憎恨作一個教父。於是斯維沁莊嚴地向弗蘭細說道：『這是個很好的天氣——嗯——在這個季節。』但很知道他會拒絕作她教父的烏斐米亞卻轉身向赫士德姑母，開始向她講她怎樣在教會與商業百貨店裏看見了夷倫——索米斯底老婆。

『索米斯同她在一道兒嗎？』赫士德姑母說，斯摩爾夫人還沒得到機會把這件事故告訴她。

『「索米斯」同她一道兒？「當然」沒有嘍！』

『但她就是一個人在倫敦嗎？』

「呵，不的；布新萊先生在同她一起呀。她服飾「完美」極了。』

可是斯維沁聽到夷倫這名字便刻毒地看定烏斐米亞，實在，烏斐米亞從沒有穿件衣服顯得好看過，不管她在別的方面如何好。斯維沁在看着她時說道：

『她穿得像個上等女人，我敢斷定看着她乃是一種愉快。』

在這時僕人招呼說傑姆士同他底兩個女兒到了。達悌是因爲酒癮來得厲害，便藉口說他與他底牙醫生有一個約會，在凱旋門下了傑姆士底車，他便跳進了一輛出租馬車裏，現在他是已經坐在裴開底里街他那俱樂部底窗下了。

他告訴他底好友們說他底妻子曾要帶他去訪問幾個人。這不是他幹的事——不大很是。呵呵！

叫來侍役，他打發他到大廳裏去看看四點三十分的競賽是什麼人獲勝。他倦得要命，他說，而這也是實情；他整下午都是同他底妻子坐車到處去看那些商店的陳列品。他終於跳下車來了。一個人必須要過他自己底生活。

在這條間他從那外凸的窗子外望——因爲他愛這地方，從這兒他可以看見每個走過的人——他底眼光不幸地，或者也許是徼倖地落在索米斯底身影上了；索米斯從綠茵公園那一面像老鼠般慢慢跨過街來，顯然是打算走進來，因爲他也是屬於這『伊修木』俱樂部的。

達悌一跳站起身來；一把抓起他底酒杯，對於那四點三十分的競賽說了句什麼話，急急退避到那打紙牌的屋裏，這地方是索米斯從來不到的，在這兒孤孤單單一個人在黯淡的燈光下，他過他自己底生活直到七點半鐘，他知道在這時索米斯一定已經離開俱樂部了。

每當他覺得想到那凸窗中去參加那種閒談的衝動太強烈時，他總是反復地向他自己說這是不行的——冒着要同溫尼弗雷吵鬧一場的危險是絕對不行的，像他這般經濟困難，而那『老傢伙』（傑姆士）自從那煤油股份的事件以後又變得慳吝了，其實那事並不是他底過錯。

如果索米斯看見了他，一定會傳到她耳朶裏去，說他一點也沒有在那牙醫生家裏。他從來看見過一個家庭的事情像那樣傳說得快。在那些綠呢鋪着的打紙牌桌子中間，他檸檬色的臉上現着一個鬈蹙，方格褲子交叉着，漆皮長靴在那昏暗中發着光，他不安地坐在那兒咬着他底食指，不知道假若伊洛狄克不能獲勝藍閘夏時他將在什麼鬼地方弄到錢。

他抑鬱地想到了那些福賽們，他們是怎樣的一羣人喲！你絕不能從他們得到什麽——至少這也是一件極端困難的事。他們對於銀錢事件是那麽可惡地仔細認眞；他們一伙兒中間沒一個慷慨的，除了喬治以外。譬如說索米斯那傢伙，你如要想向他借十鎊錢他就會氣得發瘋，或者，如果他不發瘋，他就帶着那混蛋驕傲的微笑看定你，就像你是個無告的靈魂似地，因爲你缺少錢。

而他那老婆哩（達悌口裏不自覺地流出涎來了，）他曾盡力想同她要好，因爲一個人很自然地要同任何美貌的妻嫂要好的，但那個——他在心裏用了個村野字樣——要有半點搭理他他就算碰鬼——眞的，她看着他就像他是齷齪不堪似地——可是她定能十分放蕩的，他敢放心地打賭。他了解女人的；她們生了那樣柔和的眼睛和婀娜的身段並非無所爲，如果他所聽見的關於這海賊先生的事並非無因，索米斯很快就會知道這個的。

從他底椅子上站起來，達悌跨過那間屋打了個圈子，在那大理石火爐壁檯上的鏡前停住；他在那兒站了許久看着鏡子裏他底面影。他有着那有些人所特有的樣子，像在亞麻油裏面浸過似地，有蠟脂塗過的黑八字鬚和短而靑鬢的頰鬚；他很關心地覺到在他那微微鈎曲的胖鼻子邊上將有一個瘡癤生出。

同時，老岳里昂已經在狄莫塞那寬闊的客廳中找到了那餘空的一張椅子。他之降臨顯然把談話打斷了，大家顯然有些侷促。柔麗姑母出名的心腸軟，她便急急要使人們從新自然從容起來。

『是的，岳里昂，』她說，『我們正在談論你有許久不到這兒來了；但我們並不以爲異。你當然是很忙的吧？傑姆士剛剛還說這是一年多麼忙的時候——』

『他這麼說麼？』岳里昂說，恨恨地看着傑姆士。『如果每個人都只照管他們自己底事，那一定像這一半忙也沒有。』

坐在一張小椅子上兩膝上撐而深思着的傑姆士不安地把他底脚移動着，把一隻脚踏在那隻貓子身上了，這貓是不聰明地從他旁邊老岳里昂處逃來的。

『這裏你們在這兒弄了一隻貓呀，』他帶一種受損害了的聲音說，當他覺到脚踏上了那柔軟而毛茸茸的身體時便神經質地把脚收回來。

『有好幾隻哩，』老岳里昂說，看看這人又看看那人底面孔；『我剛剛也踏着了一隻。』

接着是一陣沉默。

後來斯摩爾夫人搓着她的手指帶一種可憐的鎮靜問道：『親愛的玖恩好麼？』

老岳里昂那冷肅的眼光中射出了一絲柔意。奇異的老女人，柔麗！她好說錯話的本事沒有一個人趕得上的了。

『不好呀！』他說；『倫敦這地方於她不合式——人太多了，閑談私議和造謠太厲害了。』

他說話很用力，又瞪視着傑姆士的臉。

沒有一個人作聲。

全體的人都覺得要向任何方向走一步或冒險說句任何話語都太危險了。一種希臘悲劇觀客所感到的那種緊張壓迫意識的成分侵入了這裝潢華麗的客廳，廳裏充滿着白頭髮穿大禮服的老人和裝束時髦的女人，他們全都是同一血統，在他們全體中間存在着一種不可捉摸的相似。

他們並不知道——這種不幸痛苦的來臨，他們只是感覺到罷了。

於是斯維沁站起身來。他不願坐在那兒，受着那種感覺——「他」是不讓任何人給他壓倒的！更加大搖大擺地繞着屋子走，和每個人分別握手告別了。

『你們代我告訴狄莫塞，』他說，『他太姑息他自己了！』接着，轉身向他以為『伶俐』的弗蘭細加說道：『你在最近那一天來同我一道坐車游玩一下。』但這話喚醒那另外一次重要的駕車出游之幻象了，那次駕游是那麼為人談論不置：他很靜定地站了一刻，兩眼昏暗無光，就像在等待把握住他所說的話之意義似地；接着，忽然記起了他並不在乎，便轉身向老岳里昂說道：『喂，再見，岳里昂！你不應該不穿外衣到處跑；你會得臂骨風濕痛或別的什麼病的！』用他那漆皮長靴的尖頭把那貓輕踢一下，他把他那大塊頭帶走了。

他去了以後，每個人都悄悄地看着別的人們，看他們對於那『駕車出游』字樣作何感想——這字樣已經變得很有名而且得到一種驚人的重要意義了，因為它是這家中人們口裏不斷傳述的那模糊不祥的謠言之惟一正式公報——如果可以這樣說的話。

烏斐米亞被一個衝動所驅，輕笑一下說道：『我很高興斯維沁伯伯不邀我去同他駕車出游。』

斯摩爾夫人為要重行提起勇氣把這話題所含有的任何小的不自然彌縫起來，便回答道：

「我親愛的，他是喜歡帶一個服裝美好的人的，這樣可使他得到一點兒光榮。我永遠也不能忘記他帶我坐車那一次。那眞是一個經驗喲！」她那鰱魚般的老圓臉忽然有一刻鋪上了一種奇異的滿足；接着便變成了一點一塊，眼中充滿了淚水，她想到了許久以前她有一次與塞普提麻斯摩爾坐車旅行的事了。

又在那張小椅子上掉進了神經質的深思中的傑姆士，忽然喚醒了他自己：「他是個好笑的傢伙，斯維沁，」他說，但却是無精打彩地。

老岳里昂底沉默與冷肅的眼光使他們像都在一種癱瘓中。他自己也被他自己底話語的結果弄得挫折了——這結果好像正加深了他要來打銷的謠言之重要；但他依然在生氣，

他還沒有同他們罷休——沒有，沒有——他還要再給他們一兩下打擊！

他並不想打擊他底姪女們，他與她們並沒有不好——一個年青可喜的女性常是能得到老岳里昂底仁惠的——但傑姆士那傢伙和其他的人——他們也許比傑姆士好一點——却是罪有應得。他便求和狄莫塞相見。

柔麗姑母好像覺得有一種危險在恫嚇着要降臨她最小的兄弟身上一樣，忽然請他吃茶：

『茶在那兒，』她說，『又冷又可口，在後間客廳裏等着你吃哩，但斯米特會給你做新的呀。』

老岳里昂站起身來，『謝謝你，』他說，直瞪着傑姆士，『但我沒有時間吃茶和——譭謗人家，和做其餘的事情！這時候我該要回家了。再見，柔麗亞；再見，赫士德；再見，溫尼弗雷。』

他不再向別人說講禮節的別辭便走出去了。

一從新坐在他底馬車裏，他底忿怒便蒸發了，因爲他生氣一向是這樣的——在他發洩了以後，氣就消了。他底精神上生了悲感。他也許使他們閉住了口，但花了怎樣一種代價呀！代價是肯定地知道了他決計不信的謠言乃是眞的。玖恩被遺棄了，爲了那東西底兒子底妻子！他感覺得這是眞的，但使他自己下狠心把它當作假的看待；不過，他在這種決心之下隱藏的痛苦，開始慢慢地，切實地要在一種對於傑姆士和他兒子的盲目忿恨中發洩了。

被撇下在那小客廳中的六個女人和一個男子，經過這樣一幕之後開始儘量地從容談起來，因爲雖然他們每個都覺得他們實在沒譭謗過人家，但每個也都知道其餘的人是曾經譭謗過別人的；因此大家都很生氣而又懷疑莫釋。只有傑姆士一個人不說話，被攪亂不安到心頭深處了。

弗蘭細立刻說道：『你們知道麼，我以爲最近一年來岳里昂伯伯變得厲害極了。「你」以爲怎樣呀，赫士德姑母？』

赫士德姑母微動了一下表示拒絕：『呵，問你柔麗姑母罷！』她說；『我對於這事什麼也不知道。』

再沒有別的人害怕承認了，傑姻士不悅地對着地板忿然說道：『他連他從前一半也不如了。』

『我已經看出了許久啦，』弗蘭細繼續說；『他老衰得太厲害了。』

柔麗姑母搖搖頭；她底臉好像忽然變成了一個大的怒氣疱了。

『可憐親愛的岳里昂，』她說，『應得有個人照料他才好！』

又沉默了；接着，好像害怕被孤單地撇下了似地，五位客人全都同時站了起來辭去了。

依然只有柔麗姑母，赫士德姑母和她們底貓被撇下，遠遠的關門聲說明是狄莫塞來了。

這天夜間，當赫士德姑母剛剛脫身要在那後間臥室裏就睡的時候——這臥室從前本是柔麗姑母睡的，現在柔麗睡在安姑母房裏了——她底房門被人打開了，斯摩爾夫人走了進來，戴着頂粉紅色睡帽，手持着一枝蠟燭：『赫士德！』她說。『赫士德！』

赫士德姑母把被單輕輕抖得響了一下。

『赫士德！』柔麗姑母又喊，以便十分拿得定她已經叫醒了她，『我對於可憐親愛的岳里昂感到十分的不安。你以爲應該怎樣辦呢？』柔麗姑母深深加重着『怎樣』兩字。

赫士德姑母又把被單弄得沙沙一響，可以聽到她底聲音含糊地諉辯道：『辦？我怎樣知道呢？』

柔麗姑母滿足地轉身去了，十萬分小心地把門關上，以便不致驚擾親愛的赫士德，把門放開手時『吱呱』一響。

回到她自己房裏，他站在窗前從那紗窗簾的一點小縫看着那公園中樹上的月亮，窗簾布是蒙得很嚴，惟恐有什麼人會看見了。在這兒臉圓繃着而且在那粉紅睡帽下生着氣，眼睛濕潤潤的，她思念着『親愛的岳里昂，』那樣老而又那樣孤寂，並想着她怎樣才能對他有些幫助；又想到他如何會來愛她，因爲她自從——自從可憐的塞普提麻斯摩爾死後從沒有被人愛過了。

八 羅格爾家的跳舞會

太子花園中羅格爾底住宅裏點得燈燭輝煌。許許多多的蠟燭被收集起來安放在雕花的玻璃燭臺上，長的雙間客廳裏嵌成圖案的地板上反映着這些燦爛的燭光。因爲把廳中一切的傢具都挪出拿到樓上的梯口處去了，把房間用那種奇異的文明什器——所謂『夜宴』席座圍繞起來，房內顯得眞正寬大極了。

在遠處的一角，有一座用棕樹覆蔭着的茅屋形鋼琴樂譜架上放着一篇打開着的『肯沁敦品的喧囂。』

羅格爾反對備音樂隊。他一星兒也看不出對於一個音樂隊有什麼需要；他不願花這筆錢，事情就完結了。弗蘭細（她底母親許久以前已經被羅格爾弄得害了經常的胃不消化症，在這類事件中是去睡覺的，）便不得不在鋼琴以外只補充上一個吹號角的青年男子就引爲滿足。她這樣佈置那些棕樹是爲的要使任何不大細察事實的人，會想像其中隱有樂隊。她決心要他們大聲吹奏，只要吹者賣力氣，一隻號角就有許多的音樂哩。

用更純粹的美國話說，她最後終於『通過』了——通過了那權宜之計的欺人的曲徑，這曲徑在時髦鋪張可與一個福賽底周貼經濟學相合之前是必得走過的。她穿着玉蜀黍色的長外衣，兩肩覆着許多紗網，從這兒走到那兒，帶上她底手套，用眼睛把一切都看一下。

她向那臨時僱用的男管家（因爲羅格爾只用有女僕）吩咐關於酒的話，問他是否十分了解福賽先生要他把瓌特利公司買來的香檳酒只開用一打？但如果一打喝完了（她並不以爲會喝完，大部分的女賓一定會喝淸水的，）但如果喝完了的話，香檳杯又不能撤去，他必得盡他底力量去對付。

她憎恨要把這種話向一個管家說，這是非常地有失身分；但你對於父親有什麼辦法呢？羅格爾哩，眞的，在對這跳舞會固執地鬧了許多撇扭以後，不久就會走下樓來，帶着他那紅色的臉和凸出的前額，就像他乃是這跳舞會的發起人似地；他定會微笑着，大概還要把最漂亮的女人帶進去吃飯；在兩點鐘時，人們正在與高彩烈，他便悄悄地走到音樂師跟前，要他們演奏『上帝保護皇后』的曲子，於是走去了。

弗蘭細熱切地希望他趕快弄倦而跑去睡覺，

呆在宅中預備參加跳舞會的那三四個忠心的女友，便在樓上一間無人住的小屋裏同她一起吃草草地預備來的茶和冷鷄腿，男子們被打發出去在烏斯塔士底俱樂部裏吃飯，因爲覺得他們是得給餵飽的。

正敲九點時斯摩爾夫人一個人來到了。她對於狄莫塞之未能蒞臨說了許多乞恕的話，却完全不提及赫士德姑母因為她臨了最後才說她是不願來遭麻煩的。弗蘭細熱腸地接待她，請她在一個夜宴席座上坐下，把她撇在那兒發着氣而且很感寂寞，穿着淡荷色的綢衣——自從安姑母死後這是她第一次穿有色的衣裳。

那忠心的閨友們現在從她們底房間裏走了來，巧妙地安排得各人底長衣顏色都不相同，但大家都在肩頭和胸際綴些紗網——因為她們不幸都是很瘦的女子。她們都被帶到斯摩爾夫人跟前。沒有一個人在她面前呆過幾秒鐘，都擁擠在一起，談說着扭弄着她們底節目單，悄悄地向門口看着第一個男子出現。

接着尼古拉斯一家成羣地來了，他們總是很守時間的——這是萊白魯林一帶的時尚：緊跟着他們後面來了烏斯塔士和他底男友們，醺醺然而且帶着烟氣。

現在有三四個弗蘭細底愛人一個跟着一個出現了；她曾使他們每個都答應早來的。他們都是臉子剃得淨光而且很活潑，帶着那種最近侵入了肯沁敦區的特別的青年男子之靈活；他們對於彼此之在場好像毫不在意，領結的兩端束作球狀，穿着白色背心和足踝繡花的襪子。每人在袖口裏都藏着手帕兒，他們快活地走動着，每人都穿着專門家的華麗衣裳，就像他們是來做什麼大事業似地。當他們跳舞時他們底臉子完全不是帶着跳舞的英國人那種傳統的莊嚴樣子，而是不負責任的，動人的，溫柔的；他們蹤躍着，大步價把他們底舞伴旋轉着，並不迂腐地注意音樂的節奏。

他們帶一種快活的譏刺看着別的舞客，他們是田尼孫所詠嘆的「輕騎兵，」是肯沁敦區幾百回跳舞者中的英雄，只有從他們才能發出正確的態度和笑容和步調。

在他們來了以後，人就接連不斷愈來愈多了；伴護人們順着墻坐着對着門口，快活的娘兒們增漲那較大房間中的活氣。

男子很少，那些無男子伴舞的作壁上觀者帶着她那種特別的，可憐的表情，帶着一種忍耐的，酷意的微笑，好像說：『噢，不要不要錯認我，「我」知道你不是來找我的。我並不怎樣作這希望！』弗蘭細就向她底愛人之一或一個尙未成人的青年勸說道：『喂，賞我個光，讓我把你介紹給平克小姐罷；她眞是一個好姑娘哩！』於是她就把他帶去，說道：『平克小姐——格塞古先生。

你「能」抽空伴他一舞麼？』接着那平克小姐就笑着她那勉強的微笑，微微臉一紅答道：「噢！我想可以！』於是隱蔽着她那空白的伴舞者名單，在上面寫上格塞古這名字，一面在他請求在第二次額外舞的餘白處，用力地拚出他的名字。

但當那靑年低聲說句天氣太熱而走去時，她又復返於她那絕望的期待的態度中，復返於她那忍耐醋意的微笑中了。

母親們慢慢用扇子搧着她們底臉，看着她們底女兒們，從她們眼睛裏可以看出那些女兒底一切命運的故事。至於她們自己哩，一點鐘又一點鐘地坐着，倦得要死，沉默着或時說時輟地談論着——這有什麽要緊呢，只要女兒在消受一個良辰！但看到她被人漠然不顧而走去呀！啊！她們微笑，但她們底眼睛現得難過，如像被冒犯了的天鵝一樣；她們渴想抓住少年格塞古那漂亮褲子底鬆緞，把他拖到她底女兒面前——這些不遜的東西！

一切人生的殘酷與磨難，它的悲痛與機會不平，自負與忘我和忍耐，都呈現在這所肯沁敦區底跳舞廳的戰場中了。

這兒和那兒也有些愛人——不像弗蘭細底愛人們是一個特殊族類，只僅僅是愛人而已

——在顫着臉紅着，沉默着，用流動的眼風互相追求，企圖在跳舞的紛亂中彼此遇見，互相接觸，時而也在一塊跳舞，他們那眼中的光亮會使一個觀者注意。

恰恰在十點鐘時，傑姆士的一家來了——愛米麗，拉賽兒，溫尼弗雷（悅達被撇在家裏了，因為前一次在羅格爾家裏宴會喝了過多的香檳酒，）最幼的塞西里也來第一次獻身交際場了；在她們之後，索米斯和夷倫也坐一輛馬車從他們父親家裏跟來，他們是在那兒吃過飯的。

這一些婦女們都是用吊帶而並無紗網——這樣更勇敢地把肉體裸露出來，便立時表示出她們是從那公園更時髦的一面來的。

索米斯側身後退，怕碰着那些跳舞者，靠墻找了個地位。用他那戚然的微笑防護着他自己，他站在那兒看着。一次又一次的圓舞開始了又完結，一對一對的男女輕輕掠過，帶着含笑的唇，笑聲和一陣陣的談話；或者雙唇緊閉，眼光搜尋着人羣；或者沉默的兩唇張開，眼睛相互看着。宴會的氣息，花和頭髮的香氣，女人們所愛的各種香精的香味，在那夏夜的蒸熱中使人窒息地蒸發着。

索米斯沉默着，微笑中帶着一種諷刺，好像什麼也不注意；但他底眼睛時而找到了它們所追求的東西，使直瞪那移動着的人羣中的一點微笑也從他唇邊消逝了。

他不與任何人同舞。有些傢伙是與他們底妻子同舞的但他底『禮式』觀念，從不允許他和夷倫結婚後還與她同舞，只有福賽們底上帝才知道這於他是否一種快慰。她從他身旁走過，與別的男子一起舞着，她那虹色的衣裳從她底足下飄起着。她跳得極好；他聽倦了女人們帶一種醋意的微笑說：『你底夫人跳舞多麼美喲，福賽先生——看着她舞眞十分使人快活哩！』他也倦於斜着眼神回答她說：『你以爲這樣麽？』了。

一對靑年男女在近前輪流着搖一柄扇子，搧起一陣使人不快的風。弗蘭細同她底愛人之一站在近旁。他們在談論着愛情。

他聽見羅格爾底聲音在後面吩咐一個僕人關於晚餐的事。一切都十分不是頭等氣派！他惟願不曾來！他曾問過夷倫是否須要他來；她曾帶着她那種使人發瘋的微笑答道：『哦，不須要的！』

他爲什麽已經來了呢？在最後這一刻鐘他甚至並沒有看見她。喬治帶着他那奸狡的臉子走來了；要想躲避他已經來不及啦。

『你看見那「海賊」沒有？』這位註册有證的訟諸家說；『他在準備戰爭哩——頭髮剪了，一切都修飾得漂漂亮亮！』

索米斯說他沒有看見穿過那在跳舞休止時間半空的房間，他走出去到那洋臺上，向下俯看着街道。

一輛馬車載着遲到的客人馳來，圍繞着門口呆立着幾個教倫街上耐心的看熱鬧者，這種人看見燈光聽見樂聲就會聚攏來；他們那蒼白的臉高昂在他們那黑而破舊的身影上，帶着使索米斯不快的愚蠢的窺看神情；爲什麼要允許他們逗留在這兒呢；爲什麼那警察們不把他們攆走呢？

但那警察並不注意他們；他底兩脚分開站在那橫鋪在便道上，那像一條紅色毛毯上；他那鐵盔下的臉帶着與他們一樣的愚蠢窺看的神情。

從鐵檻中索米斯可以看見街那邊的樹枝被街燈光照得發亮，在微風中輕輕搖曳着；再遠處是對過房屋樓上的燈光，那麼多的眼睛俯視着那花園中寂靜的黑暗；在一切之上的是天宇，神奇的倫敦天宇，被無數的燈光反射成爲灰色了；一片蒼穹在它底羣星間與人間需求與幻想的折光交織着——一面榮華與悲哀的大鏡，每夜用它那善意的諷刺掩蓋着一望無際的屋房和花園，大廈和陋巷，掩蓋着福賽們，警察們，和街頭有耐心的看熱鬧的人們。

索米斯轉身走去；藏身在隱僻處。他向那燈燭輝煌的室中凝視着。在這外面要比較清涼些。他看見新來者玖恩和她底祖父走了進去。什麽事使他們這樣遲到呢？他們站在那門口。他們樣子很疲倦。試想岳里昂伯伯竟在這深夜中跑出來！玖恩爲什麽不像平常一樣來找夷倫呢，於是他忽然想到他已經有許久沒見玖恩底影子了。

帶着無聊的惡意窺看着她底面孔，他看見她變色了，變得蒼白得他以爲她會仆倒，接着又滿臉飛紅。轉身去看她正在看着的是什麽，他瞧見他底妻正扶着布新萊底膀臂，從那大廳盡頭的養花暖房中出來。他底眼睛擡起看着他底，就像在回答他所問的問題似地，而他也在全神凝注地看着她。

索米斯又看看玖恩。她底手扶住了老岳里昂的臂；她好像在作一個請求。他看見他伯伯底臉上現出一個驚愕的樣子；他們轉身走出門去便看不見了。

音樂又開始了——一個圓舞曲——他仍然在那窗口的隱處像座石像一樣，臉子別無表情，但脣上沒有笑意了，依然等待着。不久，離那昏黑的洋臺一碼遠，他底妻子與布新萊從他身旁走過。他聞見了她所戴的那梔子花的香氣，看見她底胸脯一起一落，眼中現着慵懶，兩脣張開，臉上有一種他不曾見過的表情。他們隨着那慢而旋轉的音節跳過去，他覺得他們好像緊貼在一起；他看她舉起她那溫柔烏黑的眼睛看着布新萊底，接着又把眼光低垂下去。

他十分蒼白又轉回那洋臺去，倚在上面，向下注視着那方場；那些人影仍然在那兒沉滯困執地仰看着燈光，那警察也在昂首凝視着，但他一點也沒有看見他們。在下面，一輛馬車驅來，兩個人走進去車又趕走了……

這天晚上，玖恩與老岳里昂依常時用晚餐。玖恩穿着經常的高領外衣，老岳里昂沒有裝束。在早餐時她曾說及羅格爾叔叔家的跳舞會，她想去；她說她太蠢了，沒有想到請一個人帶她去。現在是太遲了。

老岳里昂舉起他那犀利的眼睛，玖恩在赴跳舞會時照例總是要去約夷倫同去的！他有意地凝視着她，問道：『爲什麽你沒約夷倫呢？』

不！玖恩不願請夷倫同她去；如果這樣她才去——如果她底祖父勉強去一次——去玩一

會兒！

看見她那樣急切而悽慘的眼光，老岳里昂抱怨地答應了。他說他不知道她對於這樣一個跳舞會爲什麽要去。一定很蹩脚，他敢打賭而她也正如一個老婦一樣不適於去跳舞！她所需要的是海邊空氣，等他底環球金礦特許公司開過常會以後，他就準備帶她去。她不願離開倫敦？啊！她定會把她自己身體弄糟透！悄悄對她悲憫地看一眼，他繼續吃他底早飯。

玖恩很早走了出去，在酷熱中慌忙地東西跑着。她那近來做事那麽懶倦的瘦小身材是活潑萬分。她給她自己買了些花。她想要——她意思是要盡力打扮得她好看。『他』一定在那兒！她很知道他接到了一個請柬。她將向他表示她並不以過去的事爲意。但在她心頭深處她決計要在這天晚上重行把他贏回來。她紅着臉走進來吃午飯時談話高興極了；老岳里昂在那兒，他被她欺騙住了。

在下午她被一陣絕望的悲哀征服了。她貼着她床上的枕頭遏抑她底哭聲，但後來哭聲止住時，她對鏡看見一張腫脹的臉帶着哭紅了的眼睛，兩眼圈變成了紫色。她呆在那黑了的屋裏直等到吃晚飯。

吃着那沉默的晚餐時這種情緒鬥爭一直在她心裏進行着。她底樣子是那麼憂鬱而倦憊，以致使老岳里昂告訴『酸氣』去取消馬車，他不要她出去了。她要得去睡！她也不抗拒。她走上樓，到她底房間裏在黑暗中坐着。到十點鐘她按鈴叫她底女僕。

『弄點熱水來，下去告訴福賽先生說我完全休息好了。說如果他太倦了，我可以自己去赴跳舞會的。』

女僕斜眼看着她，玖恩繼續威迫她去辦、『去，』她說，『立刻把熱水弄來！』

她底舞衣仍然放在沙發上，在她帶一種强烈的細心裝飾她自己，把花拿在手裏走下樓去，她那小面孔在它那滿頭重髮之下高昂着。她從旁經過時可以聽見老岳里昂在他底房裏。

他正在穿衣，又迷惘又氣惱。已經十點多了，他們總要到十一點才能到達那兒；這女孩子簡直瘋了。但他不敢阻撓她——吃晚飯時他臉上那種表情還在他心裏攪擾着。

他用大的烏木刷子梳光他底頭髮，直梳到它在燈光下閃耀如銀；接着他也走出來到那昏暗的樓梯上了。

玖恩在下面會着他，兩人一句話不說向馬車走去。

在那好像永走不到的車行之後走進羅格爾家的客廳時，她在一種決心的假面具之下隱藏着一種焦急與感動的痛苦。對於那種可說是『跟踪着他』的情形之羞恥感覺，也被恐怕他不在那兒，恐怕她也許到底不能看到他所壓倒，被那固執的要——用什麼方法，她不知要用什麼方法——去贏同他來的決心所壓倒了。

一看見那跳舞廳和那光亮的地板，使她感到一種快樂和勝利，因爲她很愛跳舞，當跳舞時她可以飄浮起來，她是那麼輕，就像是一個熱情與奮的小精靈似地。他定會請求與她同舞，而只要他同她跳舞，那事情便一切如初了。她急切地四下裏看着，

看見布新萊同着夷倫從那養花温室中走來，帶着那種奇異的完全專心忘我的樣子在他臉上，給她底打擊太突兀了。他們並沒有看見——沒有一個人會看見——她底窘狀，連她底祖父也沒有看見。

她把她底手攙住老岳里昂底臂，很低聲地說道：

『我定要回家去，祖父；我覺得很不好過。』

他急急帶她走去，向他自己咕噥着說他就知道會有這種情形的。

他對她並不說什麼；只當他們重行進了那幸而還呆在門口附近的馬車時，他問她道：『是怎麼回事呢，我底寶貝？』

覺得她整個纖瘦的身體在因悲哀而抖顫着，他吃驚萬分了。她明天必得見見布蘭克醫生，他定要堅持叫她見醫生，他不能讓她像這樣子。……唉，唉！

玖恩壓制着她底悲哀，熱狂地緊抓住他底手，倚靠在她那車角裏，她底臉用圍巾蒙着。他只能看見她底眼睛，凝瞪着黑暗中，但他不住地用他底乾枯手指撫摩她。

九　里士滿之夕

除了玖恩和索米斯底眼睛以外，還有別的眼睛曾經看見『那兩個』（烏斐米亞已經開始這樣稱呼他們）從那養花暖室中出來；還有別的眼睛曾經注意到布新萊臉上的那神情。

有時候，自然界會露出她底一般情狀之漠然靜穆下隱藏着的熱情的——強烈的春光穿過紫雲使扁桃花開得燦爛如銀；月光下雪白的峰尖和上面的孤星高聳入熱情的碧空；或是在落日時分晚霞燒天，一棵老扁柏樹聳立着作某種如火如荼的秘密之黑暗的監護人。

也有些時候，在一個圖畫展覽室中，一幅被偶然的披覽者託爲『★★★蒂銑（Titian）派——美極了』的圖畫會擊破一個比他底同類們吃了更好的午飯的福賽之防衛綫，使他在一種狂歡中像着了魔一般。有些東西——他覺得——這兒有些東西——嗯，才眞算得起東西咧。一種無道理的不可理解的東西抓住了他；當他用一個實事求是的人之穩練去分析認識它時，它却避開了他，溜去了，就像是他所喝的酒之熾熱力在溜去似地，撇得他很鬱氣，覺得動了肝火。他覺得他奢侈浪費了一種東西；他底節操失去了。他本不須要看到他底目錄單上那三星記號下面藏着的這一瞥。上帝不許他知道任何關於自然力量的東西！上帝不許他片刻承認有這種東西存在！一旦承認了，他將立足何處呢？人家花了一先令買入場劵，又花了一先令買目錄單哩。玖恩所看到的那神情，別的福賽們所看到的那神情，就像是一隻燭本來在一幅想像紗布後面搖動着，忽然經過一個小孔發出亮光來——是一種模糊不定隱約誘人的光焰之忽然的射出，這使旁觀者們意識到危險的勢力在起着作用。他們曾有片刻快意地，有興趣地注意它，接着又覺得他們必得完全不注意它。

可是，這補充說明了玖恩所以來得那麼晏，所以不跳舞甚至不同她底愛人握別就走了的原因；據說她有了病，這無足怪。

但在這兒他們心虛地彼此互看着。他們並不願散佈謠詠，並不願抱惡意。誰會願意這樣呢？對於局外人也不會露出一點消息，習慣的法律使他們沉默着。

接着玖恩同老岳里昂一起到海邊去了的消息傳來了。

他把她帶到布羅德斯兌士去了，這地方這時正爲人所趨赴，耶摩斯港已經失去地位了，雖然尼古拉斯還喜歡它；沒有一個福賽到海邊去不打算爲他耗費的錢得到一種足使他在一禮拜中就能够胆汁旺盛的空氣的。那第一個福賽要喝麥地拿酒的不幸的貴族傾向，使得他底後人無疑地都帶這種傾向。

玖恩往海邊去了。這家族便等候事變之發展；再沒有別的事情可做了。

但『那兩個』究竟進行到了什麼程度呢？他們將要達到什麼程度呢？他們究竟眞個能够進行嗎？一定不會發生什麼事的。因爲他們兩人沒一個有錢。至多只是吊吊膀子，像一切的這類愛情一樣，在相當時候就會結束的。

索米斯底姊姊温尼弗雷達，佛染着美市區的流行風尚——她是住在綠芮街的——對於既婚者的行動，有着比例如在萊白魯林街行着的信條，更時髦的意見。對於他們會有什麼很深的關係的風說，便一笑置之。那『小東西』——夷倫比她自己要高些，這樣老說她是個『小東西，』才是一個福賽身份高之眞正證據哩——那小東西有點悶了。爲什麼她不該想法子散悶呢？索米斯是頗討人厭的；至於那個布新萊先生哩——只有那個慣於詼諧的喬治才會稱他爲海賊——她硬主張他是很『漂亮』的。

這意見——說布新萊漂亮的意見——很惹起了一種驚愕。誰也不相信。說他『有一點兒好看，』這他們是準備承認的；但有人會說一個有着龐大的頰骨，奇異的眼睛，戴着軟氈帽的人『漂亮，』這不過是溫尼弗雷追求時髦的誇大癖之又一例罷了。

這是一個有名的夏天，在這夏天誇大是很時髦的，連地球本身都誇大奢華極了。栗樹上滿開着花，花朶浸透着芬芳，它們前此從未像這樣過；這個夏天每個花園的玫瑰花都盛開着；至於擁擠繁多的星哩，每夜的天上幾乎沒有空間容納；太陽每天自早到晚都披着全副武裝，在那公園之上揮舞着它底銅盾，人們也做些奇異的事情，在露天中用餐和吃午飯。街上馬車和自備馬車川流不息地越過燦爛的太晤士河上的許多橋梁，載着千萬的上層中產階級到布[illegible]，里士滿，克勦，和漢布敦宮有名的森林中去，盛狀簡直是前所未見。差不多每個稍稍可以稱得起是馬車階級的家庭，這一年總要到布墟的七寶樹林去遊一次，或是坐車在里士滿公園那西班牙栗林中馳驅一趟。在一種他們自己造出的煙塵中雖風塵撲面而却平滑地滾動着，他們時髦地看着那大而行動遲的鹿從一個鳳尾草林中伸出的角叉分歧的頭，那草林對於喜愛秋天的人將成一個不經見的掩蔽之所，時而當那些栗樹花和鳳尾草的引人生愛情的香味被風送到鼻端時，就會有一個人向另一個說道『我親愛的喲！這是一種多麼特別的香味呀！』

香櫞花這年也希有地旺盛，顏色幾乎像蜜一樣。當夕陽西下時，在倫敦各方場的四角，它們發放出一種比蜜蜂採去了的香味更香甜的香味——一種在福賽們和他們底同類們心頭激起一種無名的渴想的香味，這時他們正在那些只有他們可以進去的花園中在納涼，

這種渴想使他們在暮靄中留連於那些花臺的陰影間，使他們轉過去又轉過來，好像有愛人在等待着他們似地——等待着最後的光亮在樹枝的黑影下逝去。

是一種被香櫞花香喚起的模糊同情，是一種要親自看看的欲望，是一種要表示她說『事情毫無關係』的意見之正確的意念，或者只是這個夏天難以避免的要驅車往里士滿去的渴

想，使得小達悌們（小普布流，小伊摩根，毛底，和本湼狄克）底母親寫了下面一封短信給她底弟婦：

「六月三十日。

「親愛的夷倫，

「我聽說傣米斯明天要到漢利去過夜。我想如果我們約集幾個人坐車到里士滿去，那一定是很好玩的。如果你願邀布新萊先生同去，我就邀着小佛利巴特。

「愛米麗（她們把她們底母親稱作愛米麗——這是非常的『漂亮』）會把馬車借把我們。我們將在七點鐘來邀會你和你底好友。

『你愛的姊姊，

『溫尼弗雷達悌。

『孟特古說皇冠節笏飯店的大餐是十分可吃的。』

孟特古是達悌底另一個更爲人所知的名字——他底第一個名字是摩西；因爲他除了精

通世故便別無所長了。

她底計畫遇了上帝很多的阻撓，實在是這麼一個好心所不應得的。第一件是小佛利巴特復信寫道：

「親愛的達悌夫人，

「萬分抱歉。因約會太多。

「你底，

「奥古斯都佛利巴特。」

要想走別的道路來挽救這不幸是太遲了。溫尼弗雷以一個母親的敏捷與手腕要她底丈夫作了後補者。眞的，她具有那種可以支配人而又令人能忍受的氣質，這氣質是一個有着銀黃色頭髮和綠眼睛的面孔善於變化的人所常有的。她很少或者從來沒有不知所措過，或者即令陷於困難，她總能夠把這困難轉變成順利的。

達悌也非常地高興。伊洛狄克沒曾在薀開夏杯賽獲得勝利。眞的，這匹名馬雖是爲一個跑馬場臺柱的所有，可是甚至連跑都沒有跑呢。它的主人已暗地裏賭了幾萬鎊賭它的敗了。這匹馬棄權後的兩天，乃是達悌一生中最可悲的日子。

傑姆士的幻影日夜在他心裏作祟。對於索米斯的敵意思想與那最微小希望混合着。在禮拜五夜裏他喝得大醉，他是受了非常大的影響。但在禮拜六早晨，那老牌的證劵交易所的本能在他心裏佔了勝利。借了幾百鎊他完全無力償還的債，他便去到城裏，把所借的欵子完全賭在索耳堂自治市平力賽中的康塞丁納一馬身上。

如像他對於與他同在伊式木俱樂部吃午飯的斯各魯敦少校所說：「那個小猶太孩子納山斯已經把消息透露給他了。他毫不在意。他正在——窘境中。如果他不能贏——正好，鬼東西，那老傢伙便不得不替他償付！」

一瓶保羅格酒喝進去又使對於傑姆士起一種新的輕蔑。

他贏了。康塞丁納只多跑快了一個頸子——好危險！但如達悌所說：要的是膽量。

他一點也不反對到里士滿去作一次遠足。他自己願意掏腰包！他對於夷倫抱有一種戀慕，想同她發生更隨便親密的關係。

五點半鐘時公園街的僕人來說道：福賽夫人非常抱歉，但有一匹馬在咯嗽！

這第二個打擊仍不能使溫尼弗雷掃興，她立即打發小普布流（現在七歲了）和保姆兼女教師到孟特白列方場去。

他們將要乘僱用單馬車去，七點四十五分在皇冠節笏飯店會齊。

達悌一聽說便高興極了。這樣比坐雙馬車脊梁對着馬要好得多！他並不反對同夷倫一起坐車去。他以為他們大概要到孟特白列方場把他們約在一起在那兒僱車吧？

聽說是在皇冠節笏飯店聚會，他要得同他妻子同車，他便變得生了氣，說那是太碰鬼地慢了！

他們在七點鐘出發，達悌向那趕車的提議賭半塊錢，要他在三刻鐘內趕到。

在路上他們夫妻倆僅交換了兩次話語。

達悌說道：『如果索米斯老爺聽到他底夫人同布新萊老爺同車，他定會覺得被人刮了靴腰哩！』

溫尼弗雷答道：『不要胡說，孟弟！』

『胡說！』達悌重複說。『你不了解女人的，我底漂亮太太！』

另一次他僅只問道：『我底樣子怎麽樣呀？下巴兩旁有點兒腫脹吧？那個泡沫般的老喬治是那麽喜歡喝令人膨脹的酒——』

他剛剛會與喬治福賽在赫佛斯勒克飯店吃午飯。

布新萊與夷倫已先他們而至。他們正站在一個長的法國式窗子裏面俯瞰那河。在這個夏天窗子總是整天整夜的開着，整天整夜的有花和樹的香味，晒焦的草之暖香與濃露之冷香流進來。

在善於觀察的達悌眼中，他底兩個客人並不像在十分進行着愛情，而是緊偎在一起站在那兒不發一語。布新萊是個餓人樣的傢伙——『他』並不見得有胆子。

可是他把他們交給溫厄弗雷，自己忙着去點菜叫飯。

一個福賽如果不吃精美的東西總也要吃好東西的，但一個達悌就要把一個皇冠飾笏飯店一切的好菜肴都點盡，怕還不能滿意。他雖是這樣拮据地生活着，任何東西在他吃來也不會覺得太好；而他也定要吃最好的，他所吃的酒也需要很小心地供應；在英國有許多酒類對於一個達悌都『不見得好』；他要喝最好的。吃用都是別人代他付錢，他當然沒有限制他自己的必要。限制自己乃是一個傻子的標幟，一個達悌却不如此。

一切都要最好的！一個人底岳丈有很大的收入，又很偏愛外孫和外孫女們，他再不能有比這更好的生活基礎了。

在小普布流出生（這是一個錯誤）之後的第一年，達悌那頗銳利的眼光已經看透了傑姆士底這弱點；他因他這明慧受了很大益處。四個小達悌現在乃是一種永久的保險。

餐食中最高尚的菜無疑地是那紅色鱒魚。這種保藏得十分周密從遠道運來的美味魚類，先用油煎過，然後去骨，然後用冰凍了端到席上，不拌醬油而代以麥地拿五味酒。——這是按照很少幾個精通世故的人所知道的烹製法烹製的。

除了達悌之付帳而外再沒有別的事引人注意了。

吃飯時自始至終他都使他自己極其和悅；他那勇敢戀慕的眼光很少離開過夷倫底面孔和身材。但他不得不向他自己承認，她對他的態度並未稍變——她冷極了，就像她那乳色紗巾下的雙肩一樣冷。他希望能抓住她同布新萊有什麼小把戲；但一點也沒有，她一星兒也沒露什麼馬脚。至於那建築傢伙哩，他是像一隻害頭疼的熊一般滿臉怒氣——溫尼弗雷很難使他說一句話；他什麼也不吃，但他當然喝他底酒，他底臉愈漸蒼白，他底眼睛樣子很怪。

這一切都很有趣。

因爲達悌是十分的高興，自由地談論着，帶着一種刻薄，因爲他並不是傻子。他說了兩三個近於猥褻的故事，這是對於在場者的讓步，因爲他底故事向來不只是近於猥褻的。他用演說似的話語提議舉杯祝夷倫的康健。沒有一個人喝，溫尼弗雷說道：『不要裝小丑罷，孟弟！』

因她底提議，吃過飯他們就到那公共洋臺上去俯瞰河下去了。

『我很喜歡看下等人們講愛情的，』她說，『那是這麼有趣！』

在一天的熾熱之後，有許多的下等人在涼蔭中散步，空氣中充滿着各種的人聲，粗厲的，高銳的，或者溫柔得像喁喁私語一樣的。

不久溫尼弗雷底比他們較高的聰明——她是在場的惟一福賽——就爲他們獲得了一條空長櫈。他們並排地坐下。一棵枝葉濃密的樹在他們頭上撐起一個厚的天幕，河上的金光慢慢昏黑下去。

達悌坐在末端，其次是夷倫，再其次是布新萊，再其次是溫尼弗雷。櫈子很難容納得下四個人。那位精通世故的人可以覺到夷倫底膀子在與他自己底膀子一起擠擦着；他知道她不好縮回去怕現出無理，這使他很喜歡；他時而想出一個動作使她更加貼近着他。他想道『不能讓這海賊獨佔這眞擠得很眞的！』

從下面昏黑的河上遠遠地送來了一隻曼陀鈴的錚錚聲，和人們的歌聲，唱的是那首古輪唱歌：

『一隻小船，一隻小船，划向埠頭去，

因爲我們要過那邊去盡情歡娛，

去狂笑，去痛飲，去喝褐色的舍利！』

忽然月亮出現了，姣小玲瓏，從一棵樹後面倒彎着浮起；就像經了她底呼吸似地，空氣比較涼爽了，但常有香櫞花的暖香吹進那涼空氣中來。

達悌一面吸着雪茄一面轉首看布新萊，布新萊是交叉着兩臂坐在那兒，眼睛直瞪着他前面，臉上帶着那種受苦痛了的樣子。

達悌又把那布新萊與他之間的面孔看了一眼，那面孔是被黑影掩蔭得就像是黑暗中一塊更黑的，有形象有呼吸的東西似地；溫柔，神秘，誘人。

那人聲嘈雜的洋臺上沉靜起來了，就像是那些散步者們都在想着太珍貴而不願說出的秘密似地。

達悌想道：『女人！』

河上的光亮消滅了，歌聲歇止了；那一彎新月藏在一棵樹的後面，一切都是黑暗的。他把自己緊擠夷倫。

看到他所挨到的肢體通身打了個冷戰和她眼中那煩惱而鄙視的神情，他並不吃驚。他覺得她在盡力抽開身子，他微笑了。

這是必要承認的，就是這位精通世故的人已經喝酒喝得十分多了。

他底捲得很精緻的八字髭下的厚嘴唇張開着。厚顏的眼睛斜睨着她，那蓄惡意的樣子正像是一個色魔。

順着那樹頂作成的藩籬間的一綫天路，星們擁擠了出來；像下界的人類一樣，它們好像也在走動着，擁擠着低語着。接着洋臺上低沉嘈雜聲又發作了，達悌想道『啊！他是一個可憐的餓狠樣的魔鬼，那布新萊！』於是他又把自己去緊擠夷倫。

這舉動應得一個更好的成功。她站起身來，大家都跟着她站起來。

那位精通世故的人更加下了決心要看看她究竟是怎樣一個人。順着洋臺走去，他總是使他自己緊挨在她底肘邊。他肚裏喝有許多的好酒。他準備着那歸去時的長途同車，長途同車和溫暖的黑暗和單馬車之可喜的隱密——還有它那爲什麼偉大的好人所想出的與外界的隔絕。那餓狠般的建築傢伙可以與他底老婆同車——他祝他從她得到快樂！意識到他喝酒太多聲音有些變樣了，他小心着不說出話來；但他那厚嘴唇上老帶着一個微笑。

他們漫步向在遠處那一端等待着的他們底馬車走去。他底計畫具有一切偉大計畫的特徵，一種差不多野獸般的單純——他只要老貼在她身邊直到她上車去，趕快也跟着她跳上車。

但夷倫走到車前時她並不上去，却溜到馬頭前面去了。達悌在那一條間未能充分操縱他底兩腿去跟隨她。她站在那兒撫摩馬底鼻子，使他很苦惱的是，布新萊先已跟到她底身邊。她轉身很快地低聲向他說話；達悌聽到了『那人』兩字。他堅定地站在那上車的踏板旁邊，等待着她回來。他比他兩個合起來還要高明啦！

這兒，在燈光中，他底身個子（只是中等身材而已）在他底白色晚裝背心裏平整筆直，他那淡色的外衣掛在臂上，扣眼裏插着一朵粉紅色的花，在他那黑臉上有一種自信快愉的傲慢，這時的樣子，是他最好的樣子——一個澈底精通世故的人。

溫尼弗雷已經坐上他底車。達悌想到布新萊在那輛車裏會吃苦頭，如果他不當心點的話！忽然，有人把他一推，幾乎把他推倒在路上了。布新萊底聲音在他耳朶裏嘶嘶道：『我要帶夷倫回去了，你懂得麼？』他看見一副氣得蒼白的臉子，和像野猫眼一般瞪着他的眼睛。

『啊？』他吃格地說。『什麼呀？一點也不。你帶我底老婆好了！』

『走開！』布新萊嘶聲說——『否則我就把你掀倒在路上！』

達悌退讓了；他十分顯然地看到那傢伙眞要打倒他，在他退出的空間夷倫已經溜了過去，她底衣服擦着了他底腿。布新萊跟着跳上車去。

『走！』他聽見那海賊叫。趕車的便鞭他底馬車子向前馳去。

達悌昏然地站了一刻；接着衝到他底妻所坐的車旁爬了進去。

『趕着走！』他向那車夫大聲說，『緊緊跟着前面那個傢伙！』

坐在他妻子身旁，他忽然亂罵狂詈起來。最後用了極大的努力使自己鎮靜下來，他加說道：「你把事情弄得眞糟糕啦，讓那海賊與她同車同去；你到底爲什麼不能抓住他呢？他是愛她愛得發瘋了；任何一個傻子也看得出！」

他又從新咒罵起來把溫尼弗雷底答語掩下去了；直到巴內斯街他才停止了他底悲憤，在這悲憤中他曾罵了她，她底父親，她底兄弟，夷倫，布新萊，福賽一姓，他自己底孩子們，並且詛咒他結婚的那個日子。

溫尼弗雷是個個性很強的女人，她讓他儘量地罵，結果他又復返於忿怒的沉默中了。他那發火的眼睛從不離開那一輛車的背影，那車像一個失去的好時機一樣，在他前面的黑暗中轉動着。

幸而他不能聽見布新萊那熱情的辯訴——那因這位精通世故者底行爲引起的滔滔不絕的辯訴；他也不能看見夷倫底抖顫，就像她底衣服被人撕開了似地；也不能看見她那黑而悲悽的，像個被打的小兒般的眼睛。他不能聽見布新萊一再懇求，懇求，老是懇求，不能聽見她忽然輕柔地哭起來；也不能看見那可憐的餓狼樣的魔鬼驚惶而且顫慄，卑抑地挨觸她底手。

在孟特白列方場，他們底車夫謹遵囑咐地忠誠地把車子趕到前面那輛車的後面了。達悌夫婦看見布新萊跳出車去，夷倫跟着他，低着頭急急走上了階石。她顯然手裏持有鑰匙，因爲她立時不見了。也不能說她會否轉身向布新萊說話。

布新萊走來從他們車前經過，他們夫婦都看見他底臉子在那街燈光中顯着可驚的樣子。那臉上是在起着猛烈的情感作用。

『再會，布新萊先生！』溫尼弗雷招呼說。

布新萊一驚，他抓下了他底帽子急急走去了。他顯然已經忘記了他們底存在。

『你看！』達悌說，『你看見那禽獸底臉子沒有？我不是道着了麼？眞好把戲呀！』他利用了這機會又數說起來。

那車中是如此顯然曾發生一個危機，使溫尼弗雷不能爲她底意見辯護了。

她說道『我對於這事什麼都不願說。我看不出大驚小怪有什麼用處！』

達悌對於這觀點立即同意了；因爲把傑姆士當作他私有的保護品，他不贊成他爲別人的煩惱而煩心。

『對極了，』他說；『讓索米斯自己照顧他自己好了。他很有照顧自己的能力呀！』

這樣說着，達悌夫婦走進他們綠茵街的住宅（這住宅的租金是由傑姆士代付）去尋應得的休息去了。時正中夜，沒有福賽會仍然呆在街上來偵探出布新萊底徘徊，來看見他走回來倚着那方場底鐵欄站着，以背向着那街燈的燈光，來看見他站在那樹蔭裏，窺伺着她隱藏在其間黑暗中的那所房子，他寧願拿整個世界來換取看見她一會兒——她現在對於他就是那香橼的香氣，就是光明與黑暗之意義，就是他自己底心之搏動。

十　一個福賽的診斷

一個福賽總不知道他是一個福賽，這是他們底天性注定的；但小岳里昂却十分知道他是一個。他本也不知道，從那使他成為一個化外的福賽之決定命運的行動以後他才知道，此後這種認識便永沒有離開他。他之所以覺得他是一個福賽是由他和他底第二個妻子之結合，由於他同她的一切關係，而她太不是一個福賽了。

他知道，假若不是他太具有那種追求他所需要事物的眼力，具有那種執着於他所需要事物的頑固，具有深知浪費他爲它花了極大代價的東西乃是愚蠢的意識——換言之即「財產意識」：——他永遠也不會留她在一起（也許永遠不會想留她在一起）同他歷經這十五年來一切經濟的困難，一切的輕蔑和誤解；永遠也不會在他底第一個妻子死時要她嫁他；永遠也不會歷盡這一切艱辛，磨鍊成了好像雖處困境而仍快活過日的精神。

他是那種人們之中的一個，他們像小型的中國偶像一樣交叉着腿坐在他們自己底心作成的籠裏，永遠對他們自己笑着一種懷疑的微笑。並不是這種如此藏在內心深處，如此永在的微笑與他底行爲相矛盾，他底行爲是像他底下巴與他底脾氣一樣，乃是一種柔和與堅決的，十分奇特的混合物。

他在他底作品——那用許多精力貫注於其中的水彩畫中也自覺着他是一個福賽，常常觀察他自己，就像他不能十分認眞地作這種不切實際的勾當似地，並且常常帶一種奇怪的不安，因爲他底畫未能賣得更多的錢。

所以正是這種知道什麽是一個福賽的自覺，使他接到老岳里昂下面一封信時是又同情又厭惡：

「塞爾德雷克飯店，

「布羅德斯兌士，

「七月一日。

「我親愛的岳，」

（這位爹爹底字跡在他所記得的這奇異的三十年來很少變樣子。）

「我們到此已兩星期了，整個說來天氣算是很好的。空氣很使人增長精神，但我底肝氣不和，我極願回到城裏來。我不能說對於玖恩有多少益處，她底健康和精神是完全無所改變，我不知會發生怎樣的結果。她並不說什麼，但她顯然心情完全是被這婚約煩擾着，這是一個婚約而又不是一個婚約——天曉得它是什麼。在現在的事態中我嚴重地懷疑不知是否應該讓她回倫敦來，但她是那麼任性，隨時她都會想到要回來的。事實是有個人應該同布新萊一談，問定他是什麼意思。我自己怕去這樣做，因爲我定會敲他底關節骨的，但我想，你在俱樂部裏認識他，倒可以參與一句話，問清那傢伙想怎麼樣。你當然一點也不願說使玖恩將來陷於麻煩的話。我將歡喜在數天內聽到你是否能得到一些消息。這事件於我是很痛苦的，我在夜裏常爲它苦惱。以我底愛給與岳梨和霍萊。

『我是，

『你摯愛的父親，

『岳里昂福賽。』

小岳里昂對於這封信深思那麼長久而且認眞，致使他底妻子注意到了他心頭有事，問他是什麼事情。他回答道『沒有什麼。』

這在他是一個打定了的主意：永遠不向妻提到玖恩。她也許會吃驚，許會亂想出些什麼。因此他急急在態度上棄去一切用心凝注的痕跡，但對此他差不多是像他父親一樣地失敗了。因爲他由老岳里昂遺傳了他那一切在家庭事件策略上的幼稚；小岳里昂夫人忙着家事，閉着脣來同走動着，偷着以懷疑莫釋的目光看他。

下午他把那信放在衣袋裏出發往俱樂部去，並不曾下定決心。

要測探一個人的『意向如何』在他是一件特別不愉快的事；他自己這種變格的地位也

不能消滅這種不快。這正像他那家族，正像他所認識並與之交往的一切的人們，要對於一個人施行他們叫作權利的東西要使他表示態度正像他把他們底生意經用在私人關係上一樣！而信中的那句話——『你當然一點也不願說使玖恩將來陷於麻煩的話』——又是如何地把整個事件的本心露出來了。

但這封包含着自己底憂慮，對玖恩的關切，和『敲打關節骨』的信，一切都是很自然的。無怪乎他底父親想知道布新萊是什麼意思，無怪乎他生了氣。

這是很難拒絕的！但爲什麼要把這事情讓他做呢？這實在是十分不合適的；但只要一個福賽能得到他所需要的東西，他對於方法上是不斤斤計較的，只要不丟臉面。

他將怎樣進行它或者怎樣拒絕它呢？兩方面都似乎不可能。所以他才是小岳里昂！

他三點鐘時到了俱樂部，第一個看到的人便是布新萊自己，坐在一個角落裏，向窗外凝視着。

小岳里昂離他不遠坐下，開始煩燥地重行考慮他底地位。他私下裏看着布新萊坐在那兒毫無知覺。他同他並不十分熟，這也許是第一次留神觀察他；一個特異的人，在服裝面孔和態度上都與這俱樂部大半別的會員們不同——小岳里昂自己無論在心境和脾氣上變得如何不同，但總還保留着福賽們外表之整潔。在福賽們之中只有他不知道布新萊的諢名。這人很特異。不是邪僻，只是特異；他樣子很襤褸，也很憔悴，寬大而高凸的頰骨下兩頰凹陷着，但並沒有不健康的樣子，因爲他身體結構很健，有着那種好像表示一副美好體格之一切生命力的捲髮。

他臉上和態度上有一種東西感動了小岳里昂。他知道受苦是什麼樣子。而這個看來就像是在受苦。

他站起身把他底臂挨一挨。

布新萊一驚，但一看見是誰時並沒露出難爲情的樣子。

小岳里昂又坐下。

『我有許久不見你了，』他說。『你把我堂弟底房子進行得怎樣了呢？』

『差不多再過一禮拜就可完工了。』

『我恭賀你！』

『謝謝——我不覺得這是什麼可賀的事哩。』

『不覺得麼?』小岳里昂問;『我倒以爲你一定很喜歡把這長期間的工作完功脫手哩;但我想你底感覺大概很像我賣了一張圖畫——這等于是我們自己的孩子一樣,失去小孩子似的感覺?』

他好意地看着布新萊。

『是的,』布新萊更誠懇地說,『事情脫開手就結束了。我還不知道你善畫啦。』

『只畫點水彩而已;我不敢說我對於我底作品有信心。』

『沒有信心?那你怎麼能够畫呢?除非你對於它有信心那作品是沒有益處的!』

『對呀,』小岳里昂說,『這正是我常說的話。順便說一下,不知你曾否注意到這個,就是每當一個人說「對呀」的時候,他常常加說道:「這正是我常說的話!」但如果問我我怎麼能畫,我底答語是,因爲我是一個福囊。』

『一個福囊!我從沒有把你當作一個福囊哩!』

『一個福囊,』小岳里昂答道,『並不是一個稀奇的動物。在這俱樂部的會員之中就有好幾百。在那街上也有好幾百;你無論到什麼地方都可以遇見他們!』

『你怎樣辨別他們呢，我可以問麼？』布新萊說。

『從他們底財產意識來辨別。一個福賽對於世事抱一種實利的——我們也可以說是常識的——觀點，而對於世事的實利觀點是完全基於一種財產意識。一個福賽，你將可以注意到是永遠不會露出他底本心的。』

『這是開玩笑的吧？』

小岳里昂底眼睛一霎。

『並不怎樣是開玩笑。旣然我自己是一個福賽，我並沒有妄談的權利。但我是一種純血的雜種；我對你並沒有什麼誤解。你與我是不同的，正如我底叔叔傑姆士與我是不同的一樣，他乃是一個最完善的標準的福賽。他底財產意識是高到了極點，而你則實際完全沒有。要沒有我在中間，你就似乎是一種不同的種類了。我乃是聯結你們的一個鍊環。當然，我們全都是財產的奴隸，我承認這只是程度問題而已，但我所稱之爲一個『福賽』的乃是一個絕對更其是一個財產的奴隸。他知道一種好東西，一種安全的東西，他對於財產——不管這財產是老婆，是房屋，是金錢，或是名譽——的把握便是他底純度證。』

『啊！』布新萊低聲說。『這說法應由你註册專利呀。』

『我很願意，』小岳里昂說，『去演講這個題目「一個福賽的財產與性格。這個被他底同類之嘲笑所煩擾的小動物，他底行爲却不受異類（你或我）底嗤笑所影響。遺傳地短視，他只認識他同類的人物和居處，他在這些人物和居處中過一種競爭之寧謐的生活。」』

『你談論着他們，』布新萊說，『就像是他們要佔去英國人之一半似地。』

『他們確是，』小岳里昂重複說，『佔有英國人之半數，還是較好的半數，安全的半數，是那三分利息的半數，是那重要的半數。使一切成爲可能的便是他們底財產與安全；使你底藝術成爲可能，使文藝科學甚至宗教成爲可能。要沒有並不相信這一切而只把它們拿來利用的福賽們，我們將變成如何狀況呀？我親愛的先生，福賽們乃是經紀人，是媒介物，是社會柱石，是風俗習慣的基礎；他們是一切煊赫堂皇的東西。』

『我不知我是否明白你底命意所在，』布新萊說，『但我想在我這行業中是有許多如你所謂福賽的。』

『當然，』小岳里昂答。『太半的建築師，畫家和著作家們都沒有信仰，正如任何其他的福賽們一樣。藝術，文藝，宗教之得以延續存在，是由於很少幾個眞正信仰這些東西的瘋子和利用它們作商業交易的福賽們。至低限度的估計，在我們底皇家學院底學者之中要有四分之三是福賽，在我們底小說家中要有八分之七，在新聞界要有一大部分。在科學方面我不知道；在宗教方面他們更是煊赫的代表者；在下議院中也許比任何地方都多；貴族方面更不用說了。但我並不是在嘲笑。要反對大多數是很危險的——而且是怎樣的一種大多數呀！』他把他底眼光釘着布新萊。『要讓任何東西使你忘了神也是很危險的——一所房子，一張圖畫，或是一個——女人！』

他們彼此互看着。就像他做了沒有一個福賽做過的事——露了本心似地，小岳里昂又縮進了他底殼子裏。布新萊打破了沉默。

『爲什麼你把你自己底家人作爲這一類的代表呢？』他說。

『我底家人們，』小岳里昂答，『並不是極端的，像每個其他的家族一樣，他們有他們私有的特點，但他們非常地具有那兩種爲一個福賽之眞正試金石的特性——有這種力量永遠不把自己全身全心地沈溺於任何事物，和「財產意識」。』

布新萊微笑：『舉例說，那位大塊頭怎樣呢？』

『你是說斯維沁麼？』小岳里昂問。『啊！斯維沁還有着一種原始氣分哩。都市和中產階級生活還沒能把他消化掉，一切農村與蠻力的舊時代都固定在他心裏，也就黏貼在那兒；雖然他是那麼的出衆了。』

布新萊好像在深思。『嗯，你這些話倒是把你底堂弟索米斯描寫得活像他本人一樣，』他忽然說，『他永遠不會自殺的，』

小岳里昂直刺其內心地看了他一眼。

『不，』他說，『他不會的。這就是人們要得注意他的原因。看看他們那種把握！嘲笑是容易的，但你可不要誤解我底意思，要輕視一個福賽是不行的；要不把一個福賽放在眼下是不行的！』

『但你自己却這樣做了。』

小岳里昂失去了他底微笑，證明他承認這話說中他了。

『你忘記了，』他帶一種奇怪的驕傲說，『我能够堅持到底，而且——我自己也是一個福賽。我們都是在偉大力量的路上，離開了藩籬保障的人——嗯——你知道我底話是什麼意思的。我並不，』他像說出一句惆悵的話似地低聲結束說『勸每個人都走——我底——道路，這要看情形來。』

布新萊底臉忽然紅了，但不久紅色又退去，臉上依然像先前一樣是黃櫻色。他笑了一聲，使他底兩唇掛着一個怪異兇猛的笑容；他底眼睛譏嘲着小岳里昂。

『多謝，』他說。『這眞是你過分的好意呀。但不僅只你才是能夠堅持到底的人哩。』他站起身來。

當他走去時小岳里昂從後面看着他，他用手支着頭嘆了一口氣。

在這沉悶幾乎無人的房間裏只有新聞紙的沙沙聲和劃火柴的聲音可聞。他一動不動地呆了許久，那些日子又重現在他底心頭，在那些日子，他也是像這樣看着大鐘坐着熬過漫長的時刻，等待着一分鐘一分鐘過去——那些漫長的時刻是充滿着懸系不定和猛烈而甜蜜的酸楚之苦痛，充滿着那帶着它舊的辛辣復現到他眼前的那一時期之遲鈍而精緻的痛楚。看到那面容憔悴不安的眼光常注視到那鐘上的布新萊，在他心裏喚起了一種憐憫，混合着奇異的不能制止的羨慕。

他對於這些徵象知道得很清楚。他在奔向何處——奔向怎樣一種命運呢？那個正在用任何榮譽心的考慮，任何道理，任何關係都不能抵抗的磁力把他吸引向她的女人是怎樣一種女人呢？要想避開這種磁力只有脫逃。

脫逃！但布新萊爲什麽要脫逃呢？一個男子當有破壞家庭的危險時，當有小孩子時，當他覺得他自己在踐踏理想之模範，在破壞一種東西時才會脫逃。但現在這情形，據他聽說，一切不必費他的力，已經破壞了。

他自己也並沒有脫逃，假若事情再從頭發生一次他也不會脫逃。而且他比布新萊走得更遠，他已經打破了他自己那不幸的家，而並不是別人底家。他想起了那句老古話：『一個人底命運臥在他自己底心裏。』

在他自己底心裏！布丁的好壞要在吃時才知道——布新萊還要得吃他底布丁。

他想到了那個女人，那個他不認識而曾聽說過她底故事之大略的女人。

一個不幸的婚姻並沒有虐待——只是那種不可言說的病象，那種可怕的萎靡，殺盡了天下一切的甜蜜；於是一天又一天，一夜又一夜，一禮拜又一禮拜，一年又一年，至死方休！

但他自己底感情之苦痛已被時間減輕了的小岳里昂，對於這問題之索米斯一面也看透了。像他底堂弟這麼一個浸透了他那階級一切的偏見與信仰的人，怎麼能得到那種毀掉這生活必需要的明照或靈感呢？這是一個想像力的問題，一個能夠超脫這種分離後必有的令人不快的閒話議論嘲笑和妄談，超脫因不能再見她而生的暫時的悲痛，超脫高尚的人們之嚴重的不贊成而爲將來着想的問題。但很少人，尤其在索米斯那一類人中更少能有足以擔當這任務的想像力的，在這社會上有許多的人類沒有足以詳察一切的想像力而且，可愛的上帝呀，理論與實際之間又有着怎樣的不同喲；許多人，也許連索米斯也在內，對於這類事件都抱着義勇高尚的觀點，但一當他們自己受難時，便會想出特殊的原因使他自己成爲例外。

其次，他也不相信他底判斷力。他自己已經歷過了這種經驗，對於不幸的婚姻之痛苦曾嘗到它底渣滓，他怎麼能夠抱那些從未稍稍感受這種苦的人們所抱的，那種胸懷闊大不動感情的觀點呢？他底證據是太由於親身經驗了——就像是一個身經百戰的兵士對於軍事的證言之足以壓倒那些並未受過親歷其境之痛苦的平民們底證言一樣。大部分的人定會以爲像索米斯與夷倫這種婚姻定是十分美滿的；他有錢，她貌美；這只是一個妥協的問題。他們毫無不能同居下去的原因，即令他們是彼此憎恨的。他們要任性一點，並沒有什麼關係，只要他們並不越乎常軌——對婚約的聖神和共同家室的神聖加以崇敬。上層階級的婚姻有一半是按照這兩句話行事；不要冒犯社會的感情；不要冒犯教會的感情。爲要避免冒犯這兩種東西是值得犧牲私人感情的。穩固家庭的利益是顯然可見的，這就是財產；在現狀中並沒有危險。破壞一個家庭至多也只是一種危險的嘗試，在行徑中還帶着自私。

這便是爲索米斯這一面辯護的理由，小岳里昂嘆了一口氣。

『這一切的核心，』他想，『乃是財產，但有許多人不願這樣說。對於他們這乃是「婚約的聖神；」但婚約的神聖依賴於家族的神聖，家族的神聖則依賴於財產的神聖。而我還以爲這一切人們都是那一點財產也沒有的上帝底信徒！這眞怪！』

小岳里昂又嘆口氣。

『在我回家的路上，我是不是要請我所遇見的任何窮人去分吃我底餐食呢，要是那樣做，飯於我就太不够吃，尤其是於我底妻就太不够吃，而她又是我底健康和幸福所必需的？也許索米斯使用他底權利並用他底實際力量去贊助那聖神的財產原理到底是對的，這原理對於我們一切人都有益只除掉那些——因這種辦法而受苦的人。』

於是他離開了他底椅子，從那許多亂排着的座位中穿行，拿起他底帽子，懶然地走上了那充滿着馬車蒸發着塵土氣息的熾熱的街道，向家裏走去。

在到威斯堵利亞大街以前，他把老岳里昂底信從衣袋裏掏出，很小心地把它撕成許多碎片，把它們散在路上的塵土中。

他用鑰匙開開門走進屋裏，呼喚他妻底名字。但她帶着岳梨與霍萊出去了，家中闃無一人；只有那匹狗巴爾沙在花園中獨自睡在樹蔭下吃蒼蠅。

小岳里昂也在那兒坐了，在那沒有一顆果實的梨樹下。

十一　布新萊之約會

在那里士滿之夕的第二天，索米斯就坐早車從亨里囘來了。生性不喜好那種水或陸的游戲運動，他之到那兒去與其說是爲了娛樂，倒不如說是爲了業務，是一個很重要的事主仍請他到那兒去的。

他直接向商業區而去，但看見業務很清淡，他三點鐘就離開了商業區，很高興得到了這個悄悄回家去的機會。夷倫想不到他會回來。並不是他有任何偵探她行動的意念，但這樣出其不意地把情形探察一下是無害的。

在換過赴公園去的服裝以後，他走進了客廳去。她正倦然地坐在那隻沙發的那一角裏，這是她常喜歡坐的地方；她底兩眼下有着圈暈，好像她夜來沒有睡覺似地。

他問道：『你怎麼在家裏呢？你在等什麼人麼？』

『是的——我是說，並不專於等什麼人。』

『等誰呢？』

『布新萊先生說他也許會來。』

『布新萊，他應該在做工作哩。』

對於這話她並不作答。

『好的，』索米斯說，『我想要你同我出門到百貨店裏去，回頭我們就上公園。』

「我不想出去；我頭痛。」

索米斯答道：『只要我要你做點什麼的時候，你總是頭痛。你去到那些樹下坐坐是於你有益處的。』

她不答。

索米斯沉默了幾分鐘；最後他說道：『我不知道你對於一個妻子的職務是怎樣想法。我從來不知道！』

他沒想到她會回答，但她却回答了。

『我已經盡了力去做你要我做的，但我不能够衷心愉快地去做，這並不是我底過錯。』

『那麽，是誰底過錯呢？』他斜視着她。

『在我們結婚之前，你曾允許說如果我們底婚姻不美滿就讓我走。現在它是否美滿呢？』

索米斯縐了縐眉。

「美滿，』他吃格地說——『如果你使你自己行爲更適當點我們底婚姻就會美滿了！』

「我已經盡力這樣做了，」夷倫說。『你願意讓我走麽？』

索米斯轉過身去。內心裏很吃驚，他就用忿怒來掩蔽。

『讓你走？你不知道你說的是什麼話。讓你走？我怎麼能讓你走？我們是結了婚的呀，不是麼？那麼，你所說的是什麼話？看上帝面上，不要讓我們講半點這類胡說！去把你底帽子戴上，去到公園裏坐坐去。』

『那麼，你不願讓我走麼？』

他覺得她底眼睛在用一種奇異的感人的眼光注覷着他。

『讓你走！』他說；『假若我讓你走了你對於你自已到底要怎麼辦呢？你並沒有錢呀！』

『我總可以想法維持的。』

他很快地在房間裏來回轉了個圈子；接着走來站在她面前。

『你要明白，』他說，『斬釘截鐵地說，我不要你說這類話了。去戴上你底帽子！』

她不動。

『我想，』索米斯說，『你總是怕布新萊來了不願錯過他吧？』

愛倫慢慢地站起身離開了那房間。走下樓來時帽子已經戴上。

他們走出去了。

在公園裏，外國人和其他可憫的人們坐車兜風自以爲他們很時髦的，那種五光十色的半下午時分已經逝去；在索米斯和夷倫在那阿幾勒斯的塑像下坐定之前，那恰到好處的時光也已經來到，而且將要消逝了。

他有許久沒有得她伴着他在公園裏玩了。這是他底結婚生活最初兩季中的，已經逝去的快樂之一種，在那時期，覺到他自己在整個倫敦社會中是這個尤物的佔有者，乃是他坡大的驕傲，雖然這驕傲是藏在他內心裏的。他已經有許許多多下午沒有那樣坐在她身旁了呵，那樣打扮得整潔極了地，帶着淡灰色的手套和隱約倨傲的微笑，向熟識的人們點頭招呼，時而脫去他底帽子！

他底手上依然帶着他那淡灰色的手套，嘴上依然掛着他那諷刺的微笑，但他心裏是否還有那種感覺呢？

椅上坐的人們很快地走空了，但他仍然讓她坐在那兒，沉默而面色蒼白，就像要對她施一種內心的懲罰似地。他有一兩次講句什麼評語，她則低垂着頭，或是帶一個勉强的微笑答一聲

「是的，」

有一個男子在順着那欄杆走着，他走得那麼快，當他走過時人們都從他身後注視着他。

「你看那蠢驢子喲！」索米斯說；「他一定是瘋了，在這大熱天他像那樣子走着！」

他轉過身來；夷倫迅急地動了一下。

『哈嘍！』他說；『他原來是我們底朋友那個海賊呀！』

他靜默地坐着，帶着他那輕蔑的微笑，知道夷倫也靜默地坐着，而且也在微笑。

「她會向他鞠躬爲禮嗎？」他想。

但她毫無表示。

布新萊走到了那欄杆的盡頭，又折回從那些坐椅中間走來，像獵犬似地在地上跑着搜尋。

當他看見他們時他一楞停住了腳步，舉起了他底帽子。

那微笑從沒有離開索米斯底面孔；他也去掉了他底帽子。

布新萊走進前來，樣子很倦乏，像一個人作過劇烈運動之後似地；他額上現着一滴一滴的汗珠，索米斯底微笑好像在說，『你過了一刻怪難忍受的時間呀，我底朋友！』……「你在這公園裏做什麼呢？』他問。『我們還以爲你看不起這種輕浮的地方哪！』

布新萊好像並沒有聽見他向夷倫作答道：『我曾到你底住處去過；我本希望我能夠遇見你在家的。』

有個什麼人把索米斯底背輕拍了一下，並且向他說話；在那回首交換無謂的閒話中，他沒有聽到她底答語，於是下了一個決心。

『我們正要回家哩，』他向布新萊說；『你最好再回去同我們一道用飯。』他在這邀請的話語中用上了一種奇異的虛張聲勢和一種更奇異的感情激動：『你欺騙不住我的，』他底表情和聲音好像在這樣說，『但你看罷——我還是信任你——我並不怕你！』

他們動身一道回孟特白列方場去，夷倫走在他們之間。在那擁擠的街上，索米斯在前面走着。他並不聽他們底談話；他所採取的那種信任他們的決心，好像使他內心的動作都爲之活躍了。他像一個賭徒般向他自己說道：『這是我不敢丟掉的一張牌——不管怎樣我都得賭它一下。我再沒有很多機會了。』

他慢慢地裝束自己，聽見她離開了她底房間走下樓去了。他在他底更衣室裏又躭擱了足有五分鐘。接着他走下樓去，故意把門關得很響表示他要來了。他看見他們站在爐畔，也許在談話，也許沒有，他說不定。

在這笑劇中他一直扮演着他底一角，一直扮演過那漫長的晚上——他對於他客人的態度比前此更加友善；當最後布新萊要走時，他說道：『你最近定要再來；夷倫喜歡同你談談關於那所房子的事哩！』他底話音中又有着那種奇異的虛張聲勢和那種更奇異的感情激動；但他底手是像冰一樣冷。

忠於他底决心，當她站在那掛燈下說晚安再會時他轉身離開了她——轉身離開不看她那金色頭髮在燈光下閃耀着，悲戚的兩唇微笑着的景象；不看布新萊底眼睛注視着她，那樣一隻狗看着它底主人一般注視着她的景象。

於是他去睡了，斷定布新萊愛上了他底妻子。

是夜是煩熱的，是如此地熱而且沉靜，從每個打開的窗子進來的只有更熱的空氣。他有好幾點鐘睡在那兒靜聽着她底呼吸聲。

她可以熟睡，但他却得淸醒地躺着。淸醒地躺着，他更下决心使他自己姑且作一個達觀信住的丈夫。

在天將明時他從床上溜了起來，走進他底更衣室，欹在那敞開的窗畔。

他幾乎呼吸都不能了。

他想起了四年以前的一夜——他結婚之前夜，正像這天夜裏一樣地煩熱令人窒息。

他記起了他怎樣在維多利亞街盡頭他底客室窗口中躺在一張長籐椅上。在下面一條橫街上，有一個男子在敲擊一個門，一個女人哭出聲來。他又記起了，就像是事情發生在此刻一樣，記起了那爭鬥的響聲，那碰門聲，和那碰門聲以後的死寂。接着是那絕早的洒水車穿過那好像很奇異的無用的燈光走來，淸除街上的煙霧；他好像又在聽着那車聲轔轔，漸近了，更近了，到後來走過去慢慢消逝不可聞了。

他從那更衣室窗中把身體探出很遠，俯瞰着下面的小院落，看着熹微的曙光散開去。黑的墻壁與屋頂的輪廓模糊了片刻，接着比前此更明晰地顯露出來。

他記起了那另一夜中他怎樣地看着那遼長的維多利亞街上的燈光都漸漸暗淡下去；他怎樣地急急穿上衣服走下樓到街上，經過廣廈與方場，到她所住的那條街去，在那兒站着看着那所小屋的前面，小屋的前面是像一個死人的面孔一般寂靜而灰暗。

忽然他想起了這事，像一個病人底幻想似地：「他」在做什麼呢——那擾亂着我的傢伙，那今天晚上在這兒的傢伙，那愛上了我妻子的傢伙——也許在那外面巡伺着，像我所知道的他今天下午那樣尋找她一般在尋找她吧；現在正在注視我底家裏，我敢說一定是！

他悄悄地穿過樓梯口到了房子的前面，偷偷地拉開了一張窗幔，並推開了一扇窗子。那灰色的光線附着在方場的樹上，就如夜之神像一隻大蛾用它底翅把那些樹都刷了一下似地。街燈仍然在亮着，全現得蒼白，但沒有一個活動的靈魂——眼前沒有一個生物！

可是忽然，在那死般的靜寂之遠處他聽見了一聲囀唳，像一個被天國摒棄於外的靈魂底聲音在唳叫着以求快樂似地。它又叫一聲——又叫一聲！索米斯抖顫着關住了窗子。

接着他想道：『啊！這只是河那邊的孔雀叫呀。』

十二　玖恩作幾處拜訪

老岳里昂站在布洛德斯特旅館的窄過道裏，過道中蒸發着油布和鱒白魚的氣味，一切體面的海濱旅社都被這種氣味滲透着。在一隻椅子上——是一隻光亮的皮椅，左上角一個小洞露着馬毛——放有一個黑色的文件包。他正在把些文件和太晤士報和一瓶古龍香水放進匣裏。這天他要到『環球特許金礦局』和『新煤礦有限公司』去開會。正要動身去，因爲他是從來不缺席一次會議的；要『缺席一次會議』將是更多的一個明證，證明他是漸漸老了，這是他要强的福賽精神所不能忍受的。

當他把東西裝進那黑的文件包中時，他底眼睛看來好像隨時都會燃燒起怒火似地。一個被他底一羣同伴窘惱着的小學生底眼睛，便是這樣發着光；但他按捺着他自己，被那反對他的可怕優勢遏阻着。老岳里昂也按捺着他自己，用他那現在漸漸萎殆了的有力的遏制力壓抑着那因他底生活情形而蘊藏在他心裏的煩惱。

他接到了他兒子一封空洞的信，那孩子在這信裏講些概括的話，好像藉此避免答復一個簡單的問題。『我已經見過布新萊了，』他說；『他並不是一個有罪的人。我愈多觀察人類，我就愈相信他們永遠不善也不惡——只不過可笑或可悲而已。你大概是不能與我表同意的罷！』

老岳里昂不同意他；他以爲一個人這樣表現他自己是嘲弄；他還沒有到達那樣的衰老年

歲，在那年歲，失去了那些他們爲了實利目的而小心地懷念着但却從不相信的幻想與主義，失去了一切物質的享樂，因爲再無可希望而心灰萬分——在這年歲卽令是福賽們也會打破審愼自重的藩籬而說些他們永遠不會相信他們能够說的話來。

也許他並不比他底兒子對於『善』與『惡』更多相信一點兒；但他定會這樣說。他不知道——不能說；其中也許有些道理；何必要用一種非必要的不相信的表示，剝奪你自己利用它的可能呢？

習慣於在山中度他底假日，雖然像個老牌福賽般從不打算作任何太冒險或太吃傻苦頭的事情，他却是熱情地喜歡山。當那奇妙的景緻（貝德開爾底作品中所謂——『使你倦但又使你精神恢復』）在他努力攀登以後展現在他眼前時，他無疑地曾經感到在人生混亂的努力，小的顚險與諷刺性的黑暗小裂縫之上，是有着一種偉大莊嚴的原理存在。這也許就是他底實利精神之最接近宗敎處罷。

但他已經有許多年沒有登山了。在他底妻子死後，他曾有連續兩季帶玖恩到山上去，痛苦地實感到他步履安健的日子是過去了。

當年山所給與他的那種事物中有最高的原理統制着的信念，和他已成了路人了。

他知道他自己是老了，但他覺得很年青；這使他很煩惱。想到他這麽個一生謹慎的人，竟是這種好像生來要做不幸的人們底父親和祖父，也是使他煩惱而且惘惑的。他對於岳並沒有什麽抱反感的話說——誰能對於這孩子，這討人喜歡的傢伙說抱反感的話呢？——但他底情事很可悲，而玖恩底這件事也幾乎同樣地糟，這好像是一種宿命，但一種宿命是一種他這種人沒有半個能夠了解或忍受的東西。

在寫信給他兒子時，他並不眞正希望會有什麽結果。自從那羅格爾家的跳舞會以後，他已經把事情的形勢看得太淸楚了——他比大多數的人對於事實了解得更快些——而且，有他自己底兒子在他眼前作例，他比一切任何福賽更知道那蒼白的火焰是會燒燬人們的，不管他們願與不願。

在玖恩訂婚之前當她常與索米斯夫人在一起的那些時候，他已經對於愛倫觀察了很多，深感到她對於男子的魔力了。她不是一個妖冶婦，甚至也不是一個風騷女——這種字樣雖是他那一輩的人所喜歡的，他們總愛用一種文雅的，寬泛的，不適當的字樣描寫事情——但她是有危險性的。他不能說爲什麽。如果你告訴他那是一種有些女人天賦的性格——一種她們自己也不能控制的誘感力他就會回答道，『胡說！』她是有危險性的，這就完了。他想對於那事情閉目不看。如果有這種事，就有這種事；『他』不願對於這事更多聽說些什麽——他只想挽救玖恩的地位與心之寧靜。他仍然希望她再行變作他自己底一種安慰劑。

因此他就寫了那信。他從復信中得到的結果太少了。至於小岳里昂從那會見裏得到什麽結果，事實上只有這麽一句奇怪的話：『我感到他是在激流中。』激流！什麽激流呢？這種新花樣的說話是什麽意思呢？

他嘆口氣，把最後的文件摺疊起放在袋口之下；他很知道那是什麽意思的。

玖恩從餐室裏走了出來，幫助他穿上他底夏季外衣。從她底服裝與她毅然的小臉上的表情看來，他立卽看出將有什麽事了。

『我要同你一道去，』她說。

『胡說，我親愛的；我是直接望商業區去。我不能讓你獨自去亂跑！』

『我要得去看看老斯密基夫人。』

「呵，你那珍愛的『受創的鴨子』呀！」老岳里昂嘰咕着說。他並不相信她底藉詞，但也不再反對。對於她那種頑强是沒有辦法對付的。

在維多利亞街他使她上了那爲他自己叫來的馬車——這是他的特性的行爲，因爲他是沒有小人那種自私處的。

「我告訴你，你可不要弄得太疲倦，我底寶貝，」他說罷了，一輛單馬車巡往商業區去了。

玖恩先去到培汀敦區的一條後街，她底『受創的鴨子』斯密基夫人住在這兒——她是一個上了年紀的人，靠作短工爲生；但花費了半點鐘聽她那照例的可悲的敍述，使她底心暫時感到安慰以後，她就繼續去到斯丹霍門。那大住宅是深閉着而且沒有燈光。

她已經決定不惜以任何代價要打聽出一些什麼。有不幸的事最好去承當它，使它成爲過去。她底計畫是這樣：先到斐爾底姑母處去，如果在那兒得不到消息，就到夷倫本人那兒去。她對於她這些訪問將能得到些什麼，並沒有淸楚的槪念。

三點鐘她已到了朗兌斯方場。以一個女人要去面對苦惱時的本能，她穿上了她最好的長外衣，帶着一種像老岳里昂自己底眼光一樣勇敢的眼光走向疆場。她底顫慄已經變成了熱切。

當用人招呼說玖恩來了時，布新萊底姑母貝恩斯夫人（她名字叫做路易莎）正在她底廚房指導廚子，因爲她是一個絕好的家主婦，而且因爲貝恩斯常說『一頓好的餐時是有很多價値的，』他常在餐後做他最好的工作。在肯沁敦區建築那非常美麗的一列高的紅房子的就是貝恩斯，那些房子又與許許多多其他的房子競爭着要得『倫敦最醜房屋』的頭銜。

一聽說玖恩底名字，她便急忙走進她底臥室，從一個鎖着的抽屜中一隻紅色摩洛哥皮匣裏拿出兩隻大鐲子，把它們帶在她底白手腕上——因爲她非常地具有那種財產意識，這意識，就我們所知，乃是福賽主義的試金石，是良善道德的基礎。

她底身材是不高不矮而頗寬大，很有肥胖的傾向，在她那白木衣櫥的鏡中反映着，穿着一件她自出心裁縫製的長衫，顏色是使人想起那種大旅館過道墻壁上膠水混合顏料所塗的，不濃不淡的顏色。她舉手摸她底頭髮，頭髮是梳作威俐十公主式髻，她到處撫摩一下，使它更牢固地踞在頭上；她底眼中充滿着不自覺的寫實主義，就像她在直視一件人生醜惡的事實而在盡力把它善化似地。在年青時她底兩頰是乳白和玫瑰色，但現在已被中年鋪上了黑斑，當她拿一個粉撲在她底額際撲粉時，那種醜陋不堪的直視又來到了她底眼裏。放下粉撲，她十分靜默地站在鏡前，在她那高而驕傲的鼻子上下巴上（下巴本就不大，現在因爲頸子日漸胖而更見其小了，）唇薄而下拖的嘴巴上裝出一個微笑。爲要不失去這點效果，她很快地雙手緊緊抓住她底裙子走下樓來。

她希望這次拜訪已經希望了好些時候了。她已聽見人家私議說她底侄兒與他未婚妻之間的關係是不大圓滿的。他和她好幾禮拜都沒有同她見面了。她曾有許多次請斐爾來吃飯；他底一成不變的答語總是說『太忙。』

她底本能被驚覺了，而這超等的女人在這類事件上的本能是很敏銳的。她本應該是一個福賽的；照小岳里昂底解釋，她當然具有那種特權，值得說她是一個福賽。

她已經把她底三個女兒都遣嫁了，人們說她們所嫁人家都高於她們底才貌所應得的，因爲她們都有那種只在更接近法律的職業的婦女中才有的醜陋。無數與宗教有關的慈善團體委員會中都有她底名字——如像在跳舞會演劇或展覽會中——而她却從不願以名假人，除非她先知道一切都已組織完妥了。

如她常說的，她相信應該把事情放在商業性的基礎上；宗教，慈善事業以至於一切事物底正當功用，都是要加强『社會』的組織，因此，她以為個人的行動是不道德的，團體乃是一切，因為只有由於團體你才能放心地覺得你是在為你底錢取得一種報酬。團體——還是團體！無疑地，她乃是老岳里昂稱呼她的所謂——『一個幹那種事的「魁手」』——更甚一點時，他就稱呼她是『一個騙子。』

凡是她願假以名字的團體，都是組織得非常地好，當所募得的欵物交出時，它們眞正是刮除了一切人類善心之乳油的牛奶屑。但她常公正地這樣說：感情是要不得的。她事實上有一點兒空論。

這個在宗教界被人十分尊重的偉大而良善的女人，乃是一個福賽教派神廟中主要的女修士，心裏日夜燃燒着一種對財產之神之虔誠的火焰，這位神的神龕上鐫着那些與人以靈感的話語：『以無物還無物，以實在萬分小的勞力還六辨士。』

當她走進一個房間時，人們便覺得一種實在的東西進來了，這也許就是她做女善士而得人望的原因。人們為了一件東西付了錢時，他們總喜歡那東西是實在的；於是他們就會把她像一個將軍一樣看待——她在慈善事業的跳舞廳中被她底僚屬們圍繞着，有着高鼻子和寬闊平整的身材，穿着滿綴金幣形的裝飾品的制服。

她惟一的快事是她沒有雙重的姓名。她在上層中產階級社會各派各系中是一個權威，這一切派系都縱橫在那共有的慈善事業的戰場上，在這戰場上與整個大社會非常快樂地相接觸。她在那較小的社會中是一個權威，這社會就是那個更大的，更重要的，更有權力的團體，在這團體中，貝恩斯夫人所創造的商業性質的基督教機關與箴言和『信條』乃是自由地流動着的眞正的人生之血流，眞正的商務流通券，不是較小的『社會』之血管中流着的那種不結果實的模仿。凡是認識她的人都覺得她是一個健實的——健實的女人，她從不使自己露出馬脚或捨棄任何事物，只要她有法可想的話。

她從前與布新來底父親感情再惡劣沒有了，因爲他常把她當作一種不可恕的嘲笑之對象。現在他死了，她提到他時常說他是她底『可憐的，親愛的，不虔敬的哥哥』，

她用她善於使用的謹愼的熱情話問候玖恩，有點兒怕她，這怕的程度乃是她這樣一個在商業和基督教社會那麼有名的女人最大的限度——因爲玖恩雖是那麼弱小的一個女孩子，她却有着一種偉大的威嚴，這威嚴是她那勇敢無畏的眼光給與她的。貝恩斯夫人還敏捷地認

識了：在玖恩那毫不妥協的率真態度之後，是有着許多福賽氣分的。如果這姑娘只是率真與勇敢，貝恩斯夫人就會以她爲「乖僻」而輕蔑她！如果她只是一個福賽，像弗蘭細一樣——我們姑且這樣說——她定會示出她的威信，保護者似地對待她；但玖恩雖然弱小——貝恩斯夫人是習於崇拜强大的——却給了她一種不安的感覺；她請她坐在向着陽光的一張椅子上。

她之敬重她還有另一個原因——貝恩斯夫人是一個世俗少有的，好的信教婦人，這原因定是她最不願承認的——她常常聽她底丈夫描述老岳里昂富裕極了，並且爲了最健全的原因很偏愛他底孫女。今天她感到了我們閱讀一本描寫一個青年和一筆遺產的小說時取有的感興，神經性地焦念着惟恐那小說家可怕地筆一滑，結果那年靑人便得不到那遺產。

她底態度是熱烈的；她從前從沒有看清楚這是一個多麼出衆而惹人喜愛的女孩子。她請問老岳里昂底健康如何。像他那樣年紀了，眞要算一個奇特的人哩；那麼矍鑠，而且看來很不老，他高壽多少了呀？八十一！她簡直沒有想到他會這麼老！他們曾住在海濱！他們眞好呀；她想玖恩總每天接到斐爾底信吧？當她問這問題時她那淡灰色的眼睛變得更加外凸；但那女孩對於這目光並不畏縮。

「並不，」她說，「他從沒有寫過信！」

貝恩斯夫人底兩眼低垂了；它們並不想這樣的，但却這樣了。它們立刻又恢復了原狀。

「當然沒寫的，斐爾正是這樣——他從前常常是這樣的！」

「他從前是這樣麼？」玖恩說。

這簡短的答語使貝恩斯夫人活潑的微笑遲疑了一下；她很快地一動掩飾了這情形，從新把她底裙子拉平，說道：「怎麼呢，我親愛的——他是個十分粗率的人呀；從來「他」所做的任何事誰也不拿放在心上的。」

玖恩忽然感到了這種信念，覺得她是在浪費她底時間；即令她直截了當地問一個問題，她也不會從這女人得到任何結果的。

「你看見他沒有？」她問，她底臉色漸漸泛起紅色。

汗液從貝恩斯夫人額上的粉下面衝了出來。

「呵，是的！我記不起他最後一次在這兒是什麼時候了——真的，我們最近沒有常看見他了哩。他是那麼忙於你堂叔的房子；我聽說馬上就要完成了呀。我們定要準備一次聚餐來慶祝這事；你定要來同我們一起玩一夜啊！」

『謝謝你，』玖恩說。她又想道『我只是在浪費我底時間而已。這個女人不會告訴我任何東西。」

她站起身來要走。貝恩斯夫人變了樣子。她也站了起來；她底嘴脣抽搐着，她搖動着她底兩手。顯然有什麼事情十分出了岔兒，她又不敢問這站在那兒的姑娘，這姑娘有着一個細小挺直的身材，勇毅的面孔，嚴整的下頷和忿怒的兩眼。她本沒有害怕問問題的習慣的——一切的團體都是基於問問題的呀！

但這問題是如此嚴重，她底正常而強健的神經頗爲撼動了；就在這大早晨她底丈夫還說：『老福賽先生底財產一定在十萬鎊以上了！』

而這姑娘站在那兒，伸着她底手——伸着她底手呀！

這機會也許會失去——她不敢說——這使她成爲她底家人的機會，但她却不敢說。

她底眼睛隨着玖恩到門邊。

門閉上了。

接着貝恩斯夫人叫了一聲跑向前去，把她那大塊頭身體左右搖着，重行把門打開。

太遲了！她聽見前面的門喲嗒了一聲，於是靜默地站定，臉上現出一種眞正忿怒與羞辱的表情。

玖恩用她那飛鳥一般的輕捷順着那方場走去。她現在厭惡那女人了——在較快樂的日子她本是常以爲她是很仁和的，她是不是要常常這樣被人敷衍開，不得不忍受這種痛苦的懸系呢？

她要去見斐爾本人，問他打算怎麼樣，她有權利知道這個。她急急向斯樂安街走下去，直到她來到布新萊住所的門牌之前。走過底層的那旋轉門，她向那樓梯跑上去，她底心疼痛地一跳一跳。

在第三層樓梯的頂上，她停住了脚步來喘息，站在那兒抓住梯欄靜聽着。上面並沒有聲響傳下來。

她臉色十分蒼白地走上最後一層樓梯。她看見了那房門，銅牌上鐫着名字。那把她帶到這兒來的決心消失了。

她想起了她這行爲的整個意義。她覺得渾身發熱；她底手掌在那蕾絲手套的遮蓋下出着汗。

她又退到樓梯邊，但並不下去。她靠着那扶欄上盡力掙脫一種被人扼住了咽喉一般的感覺，她用一種可怕的勇氣注視着那房門。不！她不願下去。人們對於她作何感想有什麼關係呢？他們永不會知道的！如果她不幫助她自己，是沒有一個人幫助她的！她要貫徹她底目的。

因此，強制着她自己離開那墻壁的倚持，她按了按門鈴。門並沒有開，於是她一切的羞辱與恐懼離開了她；她把鈴一再地按，就像雖然房屋是空的，她仍然可以從那緊閉的房間裏得到一種回音，一種她爲了這次訪問所受的羞辱與恐懼底報酬似地。門並不開；她不再按鈴了，在那梯頂上坐下把她底臉用兩手蒙着。

她不久就悄悄走了下去，走出到外面露天中了。她覺得好像她經歷了一場重病，現在除了盡力趕快回家而外，再沒有別的慾求了。她所遇見的人們好像知道了她曾到過什麼地方，做了什麼事情；忽然——在對過那前面從孟特白列方場那方向走向他底住處——她看見了布新傣自己了。

她動了一下想從路心越到對過去。他們底目光相遇了，他還揭起了他底帽子。一輛公共馬車走過遮斷了她底視線；接着從那人行道的邊沿，從不絕的車馬間斷中，她看見他在繼續向前走去。

玖恩木然不動地站定，從後面看着他底背影。

十三 房屋之完成

在法蘭西飯店的後間裏，傑姆士同他底兒子坐下來用午飯；在這兒，一個福賽仍然可以得到濃厚的英國式食品。

「一客清燉頭湯；一客牛尾湯；兩杯葡萄酒。」

在一切飯館中，傑姆士最喜歡到這兒來；這地方有一種其質實在，其味濃郁而又飽肚的東西，雖然他因爲趨時髦的需要並因爲習慣常隨增多的收入而改易的傾向，已經相當限度地破了例，但在商業清閑的時候他依然企求着他早年那種美味的食品。在這兒，有長髮的繫着圍裙的英國式侍役服侍你，地板上鋪着鋸屑，有三個圓形鑲金的鏡子正掛在你底視線以上。他們那些單房間也只是最近才取消，在那些房間裏，你可以像個紳士一樣不用看見你鄰座的客人而吃你底排骨，最精美的塊肉就着麵粉拌的山芋。

他把他餐巾的上角塞在他底背心第三個扣子後面，這是他許多年前在高等人住的西區中已經不得不放棄了的一種習慣。他覺得他底湯定吃得很有味——整個的早晨他在忙着整頓一位老友的財產。

在把他底嘴裏塞滿了家常陳麵包以後，他立即開始說道：『你將怎樣到魯濱山去呢？你要帶夷倫去吧？你最好帶着她。我想總有許多地方須要得先照料哪。』

索米斯並不擡頭地答道：『她不願去哩。』

『不願去？那是什麼意思呢？她本是要去住在那所房子裏的，不是麼？』

索米斯不答。

『我不知道這年頭女人們變成了什麼樣子，』傑姆士喃喃說，『我從來對於她們沒有過麻煩。她已經太被放縱了。她已經被嬌慣壞了——』

索米斯擧起了他底眼睛：『我不願別人說她任何壞話，』他出其不意地說。

現在就只有傑姆士喝湯的聲音打破沉寂。

侍者拿來了兩杯葡萄酒，但索米斯止住了他。

『上葡萄酒不應該這樣上法，』他說；『把杯子拿過去，把瓶子拿來。』

傑姆士從他喝着湯的幻想中自己醒轉來，照着他的老例，迅速地把周遭的事實打量了一下。

『你底母親臥病在床，』他說，『你可以用那馬車載你們去。我想夷倫定喜歡坐車的。這個青年布新萊會在那兒把一切指點給你看吧，我想。』

索米斯點點頭。

『我很喜歡親自去看看他倒底做完了怎樣一種工作，』傑姆士跟着說。『我正好驅車到你處去攜帶你們兩個。』

『我要坐火車去』索米斯答說。『如果你願驅車去看看，夷倫也許會同你去，我可不敢說。』

他向侍者招呼要他開賬單來，傑姆士把賬付了。

他們在聖保羅禮拜堂前分手，索米斯岔路向車站而去，傑姆士坐公共馬車向西。

他得到了緊靠賣票人旁邊的那角落裏的座位。他底長腿直伸着使任何人都很難走進來，對於一切從他面前過的人他都怒視着，就像他們不應該耗費他底空氣似地。

他想在這天下午找一個機會向夷倫談談及時說一句話，可以省得後來說九句；現在她將要往鄉下去住了，她正有一個機會從新作人！他可以看出索米斯是不會十分容忍她底進行的！

他並沒有想到去分析他說她底『進行』是什麼意思；這說法是寬泛隱約，適合一個福賽的，傑姆士在吃過中飯之後，比平常的膽氣壯了許多咧。

一到家，他就吩咐把車駕出去，特別諄囑馬夫也要跟着車子去。他想好意對她，給她一切的機會。

當六十二號的門打開時，他淸楚地聽見她在唱，立刻便這樣說了，阻止任何閉門不納的可能。

是的，索米斯夫人是在家的，但女僕說她不知道她是否願意見客。

傑姆士用着那種常使觀察他底長腿和心裏有事的表情的人們吃驚的迅速，一直走進了客廳，並不讓她去問主人是否願意見客。他看見夷倫坐在鋼琴旁邊，兩手按在鍵盤上，顯然在聽着門房中的說話聲。她並不微笑一下地向他問好。

『你婆母病倒在床上，』他開始說，希望立刻獲得她底同情心。『我把馬車趕來了。現在，你作個好孩子，去戴上你底帽子來同我一起坐車玩玩。這是於你身體有益的！』

夷倫好像要拒絕似地看着他，但又好像改變了心情，走上樓去戴上了帽子又走了下來。

『你要把我帶到哪兒去呢？』她問。

『我們只到魯濱山去好啦，』傑姆士說，很快地把他底話急急說出；『馬須要活動活動，我也喜歡去看看他們這一向在那兒做了些什麼。』

夷倫遲疑了一下，但又改變了她底心意，走出去到那馬車前，傑姆士十分緊挨地挨在她身邊，免她臨時又推托不去。

在他已經帶她走了一半路以上之後他才開始說道：『索米斯是很愛你的——他不許別人說你底任何壞話；爲什麼你不對他更多表示點愛情呢？』

夷倫臉紅了，用一種低聲說道：『我不能表示我心裏並沒有的東西。』

傑姆士嚴厲地看着她；他覺得現在她是在他自己底車裏，馬和僕人也是他自己的，在這情勢中他眞正是一個支配指揮者，她不能逃開他；她也不會公然作一次吵鬧。

『我想不出你要怎麼樣，』他說，『他是一個很好的丈夫呀！』

夷倫底答語是那麼低，在那許多車馬聲中就像幾乎聽不見似地，他只聽見了這幾個字：

『你並沒有嫁給他哩！』

『那與事情有什麼關係呢？你所想要的一切他都已給你了。他常是準備帶你到任何你想去的地方去，現在他又爲你在鄉下蓋了這所房子。好像你自己並沒有任何東西哩。』

『是沒有。』

傑姆士又看定她；他看不出她臉上的是什麼表情。她看來就像要哭似地，可是——

『我很相信，』他急急地底聲說，『我們都是盡力對你好的。』

夷倫底嘴唇顫着；傑姆士難過地看見一顆淚珠悄悄下流到她底頰際。他覺得自己底喉間起了一種被扼住了的感覺。

『我們都是很愛你的，』他說，『只要你』——他本要說，『自己行爲正當，』但改成了——

——『只要你對他更盡婦職一點兒。』

夷倫不答，傑姆士也不再說了。在她底沉默中有一種東西使他心裏很亂；那並不是一種固拒的沉默，而頗像是默認他所能想到說出的一切。可是他仍就覺得好像他的話被拒絕了。他不能了解這道理。

可是他並不能長久保持沉默。

『我想那個青年布新萊，』他說，『現在將要同玖恩結婚了吧？』

夷倫底臉色變了。『我不知道，』她說；『你應該去問「她」。』

『她寫信給你沒有呢？』

『沒有。』

『這是怎麼回事呢？』傑姆士說。『我以爲你同她是非常要好的朋友咧。』

夷倫轉向着他。『這個，』她說，『你也應該去問「她」！』

『好的，』傑姆士臉漲紅了說，被她底目光駭住了，『這眞奇怪極了，我問一個簡單的問題却不能得一個簡單的回答，但確有這種事。』

他坐着深思着他受的拒絕，最後突然說道：

「好啦，我已經警告了你。你不願往遠處看一看。索米斯並沒有說什麼，但我可以看出他是不願容忍很多的這類事情的。你將除了你自己再沒有別人可以埋怨，更有一層，你將不會從任何人得到一點同情。」

夷倫微笑着低頭微微一躬。『我是十分地感謝你。』

傑姆士不知到底怎樣回答好了。

晴朗而熱的早晨已慢慢變成灰暗沉悶的下午了；一堆濃雲帶着將要響雷的黃邊從南方升起，正在移向天中來。樹枝一動不動地橫垂在路上，樹葉一絲微顫也沒有從那些熾熱的馬身上發出一種皮膠樣的令人暈眩的氣味，附着在濃厚的空氣裏；車夫和馬夫挺直地坐在御人座上悄悄地喃喃談着，一直連頭都沒有回一下。

使傑姆士鬆快的，是他們終於到了那所房子了；他身旁這女人底沉默與令人難測直使他吃了驚，他一向以爲她是溫和柔婉的咧。

車子把他們拖到了門前，他們走了進去。

那過廳很涼爽，而且是那麼寂靜，就像是通到一個墳墓中一樣；一個冷戰從傑姆士脊梁骨往下流去。他很快地揭起了那通到內天井的兩柱間的厚重的皮幔。

他忍不住讚賞地叫了一聲。

那裝飾真是十分高雅，那深紫寶石色的花瓷磚顯然是最好的質料，從墻根直鋪到那圓形的一叢高澤蘭的邊際，那一叢澤蘭的中央則是一個貯滿清水的白大理石水池。他極其驚賞那遮蔽着整個一面墻的紫皮幔子，掩着一個大的白花瓷磚砌成的火爐。那中間天窗的槅斷已經拉開，外面的暖空氣直透進房子的中心。

他站着，手背在後面，他底頭後仰在他那高而狹的兩肩上，偵視着那列柱上的花條飾和那小壁上的花紋，環着那走廊下象牙色的墻壁都有着這種花模。無疑地，是費盡心力的東西。真十分是一位上等人底住所。他走到那皮幔之前，發現了它們是怎樣開閉的以後，但把它們拉開而露出了那圖畫陳列室，最後方是一個佔有那房間整個頂端的大窗。這陳列室鋪着黑橡木的地板，墻壁依然是象牙白色。他繼續向前打開房門，向裏面看去。一切都收拾得十分整齊，準備讓人立即來住。

他終掉轉身來同夷倫說話，看見她正站在遠遠那花園門口，同她底丈夫和布新萊在一起。

傑姆士雖然感覺並不特別敏銳，他立卽覺得有什麼事情有毛病。他向他們走去，微微有點吃驚，又不知毛病的性質如何，他就打算把事情平息下去。

『你好麼，布新萊先生？』他說伸出他底手。『我要說你在這兒花費得頗有點太隨便了哩！』

索米斯掉轉身去走開了。傑姆士看看布新萊那顰蹙着的臉又看看裏倫，在惶惑中，說出心裏沉想着的話道：『嗯，我不知道是怎麼回事。沒有人告訴我任何事情！』跟隨着他底兒子走開時，他聽見了布新萊底短笑和他底『呵，謝上帝！你樣子是如此地——』更不幸的是，他沒有聽見其餘的話。

發生了什麼事呢？他向後面看了一下。裏倫與那建築師挨得很近，她底臉並不像他所認識的那臉子了。他急急走向他底兒子。

『是怎麼回事呢？』傑姆士說。『這一切怎麼講呢？』

索米斯帶着他那並沒有破碎的傲然的鎭靜看着他，但傑姆士十分地知道他是猛烈地發了怒了。

『我們底朋友，』他說，『又超越了他所受的諄囑了，如此而已。這一次要他吃苦頭了。』

他掉轉身又向那門前走回去。傑姆士急忙地跟着他，自己側身擠到前面去了。他看見夷倫從她底唇前拿開她底手指，聽見她用她尋常的聲音說了些什麼，還沒到他們跟前便開始說道：

「有一陣暴風雨要來了。我們最好回家去。我想我們是不能携帶你的吧，布新萊先生？不，我想不能，那麼再見罷！」他伸出他底手。布新萊並不握它，却笑了一下轉過身去，說道：

「再見，福賽先生。不要被暴風雨碰上了呀！」接着走開了。

「是的，」傑姆士開始說，「我不知道——」

但看見夷倫臉上那樣子使他止住了話。把住他媳婦底手臂，他護送她向那馬車走去。他覺得拿得穩，十分地拿得穩，他們是在作一種什麼約會。……

在這世界上，再沒有別的事情比較他已規定了要爲一件東西花費多少錢而却發現了花得更多這種事情更足以使一個福賽難過的了。這乃是很有道理的，因爲他整個人生政策都安放在他估計的精確上面。如果他不能倚靠於財產的一定價值，那他底運行就無所適從了；他就成了苦海中飄流無定的無舵之舟了。

在寫給布新萊上面已經記述過的條件之後，索米斯已經不再把這房子要花多少錢的事放在心上了。他相信他已經把完工時花費最高限度的事弄得十二分地明白，眞正從沒想到又有超過那限度的可能。一聽布新萊說他底一萬二千鎊的限制又要超過什麼四百鎊的樣子，他直氣得臉色發白。他最初對房屋完全造成功的估價本只是一萬鎊，並且常常嚴刻地自責不該一再地允許超過預算。可是這最後的超過完全是布新萊的錯。一個人究竟怎麼會使他自己作這樣一個蠢貨，索米斯簡直想像不出；但他已經這樣做了，那許久以來對他燃燒着的毒恨和私心的嫉妒現在都爲了這最後一次的浪費集中爆發了。那種信任與善意的丈夫態度已經失掉了。爲了保全財產——他底妻子——他取了這種態度，現在爲了保全另一種的財產他失去這種態度了。

『啊！』當他能够說出話來時他曾對布新萊這樣說，『我想你對於自己總完全滿意了吧？但我同樣也可以告訴你，你是完全誤會了你底朋友了！』

他底這些話是什麼意思，在他說話的當時他並不十分知道，但在吃過飯以後，他就細看他和布新萊間的通信以策萬全。信上決不會有兩種解釋——那傢伙弄得這額外的四百鎊要由他自己負責了，或者，無論如何也要負三百五十鎊的責任，他就要他賠這筆欵子。

當他得到這結論時，他正在看定他妻子底臉。坐在沙發上她常坐的那地方，她正在改作一雙衣領上的花邊。這整晚上她不曾向他說過一次話。

他走到那火爐檯畔，細看着鏡中他自己底臉子，說道：「你底朋友那海賊使他自己作了一個傻瓜；他將不得不付出這筆錢來！」

她輕蔑地看着他，答道；「我不知道你在說些什麽！」

「你不久就知道了。一點兒小事，十分不值得你底輕蔑——四百鎊而已。」

「你底意思是說你要使他對於這可恨的房子付出這數目麽？」

「我是要這樣。」

「你知不知道他是一個錢也沒有呢？」

「知道的。」

「那你就比我想像的你還要卑鄙。」

索米斯從鏡旁轉過身去，非意識地從那火爐檯上拿了一個瓷杯，用兩手緊握着，就像在祈禱似地。他看見她底胸部一起一落，她底眼睛氣得發暗，他却毫不注意這句辱駡而平靜地問道：

『你是不是正在同布新萊進行吊膀子呢？』

『沒有，我並沒有！』

她底眼光遇見了他底，他把眼睛看向別處去。他既不相信她也不懷疑她，但他知道他這一問是做錯了；他從不知道而且也永不會知道她在想些什麼。看着她那不可測的臉子，想着許許多多的晚上他都看見她像這樣子坐在那兒，溫柔而沉靜，但又是那樣難測難知，這使他氣得難以描述了。

『我相信你乃是石頭做的！』他說，把他底手指扣得那麼緊，以致把那易碎的杯子揑破了。碎片落進了火爐的鐵欄中。夷倫微微一笑。

『你好像忘記了，』她說，『那杯子並不是石頭做的哩！』

索米斯抓住了她底膀子。『一頓好打，』他說，『乃是使你覺悟的惟一方法，』但他掉轉腳步走出那房間去了。

十四　索米斯坐在樓梯上

這天夜裏索米斯走上樓去。帶着一種他做得太過分了的感覺，他預備爲他過分的話語說幾句道歉的話。

他把他們房間外面過道裏仍然在燃着的瓦斯燈擰滅了。手握着門扭游疑着，盡力形成道歉的措詞，因爲他不想讓她看見他是很焦急的。

但那門並不開，他用力推和使勁兒擰門扭也弄不開它。她一定是爲了什麼原故把門鎖上而又忘記開了。

走進他底更衣室，室中的瓦斯燈也還在亮着而且快熄了，他很快地向那一個房門走去。那門也鎖上了。接着他注意到他時而用一下的行軍床已經預備妥當，他底睡衣也拿出放在上面了。他用手按住他底前額，拿開時手是濕漉漉地。他這才明白他是被擯在門外了。

他又走回到那房門了，悄悄地把門扭搖響着，叫道：「開門；你聽見沒有？開門！」

有一聲隱約的粹縩聲，但沒有答語。

「你聽見沒有？立刻放我進來——我定要你讓我進來！」

他可以聽見她底呼吸聲就近在門邊，好像一個被危難駭住了的小東西的呼吸一樣。

在這種不屈不撓的沉默中，在這種近她之不可能中，有着一種可怕的東西存在。他又回到那另一個房門前，用全身的力氣去擠它，想使它破開。這門是一個新門——是他以前把它們換新準備他們蜜月後來住的。一怒之間他舉起脚來想踢開那板子；但一想起僕人們會聽見，使他忍住了，他忽然覺得他是遭了挫敗。

倒坐在更衣室裏，他拿起一本書看。

但他看不見字蹟，而却好像看見了他底妻子——有着黃金色的頭髮披拂在她裸露的肩上和烏黑的大眼睛——像一個被追到窮路的動物一樣。於是他明白她底背逆行爲之整個意義了。她是確想永遠和他分開。

他不能靜坐了，又走到那門邊去。他仍然可以聽見她，因此他叫道：『夷倫！夷倫！』

他並不想使他底聲音現出可憐的調子。如像預兆不幸的答語似地，那隱約的聲響停止了。他兩手緊握着站在那兒想着。

不久他就用趾尖躡足潛踪地繞過去，忽然跑向那另一房門，用最大的力量想把它打開。門吱嗰響了一下，但並沒開。他在樓梯上坐下，把臉埋在兩隻手裏。

他在那黑暗中坐了許久許久，月亮從上面的天窗射下一縷灰白的光線，那光線慢慢地向他伸長，直射到樓梯下面去。他努力使他平心靜氣。

既然她鎖上了她底房門，她就再沒有一個妻子的身分了，他可以向別的女人找慰安去！他在這類娛樂中，所得到的只是一種可怕的經歷而已——他對於這一方面沒有嗜好。他本來就沒有幹過幾回的，現在他更沒有這種習慣了。他覺得他永遠也不能再恢復這種行爲了。他底渴慾只有他底妻子——那不屈不撓，受了驚駭而躲在那閉着的門後面的妻子能使之滿足。再沒有別的女人能滿足他。

這種信念從那黑暗中挾着可怕的力量來到他底心頭。他底平心靜氣消失了；毒辣的忿怒代替了它。她底行爲是不道德的，不可原宥的，應得他力所能及的任何懲罰的。他除她而外並不欲求別的女人，而她却拒絕了他！

那麼，她一定眞正恨他！這他還從沒有相信過。他現在也還不相信。這對於他好像是不可信的。他覺得就像已永遠失去了他底判斷力。如果他一向決定她是那樣柔順的，她竟能取這種堅決的步驟——有什麼事不能發生呀？

接着他又問他自己她是否在同布新萊實行着一種奸通。他不相信她會如此；他沒有力量想她底行爲是由於這種原因——這種思想是不可正視的。

想到使他底結婚關係成爲公共皆知，乃是不堪忍受的。沒有最有力的證據，他必須仍然拒絕相信，因爲他並不想懲罰他自己。而自始至終他在心裏是——他『確切』相信的。

月光在他底身上投了一種灰白的顏色，他底身體是曲倚在那樓梯墻上。

布新萊愛上了她！他恨那傢伙，現在再不饒恕他了。他能够而且定要在那一萬二千零五十鎊之外不多付一個大——這數月是他們通信中所限定的最高限度；或者他倒寧願付錢，寧願付錢後去控告他賠償損失。他要去見岳白林和博爾特把這事託他們經手去辦。他要使這手無分文的叫花子破產！忽然——但這些思想有什麼聯繫呢？——他又想起了夷倫也沒有錢。他們都是叫花子！這給他一種奇異的滿足。

沉默被墻那邊一種輕微的吱啞聲打破了。她終於要去睡了。啊！愉快適意的夢喲！現在就是她把門打得大開，他也不願進去了！

但他那强作一個苦笑的雙唇痙攣了；他用他底兩手蓋住了他底眼睛。……

是在第二天下午很遲的時候，索米斯站在餐室的窗口抑鬱地看着那方場。

那些楓楊樹上仍然沐着日光，在微風中，它們底豔綠的寬葉閃爍着搖擺着，與那街角的一隻手提風琴相應和那風琴正奏着一個圓舞曲，一個古老的圓舞曲，現在已經不時行了，曲調中有着一種不幸的音節；風琴繼續地奏着，但除了樹葉而外再沒有別的東西跟着這樂調舞蹈。

那女人樣子並不怎樣愉快，因爲她倦了；沒有一個人從那些高大的住宅中丟銅子給她她把那風琴向前挪去，隔了三家又開始演奏。

這次奏的乃是當布新萊與夷倫跳舞時他們在羅格爾家裏所奏的那圓舞曲；她當時所戴的梔子花的香味被這可惡的樂聲吹來使索米斯憶起了，就像是她從他面前經過那香味被吹到他面前時一樣，那時她底頭髮閃耀着，她底眼睛是那麼溫柔，在一個無盡頭的舞廳拖出着布新萊向前跳着，跳着，跳着，不斷地跳着。

那女人慢慢地奏着她底樂器；她是整天辛苦地演奏着她那調子的——在不遠的斯樂安街演奏，也許曾對着布新萊自己演奏過哩。

索米斯轉過身去，從那雕花的盒子裏拿了一根紙煙，又走回到窗前。這調子把他催眠了，他看見夷倫從那邊走來，她底陽傘摺起來了，急急向這方場走回家來，穿着一件柔媚的玫瑰色的長衣，兩袖下垂着，這衣服是他沒有見過的。她在那風琴前面停住脚，拿出她底錢袋給錢與那女人。

索米斯縮身進去，站在他可以看到那過廳的地方。

她拿着她底門鑰匙走進來，放下她底陽傘，站在那兒看着鏡裏的自己。她雙頰飛紅，像是被太陽灼熱了似地；她兩脣張開着現出一個微笑。她伸出她底兩臂，好像要去摟抱她自己，同時完全像一聲嗚咽似地笑了一聲。

索米斯走向前去。

『非常地——美！』他說。

但她像被射了一箭似地急轉過身來，想越過他走上樓去。他攔住了路。

『爲什麽這樣忽忙呢？』他說，他底眼光逼視着一綹蓬鬆下垂在她耳邊的頭髮。

他幾乎不認識她了。她好像在被火燃燒着，她底臉是那麽紅得厲害，她底眼，她底脣，她所穿的那不常見的長衣也是如此。

她舉起手把那鬆頭髮撫平到後面去。她底呼吸是急促而吃力，就像她在奔跑着似地，每一呼吸都有香氣從她底頭髮和她底身體發出，就像是從一朶花中發出的香氣一樣。

『我不喜歡這件長衫，』他慢慢地說，『這是一件素淡不成樣子的東西！』

他舉起他底手指去摩她底胸，但她把他底手急推了開去。

『不要換我！』她叫說。

他抓住她底手腕腰；她掙開了。

『你剛剛在什麼地方呢？』他問。

『在天堂裏——出了這牢籠房子！』她說着這些話跑上樓去了。

在那門外邊，爲了表示感謝，那奏風琴的女人正在奏那隻圓舞曲。

索米斯一動不動地站着。什麼阻止他不跟隨她上樓去呢？

是因爲這樣嗎？他以信念的眼睛看見了布新萊在從斯樂安街那高窗上向下看，極目而視要把夷倫那消逝的身影再看一眼，發熱的臉漸漸冷却，夢憶着當她投身到他懷裏的那一剎那——她身上的香氣和她那嗚咽似的笑聲依然縈繞在那周遭的空氣裏。

第三部

一　麥肯德夫人底確證

無疑地，許多的人，連當時正在初期繁榮時代的『過激派活體解剖論者』雜誌的編輯人也在內，都說索米斯太沒有男子氣概，竟不曾把他妻子房門的鎖打脫，在痛快地飽她以老拳之後繼續結婚的幸福。

獸性並不像以前那樣被人性可哀地冲淡了，但人羣中感情重的一部分人，仍然可以因知道他並沒有做這類事情而感到放心。因爲強有力的獸性在福賽們中間是不普遍的；他們太審愼了，整個地說，太心軟了。而且，索米斯心裏有着一種普通的自尊，這自尊心不足使他作出一種眞正慷慨的行爲，但很足以阻止他不作出一種太卑鄙的行爲，除非或者是在十分憤激的時候。尤其是，這位眞正老牌的福賽是不願感覺自己可笑的。既不能眞正打他底妻子，他便想不出任何辦法，因此他不便多發一言地順受這事變。

整個的夏天和秋天他都繼續地上事務所，挑選他底圖畫，請他底朋友們吃飯。

他並沒有離開城裏；夷倫拒絕離開。魯濱山的那所房子雖然已經完工，依然是空着沒有人住。索米斯已經控告了那海賊，在訴狀中他向他追究三百五十鎊的款項。

替布新萊作辯護的是一個弗里克與亞伯爾律師團。他們一面承認事實，一面在那通信上提出一點，這一點，撇開法律上的咬文嚼字，就是這麽一句話：索米斯前信中說：『在這封信的條件中「自由自使」行事』乃是一自相矛盾的話。

因一個偶然的機會，——這種機會在法律界那麼往來繁密的世界裏雖屬偶然却並非不可能的，——索米斯聽說了許多關於這對策路線的報告，因爲他那律師團的伙伴布斯塔赴訟費審察官華米士勤之宴，碰巧與普通法院的青年律師堪克利相鄰坐。

一切的律師們當沒有婦女在場時，總要談些與本業相關的話，這使青年有希望的律師堪克利說出了一個不指出與何人有關係的啞謎給他底鄰人，這人底名字他並不知道，因爲，布斯塔常是不斷地在暗中活動，他實際是沒有一點名氣的。

他將要有，堪克利說，一件有一個『很難決的爭點』的案子。接着他保持着一切職業的謹愼說明了索米斯那案件的啞謎。每個聽他說過的人，他說，都覺得那是個難決的爭點。不幸所爭的訟件很小，『雖然他相信對於他底事主是碰了鬼似地嚴重』——華米士勒底香檳酒是拙劣而豐富的——但他恐怕一個法官會把它簡單地就判決的他打算大大地努力一下——這爭點是很難決的他底鄰座意見如何呢？

祕密的典型人物布斯塔什麽也不說。可是他把這情事帶點惡意地告訴了索米斯。因爲這沉靜的法律家也還像普通人們一樣的會動感情，結尾他參加他自己底意見道這爭點『確是』『一個難決的爭點。』

依照他當初的決心，我們底福賽把他底利益委託在岳伯林和博爾德手裏了。從他這樣做的時候起，他就懊悔沒有讓自己代自己執行律務。得到了一份布新萊底辯訴書抄稿時，他便去到了他們底事務所。

經手這事件的博爾德——岳伯林在幾年以前已經死了——告訴他說道，依他底意見，那倒是個頗難決的爭點；他很願請皇室法律顧問參加意見。

索米斯告訴他去找一個好手，他們便去到皇后法律顧問瓦特拔克那兒，把詳細情形告訴他，並記明報酬十幾尼，如時日過長每日以一幾尼計算。他把那些文件放了六星期，然後才寫了下面的意見：『依我底意見，這通信的解釋須視兩方面的意旨如何而定，將視在審判時所提出的證據如何而判曲直。我意須設法從那建築師得到一種承認，承認他懂得他是不應超過一萬二千零五十鎊的。關於我底注意力所集中的這句說話「在這封信的條件中自由自便行事，」論點確是很難決的；但我底意見以爲整個地說，「包祿控告那爆裂水泥有限公司」的條文是可以援用的。』

他們就照着這意見書行事，提出些質問，但使他們很痛苦，弗里克與亞伯爾答復這些質問書答復得那麼有權威，什麼也沒有承認，而且答復得毫無偏見。

索米斯讀瓦特拔克的意見書是在十月一號在餐室裏正要吃飯的時候。這使他很焦躁，並不十分是因爲『包祿控告爆裂水泥有限公司』的案件，而是因爲最近他自己也好像覺得那爭點是個頗難決的爭點了；這爭點中正有着那種精微的味道誘惑着法律家最高的才幹去解決。要得使他自己底印象去找皇后法律顧問瓦特拔克證實，誰都會不安的。

他坐在那兒反覆思維着，凝視着那空的火爐鐵欄，因爲雖然秋天已經來到，而這年的天氣却依然非常晴暖，就像依然是暑天的八月天氣一樣。心境被擾亂不安是很不適意的；他太狂熱地希望把布新萊底頸子踐踏在他底腳下了。

雖然自從魯濱山上那最後一個下午之後，他便再沒見過布新萊，但他從沒有擺脫那種他在面前的感覺——從沒有擺脫他那有高聳的兩頰和熱情的眼睛的面孔之記憶。就說他從未擺脫那天將明時他聽見孔雀叫的夜裏的感覺也並不過分，——那就是覺得布新萊是在他底家周圍守望着在黑暗的晚間每一個人影走下面經過，在他都好像是那個被喬治非常恰當地名爲海賊的人。

他深知道夷倫依然同他相會；在什麼地方和怎樣相會，他不知道，也不問，漠然地，隱密地怕知道得太多的恐怖阻止他去問。現在一切都好像隱藏着了。

有時他問他底妻子她到什麼地方去了——這是他仍然要做而且是每個福賽都要做的——她樣子現得十分奇怪。她底鎮靜是很可驚的，但也有時候在她那於他爲不可測的臉子之假面具下面，露出了一種他沒有在那兒看見過的表情。

她也有了在外面吃中飯的習慣了；當他問畢爾生她底女主人是否曾在家裏吃中飯時，她多半是常常答說：「沒有，先生。」

他非常不滿她一個人在外面游蕩，並這樣告訴了她。但她並不注意。在她漠視他底意旨那鎭靜的態度中，有着一種使他忿怒，使他惘惑而又幾乎使他喜悅的東西。事情眞好像她私心裏抱着一種戰勝了他的思想。

他撇下那皇后法律顧問的意見書不讀，站起身來，走上樓去進了她底房間，因爲她在睡覺以前是並不鎖門的——他發現了她很識大體不願讓僕人們有所感覺。她正在梳她底髮，帶一種奇異的兇惡相轉身向他，

『你想幹什麼？』她說，『請離開我底房間去！』

他回答道：『我想知道我們中間這種狀態將要存在多麼久？我已經忍耐得夠久了。』

『你願意離開我底房間嗎？』

『你願把我當作你底丈夫看待嗎？』

『不。』

『那麼，我就要設法使你如此。』

『隨你做好了！』

他對着她那答語之鎭靜凝瞪着，惘惑着。她底兩脣緊閉成了一條細綫；她底頭髮毛蓬蓬地堆在她裸露的兩肩上，與她黑色的眼睛對比，顯出它那整個奇異的金色的反襯——那眼睛裏活動着恐懼，憎恨與輕蔑的情感，和奇異的擾亂着人心的勝利。

「現在，請你，你願離開我底房間嗎？」

他轉過身忿然地走了出去。

他深知道他並沒有採取什麼辦法的意思，而且他看得出她也知道——知道他害怕這樣做。

他有這麼一種習慣，要把他一天中所做的事情告訴她：怎樣的事主爲什麼來拜訪他；那久懸不決的胡立爾控告福賽的案件正在如何進行，這案件是由於他底叔祖父尼古拉斯太反常小心地處置他底財產而生，他把它處置得完全沒有人能够獲得它，好像在世界末日裁判以前永遠要成爲幾個律師的收入之來源。

還告訴她他怎樣去到了約伯孫底店裏，他賣了一幅包色兒底畫，正是他在保爾摩爾街塔利蘭父子商店錯過未買的。

他對於包色兒華圖以及這一派一切的人都崇拜。把這些事告訴她乃是他底一種習慣，卽令現在他也還在繼續這樣做，在吃飯時一談談許久，就像他可以用滔滔不絕的話語來向他自己隱飾他心頭的痛苦似地。

常常地，如果他們是單獨在一起，當她道晚安時他總企圖去吻她。他也許有一種隱約的觀念，以爲終有一夜她會讓他吻的；也許只是一種感覺，覺得一個丈夫應該吻他底妻子。卽令她恨他，他也無論如何不應該放棄這種古禮節使他自己陷於錯誤。

而且她爲什麽會恨他呢？卽令是現在他也還完全不能相信這事。被人恨是很怪異的事——這種感情是太過激了；可是他恨布新萊，那海賊，那刼掠別人的流氓，那黑夜的浪蕩者。因爲在他底思想裏，索米斯常常看見他窺伺着——徘徊着。啊，但他一定是十分窮困的那建築師青年柏基特曾看見他從一個三等餐館中走出來，樣子非常地沮喪！

夜裏睡不着的時候，他便反覆思維着這好像不知如何底止的事態——除非她忽然覺悟過來——他從來沒有一次認眞地想到與他底妻子離異過。……而那些福賽們呢？他們在索米斯底內心悲劇的這一幕中扮演了什麽角色呢？

說實話，他們很少或者說完全沒有幫忙，因爲他們都在海邊歇暑。

他們天天從旅館裏，海濱療養院裏或寄宿舍裏出去沐浴；躺在三原子的氧氣棧裏使他們可以支持過冬。

每一羣都在他自己選擇的葡萄園裏培植他們所喜愛的海邊空氣的葡萄，採選以後加以榨釀，然後裝在瓶裏。

九月的末尾開始看見他們有幾個回到城裏來。身體強壯極了，坐在小的載客馬車裏，雙頰異常地紅，他們每天從各處的海邊來到城裏。第二天早晨可以看見他們復返於他們底職業。

在下一個禮拜日，狄莫塞家裏從中飯直到晚餐都擁擠着人。

在其他的閒談中——要細說是太多而且太有趣無從說起了——塞普提麻斯摩爾夫人提到了索米斯與夷倫並不曾離開倫敦城。

其他有趣的證據是由一個比較的局外人來補充的。

偶然在九月末的一天下午，溫尼弗雷達悌底至友麥肯德夫人坐着她底自行車與少年奧古斯都佛利巴特在里士滿公園裏作健身運動，遇見了夷倫與布新萊從那鳳尾草矮林中走向那『光輝之門』去。

也許是那可憐的小女人渴了，因爲她在一條不平而乾燥的路上騎了許久的車子，而且，全倫敦人都知道，又要騎脚踏車又要同少年佛利巴特談話，最强健的身體也要感到疲倦的；或者也許是看見了那蔭涼的鳳尾草矮林，而『那兩個人』又正從其中走出來，激起了她底羨慕心。那小山頂上的鳳尾草矮林，以橡樹的枝幹作爲屋頂，斑鳩們在那兒吟着沒有盡期的結婚進行曲，秋之神低唱着向那鳳尾草中的愛人們輕輕耳語，同時有小鹿悄悄跑過去。那一去不復回的歡娛之鳳尾草矮林，那天與地長久結婚之千金一刻的鳳尾草矮林，那獻祭與牝鹿和奇異的樹幹作成的山林男神之鳳尾草矮林，它們在夏日的黃昏圍繞着一棵白楊樹作成的水澤女神之銀白色跳躍着。

這位女士認識一切的福賽，且曾參與過玖恩底『家宴』，當然不會看不出她所遇見的是什麼人了。她自己那可憐的婚姻是不美滿的，但有那種好的聰明與才幹，逼使她底丈夫自承過失，她自己便未遭非難而經過了必要的離婚手續了。

因此，她是一切這類事情的鑑定家，住在一所那種大廈裏，那種大廈又分作一組一組的小屋子，其中住着不知多少福賽們，他們治事的時間之外主要的消遣便是談論彼此底私事。

可憐的小女人，也許她是渴了；當然她是無聊賴了，因爲佛利巴特是個機智的人，在這麼一個尷尬的地方看見『那兩個人』實在是一付可感的『興奮劑』。

在麥肯德，那裏好像對於一切的倫敦人一樣，時間是靜止的。

這弱小而非凡的女人是值得注意的；她那透視一切的眼睛和銳利的口舌不可思議地乃是促進上帝之目的的方法。

帝一種洞觀世變的神氣，她有着一種幾乎使人難堪的照顧她自己的力量。在毀滅那仍然在阻塞着文明之車輪的，女子應受男子保護的武士道意識方面，她在她那方面也許比城中任何女人做的工作都更多些。她是那麼精明，別人說到她時親密地稱她作『那個小麥肯特！』

衣服穿得緊貼而且整齊，她是屬於一個婦女俱樂部的，但她一點也不是那種神經質而抑鬱的，總是想着她底權利的會員。她行使她底權利是不知不覺的，那些權利都自然地歸之於她，而她也確切地知道怎樣去利用它們；在她與之有聯繫的那偉大階級中，她除驚賞而外不再激起別的什麼，她之與他們發生聯繫也許並不絕對地是由於態度，而是由於門閥，教養和那眞正的秘密的規準——一種財產意識。

她底父親是白德福州的一個律師，母親是一個牧師的女兒，因爲嫁了一個癖愛自然的溫柔的畫家，這畫家爲了一個女戲子而遺棄了她這一切的痛苦經驗中她並沒有和社會之需要，信仰，和內在的感情相斷絕；離婚之後，她就毫未費力地深入了福賽主義；

因爲她時時都是元氣旺盛，又『充滿着新聞，』所以到處被人歡迎的。當人們在萊因城或策馬德遇見她時，她既不引人驚異也不惹人非難，不管她是單獨或是與兩位先生和一位太太在一起旅行；人們覺得她是完全足以照顧她自己的；一切福賽們底心裏都羨慕着這種神奇的本能，這本能使她不用耗費任何東西而可以享樂一切。一般人都覺得，我們最好的女性模範之延續與滋長，要在像麥肯德夫人一類的女人身上尋求。她從沒有生過一個孩子。

如果有一件東西是她比對於其他東西更不能容忍的，那就是一個有着男人們所稱爲『姣媚動人處』的柔順的女人，她對於索米斯夫人就一向抱着一種特別的厭惡。

無疑地，她隱約地覺得假若一旦允許把姣媚動人來作衡量女性的準繩，那精明強幹就要碰壁;而且她恨——又因這姣媚動人處有時像會擾亂一切估量的標準因而恨得更深——夷倫身上那種深刻的誘惑力,——她又不能完全漠視的惑誘力。

可是,她說她看不出那女人有任何好處——她沒有一點精神——她永遠也不能自己獨立的——任何人都可以利用她底弱點,這是很顯然的——她事實上看不到男子所要尋求崇仰她的東西是什麽!

她並不眞正對人有惡意,可是,爲要在她底結婚生活那種痛苦遭遇以後保持她底地位,她發現了『充滿着新聞,』是如此其必要,以致閉口不談公園中『那兩個人』的事她從未想到過。

碰巧正在那天晚上,她在狄莫塞家吃飯,她有時到這兒來『使那些老東西們高興』照她底習慣說法。請來陪伴她的老是這些人:溫尼弗雷達悌和她底丈夫弗蘭細,因爲她是屬於藝術界,而麥肯德夫人常在『婦女王國來矣』雜誌上投稿關於服裝的論文也是人所共知的;爲要供她與之戲弄,還要請海曼家的兩個男孩子來,如果能請得到他們的話;這兩個孩子雖然從來不說任何話語,却被人相信是深澈地熟習一切時髦社會中最近的種種的。

在七點二十五分的時候，她擰熄了她那小居處的電燈，緊裹在她那有栗鼠皮領的，赴戲院去的大衣裏走出來到過道中，停息了一刻看她是否確切帶了她底門鬥鑰匙。這些小而足用的小居宅是很方便的不錯，它沒有光線空氣和林園，但她可以把它任意閉上就走出門去。這兒並不用操僕人們的心，她也從未感到像可憐親愛的福來德常在家裏那樣迷迷醉醉時所常感到的那種束縛。她對於可憐親愛的福來得並沒有毒恨，他是那麼一個傻子；但一想到那女戲子，即令在現在，也使她現出一個小小刻毒譏嘲的微笑的。

用力把門噹啷帶上門，她越過了那過道，這過道有着陰暗的黃赭色墻壁和無數棕色的，上有號碼的一列房門。電梯正往下開；高領緊圍到耳際，每一根赤褐色的頭髮都梳得光貼貼的，她一動不動地等待那電梯停在她這一層樓。鐵門鏗鏘地打開了；她走了進去。其中已經有了三個乘者，一個穿着大白背心，臉子大而平滑像嬰兒臉一般的男子，兩個穿黑衣帶露指手套的老太太。

麥肯德夫人向他們微笑；她每個人都認識。這先前非常沉默的三個人都開始談起話來。這便是麥肯德夫人成功的密訣。她刺激得人們談話。

在電梯經過五層樓的下降時間，談話一直在繼續着，開電梯的孩子背着身子站着，他那譏諷的面孔從鉄欄縫中伸到外面。

他們在底層分了手那穿白背心的男子抑鬱地走向彈子房，兩位老太太走去吃飯並且彼此說道：『一個可愛的小女人！』『那樣地好多說話！』麥肯德夫人則走上她底馬車。

當麥肯德夫人在狄莫塞家吃飯的時候，談話（雖然沒法子使狄莫塞自己到場）取了那種全體福爾們中間所流行的較寬泛而精通世故的調子，無疑地，這就是她所以在那兒爲衆所尊崇的原因。

斯摩爾夫人和赫士德姑母發現了一種使人愉悅的變化。『只要，』她們說，『狄莫塞願意會她就多好喲！』她們覺得她會於他有益處的。譬如說，她可以告訴你查理斯斐士德爵士底兒子在蒙特卡洛賭場最近的故事；可以告訴你每個人都瞠目吃驚的譚莫斯愛狄底時行小說中眞正的女主人公是哪一個；還可以告訴你巴黎的人們關於穿白祿慕爾式服裝在做些什麼。她又是那麼聰明，對於那議論紛紜的問題知道一切，那問題就是，依照孩子母親底願望把小尼古拉斯底長子送到海軍裏去呢，還是依他父親以爲比較安全的意思使他作一個會計師呢？她堅決地說進海軍不好。如果你不是特別地能幹或者特別地與要人有關係，他們會非常可恥地漠視你，那麼卽令你做了海軍大將，到底前途還有什麼希望呢——一點可憐的薪俸而已！一個會計師便更有許多的機會，但得把他送進一個好的公司裏，在那兒他在開始時沒有什麼危險！

有時她還要在證劵交易所方面給她們一種機密消息；斯摩爾夫人或赫士德姑母並不接受這個。她們實在也沒有錢去投資；但這好像使她們如此令人興奮地接觸了人生的實際。這眞是一件大事。她們要問問狄莫塞，她們說。但她們從未問過，因爲她們知道這會使他煩惱。可是，以後她們要有好幾禮拜都暗地裏細看她們因它底眞正時髦傾向而敬仰地看它的那種報紙，想看看『白萊特紅寶石公司』或『羊毛防雨布公司』的股票是漲或是跌。有時她們根本找不出那公司的名字來，於是就等待着傑姆士或羅格爾甚至斯維沁走來時，用因好奇心盛而抖顫着的聲音問他們『玻璃維亞石灰與亞鉛公司』的票價怎樣——她們在報紙上找不着它。

羅格爾就會答道：『你們想知道這個做什麼？一種不足道的東西！你們會自討苦吃呀——把你們底錢去投資於石灰和你們對它毫無所知的東西！誰告訴你們的？』在問淸了人家告訴了她們什麼之後他便走了，在商業區去東西打聽，也許拿他自己底一些錢去投資於那種企業。

是飯大約吃到半中間，事實上正是斯米特端上那羊鞍肉的時候，麥肯德夫人活潑地周遭一看，說道：『噢！你們猜猜我今天在里士滿公園遇見了誰？你們永遠也猜不到——索米斯夫人和——布斯萊先生呀。他們一定去看了那所房子來的！』

溫尼弗雷達悌咯了一聲，沒有人說出一個字。這乃是一點他們都在非意識地等待着的明證。

對麥肯德夫人說句公道話，她曾與三個同伴到瑞士和意大利的湖濱欵客，並沒有聽說索米斯與他那建築師之決裂。因此她不知道她底話會與他們以深刻的印象。

坐得挺直而臉上微微有點發紅，她用她那小而犀利的眼睛從這個面孔看到那個面孔，盡力探索她底話所生的效果。在她兩邊每邊有一個海曼家的孩子，他那瘦削，沉默，飢餓的臉子轉對着他底菜盤，沉靜地吃着他底羊鞍肉。

這兩個孩子，吉爾斯與傑西，是如此地彼此相像而又如此地不可分離，人們都知道他們就像是莎士比亞戲劇『雙生子』中那兩個德爵米歐。他們從來不講話，永遠像是完全彼無所事事佔據着。一般人都以爲他們正在臨時用功預備一個重要的考試。他們不戴帽子在那與他家住宅相連的花園中接連幾個鐘頭地散步，手裏拿着書，一隻獵狐狗在他們後面跟着，從不說一句話，邦一直吸着煙。每天早晨，他們騎着僱來的，腿子像他們自己底腿子一樣長的瘦馬，走下坎布敦小山，兩人相離約五十碼遠；每天早晨約一個鐘頭以後，仍然是相距五十碼遠，他們又重行綏綏跑上山去。每天晚上，不管他們是在什麽地方吃飯，總可以看見他們約在十點半鐘時斜欹在阿翰布拉散步廣塲的欄杆上。

人們從來沒看見他們不在一起過；像這樣度着他們底生活，他們表面上是完全滿足的。

被他們心裏一種紳士感觸之無聲的激動，他們在這痛苦的一刻轉身向麥肯德夫人，用完全相同的聲音說道：『你看見了那個？——』

被他們這樣向她問話，她是如此地驚詫，因而放下了她底叉子；斯米特正走她面前經過，趕快端去了她底碟子。可是，麥肯德夫人心頭鎮定地立刻說道：『那精緻的羊鞍肉我還要再吃一點兒哩。』

但後來在客廳裏她坐在斯摩爾夫人身旁，決心要把這事問個清楚。她開口說道：

『一個多麼動人的女人喲，索米斯夫人；那麽一幅動人憐惜的性格！索米斯眞是一個幸運的人呀！』

她底要得到消息的急切，沒有爲那福賽底內層眞皮留充足的餘裕，這種福賽自家的血肉是不願與外人共分他們底煩惱的；辜肯提麻斯摩爾夫人把她整個的身體吱嚼一聲又沙刺一聲站起來，在她底威嚴中抖顫着，說道：

『我親愛的，這是我們不談的一個問題呀！』

二　公園之夜

雖然斯摩爾夫人秉着她決不錯誤的本能正說了一句使她底客人『比先前更加迷惑』的話，但她要想找出其他眞實的說話來，實在是很難的。

這是一個福賽們即令在他們自己中間也不能談的問題——用索米斯發明向他自己形容這情勢的字樣來說，這問題乃是『祕密的。』

可是，當麥肯德夫人在里士滿公園遇見他們一禮拜之後，他們一切的人——除了狄莫塞，事情是小心地瞞了他底耳朶的——都知道『那兩個人』已經走入極端了；傑姆士是在從包爾特利街到公園街走回家的路上聽說的，那放蕩的喬治是在他從赫弗士萊俱樂部的弧形窗下到『紅酒杯』娛樂場的彈子房去（這是他底日常工作）時聽說的。

喬治（他曾發明了許多那種仍在時髦社會中流行着的驚人的說話）在告訴他底兄弟烏斯塔士說『那海賊』是『拼上了』『他想索米斯大概『肚裏裝滿了』的時候，感情表現比任何人都更精當。

人們都覺得他一定『肚裏裝滿了』，可是有什麽辦法呢？他也許應該採取處置手段；但要採取處置手段定是可悲的。

如果要取什麽辦法就得把這件醜事張揚出去，這是他們所不喜的，因此想看出能夠採行怎樣的處置手段是很難的。在這種窘境中，惟一的辦法就是什麽也不告訴索米斯，而且彼此也什麽都不談；事實就是說，把事情置之不理。

向夷倫表示一種威嚴的冷淡，也許會給她一種什麽印象；但現在不大能看見她了，要想特意地去找到她向她表示冷淡，似乎有點兒困難。傑姆士有時在嚴密的臥室裏向愛米麗宣示出他兒子底不幸所給與他眞正的苦惱：

『我不知道，』他會這樣說；『這使我苦惱得要命。將要有一種醜事發生，這於他是不會有好處的。我什麼也不願告訴他。也許事情是毫無關係的。你以爲怎樣呢？人們告訴我說她是很嗜好藝術的。什麼呀？噢，你眞是一個「老牌的柔麗！」是的，我不知道；我想會發生最壞的事。這就是沒有生出孩子的毛病。我自始就知道事情會怎樣結果的。他們從沒有告訴我他們不想生孩子——什麼都沒有人告訴我！』

他跪在他底床畔，兩眼睜開苦惱地直瞪着，埋頭在被頭裏呼吸。穿着睡衣襯衫，頸子露在外面，背屈作圓形，他就像是一種大白鳥。

『我們底上帝——』他反覆說，心裏一再地想着這可能的醜事。

像老岳里昂一樣，他在心底裏也把這悲劇的責任歸之於族中的好管閑事。爲什麼那一伙兒——他開始把斯丹霍門的那一枝系，連小岳里昂和他底女兒在內，視爲『那一伙兒』了——要把布新萊那麼一個人引到家庭中來呢？（他已經聽說了喬治加他的渾名『海賊，』但他對於這一點也不懂什麼意思——那少年是個建築師呀。）

他開始覺得他底哥哥岳里昂並不十分是如他所期望的那麼一個人了，他一向是很崇仰他而且以他底意見爲依歸的。

不曾具有他長兄那種强有力的個性，他是悲哀比忿怒更厲害些。他底偉大的安慰是到溫尼弗雷家裏去，把那些小達悌們帶到他底馬車上去到肯沁敦公園，在那公園底圓水池畔，可以常常看見他一面走一面眼光急切地瞪視着小普布流達悌底帆船，他曾親自裝一個銅子在那船裏，就好像他相信它是永遠不能回到岸上來了；同時小普布流——傑姆士常喜歡說他一星兒也不像他底父親——順着風向往前跑，盡力使他再賭一個銅子說船永不能上岸來，因爲他知道它是永遠會上岸來的。傑姆士也就願同他賭；他總是付錢——有時一下午會付出三四個銅子之多，因爲這玩藝兒對於小普布流似乎永不會使他厭倦的——而且在付錢時總好這樣說：『喂，這是要給你放在你底錢箱裏的。呀，你漸漸成了一個十分有錢的人了哩！』想到他底小外孫之財富日漸增長，於他是一種眞正的快樂。但小普布流認識一個糖食店，而且還知道更好的花法咧。

他們於是就穿過公園走回家去，傑姆士那有着高聳的兩肩和心裏有事現得苦惱的臉子的身體，可憐不爲人注意地對於伊摩根和小普布流那强壯的小身體盡着它高而瘦的保護人職務。

但那些花園和那個公園並不是專爲傑姆士而設的。福賽們與流丐們，孩子們與愛人們，都一天復一天一夜復一夜地在這兒休息徘徊，大家每人都是想避開勞作，避開街市的臭穢與喧囂來尋求自由。

樹葉黃得很慢，留戀着太陽和那夏天般暖和的夜。

在十月五號禮拜六這天，鎮日蔚藍無雲的天宇，日落後加深成爲紫葡萄花的顏色了。沒有月，一塊明晰的黑暗像一件黑絨長衣一般，圍裹着那些樹，樹底已落了些葉子的樹枝像是羽毛，在那寂靜暖和的空氣中不動一動。全倫敦城的人都湧到這公園來了，痛快地喝着夏季的飲料。他們一對跟着一對從各個大門絡繹順着枯草上的小徑走進來，一個接一個，悄悄走出有燈光的地方潛入於那多枝的樹木之陰蔽中，在那兒緊靠在一棵樹身或隱藏在矮林的陰影下，他們是消失於那溫柔的黑暗之中心了，除了他們自己而外一切人都看不見他們。

對於那些順着小路的新來者，這些先驅們只做成那狂熱的昏黑之一部分，從這昏黑中僅有像許多心混合地跳着般的喁喁低語聲發出來。但當那種低語聲被燈光中的每一對兒聽見時，他們底聲音便搖動了，休止了；他們底兩臂束在一起，他們底眼光開始尋找着，搜求着，刺探着那黑暗。忽然，像被不可見的手拉着似地他們也跨過了欄杆，像黑影一般沉默地離開了光亮的地方。

這種被那遠處無休止的都市之喧囂所包圍的寂靜，裏邊活動着許許多多掙扎着的人類原子底無數熱情，希望與愛戀；因爲不管那福賽們底大團體市政廳底不以爲然——對於他們愛情許久以來就被視爲次於溝道問題的，公衆之最嚴重的危險物了——這天夜裏，在這公園裏仍然有一個行列在進行着，在許許多多其他的公園中也有，沒有這行列，那受他們管理的千萬的工廠教堂商店，稅局和溝渠便都成了沒有血的血管，便成了一個沒有心的人。

這些忘我熱情和戀愛的本能，藏在樹影下面，離開了它們無情的仇敵『財產意識』之管理人，正在私下裏舉行一個歡宴。從貝斯瓦特路跡來順着那河走回家去的，心裏想着那將至期的訟案的索米斯，——因爲他曾一個人在狄莫塞家裏吃飯——被一聲低笑和接吻的聲音使他底血液從心裏驅了出去。他想要在第二天早晨寫信給『太晤士報』，要那記者注意我們公園的情形，可是，他並沒有寫，因爲他害怕他底名字印出在報紙上。

他愛情上雖然飢渴，那寂靜中低語的聲音和公園中半隱約的人影，給他的影響就像是一種病態的興奮劑一樣。他離開了那沿河的小路悄悄走進了樹林中，順着那小樹林的黑蔭濃處兜圈子踱着，小林中的栗樹枝低垂着它們底大葉子，且有着更黑暗的隱蔽所；他兜圈子的目的是要悄悄把那些緊靠樹身並排放置的椅子巡視一下，把那些抱在一起的愛人們巡視一下，那些愛人們當他走近時便動一動。

現在他靜靜站在那小丘上俯瞰那蛇紋岩，在那明亮的燈光下，映在銀色的水面成爲黑影，坐着一對永遠不動的男女，那女人底臉伏貼在那男子底頭上——一個單體像是一座情慾象徵的雕像，沉默而毫不知羞。

索米斯被這情景所刺激，急急更深地走入那樹林的黑蔭中去。

在這搜尋中，誰知道他想些什麼又尋找些什麼？爲飢餓而尋找麵包——在黑暗中尋求光明麼？誰又知道他想找到的是什麼——是與己無關的人類心靈的知識呢——是他個人暗中的悲劇之結局呢——因爲，依然是誰知道那每一雙無名而又無可名的男女黑影不也許就是他和她呢？

但他所尋求的不能會是這種的知識——索米斯福賽底妻子像一個普通的娼婦般坐在公園裏！這種思想是不可思議的；他脚步悄悄無聲地走過一棵樹又一棵樹。

有一次他聽見了詛咒他的罵聲；有一次是一聲耳語：『只要能永遠像這樣就好了！』又使他底血液從心腔飛了出去，於是他在那兒等着，忍耐而堅持地，等着那兩人走動。但那從他面前走過的只是一個可憐長瘦的商店女孩子，穿着汚穢的長衣，倚傍在她愛人底臂中。

千百的愛人們也在那樹林底寂靜中耳語着那種希望，千百其他的愛人們也互相倚傍着。

但他忽然厭憎地把他自己一扭，轉身走上了那條小路，不再作那他不知道何所為而為的尋求了。

三　植物園中之會

小岳里昂底境遇並不是一個福賽底境遇，有時想簡省到鄉下去漫遊，去搜求大自然所需用的錢，覺得困難。沒有這樣的漫遊和搜求，無論怎樣的藝術家也不能畫畫的。

事實上，他便常常不得不帶着他底顏色箱去到植物園裏，在那兒，坐在他底畫機上，在一棵猴果樹或印度橡皮樹的樹蔭下，他常常要畫幾句鐘之久。

一個最近看過他底作品的藝術批評家曾向他本人說過下面的話：

『你底畫在某一方面說是很好的；有幾幅的調子與色彩果然十分表現着大自然情感的。可是，你看，它們是如此地散漫；你永遠不能使大衆看它們。現在，假若你取一個一定的題材，如像『倫敦之夜』或『春天的水晶宮』之類，連續畫一套，大衆一見就知道他們所看的是什麽了。我對於這方面是再怎樣重視也不爲過的。一切在藝術上享大名的人，如像克倫斯敦或布里德爾，都是由於避免非人意中的材料而得名的；把他們底作品特別化，並把它們放在同一題材上，大衆便因而立刻明白一切了。這乃是有至理的，因爲，假使一個人是一個收藏家，他總不願人們在他底畫布上去推求找尋他底畫是什麽人畫的；他希望他們能够立刻說道，『一個頂刮刮的福賽！』這對於你是更加重要，去小心地選擇一種他們立地可以把握住的題材，因爲你底風格上並沒有特殊的獨創性。』

小岳里昂站在那小鋼琴旁邊，鋼琴上有一瓶枯槁的玫瑰花葉——這花園中惟一的產品——放在一塊褪色的花綢上，他帶着一個隱約的微笑靜聽着。

他轉身向着他那正在瘦臉上帶一種忿怒的表情看着那批評者的妻子說道：

『你理會得麽，親愛的』

『我「不」懂，』她用她那一頓一頓的聲音答音調中仍然帶一點兒外國語氣；『你底風格「有」獨創性。』

那批評家看着她，恭敬地微笑着，不再多說了。像其他一切的人一樣，他是知道他們底歷史的。

這些話對於小岳里昂有很好的作用；這些話與他所信仰的一切，與他在理論上，在他底藝術中認爲正大的一切都是相反的，但一種奇異的深在的本能使他違反他底意志來利用這些話。

因此有一天早晨他起了一個主意想來畫一套倫敦城的水彩畫。這主意是怎樣起的他不知道；但是一直到了第二年，他把這一套畫畫完而且賣了很不錯的價錢，於是才在一種超然的心境中，他記起那藝術批評家的話，在自己底成功裏，發現了另一證據，證明他仍是一個福賽。

他決計開始來畫這植物園中的風景，在這兒他已經詳細地研究過多次了；他選擇了那人工的水池作題材，池中現在是灑着紅色和黃色的落葉，因爲園丁們雖然想把它們掃去，但他們底掃帚却够不着它們。園中其餘的地方他們掃得很光潔，每天早晨把大自然之葉雨移去；把它們堆成堆，從這些葉堆中微火迸出了那香而酸苦的烟氣，這烟氣，就像是春天的杜鵑鳴聲和夏天的萊檬樹的香味一樣，乃是秋天的眞正象徵。園丁們好整潔的心竟不能容留這些金色，綠色和紫色的花紋在草地上，那些沙土的小徑定得掃得乾淨，整齊而有條理，並不懂得實際的人生，也不懂得那種緩慢而美麗的凋零，這凋零把萬紫千紅擲於地下，以衰落的繁華裝飾地球，隨着天體的運轉，從這地球上又會跳出燦爛的春天來的。

像這般，每一落葉從它微微一振辭去故枝慢慢旋轉着落下的一條間，便已被注定了命運了。

但在那小池上的葉子却平靜的浮着，用它們底低吟向上天祝禱，陽光照在它們身上。小岳里昂發現的它們就是這樣。

十月中旬的一天早上來到這兒看見離他底立足地約二十步以外的一條長櫈上坐得有人，這使他心裏很煩亂，因爲他有一種怕有人看着他畫畫的特有的恐怖。

一個穿着絲絨馬甲的女人坐在那兒，兩眼直視着地上。可是，有一棵正開花的月桂樹隔在他們之間，在這樹的掩蔽之下，小岳里昂準備着他底畫架。

他底準備是很悠然的；像一切眞正的藝術家一樣，任何可以躭誤他片刻努力工作的東西，都足以吸引他，他發覺自己在偸偸地看着這不相識的婦人了。

他對於一個臉子很有鑑賞的目光，從前他底父親也是如此。這副臉兒是很娬媚動人的！他看見一個渾圓的下巴，深藏在一個奶油色的領口褶緣裏，還看見一張有着大黑眼睛和柔媚的嘴脣的可愛臉兒。一頂闊邊的帽子掩住了她底頭髮她底身段微微欹着那櫈的靠背，兩膝交叉着；一隻漆皮鞋的鞋尖兒露出在她底裙下。這女子生得實在有一種說不出來的華貴，但小岳里昂底注意，主要的是被她那臉兒的樣子所吸引，這臉兒使他想起了他底妻子。那臉子的樣子就像是它底主人接觸到了她無力抵抗的勢力。這使他很不安，喚起了模糊的受誘惑和勇俠的感覺。她是誰呢？她在那兒獨自幹些什麼呢？

兩個那種在雷金特公園所常見的，又直率又害羞的特殊種類的年靑紳士走近前來，他們本是走向草地網球場去的，他很不高興地注意着他們那偸視的驚賞目光直瞪着她。一個閑蕩着的園丁也停住步在一叢潘巴草前面做些不必要的工作；他也是想找一種偷看的藉端。一位老紳士，從他底帽子看來可知他是一個園藝教授，在她面前走過了三次，偷偷地長久地觀察着她，他底唇間現着一種奇怪的表情。

小岳里昂對於這一切的人感到一種模糊的怒意。她對他們誰也不看，但他能拿得定每個經過的人都會那樣子看她的。

她底臉子並不是一個每一個樣子都表現着要給與男子以快樂的，妖媚女人底臉子；它並沒有那種英國原始的福賽們所十分贊美的『妖美』；它也不是那種巧格力糖聯想而來的同樣被人贊美的臉子；它也不是那種近代詩歌與房屋裝飾中所特有的，精神上地熱情的或熱情地充滿精神的臉子；它也並不像是那種可以給劇作家作材料，藉它寫出一個有趣而神經衰弱，在最後一幕要自殺的人物的臉子。

在形態與色調上，在它那柔和而動人心的沉靜上，在它那敏感的純潔上，這女人底臉兒使他想起了替銑（Titian 威尼斯畫家，1477—1576）底『天上之愛』，他家裏餐室底邊桌上面掛有一幅這畫的臨摹。她底動人處似乎就在這種溫柔的沉靜中，在她所給人的，她定會屈服於壓迫下的感覺中。

她在這兒等着在這沉默中，樹木在這兒或者那兒落下一片葉，畫眉鳥在那披着明亮的秋之霜屑的草上大搖大擺地在近前走着，她這樣等着是爲了什麼事或者什麼人呢？

接着，她那動人的臉子變得急切了，小岳里昂周遭一看，帶着幾乎像是一個愛人樣的嫉妒看見布新萊橫越那草地大踏步走來。

他好奇地觀察着這會晤，觀察着他們眼中的那眼色，觀察着他們底手之長久的緊握。他們緊挨地坐在一起，不管他們表面的一切小心，他們是聯合在一道兒了。他聽得見他們談話的那迅急的低語，但他聽不清他們說些什麼。

他自己也曾有過這種焦待的經驗的！他了解那枯候的漫長時間與那半公開的會晤之一刻千金，以及那尚未被許的愛人之懸系的痛苦的。

可是，只要你一看他們底兩張臉子，你就可以看出這不是那都市的男女們作三兩月消遣的事情，不是那種喚醒了狼吞虎嚥在六禮拜後就飽食而重行酣睡了的突然的食慾，這乃是眞正的戀愛！這正是他自己曾經驗過的東西！從這種東西裏什麼結果都會產生出來！

布新萊在向她勸說着什麼，她是這麼地沉靜，這麼地柔弱，可是在她那受動的狀態裏，又是這麼一點不動只坐着看着草地。

他就是那挾她而去，挾着這溫柔沉靜永不會爲她自己採一星兒行動的女人而去的人麼？她已經把她自己一切都給了他，而且願爲他而死，但也許永遠不願與他同逃！

小岳里昂好像能够聽見她在說：「可是，親愛的寶貝這會毁壞了你哩！」因爲他自己曾經十足地經驗過每個女人心底裏那種嚙心的恐懼，怕她是她所愛的那男子之拖累。

他不再偷看他們了；但他們那柔和迅速的談話傳到了他底耳裏，與一個好像努力要記起春天調子的鳥兒之生硬的歌聲一起傳到他耳裏，那歌聲是：歡樂呢——悲劇呢？哪一個呢——哪一個呢？

他們底談話漸漸休止了；接着是長久的沉默。

『索米斯（怎麼辦呢？）』小岳里昂想。『人們都說她正在欺騙着丈夫胡行！他們太不懂女人了！她是飢餓以後正在進食——在作她底報復！願上帝助她——因爲他也要作他底報復哩。』

他聽見了絲綢的綷縩聲，繞過那月桂樹一探看，看見他們正要走去了，他們底手暗中握在一起。……

在七月末老岳里昂曾把他底孫女兒帶到了山上去；在那次游歷中（是他們最後的一次游歷）玖恩底健康和精神方面都恢復了許多。在那些充滿着英國福賽們的旅館裏——因爲老岳里昂很討厭『一羣德國人們』他把一切外國人都這樣稱呼——人家都對她表示敬意，因爲她是那像貌魁梧而且顯然很有錢的老岳里昂福賽先生惟一的女孫。她並不隨便與人交往，——玖恩是不好隨便與人交往的——但她也結識了幾個朋友，其中可注意的是住在龍谷的那一個，帶着一個因癆瘵病將死的法國女孩子。

下了決心不讓她底朋友死去，她便在與死鬬爭的行動中忘去了許多自己底煩惱。

老岳里昂看着她底新結識一方面感到了輕鬆一方面又不贊成，因爲這是她底生活將在『無用的東西』中間消磨掉之又一證，使他很爲懊惱。難道她就永遠不會結識一個於她眞正有益的朋友，喜歡一件眞正於她有益的東西麽？

『同一伙子外國人打交道，』他這樣批評這事。可是，他又常常帶些葡萄和玫瑰花回家來，帶着一個取悅於人的霎眼把它們送給那位『馬穆惹拉（法文小姐之不正確拼音）』。

九月將終的時候，不管玖恩之不願，韋葛小姐在聖路加山上那小旅館裏咽了她最後一口氣，是他們事先把她遷移到這兒來的；這失敗在玖恩心裏給了她一個如此深刻的打擊，於是老岳里昂把她帶到了巴黎去了。在巴黎，看着那『米洛的愛神』彫像和『馬得蘭』岩窟，她又忘却了她心頭的重壓，等到十月中旬他們回到倫敦城的時候，她底祖父相信他已經把她底病完全治愈了。

可是，他們在斯丹霍門一住下，他就憂愁地見到她那憂心深思的老態度回復了。她常坐着直視她底前面，手托着下頷，像一個北歐神話中的鬼精靈似地，面帶怒色而心神專注，同時在她周圍，那用錦緞直裱糊到墻頂嵌線的大客廳在新裝就的電燈光中閃耀着，廳裏滿陳着從巴浦爾和普爾白勒商店中買來的傢具。在那金色的大鏡中反映着一套德來斯敦瓷像，是一羣穿着緊身短褲的青年男子跪在胸部凸起膝上抱着她們心愛的小羊的女子們脚下，這一套瓷像還是老岳里昂未曾完婚時買的，在這鑑賞趣味日漸低下的今日，他把它們看得十分地寶貴。他是一個最爲胸襟開闊的人，他比一切任何福賽都更能隨時間而衍變，但他永遠不能忘記他在約伯孫店裏買了這套瓷像而且爲它們花了一大筆錢。他常常帶一種幻滅的輕蔑向玖恩說：

『你看不起它們！它們不是你和你底朋友們所喜歡的那種美而價賤的東西呀，它們費去了我七十金鎊哩！』既然爲了很堅實的原因知道他底鑑賞力是不會錯，他是不容許別人對於它加以抹煞的。

玖恩到家首先做的事情之一是到狄莫塞家裏去。她說服她自己，說到那兒去拜訪並細述她一切的游歷使他喜歡乃是她底責任；事實上，她之所以去是因爲她知道再沒別的地方可以用一種胡亂的談話或繞灣的問題搜求些布新萊的消息。

她們十分誠懇地接待她：她親愛的祖父好麼？他從五月中以後就沒有去看她們了。她底叔祖狄莫塞是非常可憐，他那臥室掃烟窗的人使他心裏有許多懊惱；那蠢人使黑烟子掉下烟窗來了！這使她底叔祖十分地心煩。

玖恩在那兒坐了許久，恐懼着而又熱情地希望着她們會談到布新萊，

但塞普提痲斯爾摩夫人被不可思議的小心弄得癱瘓了，她一點口風也不露，她也不向玖恩問到他。在失望中，那女孩子終於問了索米斯和夷倫是否在城裏——她什麼人都還沒有去

看。

回答的是赫士德姑母：『哦，是的，他們在城裏，他們根本就沒有離開。』關於那所房子有點什麽麻煩，她相信，玖恩當已聽說了，無疑地！她最好問她底柔麗姑太太！

玖恩轉身向着斯摩爾夫人，斯夫人筆直地坐在她底椅子上，兩手緊握着，臉上蓋着無數的怒氣。她拿出一種奇異的沉默來回答玖恩底眼光，當她說話時，她却向玖恩問她在那些夜裏一定很凉的高山旅館中，夜裏是否穿睡襪。

玖恩回答說她不曾穿，她恨那些悶熱的東西；於是站起身來要走。斯摩爾夫人毫無錯誤地選擇的沉默，對於玖恩比任何她所能說出的話都更爲預示凶兆。還不到半點鐘的時間，她已經在朗兌斯方場貝恩斯夫人處打聽到實情了，知道索米斯爲了房屋裝飾的事情控告了布新萊。

這消息不但沒有使她煩惱，而且對於她起了一種奇異的使她鎭靜的力量，就像她在這鬥爭的前途上看見了她自己底新希望似地。她聽說這案件要在約一月後才開審，布新萊是很少或完全沒有勝訴的希望。

「我不知道他有什麼辦法，」貝恩斯夫人說；「這對於他是很可怕的，你知道——他沒有錢——他是很困苦的。而我們也不能幫助他，我覺得一定。我聽說如果你沒有抵押品則借款的人也不借你的，他就沒有——完全沒有。」

她最近變得更肥胖了；她正在忙於準備秋季的團體組織；她底寫字桌東西亂點綴着慈善機關的請客菜單。她用她那鷓鴣灰色的圓眼睛有含意地看定玖恩。

這姑娘心事縈繞的年青面孔上那忽然泛出的緋紅——她一定看見了一個大的希望躍起在她底眼前——她那微笑中忽然現出的嫵媚，是貝恩斯『偉人』在晚年所常常想到的（她底丈夫在建築那大衆藝術博物館時已被封爲爵士，這博物館給了官員們許多缺位，但對於這博物館爲他們而建的勞動階級却給了很少的娛樂。）

那種鮮明而感人的變化之印象就像是一朶花之忽然開放或長久陰霾的冬日之後初出的太陽一樣，還有後來發生的一切之印象，當她用心於最重要的事情上時，常不可思議而又不合時宜地闖進貝恩斯夫人底心裏。

這正是小岳里昂在植物園裏親見那會晤之日的下午，老岳里昂也曾在這一天去拜訪過他底法律顧問們；——頗爾特街的福賽布斯塔福賽索米斯不在事務所他，到蘇麥賽大廈去了布斯塔正在埋頭於那間不可接近的房間裏專理文件，他是很明哲地被安置在這兒，以使他可以盡可能地多做事情；但傑姆士正在事務所的前間裏咬着一隻手指，發愁地翻閱着那福賽控告布新萊原被告相互的辯訴書。

這位刮刮叫的律師對於那『難決的爭點，』只有一種過分的恐懼，足夠激起一種使人覺得好笑的無事驚慌的感覺；因爲他那好的實際經驗的意識告訴他說，如果他自己是審判官，他一定對於這爭點不十分注意的；但他很怕布新萊將宣布破產，索米斯到底還是要拿出那筆錢，而且要拿出訟費來。而且在這種顯明的恐怖之後，總有一種模糊的煩惱在內幕裏，難解的，陰鬱的，醜聞的，像一個惡夢一樣，這訟案只是這種苦惱底一種外表可見的徵象而已。

他在老岳里昂走進來時擡起頭來，低聲說道：『你好麼，岳里昂？許許久久沒見你了。你們到瑞士去了，呀，我聽說。那青年布新萊，他使他自己陷於一種困難中了。我就知道事情會這樣結果的！』他把那些文件伸手遞了出來，帶着神經不寧的憂鬱看着他底長兄。

老岳里昂沉默地讀它們，當他讀它們時，傑姆士看着地板，同時咬着他底手指。

老岳里昂最後把它們丟下了，它們在那一堆『死者不康比案』底供詞中嘆通一響，這案件也是那財源和搖錢樹『佛理爾控告福賽案件』底許多枝節之一。

『我不知道索米斯是什麼意思，』他說『爲這區區幾百鎊而大驚小怪。我還以爲他是個資產家哪。』

傑姆士那長的上唇生氣地扯了一下，他不能容忍他底兒子在這樣一個地方被人攻擊。

『那並不是爲的錢——』他開始說，但遇見了他哥哥那直截犀利，有威力的眼光，他底話止住了。

一陣沉默。

『我是爲了我底遺囑而來的，』老岳里昂終於說了，用力扯着他底八字鬍。

傑姆士底好奇心立刻被喚醒了。也許在此生再沒有比一件遺囑對於他更有刺激力的東西了；遺囑乃是對於財產最尊嚴的處分，是一個人底所有品之最後的詳細帳單，是他究竟值多少的最後一句斷語。他按了按電鈴。

『把岳里昂先生底遺囑拿來，』他向一個急待吩咐的黑髮書記說。

『你要作一點更改麽？』在他心裏他忽然這樣想：『我是不是能與他値得一樣多呢？』

老岳里昂把那遺囑放在他胸前的衣袋裏，傑姆士後悔地旋扭着他底兩條長腿。

『你最近買了些便宜的產業罷，我聽說，』他說。

『我不知道你底消息是從哪兒得來的，』老岳里昂嚴厲地答。『這件官司要什麽時候開審呢？下月？我不知道你們心裏是怎樣想法。你們必須照管你們自己底事情；但如果你們聽我底忠告，你們會在法廳外私下了結的。再見吧！』冷然地一握手他走去了。

傑姆士那直瞪着的灰色眼睛對着一種內心焦急的念頭輪轉着，開始咬他底手指。

老岳里昂把他底遺囑帶到了新煤礦公司，在那空的會議室中坐下從頭讀它。當那位『尾大』的海敏斯看見他底董事長坐在那兒，便帶着那新總工程師的第一次報告書進來時，他對他的答語是如此地嚴厲，以致這位秘書帶着失顏的威儀退了出來；差人喚來那轉抄文件的書記，他把那可憐的靑年直斥責得不知怎樣才好。

他要告他知道，像他那麽一個靑年無足道的傢伙到這辦公處來，並不是要他來作老太爺的。

他曾有許多年是這辦公處的首領，年數之多怕他那麼一個孩子數都數不過來，如果他以為當他把他底一切工作做完了時他就可以坐着不做一點事，那他就算不懂得他海敏斯等等。

在那綠呢門的另一邊，老岳里昂坐在那長的桃花心木與熟皮做的議事桌前，他那厚而結構不緊的玳瑁眼鏡架在他底鼻梁上，金鉛筆鈎畫着他那遺囑中的句字。

這是一件簡單的事情，因為這兒並沒有那種惹人煩惱的小贈款和慈善捐贈，這些東西會消磨完一個人底所有並且會破壞早報上記載着有十萬鎊遺產的福賽之死的一段新聞之莊嚴的力量。

一件簡單的事情。只是一筆兩萬鎊的遺產贈給他底兒子和『至於我其餘的財產，無論其為不動產或動產或兼有兩種性質之產業——依此囑應將其變價金，租金，年利，股利或利息付與我上述之孫女玖恩福賽或其承繼人，供其生時單獨花用與利用，等等……自他死後，依此囑可將上述之地產，世襲產，房產，存款，股票，公債，投資與抵押品或其時足與此類物質相當之資產移轉，轉交，交付或過戶於在各方面為上述玖恩福賽（雖嫁後亦可），以其最後遺囑或任何有遺囑或遺囑處分書性質為其預先製定經簽署而公佈之文件所指明，指定，或交付，給與上述財產之一人或多人，依上述之意旨目的與用途，以上述之態度方法與方式移轉，轉交，過戶或交付之。如無等等……。或永久……」等等，計寫有七張對開紙簡潔的文句。

這遺囑是傑姆士在他臨年時草擬的。他幾乎前知了一切的意外事。

老岳里昂坐了許久讀着這遺囑；最後他從那格架上拿了半張紙，作了一節很長的鉛筆註子；於是把那遺囑扣在懷裏，要人叫了一輛單馬車坐着馳向林肯法學院廣場巴拿磨與赫林的事務所去。傑克赫林已經死了，但他底侄兒仍然在那律師團裏，老岳里昂同他密談了半個鐘頭。

他曾留着那輛馬車要等候他，一出來，他就告訴那趕車的趕到威斯塔利亞路三號去。

他感到一種奇異而遲緩的滿足，就像他已白傑姆士和那資產家得到一種勝利似地。他們再也不能干預他底事情了；他剛剛已把他們為他遺囑受託人的關係取消了；他要把他整個的事情從他們手裏取出交付於小赫林底手裏，他還要把他底公司中的事情也變更一下。如果那索米斯是這樣一個資產家，他就失去一年千鎊左右的收入也決不會在意的；老岳里昂在他那大白八字鬚下獰笑了。他覺得他所做的事乃是循環報應的懲罰，非常地應該。

那要破壞一棵老樹的工作在祕密地內面地進行着，同時使他那不幸的戕賊他的意志，自尊的的毒藥也在慢慢地準確地腐蝕了他這外表堂皇的哲學之大廈。人生已經使他傾倒在一邊，至他已經失去了平衡，就像以他爲家長的那個家族一樣。

對於破車子載往北走向他底兒子家去的他，他剛剛實行的從新處置財產的這念頭，模糊地現得像是一種施之於那個家庭和那個社會的一種懲罰，傑姆士與他底兒子對於他好像就是這家庭與社會底代表。他已將小岳里昂應得的富貴加以恢復，而恢復了小岳里昂底富貴又滿足了他私心報復的渴望——對於時間，悲哀與挫折的報復，對於社會十五年以來加於他底獨子的一切無數的非議之報復，這措置表現它乃是重行確立他底意志之權威的一個可能方法；乃是强使傑姆士，索米斯，他們底家庭，以及一切那些暗中的福賽集團——一個滾滾衝擊着他底頑强單水閘的激流——一次而永遠地承認『他乃是權威者』。想着他終於要使他底孩子比那個傑姆士底兒子，那『資產家』富得多，實在是很舒服的。而把財產給與岳也是舒服的，因爲他愛他底兒子。

小岳里昂和他底妻都不在家（小岳里昂事實是還沒有從植物園回來，）但那個小女僕告訴他說，她底主人就要回來了。

『他常是回到家裏吃茶，先生，回家來同孩子們玩。』

老岳里昂說他願意等候着；於是在那破爛陳舊的客廳中坐下，客廳中那夏季的木棉布已經移去了，破舊的椅子與沙發現出了它們一切的破洞。他渴想叫女僕去帶孩子們來；渴想要他們來站在他底身邊，來把他們柔軟的身體靠在他底膝上；渴想聽見小岳梨嚷：『喂，爺爺！』並看他向前跑來；渴想覺到霍萊那柔滑的小手偷偷地順着他底頰摸上去。但他不願這樣。在他來此的任務中有着一種嚴肅，不等這任務完了後他是不願意玩的。他這樣想着使他自己快樂：想着他怎樣只把他底筆動兩下，就要把這小家庭的一切東西所如此顯然缺乏的階級面目恢復了；想着他怎樣能够使這些房間或一所較大的住宅中其他房間充滿着從巴浦爾與普爾白勒商店裏購買的美術傢具；想着他怎樣能够把小岳梨送進哈魯公學與牛津大學（他對於伊頓公學和劍橋大學再沒有信仰了，因爲他底兒子曾在那兒讀書）想着他怎樣能使小霍萊受最好的音樂敎育，那孩子是非凡地聰穎的。

當這些幻像叢集在他底面前，使他心裏生了極快活的感情時，他站起身來立在窗前，俯視着那有圍墻的狹小的花園，那棵梨樹還不到時候就落光了葉，瘦枝嶙峋地立在那秋日下午慢慢凝聚的薄霧中。那匹狗巴爾沙在那遠處的一端走着，尾巴緊捲在有花斑而毛很厚的背上，嗅着那些花草時而把它底腿搭在墻上持撐它底身體。

老岳里昂想了。

除了給與而外還剩有什麼快樂呢？給與是愉快的，當你能夠找到一個對於你底給與表示感謝的人——一個你自己底血肉的時候！給與那些並不屬於你的人，那些對你無要求給與權利的人，是得不到這種滿足的！那種的給與乃是對於他一生特有的信念與行爲之背叛，對於他一切的經營事業，他底勞作，他底節儉，以及那偉大令人欽羨的事實之背叛，這事實是他在這世界上自己賺得自己底財產，保持自己底財產，如像在他之前的千萬個福賽，現在的千萬個福賽和未來的千萬個福賽一樣。

當他俯視着那些月桂樹有黴點的葉叢，那有些汚斑的草地和那小狗巴爾沙的走動時，十五年以來他被褫奪了合法的享樂所忍受的一切痛苦，把它底辛酸與那將要到臨的一刻之甜蜜混合在一起了。

小岳里昂終於來了，對於他底工作很得意，因爲長時間呆在露天中，人也很新鮮。一聽說他底父親在客廳裏，他急忙問福賽夫人是否在家，聽說她不在，他輕鬆地嘆了口長氣。於是把他底圖畫器具材料小心地隱放在一個小的掛衣室裏，便走了進去。

老岳里昂以他特有的决斷立時就說起他此來的任務『我把我底遺產處置更改了，岳』他說。『你在將來境況可以寬裕點兒了——我立時每年就給你一千鎊。我死時給玖恩五萬鎊，其餘都是你的。你那匹狗會要把花園弄壞哩。我要是你我就不養一條狗！』

那狗巴爾沙正坐在草地中央細看着它底尾巴。

小岳里昂看着那畜生，但看得恍恍惚惚的，因爲他底眼睛迷茫欲淚了。

『你底一份總要在十萬鎊以上哩，我底孩子，』老岳里昂說；『我想最好讓你知道。我這樣年歲，再沒有幾年活了。我以後再不提起這事。你底妻好麼——代我向她致愛意罷。』

小岳里昂把他底手放在他父親底肩上，因爲兩人都不說話，這段小故事便完結了。

看着他底父親上了馬車以後，小岳里昂便回到客廳裏站在老岳里昂剛站過的地方，俯視着那小花園。他盡力要去認識這一切對於他的意義，因爲他是一個福賽，那有財產的景象便陳列在他底腦中；他許多年來所經歷的半飢餓的生活還沒有使他自然的本能枯竭。他以極其實利的方式想到旅行，想到他妻子底服裝，想到孩子們底教育，想到給岳梨買一匹小馬和無數的事情；但在他底一切思想中，也曾想到過布新萊和他底情人以及那畫眉鳥斷續的歌唱。歡樂呢——悲劇呢？哪一個呢？——哪一個呢？

舊的過去——那辛酸的痛苦的，熱情的，神奇的過去，沒有金錢能夠買到它，沒有事物能恢復它那一切熾熱的甜蜜——又回復到他底眼前了。

當他底妻走進來時，他直接走上前把她抱在懷裏；有許久許久他站在那兒不說話，眼閉着，把她緊貼向他，同時她眼中含着一種驚異，崇拜，懷疑的眼光看着他。

四　往地獄之路

在索米斯終於實施了他底權利，做了男子氣概的事之某夜後，清早晨他一個人在用早餐。他在瓦斯燈下吃飯，十一月末的濃霧包裹着倫敦城像在一張可怕的大毛氈裏一樣，以致連方場中的樹木從餐室的窗中看去都不大看得清楚。

他沉靜地吃着，但時有一種像不能下嚥般的感覺來襲擊他。頭天夜裏他屈服於他那難抑的飢渴，打破了他現在已忍苦了太久的這女人底抵抗，而這女人又是他合法的，莊嚴結合的妻子——他這樣做了是否對的呢？

他奇異地被她那臉子底印象所祟擾着，他曾在那臉子面前盡力拖她底手去安慰她——還被她那可怕的哽咽的哭聲所祟擾，這樣的哭聲是他從來沒有聽過而且似乎仍然在聽着的；他更被當他悄悄走開之前站在那孤燭光下看着她時所感到的，那種難忍的追悔與羞恥的感覺所祟擾着。

現在他既然做出了這種行爲，他對於他自己頗有點驚異。兩夜以前，他曾帶了麥肯德夫人在溫尼弗雷達怫家裏吃飯，她曾用她那犀利的綠色眼睛直視着他臉上向他說道：「原來你底夫人是那位布新萊先生底一個頂好的朋友呀？」雖不耐煩去問她底話是什麽意思，他却對於她底話加以深思了。這些話在他心裏喚起了一種猛烈的嫉妒，加以這種本能特有的惡化性，這嫉妒便變成了一種更猛烈的慾求，如果沒有麥肯德夫人底言語之激挑，他也許永遠不會做出他已經做出的事的。要沒有這些話底刺激與偶然發覺了他妻子底房門有一次沒鎖，使他能够乘她熟睡而悄然攫住她，他也許永遠不做出這事的。

昏睡移去了他底疑慮，但淸晨又把它們帶來了。有一個想念安慰了他：他沒有人會知道——這不是一種她會向人說出的事情。

果然，當他每天業務生活的車子——這車子是十分强烈地需要淸醒實際思想的滑車油的——重行開始轉動而閱讀他底信件時，那些惡夢般的懷疑便開始現得較不重要而被置於腦後了。這偶然的小事變實在是無多重要的；在書籍中女人們常如此大驚小怪；但從思想正當的男子，精通世故的男子，以及他所記得的常在離婚法庭上受讚美的男子之冷靜批判來說，他只不過盡了力要保持婚姻的神聖，阻止她放棄她底職責而已；同時這也是可能的，如果她仍然在與佈新萊會晤的話，還阻止她——。不，他對這事並不後悔。

現在調和的第一步已經做過了，其餘的便比較地——比較地——

他站起身走向窗前。他底神經被震動了。那哽咽的哭泣聲又在他耳畔了。他無法擺脫它。

他穿上他底皮大衣，走出到大霧中去了；他有事要得往商業區去，便搭了斯樂安方塲車站的地下火車。

在他那充滿着上商業區去的人們的頭等車廂的一角裏，那哽咽的哭聲仍然在祟擾着他，於是他打開他底太晤士報，咔嚓一聲巨響把一切較小的聲音都壓下去了，身子用報紙障蔽着，使自己沉靜地去讀那些新聞。

他讀到了法院在頭一天判了較平常多的案件。他讀了三件謀殺案，五件殺人案，七件縱火案，而搶刼案則驚人地達十一件之多，還加許多比較不重要的罪案，要在一個將近的開庭中審理；他從這段新聞看到另一段新聞，總是把報紙掩在臉前。

一面讀着報，夷倫那淚污的臉子和從她碎了的心發出的聲音之印象仍然離不開他。

這天是個忙碌的日子，除了他底業務之經常事宜而外，又加上要去訪問他底買賣經紀人格林與格林寧，命他們賣去他那新煤礦有限公司的股份，這公司的營業他雖不知道却揣測它是漸漸不振（這企業後來果然日漸衰落，終於十分賤價地賣給一個美國的企業壟斷公司了）；他還在皇后法律顧問瓦特拔克底律師事務所作一個長時間的會議，與會的有博爾特，小顧問婁士開，和皇后法律顧問瓦特拔克本人。

福賽控告布新萊的案子將在明天開審，審判官是本遜先生。

審判官本遜先生是一個沒有十分湛深法律學識而很有常識的人，他們以爲得他來審理這案件再好沒有了。他是一個『有力的』審判官。

皇后法律顧問瓦特拔克很好笑地同時對於博爾特和斐士開表示幾乎無禮的冷淡，而對於索米斯則十分恭維，由於本能或傳說之較可靠的證據，覺得他是一個資產家。

他非常地堅持他已經在文件中表示的意見說訴訟的勝負大半視審判時提出的證據而定，他用幾句很精警的話勸告索米斯在提出證據方面不要太小心了。『一點小小的恫嚇，福賽先生，』他說，『一點小小的恫嚇，』說過以後他很有把握地笑着，緊閉着他底唇，搔着他底頭，正搔着他把假髮推向後面的那地方，那樣子眞像他喜歡被人錯認的那位鄉紳。他是被人認爲對於破約案件最有研究的。

索米斯在回家去時又是坐的地下火車。

斯樂安方場車站的霧比前此更大了。人們在那沉靜濃厚的迷茫中摸索着走出走進；很少幾個女人把她們底小手籠緊握在懷裏，用她們底手帕掩着嘴；時而有些馬車在模糊中現出來，車前坐着的御人就像是妖邪的贄物，隱約的燈光使車子周圍現一道光暈，在車抵人行道以前那燈光就像要在那霧氣中消失似地，車停後其中跳出些像兎子急馳進窟穴般的人們。

這些模糊的人影，每人都被他自己底一身濃霧包裹着，彼此全不相互注意。在這偉大的飼畜場中，每隻兎子都只爲他自己，尤其是那些穿着貴重裘類，怕在有霧的日子坐馬車而乘地下火車的兎子們。

可是，有一個人影離索米斯不遠正在那車站門前等待着。

總是個什麼海賊或者愛人，每個福賽對他都這樣想：『可憐的小鬼！看樣子他像正在很難過哩！』他們仁慈的心爲了那可憐，焦急，在大霧中等待着的愛人更跳得快一點兒；但他們急忙走過去了，很知道他們既沒有時間也沒有金錢去爲任何人的痛苦耗費，除了爲他們自己底痛苦而外。

只有一個偶然慢慢巡視着的警察對於那等待着的人影注了點意，那人戴着垂沿帽，帽邊把他那在寒冷中凍紅了的臉隱去了一半，臉子又瘦又憔悴，時而有一隻手悄悄在臉上拂去焦急或復新使他在那兒等待的決心。但這等待着的愛人（如果他是愛人的話）是受慣了那警察的探視或太專注於他底焦急了，因為他永不畏縮。一個受過痛苦鍛鍊的創傷者，習慣了久待的約會，習慣了焦急，濃霧與寒冷只要他底情婦最後會來。愚蠢的愛人！霧是直到春天都有哩；還有雪和雨，任何地方沒有一點慰安；如果你帶她出來那是嚙心的恐懼，你要叫她呆在家裏也是嚙心的恐懼！

『他活該；他應該把他底事情措置得好一點兒！』

每個可敬的福賽都這般說，可是，假若這更健強點的公民能夠聽這暴露在濃霧與寒冷中的愛人底心，他定又會這樣說：『是的，可憐的小鬼，看樣子他像正在很難過哩！』

索米斯跳上了他底馬車，放下玻璃窗，順着斯樂安街蠕蠕行去，接着又順着布朗敦路行去，於是到家了。他到家時是五點鐘。

他底妻子沒在家裏。她在一刻鐘之前已經出去了。在夜間這樣的時刻，在這可怖的濃霧中出去了！這是什麽意思呢？

他在餐室的爐火旁坐下，敞開着門，心頭騷亂萬分，盡力想去閱讀晚報。一本書是沒用的——
——只有在日報裏才能找到一些他這種苦煩的安慰品。從這報紙上日常記載的事件中，他得到了一點慰藉。『一個女伶底自殺』，『一位政治家之重病』（那個病於經年痼疾的人）——『一個軍官之離婚』——『一個煤礦之失火』——他把一切都讀了。它們幫助了他一點兒——這是一切醫生中最偉大的醫生——我們底人性嗜好所開的方子。

當他聽見她走進來的時候已將近七點。

在對於她在濃霧中奇異的外出之緊張的焦急之下，頭一天夜裏那事件久已失去它底重要性了。但現在夷倫已經到家，她那心碎的嗚咽又回到他底耳中了，想到要與她會面他覺得很焦躁。

他已經走上了樓梯；她那灰色的皮大衣下垂到膝際，高衣領差不多掩住了她底臉，她蒙着一塊厚的面紗。

她既不轉身看他也不說話。就是一個鬼或者陌生人也不能比她更沉默悄然地走過了。

畢爾生走來安置晚飯，並告訴他說福賽太太不下來了；她正在她底房間裏吃湯。

這一次索米斯並沒有『更衣』，這也許是他有生第一次穿着髒袖口的衣服坐下吃飯，他甚至連注意到它們也沒有，只對着他底酒杯深思着。他打發畢爾生到他底圖畫室裏去升個火，不久他自己就到那房裏去了。

把瓦斯燈擰開，他深深嘆了口氣，就像是在這些擱置在這小房間四周一堆一堆背向着他的寶藏中，他終於找到心頭的平靜似地。他直然去到那一切中最偉大的寶貝，一張眞正丹納（Turner）底畫之前，把它拿到畫架上，把畫面轉向着燈光。最近丹納底畫很爲人歡迎，但他沒有能够下決心賣掉它。他立了許久，蒼白而剃得精光的臉子聳在他底高硬領之上，看着那圖畫就像在計算它底價值似地；他底眼睛裏現出一種若有所思的表情；也許他覺得這畫值得太少了罷。他把它從畫架上取下復放在那靠墻的地方；可是，在橫過那房間時，他止住了脚步，因爲他好像聽見了哭聲。

其實並沒有什麽——只不過早晨祟擾着他的那種東西而已。不久以後他就把那高的爐護架放在那熊熊的爐火前，悄悄走下樓去了。

爲明天休養休養罷！他這麽想。但他過了許久才去睡……

現在，如果要知道那被濃霧呑食了的下午發生了什麽事情的話，我們就得來聽聽喬治福賽。

他是一切福賽中最聰敏最豪爽的，這天他却在太子花園他父親底家裏看一本小說消磨時間。自從最近他底經濟發生一個危機之後，他使被羅格爾所監視，強迫他住在家裏。

快五點鐘時他走了出去，在南肯沁敦車站搭了火車（因爲今天每個人都搭地下火車的）。他底打算是要到那『紅杯』去吃飯並打彈子消遣這晚上——『紅杯』乃是個獨一無二的小娛樂場，既不是俱樂部，也不是旅館，也不是金碧輝煌的飯店。

他在查林十字街走出了地下車站，他本是更常在聖傑姆士公園車站下車的，現在喜歡選了這地方，是爲了他可以由更亮的街道到達傑爾敏街。

在月臺上，他底眼睛——因爲喬治除了泰然自若的時髦面龐之外，同時還有犀利的眼睛，並常常尋求着刺激他那詼諧的諷刺之材料——他底眼光被一個人吸引住了，那人從一個頭等車廂中跳出，與其說是走勿寧說是蹣跚搖擺着向出口而去。

『呵喲，我底怪鳥兒呀！』喬治向他自己說道；『那不是「海賊」嗎！』於是他就把他高大的身體跟踪前去。再沒有比一個醉漢更能使他快活的了。

戴着垂沿帽的布新萊在他前面停住了步，一轉身，又向他剛剛離開的那輛車奔去。他太遲了。一個小伕子抓住了他底外衣；火車已經開向前去了。

喬治那銳利的目光看見車窗中有一個穿着灰色皮大衣的女人底臉子。這女人乃是索米斯夫人——喬治覺得這眞是有趣極了！

現在他把布新萊比先前跟踪得更緊了——跟着他走上階梯，經過那收票員走進街裏了。可是，在這進行中他底感情起了一種變化；再不僅是好奇與快活，他更爲他所跟追的這可憐人感到難過。這『海賊』並沒有醉酒，但好像是在緊張的激烈感情之下活動着；他在自言自語，喬治所能聽見的只是這幾個字而已，『呵，天啦！』他好像也不知道他在做什麼，或者到什麼地方去；但像個瘋子一般直瞪着眼，徘徊着，走動着；喬治現在不僅是一個找樂兒的詼諧家了，他覺得他必得跟着保護這可憐的人到底。

他『受了打擊』——『受了打擊』！他尋思着不知索米斯夫人到底說了些什麼，到底她在那火車上告訴了他一些什麼。她自己看來也十分難過的樣子！想到她帶着她底苦惱這樣子單獨旅行，使喬治很爲戚然。

他緊跟在布新萊底胳膊後邊——一個又高又大的個子，什麼也不說，小心謹愼地跟踪着

——如影隨形地跟着走出車站進了那濃霧中。這兒有着一種不能以玩笑視之的東西雖然有點興奮，他使他底頭腦十分清醒，因爲除了憐憫之外他心裏的獵逐本能已被喚起了。

布新萊直然走進了那大街——一片龐大汚晴的漆黑，一個人在六步以外就看不見東西；在這大街上，四面八方都有人聲或警笛聲示人以方向；忽然有些黑的東西慢慢向他們身邊滾來；時而又顯出一點亮光，像無涯的黑海中一個隱約的小島一樣。

布新萊很快地走入了這有危險性的夜之海灣，喬治很快地在後面跟着他。如果這傢伙想把他底『腦袋瓜子』擅在一輛公共馬車下面，要能够時他一定止住他那被追逐的人橫越過街道又向後大踏步行去，不是像别的人一樣在那昏晴中摸索，而是像這忠心的喬治在後面揮着一根鞭子趕着他向前走一樣；這種在一個被追逐的人後面追逐，對於喬治開始有了那種最奇異的誘惑力。

可是，到了此刻事情發展的情形才使這事情後來永遠清晰地銘記在他心裏。突然停在濃霧裏，他聽見了突然說明了這一切事故進行的話語了，索米斯夫人在火車中向布新萊說的是什麽話現在已經明白。喬治從那些喃喃囈語中了解了索米斯曾——對於一個移了愛不甘願

的妻子施用了最大的——最崇高的權利，

他底想像在這事件的範圍中漫然活動着；這給了他深刻的印象；他對於布新萊心裏這種劇痛性的紛亂與恐怖猜中了些。於是他想道：『是的，這是太過份了！無怪這可憐的傢伙一定半狂了！』

他找着他底追逐品在特勒懷嘉方場那些石獅之一下面的一條長櫈上坐下，他自己也和他們一樣地是在這黑暗的海灣裏迷途了的，可怕的一個獅身人面獸。布新萊在這兒堅毅而沉默地坐着，喬治站在他後面，在他底耐心中微帶着一點兒奇異的友誼成分。他並不缺少某一種上等人意識——一種愛體面的意識——這種意識不允許他闖進這悲劇，於是他像那上邊的獅子一樣靜悄悄地等着，他底皮衣領圍到他底耳朵以上，隱住了他那紅胖的兩腮，除了他那有着諷刺而憐憫的目光的兩眼而外一切都隱住了。人們不斷地走過，辦公回來要到他們底俱樂部去——那些在霧衣中裏着的人們，看見時如像幽靈，又像幽靈般消逝了。於是即介在他底憐憫中，喬治那狡惡的詼諧又爆發了，突然渴想去拖住這些幽靈底衣袖，並且說道：

『嘿，你傢伙們！像這樣一齣活劇你們是不常見到的呀！這裏有一個可憐的小鬼，他底情婦剛剛告訴了他一個關於她丈夫的有味的小故事；走近來，走近來！他受了大打擊了，你們看罷。』

他在幻想中看見他們都張着嘴圍看着這苦惱的愛人；當他想到一個新結婚的上等幽靈，因他自己底愛情，而能够了解一點布新萊此刻心裏是什麼滋味時，他現了個冷笑；他幻想着他可以看見他底嘴愈張愈大，而那霧氣則愈漸愈深地鑽進他底肚裏。因爲喬治心裏是有着那一切對於這種中產階級的輕蔑的——尤其是對於那已結婚的中產階級——這種輕蔑是這階級中放蕩不羈的人們所特有的。

但他開始無聊起來了。他並不是爲等待而來的。

『這可憐的傢伙，』他想，『終究是會忘記一切的；這小城中並不是第一次發生這樣一件事情哩！』但他底追逐品現在又在開始喃喃說些猛烈的，恨與怒的話語。喬治因一種突然的衝動把布新萊底肩挨了一下。

布新萊急急扭轉身來。

『你是誰？你想怎麼樣？』

如果是在瓦斯燈光之下，是在那每日社會的光明之下——對於這社會他是個那麼實在的鑑賞家——喬治定能夠很從容地忍受這厲聲厲色；但在這濃霧中，在這兒，一切都是昏暗而無眞實性，一切都沒有福賽們在這地上所常接觸的價值，他却成了一個奇異的良心自責之犧牲品了；當他努力想直瞪到這瘋人面上時，他想道：

『如果我看見一個警察，我將把他交給他；他是不適於自由的。』

但是，布新萊不等到回答，便又大踏步走進那濃霧中，喬治跟隨着，也許比先前距他稍遠一點，但他底追踪比先前更不放鬆。

『他像這樣走去是不能長久的，』他想。『他沒有已經被車馬撞倒直是上帝底靈蹟。』他再不想着警察。一個豪爽人底虔誠之火又在他心裏燃燒了。

布新萊以猛烈的脚步跨進了比前此更濃的黑暗裏，但他底追逐者却在他底瘋狂中看出了他是有條理的——他顯然是要往西方走去。

『他眞是要去找索米斯哩！』喬治想。這想頭是很有誘惑力的，這種追逐的結果一定很有趣。他一向就不喜歡他那堂兄弟。

一輛走過的馬車之轅木擦着了他底肩，使他向一邊跳將開去。他並不打算爲這海賊或任何人而被擅死的。可是他以一種遺傳來的頑固在那濃霧中緊緊追逐着，除了那被追逐者底影子與最近前的街燈之朦朧的光亮而外，這濃霧把一切都掩蔽得看不見了。

接着，忽然地，喬治以一個走熟了這城市的人之本能，知道了他是在批開狄里大街。在這兒他閉着眼都可以找着路向；不再爲了地理上的拿不穩而覺緊張，他底心裏又想到布新萊底苦惱了。

在他那都會人的許多經驗之裏，從許多不明不白的戀愛事件中，他想起他青年時代的一個記憶來了。一個依然痛苦的記憶，這記憶使他在把乾草的氣息，月光的閃爍和迷人的夏天帶到了這倫敦底濃霧之黑暗與迷濛中來，是回憶到一天夜裏，他在一片草地最昏黑的蔭處從一個女人口裏竊聽到他並不是她惟一的佔有者。一想起這事喬治已不再在那昏黑的批開狄里大街行走，而又重行在那遮住燈光的白楊樹底長影中躺下了，心裏像地獄般難過，臉貼在那有香氣而凝着水珠的青草上。

一種渴望攫住了他，他想去抱住那海賊向他說：『罷罷，老伙計。時間可以治愈一切。讓我們去痛飲忘憂罷！』

但有一個人聲對他吆喝他向後一驚。一輛車子從黑暗中滾來，又滾進黑暗中去而消逝了。忽然，喬治看見他已失去了布新萊底踪影，他向前跑又向後跑，覺得他底心被一種漸重的恐怖所攫，被那種濃霧下隱藏的恐怖所攫。他底額上滲出汗來，他十分沉靜地站定，用他一切的能力去諦聽。

『於是，』當天晚上在『紅杯』娛樂場，在一盤彈子的進行中他把這事告訴了達悌，『我便找不着他了。』

達悌高興地撚弄着他底黑八字鬚。他剛剛一共擊了二十三點，再想打一個『進里式』的球，失敗了。『那個女的是誰呢？』他問。

喬治慢慢地看着那『精通世故的人』肥而作黃白色的臉子，他底兩頰曲線與他那疲倦難睜的眼際現着一個獰笑。

『不能，不能，我底好朋友，』他想。『我是不告訴你的。』因爲雖然他常與達悌交往，他却以爲他不是個好東西。

『哦，是一個可愛的小女人罷，』他說，一面拿粉擦他的撞球竿。

『一個可愛的女人！』達彿大聲叫說——他用了一種更加有寓意的說法。『我早已斷定那是我們底朋友索米斯——』

『你這樣斷定麽？』喬治淡漠地率然說。『那麽，聖母，你猜錯了！』

他一竿沒打中球。他很小心地不再提起這問題，直到將近十一點時，已經喝酒喝得『看着杯裏成黃色了』——這是他底詩意語句——他把窗帷拉到一邊，向街上注視着。濃霧之朦朧的黑暗僅微微被這『紅杯』前的燈光所破，看不見一個人或者東西。

『我不禁想起那海賊了，』他說。『他也許還在那大霧中徘徊着哩，如果他還活着沒死的話，』他帶一種奇異的沮喪加說。

『死！』達彿說，他在里士滿公園之被擊敗的記憶又燃燒起來了。『他不會死的。我敢打賭他是十分結實的！』

喬治轉身向他看去十分兇惡，在他那胖臉上有一種野蠻的抑鬱。

『住嘴！』他說。『我不是告訴你他「受了打擊」麽！』

五　審判

在他底案子開審的早晨，因爲他這一案是審判程序中的第二案，索米斯又不得不未見英倫就動了身；而這樣也正好，因爲他還沒有下決心對她取怎樣的態度。

他被要求於十點半鐘到庭，準備第一案（一件破約案）失敗了的善後，可是並沒有失敗，這一案雙方都表示一種勇氣，這勇氣給了皇后法律顧問瓦特拔克一個使他那在這類案件中已經很大的名望更加卓著的機會。他底對敵者是賴姆，另外一個有名善理破約案的律師。這案件簡直是兩個巨人底戰鬥。

正在吃午飯的休息時間之前庭上才下判決。陪審官全都離開了陪審席，索米斯走出去找東西吃。他碰見了傑姆士站在那小點心酒館內，在那座無一人的圍廊中像隻野鴨一樣，俯身對着面前一塊夾肉麵包和一杯舍利酒。中間那大廳是空的，他父子倆一起站着對着那大廳深思，時而有戴假髮披長袍的律師們從大廳中急忙地穿過，破壞了它那空寂，更時有一個老婆子或穿着汚穢褪色衣服的男子走過，帶一種驚恐的樣子向上看着，還有兩個比他底同儕更勇敢的人，坐在一個窗口裏辯論着。他們底語聲連同一種廢井似底氣味傳升上來，這氣味與圍廊的氣息相混，合成一種正像是精製的乳酪流出的氣味，這合成的氣味與英國法庭是不可分離的。

不久傑姆士就向他底兒子說話了。

『你底案子什麽時候臨審呢？我想立刻就該到了吧？我毫不懷疑這布新萊是要說些理由的；我想他不得不如此。如果他官司輸了他就要破產哩。』他把他底夾肉麵包咬了一大口，並喝了一口舍利酒。『你底母親，』他說，『想要你同夷倫今夜去我處吃飯。』

索米斯底脣際浮現着一個冰冷的微笑；他回看着他底父親。任何看見過這樣子交換的這冷酷而詭譎的眼色的人，如果他看不出他們之間的眞正了解，那是可以原諒的。傑姆士把他底舍利酒一飲而盡。

『多少錢呀？』他問。

一回到法庭裏，索米斯立即在前列長櫈上他底律師旁邊坐了他應坐的座位。他使任何人都不覺得地斜視了一眼看定了他底父親坐在什麽地方。

傑姆士身子向後靠地坐着，兩手緊握住他底傘柄，正在那法律顧問緊後面的櫈尾上深思着案子一審結他可以立即從那兒走開去。他覺得布新萊底行徑在各方面都令人氣忿，但他並不想吿發他，他覺得這種會見是很難爲情。

除了離婚法庭而外，這法庭也許是人所最喜愛的法律市場，毀謗，破約，以及其他商業上的案件都常是在這兒判決，很有些與法律無關係的人佔據了後面的旁聽席，在那圍廊上還可以看到一兩頂女人底帽子。

傑姆士緊前面的兩行座位漸次被戴假髮的律師們塡滿了，他們坐下作鉛筆記錄，閑談並剔牙齒；但他底注意力不久便因皇后法律顧問瓦特拔克走進來而不注意這些較小的法律人物；瓦特拔克進來時綢律師袍的兩翼猝縩地響着，他那紅潤而精明的面孔被兩行短的樱色頰鬚圍繞着他那樣子正如傑姆士所甘願地承認的，這位赫赫有名的皇后法律顧問正是能够詰難一個人證的人物。

雖然他有許多的經歷，碰巧他前此從未看見過皇后法律顧問瓦特拔克，像律師界較不著名的許多福賽一樣，他對於一個善於反覆駁詰的人，有着極端的崇拜。在看見他以後他那兩頰上深長的憂愁的縐紋鬆弛了一些，尤其是因爲他現在看出了只有他兒子底代表律師是皇室顧問。

皇后法律顧問剛一支着肘轉身要同他底小顧問談話，法官本遜先生便出現了——一個瘦而頗像隻母雞般的人，微有點佝僂，雪白的假髮下臉子剃得精光。瓦特拔克像庭中一切其餘的人一樣也站了起來，直等法官就座以後纔坐下。傑姆士僅微微站起；他已經很舒適，對於本遜並沒有什麽意見，因爲他已有兩次在邦萊湯姆斯家吃飯，座次與他僅隔一個人。邦萊湯姆斯是個頗不足道的人，雖然他是那麽成功發達。他最初學律務還是從傑姆士自己學的哪。他同時也頗興奮，因爲他剛發現布新萊沒有到庭。

「喂，他這是什麽意思呢？」他老想着。

案子宣佈開審了，皇后法律顧問瓦特拔克推開他底文件，把他底長袍肩上拉一下，像一個要去與人搏鬥的人一般把眼光劃了個半圓，站起身來向庭上講話了。

爭論的並不在這些事實，他說，不在於辯論，他只請求法官大人來解釋他底當事人與辯訴人中間的那些通信，辯訴人是一個建築家，通信是關於一所房屋的裝飾。不過，他底管見以爲這通信只能有一種顯然的意義。在短略地把魯濱山那所房子——他把這房子描述作一座邸第——的歷史與費用的實在事實複述以後，他繼續作如下的說明：

「敝當事人索米斯福賽先生，乃是一位紳士，一位資產家，任何對他的合法要求，他都是最不願加以駁辯的，但他爲了這所房子的事件遭了他建築師如此的對待——關於這房子，法官大人已經知道，他已經花了有一萬——一萬二千鎊之多，這數目比他原來打算花的數目多了很多很多咧——他所遭的對待使他在道義上——這點我是不厭加重說明的——在道義上，在爲他人底利益上，覺得他自已不得不提起這訴訟。關於該建築師底辯訴書中所提之點，我將向庭長大人建議，是不値得片時認眞考慮的。』接着他就讀那些通信。

他底當事人『一個衆所承認爲有地位的人，』正準備入證人席誓言其從未賦以權宜，也從未想到要賦以權宜讓他用欵能超過最高限度一萬二千零五十鎊之外，這限度是他明白規定了的；爲了不再多浪費法庭的時間起見，他願立即召喚福賽先生來。

於是索米斯走進了證人席。他那整個的外表鎮靜得使人驚異。他底臉表現着剛足够的倨傲，蒼白而剃得很干凈，兩眼之間有一條線，兩脣緊閉着；他底衣飾整而不華，一隻手帶着整潔的手套，另一隻手光着。他用一種有些低但很淸晰的聲音囘答被問的問題。他那在反覆盤詰之下的證詞簡直有沉默的味道。

『你不是用過「自由自便」的語句嗎？』

「沒有。」

「你看，你看！」

「我所用的語句是「在這通信的條件之內自由自使。」」

「你能告訴庭上說這是英國國語嗎？」

「是的！」

「你說這話是什麽意思呢？」

「意思就是語句中所說的！」

「你是否準備否認這是言辭的矛盾呢？」

「否認。」

「你不是一個愛爾蘭人吧？」

「不是。」

「你是一個受過高等教育的人嗎？」

「是的！」

「可是你堅持這種說法是對的嗎？」

「是的。」

在這些和更多的一再繞着那「難决爭點」輪轉的反覆詰問經過中，傑姆士坐在那兒用手擋在耳朵後面，眼睛釘着他底兒子。

他對於這兒子眞感覺驕傲！他不禁覺得要是在相似的環境之下，就是他自己也會被引誘得擴大他底答語，但他底本能告訴他說這種沉默恰恰是需要的。但他鬆快地嘆了口氣，當索米斯慢慢轉過身，顏色絲毫不變地走下證人席的時候。

當輪到布新萊底代表律師向法官陳訴時，傑姆士更加倍地注意，他更一再在那法庭中尋視，看布新萊是否隱藏在什麼地方。

青年堪克利律師不安地開始說話了；他因布新萊之不到庭陷入了一種難堪的地位。因此他盡力把這當事人未到庭的事加以說明。

他不禁有些害怕——他說——害怕他底當事人遇見了什麼意外的事。他本希望他定會到庭來質證的；這天早晨他們曾打發人到布新萊底辦公處和住處都找過了（雖然他知道這辦公處和住處是一而二二而一，但他覺得最好不這麼說，）但不知道他是在什麼地方，他以爲這是禍事的預兆，因爲他知道布新萊是多麼急於來提出證詞的。不過，他並沒有受囑請求本案改期，既然沒有這種囑託，他想進行本案乃是他底職務。他有點自信認爲正當的論點是，像「自由自便」這種語句是不能用任何前後面附加的贅語來限制，羈束或使其成爲無意義的，這一點如果他底當事人不是不幸爲什麼事件所阻而未能到庭，他定會用他底證詞來加以證明。他還要更進一層地說，這通信說明了無論福賽先生在他底證詞中怎樣說，事實上他從未打算不負他底建築師所命令執行的任何工作之責任。辯訴人當然從未預料到這樣一種意外的事，否則，如他底信上所說，他永遠也不會進行這工作的——這是一種極端精緻的工作，是以極大的小心與努力作成，以迎合滿足一個鑑賞家，一個富人，一個有錢的人之吹毛求疵的嗜好。在這點上，他本十分地覺得，現在也十分地覺得當他說這案件是最不公道，最出人意外，最前所未聞的案件時，他所用的字樣也許稍覺過分。如果法官大人能有那種機會——他自己因爲職責所關，已經去看過了——去到這所十分精美的房子那兒去看看他底當事人所從事的裝飾之美輪美奐，——他底當事人是他那最光榮的職業中一個藝術家——他覺得法官大人一定不能片刻容忍這種大膽的——他用這字樣並不覺過分——要逃避正當責任的企圖。

持着索米斯那些信件的抄本，他簡單地把那『博僧控告那爆裂的水泥有限公司案』敘述了一下。『那位當道法官怎樣判決我不確知，』他說；『無論如何，我以爲這判決之有利於我正如有利於我底友人一樣。』接着他嚴密地爭論那『難決的爭點。』他以一切應有的敬意說索米斯先生底語句已自行取消了它底意義。他底當事人並不是一個富人，這事對於他是很嚴重的；他是個很有天才的建築家，這無疑地是與他底職業榮譽有大關係的。最後他以一個藝術愛好者的資格向法官先生作一種也許太屬私人方面的請求，請求他表示他自己是一個藝術家的保護者，不使他們受這時常有的——他說時常有的——資本家底過分虐待。『如果，』他說，『像這位福賽先生等的資產家拒絕，並被允許其拒絕擔負他們所付託的工作之責任，藝術職業者的地位將變成什麽樣子呢？』……他現在要召喚他底當事人，或許他在這最後的一刻已經能夠到庭了。

斐力貝恩斯布新萊底名字被庭上傳呼人唱了三遍，那傳呼的聲音在整個的法庭和圍廊中帶一種奇異的淒涼意味回應着。

這無人回答的名字呼喚對於傑姆士起了一種奇異作用：這就像是在街上呼喚你底走失了的狗一樣。這失去了一個人所給與他底那恐怖感覺，打碎了他底舒適與安全的意識——打破了他底愉快的意識。雖然他不知道是爲什麼，這却使他覺得不安。

他現在看着那鐘——三點差一刻！一刻鐘以後一切都結局了。這年輕傢伙到什麼地方去了呢？

直到法官本遜先生宣讀判詞時他才挨過了他剛剛感受的這震驚。

這博學的法官從那把他與更平常的人們分開的木檯後面探身向前。他頭上剛剛點着的電燈光照在他底臉上，使它在那雪白的假髮下現作橙紅色；他那法官長袍在人眼裏更顯得加大了；他那對着法庭較黑處的整個身子，像是什麼莊嚴神聖的身體般放着光。他打打嗓子，啜了一口水，把一管鵝毛筆丟到案上，把他那乾瘦露骨的兩手合掌於胸前，開始說話了。

在傑姆士眼裏他忽然現得比他前此意中的他更偉大了。這乃是由於法律之莊嚴；一個秉賦氣質遠遜於傑姆士之實事求是的人，他如果不能透視這種光圈，從其中掘出一個頗平常的福賽，這福賽每天是在華德本遜爵士的令名之下言語行動——也許是可原諒的了。

他宜讀他底判決如下：

『本案事實已無辯論的餘地。前五月十五日，辯訴人曾寫信與控訴人，請求允許辭退其對於控訴人房屋裝飾事宜之業務地位，除非是允其「自由自便」行事。控訴人於五月十七日答復如下：「在依你底請求允你自由自便行事時，我希望你淸楚地了解當你把房屋裝飾完好交付與我時，連你底酬資在內（如我們所商定的）費用總額不得超過一萬二千鎊。」辯訴人又於五月十八日答復此信說：「如果你以爲在像裝飾這種精緻的工作中，我可以限定用款若干來拘束我自己，我恐怕你算錯了想頭了。」在五月十九日控訴人又寫了如下的話：「我底意思並不是說，如果你在我信中限定數目之外多用個十鎊二十鎊甚至五十鎊，我們中間就會有什麼麻煩。你可以在此信的條件之下自由自便行事，我希望你可以想法來完成這裝飾。」辯訴人於五月二十日這樣簡單地答復道：「很好。」

『在完成這種種裝飾時，該辯訴人竟致此房屋之總費用達一萬二千四百鎊之多，此一切費用已經控訴人支付。控訴人提訴本案之目的，係欲向辯訴人追還其於一萬二千零五十鎊之外超出之三百五十鎊，蓋此一萬二千零五十鎊之數，乃控訴人在此通信中所明定之最高數目，爲辯訴人有權花用者。

「要我裁決的問題是該辯訴人是否應負責付還此欵於控訴人。依我底裁判，他是應該負責的。

「該控訴人所說的話之主旨乃是：「我允許你自由自便來完成這些裝飾，但要你使費用總額不超過一萬二千鎊。如果你對這數目只超過五十鎊，我也並不要你負責；在此數之外你便不能代我作主，我將不允負責。」這在我是不十分清楚了解的：如果該控訴人事實上拒絕支付他底代理人簽約的債欵，不知他這樣做是否成功；但他並沒有採取這種辦法。他已經接受了債務總額，却依他底權利根據辯訴人約定的條件向辯訴人追償。

「依我底裁判，控訴人是有權向辯訴人追償此欵的。

「在辯訴人方面，曾想說明在此通信中並未規定或打算規定用費的限度。如果是這樣，我不知道控訴人爲什麽要在這通信裏塡入一萬二千鎊以後又塡上五十鎊的數字。辯訴人底爭論使這些數字毫無意義了。這對於我是很明顯的，在他五月二十日的信裏，他依信裏的條件同意了一個很明顯的提議，而對這條件他是必須負責的。

「因此種原因，應判決控訴人應得共要求之數目與訟費之賠償。」

傑姆士嘆了口氣，俯身拾起了他那當聽到『在這通信中填入』的字句時噗噠[illegible]的陽傘。

放開了他那絞在一起的兩腿，他迅速地離開了法庭；並不等待他底兒子，他搶着僱了一輛馬車（這是個無霧而陰沉的下午）直截到了狄莫塞底家裏；他在這兒遇見了斯維沁，於是他向他和塞普提麻斯摩爾夫人和赫士德姑母重述這整個的經過，在說述中吃了兩塊鬆糕，不全是在休息時吃，有時還一面說一面吃。

『索米斯做得很好，』他結尾說；『他已經把他底頭腦鑽進了正路裏。這會使岳里昂不喜歡哩。這對於那青年布新萊是件很糟的事；我相信他將要破產了，』接着，在一個長久的休止之後——休止時他不安地注視着火裏——他加道說：

『他沒有到法庭去——這是什麼道理呢？』

有脚步的聲音傳來。在那客廳後間裏可以看見一個矮胖的人，有着棕紅色十分健康的臉子。他那隻擡起的手之食指顯現在他那黑長衣上。他用一種抱怨的聲音說道：

『喂，傑姆士，我不能——我不能停下』一轉身他走出去了。

這乃是狄莫塞。

傑姆士從他底椅子上站了起來。『看啦！』他說；『看啦！我就知道有什麼事情不——』他忍住他底話沉默地凝視着面前，就像他看見了一個凶兆似地。

六　索米斯露出了消息

索米斯離開了法庭並不直接回家。他覺得也不想往商業區去，被一種要人同情他底勝利之需要所引，他也擇路向貝斯瓦特路狄莫塞家走來，不過是慢慢地步行而已。

他底父親剛走；聽過了整個故事的斯摩爾夫人與赫士德姑母熱烈地問候他。她們知道他在說過那許多供證之後一定餓了。斯密特要得再多給他烤些鬆糕，他親愛的父親已經把它們吃完了。他定須把他底腿放在沙發上；還得喝一杯烏莓白蘭地。這酒是很使人有力量的。

斯維沁還沒有走，已經比平常留戀得更久了，因爲他覺得缺乏力量。聽到這建議，他輕蔑地『呸』了一聲。少年人們達到的好一條路！他自己底肝臟有病，想到任何別的人要喝烏莓白蘭地他便不能容忍。

他差不多立即就走了，向索米斯說道：『你底夫人好麼？你代我告訴她說，如果她覺得沉悶，願意到我處同我靜靜地吃飯，我將給她一瓶她不能在每天得到的上好香檳喝』從他那高個子向下凝視着索米斯，他緊握着他那胖大的黃手，好像把那一伙兒小人們都握在他手裏了似地。於是挪出去了他底大胸膛，搖搖擺擺慢慢地走去了。

斯摩爾夫人與赫士德姑母被他嚇得非常恐懼。斯維沁是那麼可笑！

她們自己不渴欲詢問索米斯夷倫對於這結果將抱如何態度，但知道她們決不可詢問他也許會自動地說些什麼，對於這事顯點暗示，對於這在她們生命中燃燒着的問題，這因為須要緘默使她們幾乎痛苦得難以忍受的問題；因為現在連狄莫塞也聽說了，這對於他健康的影響是很使人吃驚的哩。而且，玖恩又將怎麼辦呢？這也是最使人興奮卽令不是危險的推想！

她們從未忘記老岳里昂那次來訪，從那時起他從未來看她們了；她們從未忘記他那次來時給與在場諸人的感覺，覺得這家族再不像從前那樣子了——覺得這家族要破裂了。

但索米斯沒給她一點幫助，他疊着兩膝坐着，談論着巴比雍（Barbizon）派的畫家，這些人是他剛剛發現的這些乃是將要行時的人們，他說；他毫不懷疑他們底畫可以賺一大筆錢；他留意着一個叫作哥羅特的人兩幅畫眞是可愛的東西；如果他能掏一個公道的價錢買到，他就要去買它們——它們有一天一定，他想，可以賣一個大價錢的。

塞昔提麻斯摩爾夫人和赫士德姑母對於索米斯的事，是不得不那麽感覺有興味，因此兩人都不願這樣被他措塞過去。

這是很有趣味的，——最有趣味的——而索米斯又是那麽聰明，她們拿得定他定能够在這些圖畫上作些事業，如果有人能够的話；但現在他已贏了官司，他底計畫怎樣呢；他是否就要卽刻離開倫敦到鄉下去住或者要怎麽辦呢？

索米斯答說他還不知道，他想他們不久就要搬去的。他站起身來吻他底姑母們。

柔麗姑母一接受這告別的表示，心裏立刻起了一種變化，好像有可怕的勇敢到了她心裏似地；她臉上的每一條肌肉都似乎要盡力逃出一個無形的禁錮它們的假面具。

她站起來把她那中人以上的身個子伸得挺直，說道：『我在心裏想了許久了，親愛的，如果沒有別的人告訴你，我已經下了決心要——』

赫士德姑母岔斷了她底話：『你記着，柔麗亞，你這樣做——』她喘了一口氣——『是由你自己負責呀！』

斯摩爾夫人像沒有聽見一般繼續說下去：『我想你「應該」知道呀，親愛的，麥肯德夫人曾看見夷倫在里士滿公園同布新萊先生一起散步哩。』

也已站起身來的赫士德姑母又跌回她底椅子裏，把她底臉扭過一邊去。柔麗實在太——她不應該做這種事情，當她——赫士德姑母在房裏的時候；可是一面却停止着呼吸地預期着，她等待着索米斯如何回答。

他那集中於他底兩眼間的特別的紅漲臉色又現出了；擡起一隻手，好像要選擇一隻手指似地，他精細地咬着指甲；於是從他那緊閉的兩唇間囁嚅着說道：『麥肯德夫人是個狡猫！』

並不等待什麽回答，他便走出那房間了。

當他去到狄莫塞家時，他已經決定了在到家裏時取怎樣的路線。他要走到夷倫面前向她說道：

『好，我已經贏了我底官司，事情算是結束了。我並不想對布新萊爲難；我想法子看是否能作一種妥議；我並不會逼迫他。現在讓我們忘記過去從新生活好了！我們將把這房子出租，脫離這多霧的倫敦城。我們立刻就搬到爵滾山上去。我——我從沒有想對你不起的！讓我們握手言和——並且——』也許她會讓他吻她並忘記一切的！

當他從狄莫塞家走出時，他底意向再不是這麼簡單了。那好幾月來冒着煙子的嫉妒與猜疑在他心裏熊熊熾燒起來。他定要把這種事情一下解決使其不再發生；他不能讓她把他底名譽玷污掉！如果她不能或不願愛他——這是她底義務同時也是他底權利——他使不讓她同別人弄詭計欺騙他！他定要讓她這樣；以離婚威脅她！這會使她知所檢束；她永遠不會願意離婚的。可是——可是——如果她願意怎麼辦呢？他覺得動搖了：他還不會這樣想過咧。

如果她願意怎麼辦呢？如果她向他承認怎麼辦呢？那時他將取什麼方法？他將不得不實行離婚！

離婚！這樣迫近來看時，這字樣直使人攤瘓，這字樣是如此與前此作他生活指針的一切道理相違反，這字樣之無調協餘地直使他膽寒；他覺得他像是一個船上的船長，走到船邊上親手在把他最珍貴的包件擲往水中去，這種把他底財產親手擲往水裏的事，對於索米斯似乎是可怖的。這會破壞他底職業上的名聲。他將不得不放棄魯濱山上這所房子，爲了這房子他曾花了那麼多的錢，費了那麼多的計算——而且賤賣出去。而她呢！她將再不屬於他，即令名義上也不屬於他了！她將從他底生活中逝去，而他呢——他將永不能再見她了！

他坐在馬車裏穿過一條長街，一直是想着他將永不能再見她了！

但也許她並沒有什麼要承認的，即令在現在也很像不會有什麼承認的，把事情逼到這一步是聰明的嗎？使自己陷入一種也許不得不自食前言的地位是聰明的嗎？這訟案的結果將使布新萊破產；一個破產的人是拚命的，但是——他能怎麼樣呢？他也許會到國外去，破產了的人們常是到國外去的，「他們」有什麼辦法呢——即令眞正是「他們」——既然沒有錢？最好還是等着看事情發展的結果如何，如果需要的話，他能夠把她監視起來。他那嫉妒的苦痛（眞正像是一隻牙痛痛得最厲害的時候）又上來了；他幾乎哭了出來。但他必得在到家之前決定，確定一種行動的路線。當車子拖到家門口時，他還是什麼也沒決定。

他走了進去，面色蒼白，兩手因出汗滋潤潤地，又恐怕會見她，又渴想會見她，又不知道他將怎麼說或怎麼做好。

女僕畢爾生在過道裏，他問她道：『你太太在哪兒？』畢爾生答他說福賽夫人約在正午時走了，帶一個衣箱和一隻手袋。

他把她所抓住的他底皮大衣衣袖摔開面向着她道：

『什麼呀？』他大叫；『你說些什麼呀？』忽然想到他不應該洩露了他底情感，他又加說道：『她留下了什麼囑咐的話呢？』他帶着內心的恐怖注意到了那女僕眼中驚慌的目光，

『福賽夫人沒有留下什麼囑咐的話，先生。』

『沒有囑咐的話；很好，謝謝你，這就得啦。我要到外邊吃飯去。』

女僕往樓下去了，撇下他仍然穿着他底皮外衣，懶然地摸弄着那過道中一張雕花橡木櫃子上那隻瓷缽中的來訪名片，

白爾翰柯雪爾先生與夫人　　柏里斯夫人

塞普提麻斯摩爾夫人　　海敏柏里斯小姐

貝恩斯夫人　　溫尼弗雷柏里斯小姐

蘇魯門桑倭綏先生　　愛娜柏里斯小姐

這些人都是些什麼鬼東西呢？他好像把一切熟知的東西都忘記了。『沒有囑咐的話——一個衣箱和一個手袋，』這些話在他腦子裏玩着捉迷藏、說她沒留下囑咐的話簡直令人難信，於是仍然穿着皮外衣一步兩級地跑上樓去，像一個靑年結了婚的男子回家時跑上他妻子底房間去一樣。

一切都精美，新鮮而且香馥馥地；一切都十分地整齊。在那有着淡紫色綢被的大床上，放着她自己親手製成而且繡了花的裝睡時用品的袋子；她底拖鞋停當地就在床脚下；連床頭的被單都掀了起來，好像在等待着她似地。

桌上放着她化粧品袋中的那些塗銀刷子和瓶瓶罐罐，是他自己送她的禮物。這一定有些什麼錯誤。她拿了什麼袋子去呢？他走到鈴旁想按鈴叫畢爾生，但及時記起了他對僕人們得裝着知道㚒倫到什麼地方去，把這事認爲應有的，他只好自己去探索出它底意義來。

他鎖上門，盡力思索，但覺得他底腦子在兜圈兒；忽然眼淚不顧壓抑地衝進了他底眼裏。急忙脫去他底外衣，他對鏡看着自己。

他是太蒼白了，全臉都現着灰白色，他放出了水，開始煩躁地洗臉。

她那些塗銀的刷子微微發着她用以搽頭髮的那種香水氣味；一聞見這氣味，他那嫉妒之燃燒着的難受又攫住他了。

掙扎着穿上他底皮外衣，他飛跑下樓跑到外面街上去了。

不過，他還沒失去他一切的理性，當他向斯樂安街走去時，他想造了一個故事準備他在布新萊處找不到時應用，但假如他找到了呢？他底決斷力又無用了；他還不知道如果在那兒找到她時便怎麼辦就到了那所房子。

時候已經過了辦公時間，街上的大門關上了；爲他開門的女人不知道布新萊先生是否在家；她這天沒有看見他，有兩三天不曾看見他了；她現在不服侍他了，沒有人服侍他，他——

索米斯打斷了她底話，他要自己上去看看。他帶一個固執蒼白的臉子走了上去。

最上一層樓沒有燈光，門在關着，沒有一個人回答他底撳鈴，他不能聽見一點聲音。他不得不走下去，在他底皮衣裏抖顫着，心裏冰冷，叫住一輛馬車，他告訴了那車夫趕到公園街去。

在路上他盡力追憶他最後一次給她一張支票是在什麼時候；她現在至多手裏只有三四磅錢了，但她有那些珠寶，他帶着深刻的痛苦記起了她這些東西將可以換得多少錢；足够供他們到國外去了；足够供他們生活幾個月了！他盡力來計算；車停了，他跳下車時賬還未計算清楚。

總管家問他索米斯夫人是否在車裏，老爺告訴他說他們倆都要來吃飯的。

索米斯答道：『沒有，福賽夫人受了涼。』

那總管家很爲之悵然。

索米斯以爲他在好奇地看着他，記起了他沒有穿禮服，問他道：『有什麼外人在這兒吃飯嗎？華木生。』

『除了達悌先生夫婦而外沒有別人，先生。』

索米斯又覺得那總管家在好奇地看定他，他底鎮靜失去了。

『你在看什麼呢？』他說。『我有什麼毛病麼，唉？』

那總管臉紅了，把皮大衣掛好，低聲說了句什麼，好像是說：『沒有什麼，先生，確切地，先生，』於是悄悄地走去了。

索米斯向樓上走去。從客廳經過他連看都沒看一眼，一直向他母親和父親底臥室走去。

傑姆士斜身站着，他那長而瘦的身材因穿着襯衫和晚裝背心而更明顯地現出了它那佝僂的輪廓，他底頭低着，白領結的尾端從一邊丹得利式的白頰髭下面斜睨着眼睛以深刻的集中力瞪着；屑弩着正在扣搭他妻子底緊身襯衣最上面的一個搭扣。索米斯停住了步；他覺得半噎住了，或是因爲他上樓上得太快或別的原因。他——他自己從來沒有——從來沒有被他底妻請求——

他聽見了他父親底聲音像口裏有一根針似地說道：『是誰呀？誰在那兒呀？你幹什麼？』又聽見他底母親說：『喂，斐妮斯，來把這個扣一扣罷；你老爺永遠也扣不好。』

他把他底手舉到他底喉間，斷嗄地說道：

『是我——索米斯呀！』

他感激地聽到了愛米麗底聲音中那愛意的驚詫：『呵，我親愛的孩子呀？』而傑姆士也放下了那搭扣同樣地說：『怎麼，索米斯呀！你怎麼上來了呢？你好麼？』

他機械地答道：『我很好，』並向他們看着，要想把他底消息說出來好像是不可能的。傑姆士很快地吃了驚，開始說道：『你樣子不好哩。我想你總是受了涼——這是肝病，我敢說是。你母親將給你——』

但愛米麗靜靜地插問道：「你帶了夷倫來沒有？」

索米斯搖他底頭。

「沒有，」他吃格着說，「她——她離開我了！」

愛米麗擲下了她正在對照的鏡子。她那高而豐滿的身子失去了它底尊嚴變得十分地有人味兒，當她跑向索米斯的時候。

「我親愛的孩子呀！我「親愛」的孩子喲！」

她用脣吻着他底前額，撫摩着他底手。

傑姆士也全身轉向着他底兒子；他底臉看來更老了。

「離開了你？」他說。「你這是什麼意思——離開了你！你從未告訴我她要離開你呀。」

索米斯忿怒地答道：「我怎樣知道呢？現在怎麼辦呀？」

傑姆士開始走來走去；他不穿外衣樣子很奇怪地像隻鸛鳥。「怎麼辦！」他喃喃說。「我如何知道怎麼辦？沒有人告訴我任何事情，於是他們來問我怎麼辦；我倒願意知道我將怎樣告訴他們！這兒是你底母親，她站在那兒，「她」什麼也不說。「我」所要說的是你要得去跟踪着她。」

索斯米微笑了一下；他那特有的倨傲的微笑前此從未現得可憐過。

「我不知道她往哪兒去了哩，」他說。

「不知道她往哪兒去了！」傑姆士說。『你這是什麼意思，不知道她往哪兒去了？你以爲她往哪兒去了呢？她去找那少年布新萊去了，這就是她所去的地方。我早知道事情會怎樣的。』

接着是長久的沉默，在這沉默中索米斯覺得他底母親在緊握他底手。一切過去了的事情，就像是他自己底思想與行動的力量都已消失地過去了似地。

他父親那暗紅色的臉抽搐着，就像要哭出來似地，說出的話好像因他心靈中的一種痙攣而放出的東西。

『要發生醜鬨的；我一向就這樣說。』沒有人哼出一個字，他又說：『你們只站在那兒，你同你底母親！』

愛米麗那寧靜而頗表輕蔑的聲音說道：『喂，別鬧了，傑姆士！索米斯會盡他一切的力量去辦的。』

傑姆士凝視着地板，有點上不接下地說道：『好的，我不能幫助你；我是老了。你不要太操之過急了，我底孩子。」

又接着他母親底聲音『索米斯會盡他一切的能力去把她弄回來的。我們不會說出這事的。一切都會太平無事的，我敢說。』

傑姆士道：『嗯，我看不出事情怎樣能够平安無事。如果她沒有同那個布新萊一起跑掉，我對你的忠告是不要聽她底話，只去追踪她把她弄回來。』

索米斯又覺得他母親在撫摩他底手，爲要報達她底鼓勵，像反覆地說一種什麽神聖的誓語一般，他在齒間喃喃着：『我願這樣！』

三個人一起下樓走向客廳去，三位姑娘和達悌都聚在那兒；如果夷倫在場，這全家人就算團圓了。

傑姆士跌坐在他底安樂椅裏，除了向達悌冷淡地問候了一下而外——達悌是他又輕視又害怕的，因爲他是一個好像總是缺乏錢的人——直到開飯時他什麽也沒說。索米斯也沉默着；愛米麗是一個有冷靜膽識的人，只有她與温尼弗雷談論着些瑣屑的事情。她底態度與談話在這天晚上比前此任何時都更鎮靜些。

他們決議不說及夷倫的逃亡。關於採取怎樣的正當辦法，這家族中再沒一個人表示任何意見；這是大概無疑的，從人們談到那些後來所發生的事實時一般的口吻看來，傑姆士底忠告『不要聽她底話，跟踪着她把她弄回來！』不僅在公園街，而且在尼古拉斯一家，羅格爾一家以及狄莫塞家都是被人視爲妥當的，只偶有一兩人不以爲然而已。就是在全倫敦城更大的福賽團體中，這忠告也一定同樣被人贊成的，他們不過因不知道這故事沒有機會來批評。

不管愛米麗之努力，華木生與那侍僕服侍他們吃飯時大家幾乎都沉默着。達悌很僵然，盡他底量喝酒；女孩子們在任何時候都是不大彼此交談的。傑姆士問了一次玖恩在什麼地方，她這些日子自己一個人怎麼排遣的。沒有一個人能告訴他。他又復返於抑鬱中了。只有當溫尼弗雷敘述小普布流怎樣把他底壞銅子給與一個乞丐時他才高興起來。

『啊！』他說，『這才是個聰明的小傢伙。如果他像這樣發展下去，前途眞不可限量。我稱他是個能幹的小東西！』但這只是片刻的高興而已。

菜品莊嚴地在電燈光下一道一道接續着上，那電燈光朗照在餐桌上，但沒有很照着墻上掛的那主要裝飾品——一幅所謂『丹納畫的海景，』畫的差不多全是繩索與將要溺死的人們。香檳酒端上來了，接着是一瓶傑姆士底頂頂陳的葡萄酒，但像是一架骷髏底冰冷的手端上來的一般。

索米斯在十點鐘時走去了；他曾有兩次答人詢問時說是夷倫病了；他覺得他再不能相信他自己還能這樣說。他底母親以她那大而柔的吻吻他，他緊握她底手，兩頰上熱得發紅。他在冷風中徒步走去，冷風在滿佈星辰作鐵青色的晴明天宇下街頭巷角淒涼地吻哨着；他既沒有注意天星那冷酷的問訊，也沒有注意那飛旋而上的楓葉莎莎聲，也沒有注意那些穿着襤褸皮衣的怱忙的夜行女人，也沒有注意街角流丐們現有菜色的臉子。冬天已經來了。但索米斯忘神地急急走回家去；當他從那塗金鐵絲籠中去拿那些晚班的來信時，——信是由門上一個縫子丟進這籠子的——他底手抖顫着。

信並沒有夷倫寄來的。

他走進了餐室；室中的火燒得熊熊然，他底椅子被拉好在火旁，拖鞋已準備妥當，鼻煙盒與雕花的煙捲匣兒在桌上；但把這一切東西注視了一兩分鐘之後，他閉了燈走下樓去了。在他底更衣室裏也有火，但她底房間裏却是又冷又黑。索米斯仍是到這房間裏來。

他點上許多蠟燭把屋內點得通明，在那床與房門之間繼續走了許久。他不能把她眞正離開了他的思想加以承認；像仍然要在他底結婚生活之一切神祕中搜求一點消息，一點原因，一點解釋似地，他開始把每個壁櫥和抽屜都打開。

裏面是她底衣服；他一向喜歡她穿得漂亮——實在是堅持着要她穿得漂亮的——她拿去了很少；至多有兩三件，一屜子又一屜子都滿裝着紗和綢的東西沒有動。

也許這只是一種惡作劇，她是往海邊去換幾天空氣去了。只要事情是這樣，她眞正還會回家，他將永不再做他在那不幸的前天夜裏所做的事了，永不再冒那危險了——雖然這是她底天職，是她一個作妻子的底天職；雖然她確是屬於他的——他將永不再冒那種危險了；她底腦子顯然不十分健康！

他俯身去看她盛珠寶的那個屜子；屜子並沒鎖，他一抽就抽開了；那珠寶匣子帶着鑰匙在上面。這很使他驚訝，後來他想起了這匣子一定是空的。他把匣子揭開了。

一點兒也不空。在那綠絨的小間隔裏，分別地放着他給她的一切東西，連那隻錶也在內，在那裝錶的凹裏塞着一條致『索米斯福賽』的三角形短柬，是夷倫的字跡。

『我想你和你底家人給我的東西我一點也沒有拿。』就只這麼一句話。

他看着那些鑽石與珍珠的釦子和釧子，看着那帶着一顆大鑽石鑲在青玉裏的小扁金錶，看着那些鍊子和戒指。每一件東西躺在它自己底窩兒裏，於是眼淚湧到他眼裏滴到它們上面。

她所能做的事，她所已經做了的事，再沒有像這情形使他覺到她底行動之深在意義的了。也許在這一倏間他幾乎懂得一切他所能夠懂得的——懂得了她厭惡，幾年來就厭惡他懂得了不管一切的打算與企圖他們是像住在兩個世界的人一樣，懂得了他並沒有希望了，從來就沒有希望的；甚至懂得了她一直是痛苦——懂得了她是可憐的。

在這感動的一倏，他背叛了他心裏那個幾乎無所不能的福賽——忘記了他自己他底利益，他底財產他被高舉入無我的，不顧實利的純潔的以太中了。

這種倏間是很快就要逝去的。

就像是用眼淚洗去了他底懦弱似地，他直起身來，鎖上匣子，慢慢地，幾乎是抖顫着，把那匣子帶到了另一個房間裏。

七　玖恩底勝利

玖恩在等待她底機會，早晨與晚間以一種最初直使老岳里昂惘惑的慇勤細看着各種報紙上那沉悶的一行行新聞；當她底機會來時，她便用她底個性所有的一切敏捷與勇毅的強頑抓住了它。

那天早晨將是她一生記得最清楚的，在這早晨，她終於在太晤士報的訟事欄裏，第八法庭本逐法官先生出庭的項下，看見了福賽控訴布新萊的案子。

像一個最後孤注一擲的賭博者一樣，她準備在這一擲賭上她一切的命運；她生性是不預期失敗的。除非是用一個戀愛中的女人底本能，她怎麽竟知道布新萊在這訟案中一定敗訴是不可思議的——可是，她就是基於這種假設定下了她底計謀，就像是基於一樁固定事實似地。

她在十一點半鐘時現身在第八庭的圍廊上看着了，直等到福賽控告布新萊那案子審畢後她纔走。布新萊之不到庭並沒有使她不安；她已經本能地覺得他是不願爲他自己辯護的，在審判終了時她急忙地走下去，坐了一輛馬車向他底住處而去。

她經過了那開着的臨街大門與底下三層樓中那些辦公處，並沒有惹人注意；一直到達頂層時，她底困難才開始。

她按鈴沒有人答應；現在她須要決定：她是到底層去請那閽者讓她到屋裏等待布新萊先生回來呢，還是耐性地呆在那門外頭，相信沒有一個人會上來呢？她決定了取後一種辦法。

在那梯口上幾乎凍僵地守候了一刻鐘，她才想到布新萊常是好把他底房門鑰匙放在門外擦鞋泥的棕墊底下。她在那兒一看找着了它。有幾分鐘她不能決定是否用它開門；最後她開門進去把門敞開着，預備有任何人來時，可以看到她是因事而來。

這不是那個五月以前抖顫着到這兒來的那個玖恩了；這幾月的忍苦與壓制使得她比較稍微不神經過敏了；她許久以來就在那樣精細地計畫着這次訪問，因而這訪問的可怕處已於事先消除了。她這次在這兒不是來失敗的，因為如果她失敗了，沒有一個人能幫助她。

像一隻母獸在看守着她底幼兒一樣，她那敏捷的小身子在那房間裏從沒有靜靜地站一刻過，從這墻下徘徊到那墻下，從窗口徘徊到門邊，時時用手指摸摸這東西、摸摸那東西。到處都是灰塵，這房間定有好幾禮拜沒有掃清了，玖恩是很快地可以抓住任何足引起她底希望的事物的，她在這情形中看到了他是為了經濟的原因不得不辭去了他底僕人。

她向那臥室裏面看看；床上的被褥是很粗糙整理着，就像是男人幹的，凝神諦聽着，她衝了進去，並向他底衣櫥裏張望一下。幾件襯衫和幾根領子，一雙泥汚的靴子——這房裏連長衣服都沒有。

她悄悄地回到外間裏，現在她注意到他所珍視的一切小東西都不見了。那從前屬於他母親的鐘，那沙發上掛的望遠鏡；兩幅眞正有價値的哈魯大學的舊照像，他底父親是曾在這大學讀過書的；最後而又重要的是，她自己所給他的那件日本陶器。一切都沒有了；雖然想到這社會竟這般虐待他在她那好奮鬥的心靈中喚起一種激怒，這些東西之失去却爲她底計畫之成功作了吉利的喜兆。

當她正看着那曾放過那件日本陶器的地方時，她覺得一種奇異的確定有人在看着她，一轉身，她看見夷倫在那敞開着的門口站着。

兩人站着互相沉默地凝視了一刻；接着玖恩走向前去伸出了她底手。夷倫却不握它。

當她底手被拒絕時，玖恩把手收回背在身後。她底眼睛漸氣忿得直了；她等待夷倫先開口；這樣子等着，她用難以捉摸的嫉妒猜疑與好奇的狂熱把她底朋友底面孔，服飾與身段都詳細地看到了眼裏。

夷倫穿着她那長的灰色皮衣；頭上那旅行戴的帽子在她底前額上端流露出一抹金色的頭髮。她那柔軟肥大的外衣使她底臉現得像個小孩子臉一樣。

不像玖恩底頰，她底雙頰上沒有血色而是象牙一般白並好像被凍僵了似地。她底兩眼周圍都有着黑圈。她在一隻手裏拿着一束紫羅蘭花。

她回看着玖恩，脣上並沒有笑意；因爲她那大的黑眼睛緊盯着她，玖恩雖然心裏又驚又怒，却感到了一點舊時的魔力。

她終於先說話了。

『你來做什麼事呢？』但因爲覺得她自己也在被問以同一問題，她加說道：『這可怕的官司。我是來告訴他——他官司輸了。』

夷倫不說話，她底眼睛老是看着玖恩底臉，玖恩叫說道：

『你不要站在那兒像石頭做的似地！』

夷倫笑了：『但願上帝使我這樣！』

但玖恩轉過身去：『住口！』她叫說，『不要告訴我！我不想聽！我不想聽你爲什麼事來的。我不想聽！』像是個不安的靈魂似地，她開始很快地來回走着。忽然她大聲說：

『我先到這兒。我們不能一起都呆在此地！』

夷倫底臉上泛起一個微笑，像火光一閃般又逝去了。她不動。接着玖恩在這身影的溫柔與凝定之下，看出了有着一種絕望與決計了的東西；一種不能屈撓的東西，一種有危險性的東西。她掀去了她底帽子，把兩手放在額上，把她那厚密的紅色頭髮向後壓下。

『你沒有權利在這兒！』她挑戰地大聲叫說。

夷倫答道：『我沒有權利在任何地方——』

『你這話是什麼意思呢？』

『我脫離了索米斯。你一向想要我如此的！』

玖恩把她底兩手掩住耳朶。

『不要！我什麼都不願聽——我什麼都不願知道。同你鬥爭是不可能的！你爲什麼像那樣子站在那兒呢？你爲什麼不走呢？』

夷倫底脣動了動；她好像是說：『我走到那兒去呢？』

玖恩轉身向那窗口。她可以看到下面街上一個鐘面快到四點鐘了。他隨時都會回來！她扭轉頭向後面看，她底臉氣得扭出着。

但夷倫並沒有動；她在她那帶着手套的手裏不停地轉弄着那一小束紫羅蘭花。

忿怒與失望之淚下流到玖恩底頰際。

『你怎麼還「能」來呢？』她說。『你是我一個虛僞的朋友！』夷倫又笑了。玖恩看出她這一句說錯了便哭了起來。

『你爲什麼來呢？』她嗚咽說。『你毀壞了我底生活，現在你又想毀壞他底！』

夷倫底脣顫動了；她底眼睛含着一種如此可悲的眼光與玖恩對視着，致使玖恩在嗚咽中大叫：『不要，不要！』

但夷倫低下她底頭直到頭挨着了她底胸膛。她轉過身很快地走了出去，用那一小束紫羅蘭花掩蓋着她底嘴。

玖恩跑到門邊。她聽見那脚步聲漸漸走下去了。她大呼道：『回來喲，夷倫！夷倫回來呀！』

那脚步聲消逝了。……

玖恩又迷亂又傷心地站在那樓梯頂上，夷倫爲什麽要走去，把她留下作這場合的女主人公呢？這是什麽意思呢？她眞正把他放棄給她了嗎？或者她已經——？一種嚙心的不安定侵蝕着她……布新萊也不來……

當天晚上約六點鐘的時候，老岳里昂從威斯塔利亞街回來，詢問他底孫女是否在樓上——現在他幾乎每天要在威斯塔利亞街度幾個鐘頭的。一聽說她恰恰剛回來，他就差人到她房裏去請她下來同他講話。

他已經決定要告訴她，他已經與她底父親和解了。在將來，過去的一切都譬如昨日死。他再不願孤獨地或事實上等於孤獨地生活在這所大宅子裏；他決定要放棄它到鄉下去爲他底兒子買一所房子，他們可以都一塊兒去住在一起。如果玖恩不喜歡這樣，他可以給她一筆欵子讓她單獨生活。這對於她並沒有多少區別，因爲她許久以來對他就沒有表任何愛意了。

但當玖恩走下來的時候，她底臉子是瘦削而且可憐；在她底眼中有着一種挫喪可憫的眼神。她照她底老樣子緊挨在他底椅臂上，他所說的話，與他十分小心地計畫想說出的那種明顯、有力、傷了心的話語比起來是很無力的。他覺得心酸，好像母鳥當它底幼兒飛起而跌折了翅膀時它偉大的心覺得酸一樣。他底話停住了，就像他爲了自己終於走出了這道德的正路，而且爲反抗穩健的敎條，屈服於他底更自然的本能，在道歉似地。

他好像煩躁着惟恐這樣宣佈他底主意時，他將給他底孫女一個不好的榜樣；現在他說到正題時，他那『如果你不願意這樣，你可以自己去過活而忍耐着』的話，說得委婉到了極點。

『如果，爲了什麼關係，親愛的，』他說，『你覺得你不能同他們一道過下去時，怎麼，我可以把這弄好的呀。你要怎樣我都可以辦到。我們可以在倫敦找一套房子，你可以在那兒住下，我可以不斷地到那兒去看你。可是那些孩子們呀，』他加說道，『眞都是些可愛的小東西呢！』

接着，在這莊嚴而又明顯的改變策略的說明中間，他底眼睛霎了一霎。『這事會使狄莫塞那衰弱的神經吃驚哩。那個過於自珍的小像伙對於這事一定無疑地要發些議論的！』

玖恩還沒有說話。像那樣踞在他底椅臂上，頭在他上面，她底臉是看不見的。但他不久就覺得她那溫熱的頰在貼着他底，知道無論怎樣她對於他這消息的態度是不會有什麼很可驚的表示的。他開始鼓起勇氣來。

『你會喜歡你父親的，』他說——『一個和藹可親的人，他沒有很多的進取心，但很容易同他相與的。你將知道他很有藝術嗜好與修養，以及其他種種。』

老岳里昂自己想起了他小心地鎖在他臥室裏的那一打左右的水彩畫；因爲他底兒子現在要變成一個資產家了，他並不像以前把它們當作那麼無價值的東西了。

『至於你底——你底繼母哩，』他說，用這字樣頗有些爲難，『我說她是一個高雅的女人——有點甘米幾夫人的氣味，我相信——但她是很愛岳的。而那些孩子們呀，』他重複地說——眞的，這句話在他一切莊嚴的自辯中就像是音樂一般——『眞都是可愛的小東西哩！』

如果玖恩知道，這些話乃是那種對於小孩子，對於幼弱者的溫愛之再生，這溫愛在過去曾使他爲了弱小的她自己而擯棄了他底兒子，現在哩，像天道循環般，這溫愛又在帶他離開她了。

但他對她底沉默開始覺得驚詫了，焦急地問道：『唔，你底意思如何呢？』

玖恩下溜到他底膝上，現在又輪到她來說話了。她以爲這一定弄得很好；她以爲並不會有任何困難，別人家怎樣說，她是毫不在意。

老岳里昂蠕動一下。嗯，原來別人家還要說話麼？他還以爲過了這麼多年數他們不會有什麼話說了！好的，隨他們說去！不過，他還是不能贊同他孫女底說法——她應該對於人們的說話加以顧慮的！

可是他什麼也不說。他底感情是太混雜太不一致，沒法子表現了。

不——玖恩繼續說——她毫不顧及；這與他們有什麼關係呢？就只有一件事情——她底臉緊貼着他底膝上，老岳里昂立卽知道這件事不是一件細事：既然他要到鄉下買一所房子，他可否——爲要使她快樂——買倍澇山上索米斯底那所華美的房子呢？這房子已經完工了，非常地完美而且現在沒有人要往那兒住了，他父子們會很快樂地住在那兒！

老岳里昂立刻警覺起來。原來那『資產家』不要往這新房子裏去住了麽？現在他每談及索米斯時總是用這個名稱，

『不呀，』——玖恩說——『他不要去了；我知道他不要去了！』

她怎麼知道的呢？

她不能告訴他，但她知道。她知道幾乎一定如此！這是最不會有的事；環境情形已經變了！夷倫底話仍然在她耳中震蕩：『我已經脫離了索米斯！我將往哪兒去呢？』

但她不把這事說出來。

只要她底祖父把這房子買下，把那根本不應該加於斐爾頭上的可恨的賠償要求就此了結就好了！這是對於每個人都再好沒有的事情，而且一切事情——一切事情都會弄好了。

玖恩用她底唇吻着他底額，把嘴緊貼在上面。

但老岳里昂掙脫了她底愛撫，他底臉上帶着那種處理事情時現出的正經樣子。他問她是什麼意思呢？這一切內中一定有些原故——她曾見了布新萊嗎？

玖恩答道：『沒有；但我曾到過他底住處去了來。』

『到過他底住處去？誰帶你到那兒去的呀？』

玖恩堅定地正視着他。『我自己去的。他那官司輸了。我不管這是正當或錯誤。我想去幫助他；而且我「要」這樣。』

老岳里昂又問道：『你看見他沒有呢？』他底眼光好像要穿透玖恩底眼睛直入她底心靈。

玖恩又答道：『沒有；他不在家。我等着，但他沒回來。』

老岳里昂放心地動了一下。她已經站起身俯視着他；那樣小，那樣輕，那樣年青，而又那樣固定，那樣堅決；雖然他被激得煩躁着惱，但他不能以怒容拒開那堅定的目光。被打敗了的感覺輻纏淋掉了的感覺，老了和倦怠了的感覺支配了他。

『啊！』他終於說道，『你終有一天要弄出煩惱來的，我知道。你什麼事都要任着你自己底性兒。』

忽然有一種他那奇異的哲理觀念來襲，他加說道：『你生來就是這樣；一直到死你將永是這樣。』

在與商人們，董事委員們，各種各樣的福賽們，以及並非福賽的人們打交道時一向是任着他自己底性兒的他，悽然地看着他這固執的女孫——因爲覺得她具有那種性格，爲他下意識裏崇拜得超過一切其他東西。

『你知道人們說有什麼事在發生麼？』他慢慢地說。

玖恩臉紅了。

『是的——不是。我知道——我不知道——我不管！』她把她底脚頓了一下。

『我相信，』老岳里昂說，低下他底眼睛，『卽令他是個死人你也會要他的！』

在他再說話之前有一個長久的沉默。

『至於說買那所房子——你不知道你說的是多麼重大的事！』

玖恩說他知道。她知道如果他想要，他是可以得到它的，他只消出那房子的建築費就行了。

『那房子的建築費用對於這個你什麼也不懂。我不願去找索米斯——我不願再同那小子打什麼交道。』

『但你用不着找他；你可以去找傑姆士叔祖。如果你不能買這房子，你願不願付這筆訴訟賠款呢？我知道他是非常地困窮——我已經看透了。你可以從我底錢裏扣除的！』

老岳里昂把眼睛霎了一霎。

『從你底錢裏扣除！眞好辦法！你要沒有你底錢你便將怎樣辦呢，請問？』

可是在心裏，要從傑姆士與他底兒子手裏奪過來那所房子的念頭已經開始抓住了他。他已經在福賽交易所中聽到過許多批評，許多對於這房子的頗可疑的稱讚。房子是『太藝術了』，但是一個很好的地方。從那『資產家』手裏奪過他所愛上了的東西，將是一種蓋過傑姆士的勝利，將是一種事實上的證明，證明他要使岳成一個資產家，把他復歸於他應享的地位，把他安全地留住在那兒了。這是對於那些把他底兒子當作一個可憐一文沒有的游民的人們一種痛快淋漓的裁判！

他要看看，他要看看！這也許不成問題的；他並不打算出特別高價，但如果事情做得到，那麽，他也許會去買了它！

在心底更深處，他知道他是不能拒絕她的。

但他並不露聲色。他要把事情考慮一下——他對玖恩說。

八　布新萊之死

老岳里昂向來辦事，都要經過長思熟考的。如果不是玖恩底臉色告訴他說，如果他不即刻購買的話他是不得寧息的，他也許對於這購買魯濱山上那所房子的事，還在繼續考慮着。

在第二天早晨吃早飯的時候，她問他什麽時候吩咐備車。

『備車！』他說，帶着一種無所知的樣子；『爲什麽呢？我並不要出去呀！』

她回答道：『如果你不去早點兒，在傑姆士叔祖往商業區之前便來不及碰見他了』。

『傑姆士！你傑姆士叔祖有了什麽事呀！』

「關於那房子，」她答說，那聲音使他再不能假裝不知道了。

「我還沒有決定哩，」他說。

「你必得決定你必得決定呵！爺爺——替我想想！」

老岳里昂不平地說道：「替你想——我一向都替你想，但是你却不替你自己想；你並不想你爲什麼你自己要兜攬這事。好啦，在十點鐘吩咐備車！」

十點一刻他已經把他底傘豎在公園街的傘架裏了——他不願脫去他底帽子和衣服；一面告訴華木生說他要見他底老爺，他不用他通報就走進書房裏坐下了。

傑姆士還在餐室裏同索米斯談話，一聽到客人是誰，他便不安地喃喃道：「嗯，「他」想幹嗎呢？」

於是他站起身來。

「好啦，」他對索米斯說，「你什麼事都不必操之過急。第一着是要找到她在什麼地方——我要到斯丹納偵探局去辦這事；他們是最好的偵探。如果他們找不到她，便沒有人能够找到了。」忽然奇異地心軟了起來；他向自己喃喃道：「可憐的小東西！「我」不知道她在想些什麼事！』於是拭着他底鼻子走出去了。

老岳里昂看見他底兄弟並不起身而伸出他底手，同他交換了那種福賽式的握手。傑姆士在那桌旁的另一張椅子上坐下，把頭倚在手上。

『唔，』他說，『你好麽？這些日子我們很少看到「你」了！』

老岳里昂並不注意這句話。

『愛米麗好麽？』他問；等不到回答他繼續說道：『我是爲了小布新萊這件事來看你的。我聽說那所新房子完全是一隻白象（謂多耗金錢而無用也——譯者）哩。』

『我對於一隻白象什麽也不知道，』傑姆士說，『我知道他底官司輸了，而且我要說他將要破產哩。』

『我一星兒也不懷疑！』他同意說；『如果他破了產的話，那「資產家」——就是說那索米斯就要受損失了。現在，我所想的是這樣：如果他不要往那兒去住了——』

看見傑姆士眼裏又驚又疑，他趕快說下去：『我並不想知道任何事情；我想大概夷倫堅決着不去——這對於我並無關係。但我自己正想在鄉下找一所房子，要離倫敦不太遠，如果我看來合式，我倒要出相當價錢做個交易。』

傑姆士聽這一篇話時，先是一種奇異的懷疑，揣測與鬆快之混合情感，隨卽沉入了一種不知他葫蘆裏賣着什麽藥的恐怖，又依稀帶有一點餘剩的，對於他底長兄之誠實與明斷的舊有的毫不懷疑的信賴。同時還對於老岳里昂究竟聽說了什麽和怎樣聽到的問題表示焦慮；一想到如果玖恩和布新萊的關係完全斷絕了的話，她底祖父便不會這麽急於幫助他，這想頭又使他起一種希望總之他是惶惑了；因爲他既不願表示他底惶惑，又無論如何不願洩露他底消息，他說道：

『我聽說你正在更動你底遺囑，使你兒子多得些。』

他並沒有聽人告訴過他這事；他只是把看見老岳里昂與他底兒子和孫兒孫女在一起的事實，與他把他底遺囑從福賽布斯塔福賽律師事務所取去的事實加到一塊兒而已。這一語正中要害。

『這是誰告訴你的？』老岳里昂問。

『我敢斷言我是不知道，』傑姆士說；『我記不得名字了——我知道有人告訴過我而已。

索米斯為了這房子花了一大筆錢；除非賣大價錢他是不大願意脫售的。』

『好的，』老岳里昂說，『如果他以為我會出特別貴的價錢，那他就弄錯了。我還沒有錢丟掉會讓他拾到的。讓他在不得不賣時再盡力賣去，看他能賣個什麼價錢。我聽說這房子並不是一般人都有力買的呢！』

傑姆士在心裏也是這麼想，他答道：『這是一所上等人住的房子。如果你想見索米斯，他現在就在這兒。』

『不要，』老岳里昂說，『我還沒有走到這一步咧；如果要我出大價錢，似乎也不會走到這一步，這我看得很清楚！』

傑姆士有點兒被威嚇住了；在商業交易中當談到實在的數目多少時，他自己是很有把握的，因為那時是對事問題，不是對人；但像這樣的事先商議却使他焦急——他總不知道他可以講到怎樣程度。

『好啦，』他說；『我對於這事什麼也不知道；索米斯哩，他什麼也不告訴我；我想他是會接受的——這只是一個價錢問題。』

『呵！』老岳里昂說，『可別讓他講情面少要錢呀！』他在忿怒中把他底帽子戴上了。

門開了，索米斯走了進來。

『外邊有一個警察，』他半微笑地說，『是來找岳里昂伯伯的。』

老岳里昂忿然地看着他，傑姆士說道：『一個警察？我對於一個警察什麼也不知道。但我想「你」對於他總有點兒明白吧，』他帶一種揣測懷疑的目光對老岳里昂加說：『我想你最好去見他。』

在那門廊裏，一個警務長正忠蠢地站在那兒用他那疲倦難睜的淺藍色眼睛打量着那件美好古老的英國式傢具，這東西是傑姆士在波特曼方場那有名的馬物諾珍魯拍賣時買來的。

『家兄在裏面等你，』傑姆士說。

那巡長恭敬地把他底手舉到他底尖形帽邊，走進了那書齋。

傑姆士帶一種奇異的感覺看着他走進去。

『好啦，』他向索米斯說，『我想我們必得等着看他來做什麼。你伯伯是爲那所房子而來的！』

他與索米斯回轉到餐室裏，但不能安息。

『他到底來做什麽呢？』他又喃喃地說。

『誰呢？』索米斯答：『那巡長麽？他是從斯丹霍門那兒繞過來的，我就只知道這一點兒。總是岳里昂伯伯底那個「不信奉國教的傢伙」做了竊賊，我想一定是！』

但不管他底鎭靜，他也現得不安。

十分鐘以後老岳里昂走了進來。

他走到桌邊，一聲不響地站在那兒抹着他那白的長八字鬚。傑姆士擡頭張着口凝視着他；他從沒有看見過他底哥哥像這個樣子。

老岳里昂舉起他底手，慢慢地說道：

『小布新萊在大霧中被車子軋死了。』

接着站在他底兄弟與侄兒上手，他用他那深刻的眼光下視着他們：『有——一種——說法——說是——自殺，』他說。

傑姆士驚得大張着嘴。『自殺！他爲什麽要自殺呢？』

老岳里昂嚴冷地回答道：『天知道，如果你同你兒子不知道的話！』

但傑姆士不答。

對於一切大年紀的人，甚至對於一切的福賽人生都是有苦的經驗的。看見他們在習俗，財富與安樂的大衣中包裹着的旁觀者，永遠也想不到他們底人生路上也有這樣的黑影。對於每一個大年紀的人——就是對於華特本遜爵士自己——自殺的念頭至少會有一次出現於他心靈的接待室中；在那門限上等着進去，而被一種偶然的現實，一種模糊的恐懼，一種痛苦的希望遏止着把它攆走了。對於福賽們，那種最後的財產割棄是很難過的。！那是很難過的！他們很少——也許從來沒有——自殺成功過；可是，他們有時是多麽近於要自殺喲！

連傑姆士也是如此。於是在他思路的混亂中，他忽然說道：『呀，我昨天就在報紙上看見了：「在大霧中被車子軋死！」但他們不知道他底名字！』他在心靈的煩亂中看看這個又看看那個底面孔；但他一直本能地在否認那自殺的謠傳。他不敢接受這思想，這思想是如此違反他底利益，他兒子底利益和每個福賽底利益。他努力反對它；因爲他底本性常是非意識地否認一切不能安全接受的東西，於是他漸漸克服了這種恐懼。那是一件意外的橫禍！那一定是這樣的！

老岳里昂在他底冥想中插進話來。

『死是立時就死了的。他昨天已經在醫院中躺了一整天了。沒有一點東西足以說明他是何許人。我現在要往那兒去；你同你底兒子最好也來。』

沒有一個反對他這命令，他在前引導着走出了那個房間。

這天是明靜而晴朗，當他從斯丹霍門坐車到公園街來的時候，老岳里昂是把車子做開着的。坐在那褥墊上向後靠着，吸着他底雪茄煙，他曾愉快地注意到那微風的勁峭，那車馬與行人的熱鬧，那奇異的，幾乎像巴黎一般的，大霧大雨之後第一個晴天爲倫敦街帶來的那種活潑熱鬧。他曾覺得他是如此地快樂，那種快樂他已經好幾個月沒感到過了。他心裏已經忘記了他對玖恩的自白；他只想着將來他可有他底兒子，尤其是他底孫兒女們作伴——（他曾約定就在這天早晨在霍克博克俱樂部與小岳里昂會見重行討論這問題；）同時又有着在這房子事件中壓倒傑姆士與那『資產家』的，一個將要到來的鬥爭和勝利之愉快的興奮。

但現在他把車子關起來了；他無心去看那種熱鬧了；同時福賽們與一個巡長同車也是不便被人看見的。

在車中那巡長又談到了死者的事：

「當時那地方的霧是並不很濃的，那趕車人說這位先生一定事先看到前面有車來了，他好像是故意走上去讓那車子軋倒的，看來他是非常地窮困，我們在他底住處發現了幾張當票，他在銀行的存欵簿也透支了，同時又有今天報上的這訟案；」他那冷然的藍眼睛對車中的三個福賽這個看一下又對那個看一下。

老岳里昂從他底車角裏看着他兄弟底臉在變色，臉上那深思煩惱的樣子愈見加深。眞的，聽見這巡長底話，傑姆士一切的懷疑與恐懼又復活了。窮——困——當——票——透支的存摺！這些字樣在他一生中對於他都是一種遼遠的惡夢，它們好像把那自殺的揣測可怕地弄成眞的了，而這揣測又是無論如何不能加以接受的。他去看他底兒子；但索米斯目光炯炯地沉默不語也不動，却並不回看他。他那窺察着預知他們之間的聯合防線的老岳里昂，忽然感到了一種强烈的慾望想要他自己底兒子在他身邊，就像這次去看那死人身體是一場戰爭，在這戰爭中如果沒有他兒子，他便要兩拳難敵四手似地。同時，怎樣不使玖恩底名字在這事件中露出的思念，一直在他底腦中迴旋着。傑姆士有他底兒子扶助他！他爲什麽不打發人去找喬呢？

拿出來他底名片盒，他用鉛筆寫了下面的信息：

「卽刻就來，我打發這馬車來接你。」

一下車他就把這名片交給了車夫，告訴他盡力趕快驅車到霍克博克俱樂部，如果岳里昂福賽先生在那兒，就把名片交給他立刻把他用車載來。如果不在那兒，就在那兒等他來。

他跟着其餘的三人慢慢走上臺階，倚着他底傘站了片刻喘息一下。那巡長說道：「這是陳殮室，先生。但請不要忙。」

在那毫無裝飾的，白墻壁的室中，除了一縷陽光射在那淸淨無塵的地板上而外空無所有，地板上躺着一個蓋着一張被單的屍體。那巡長用一隻鎭靜的大手拿住被緣把它揭將開去，一張難看的臉子向上看着他們，那三個福賽站在這難看而向人挑釁的臉子兩邊，向下看他們各人心裏都有他自己本性中的那種隱密的感動，恐懼與憐憫，像人生之波浪般一起一伏，現在這人生的激浪已經被那些白墻壁隔在外邊永不能及於布新萊了。他們每人心裏，還有他本性的那種傾向，那種各自獨有的泉源使他們在細微處一定不變地和其他人不同的個性，——這東西便使他們各自作一種不同的思想。與別的人非常相遠隔而又不可思議地緊挨着，每個人都這樣地獨自與死站在一起，沉默着，眼光低垂着。

那巡長輕聲地問道：

『你認得這位先生嗎，先生？』

老岳里昂擡起他底頭點了一點。他看着對面的他底兄弟，那長而瘦對着死人沉思着的人，帶着暗紅色的臉和挫喪的灰色眼睛；並看着那站在他父親身旁的索米斯那面色蒼白的，沉靜的身影。他對這兩人所有的惡感都像煙一樣地消逝了，死，——在這白色包着的「火」的面前，它是從何處來的呢，怎樣來的呢——突然地把前此一切都反變過，盲目地走上另一條路程——到什麼地方去呢？火之黑暗的熄滅！一切人類必須經歷的，使他們底雙眼清明而勇敢地望着結局的，沉重而殘酷的毀滅他們渺小而無價值，就像是蟲豸一樣！老岳里昂底臉上掠過一道光亮，因爲索米斯低聲向那巡長說了些什麼，悄然無聲地溜出去了。

接着傑姆士忽然舉起了他底眼睛。在那懷疑而煩亂的目光中有着一種奇異的懇求：『我知道我不是你底敵手，』這眼光好像這樣說，找到一塊手帕，他拭拭他底額頭；接着悲哀而憔悴地對那死者一躬，他也轉身急忙走去了。

老岳里昂像死一般沉靜地站着，他底眼睛注視着那屍體。誰知道他在想什麼呢？想着他自己，當他底頭髮像他面前這靑年的死者底頭髮一樣作棕褐色時候的他自己麼？想着他自己，當那鬥爭，那他所愛的長久長久的鬥爭剛開始時的他自己麼？（這鬥爭對於這年靑人幾乎還未開始便已完結了。）想着他底孫女，那希望破滅了的孫女麼？想着那另一個女人麼？想着這事件之奇異與可憫麼？想着這結果之諷刺性之不可思議與辛酸麼？公道！人類是得不到公道的，因爲他們永遠在黑暗裏！

或者也許在他底哲學中他想的是：最好脫離了這一切！最好把它結束了，像這可憐的靑年一樣……

有什麼人把他底臂挨了一下。

一滴眼淚衝上來濕了他底睫毛。「唔，」他說，「我在這兒沒有用處。我最好走了。你可以儘速再去見我，岳，」他低着頭走去了。

現在又輪到小岳里昂站在這死人旁邊了，他好像看見一切的福賽們都圍在這屍體旁邊，斷氣了，僵直了。這打擊落下得太迅急了。

這隱含着各種的悲劇的力量——這不容你拒絕，交流地作用着要達到它們冷諷的結局的力量與一個霹靂相遇而混合了，擊殺了犧牲者，把一切立在旁邊的人也都擊倒了。無論如何，小岳里昂是這麼地似乎看見了他們躺在布新萊底屍體周圍。

他請那巡長告訴他事情發生的經過，那巡長像一個並不每天都能得到這種機會的人一樣，又把我們已知的事實詳述了一遍。

『可是，先生，』他說，『這兒還有一點表面事實以外的東西。我自己並不相信是自殺，也不相信純是出於意外。我想這樣更近似些：他正在忍受一種心靈非常緊張的痛苦，沒有注意到他周遭的東西。也許你對於這些東西能看出點什麼來罷。』

他從他底衣袋裏掏出一個小包，把它放在桌上。小心地打開包，他拿出了一塊女人底手帕，用一根褪了色的鍍金扣針穿過摺層扣着，扣針上的寶石已經從嵌巢裏掉去了。一陣乾的紫羅蘭花香攢進了小岳里昂底鼻孔。

『這是在他胸前的衣袋裏找到的，』那巡長說，『人名被剪去了。』

小岳里昂很爲難地答道：『我怕我無法幫助你！』但他眼前淸楚地浮現了他曾看着它當

布新萊走近時快活起來而那麼顫動着高興着的那張臉子！他想到她比想到他自己底女兒更多，比想到他們一切的人更多——想到那有着黑而溫柔的眼光，優美沉靜的臉兒，等待着這死者的她；她就是在此刻她也許還在日光中沉靜而忍耐地等着他在哩。

他悲哀地從醫院走往他父親家裏去，想着這個死定會把那福賽的家族破壞掉這一擊眞正從他們底防禦物中溜過深擊入他們底樹林中了。他們也許在任何方面都仍然像從前一樣繁榮，在倫敦人底眼裏仍保留着煊赫的現象，但那樹幹已經死了，被那擊倒了布新萊的同一電火燒乾枯了。現在小樹苗兒們要代替它底地位了。每一個小樹苗是一個新的財產意識之保管者。

眞好的福賽樹林呀！小岳里昂想——是我們土地中最堅實的木料哩！

關於這死的原因——他底家人無疑地定要用强力否認自殺的揣測，這揣測是如此地與他們有礙！他們定要把它當作一種意外，一種命運的打擊。在他們心裏，他們甚至要覺得這是上帝的干涉，是一種報應——布新萊不是曾使他們底兩種最寶貴的所有品，金錢與家庭發生了危險嗎？他們還要談論着『青年布新萊那不幸的意外，』但他們也許不談——沉默也許更好些！

至於他自己哩，他把那趕車人對於這事的敍述視爲無多價值。因爲沒有一個那麼瘋狂地戀愛着的人，會爲了沒有錢而自殺的；而布新萊也不是那種十分重視一個經濟危機的人。因此他也否定自殺的說法；死者底面孔在他底面前浮現得太清楚了。在他底全盛時代就死了——要相信一種意外竟在布新萊最狂熱地戀愛着的時候挾他以去，對於小岳里昂是比前此更爲覺得可憐。

接着他幻想索米斯現在的家庭狀況，和它將來定要如何。一縷閃電已經把它那明白無情的光亮閃射在中間有着冷笑的間隙的光背上，假扮的血肉已經不見了。……在斯丹霍門底餐室中，當他底兒子進來時老岳里昂正在獨坐着。他在他那安樂椅中看來很蒼白。他在那掛着靜物畫和那傑作『落日時分的荷蘭漁舟』的四壁上溜動着眼睛，好像在凝視着他底一生與這一生的希望，獲得，和成就似地。

『啊！岳呵！』他說，『是你麼？我已經告訴了可憐的小玖恩了。但這還不够啦。你要往索米斯家去麼？「她」也是自作自受，我想；但我有點不忍想到她，閉在那屋裏——一個人孤獨着。』舉起他那枯瘦而血管暴露的手，他把它緊握着。

九　夷倫之返家

在把傑姆士和老岳里昂擱在那醫院的殯殮室中以後，索米斯漫無目的地在街上慌忙地走着。布新萊之死這可悲的事把一切事情的面目都改變了。他再沒有那種要躭誤一分鐘事情就許不能挽回的感覺了，在驗屍的事宜沒有完結以前，他也不用冒險把他底妻子逃亡的消息告訴任何人了。

這天早晨他曾經起來得很早，郵差未來之前他就起來了，親自到信箱去取那頭一班送來的信；雖然沒有一封是夷倫寄來的，他却藉此機會告訴畢爾生說她底女主人現在海濱；他自己也許，他說要到那兒去，從禮拜六要住到禮拜一。這給了他一種喘息的時間，一種可用盡一切方法去找她的時間。

可是現在，因布新萊之死阻止了他採取行動——這奇異的死，想到它就像放一塊烙鐵在他心上似地，又像從他心頭起去了一種重壓似地——他不知道他底日子如何過了；他在那些街上從這兒徘徊到那兒，看着他所遇見的每一個臉子，被萬種焦急呑噬着。

當他徘徊着時，他想起了那個終止了他底徘徊，他底巡掠，永遠再不會與擾他底家庭了的人。

已經是下午的時候。他看見了死者已有人認出的佈告，於是買了份報紙看報上說些什麼。如果他能够，他將不許他們亂說，於是他走到商業區，同布爾特律師密談了許久。

在回家的路上，約四點半鐘時從約伯孫商店的臺階上經過，他遇見了喬治福賽，這喬治把一張晚報遞到他面前說道：

「喂你看你看見這關於那可憐的海賊的事情沒有？」

索米斯冷然地答道：「看見過了。」

喬治瞪視着他。他從來不喜歡索米斯；他現在以爲布新萊之死他應該負責。索米斯致死了他——用他那行使對自己財產的行爲致死了他，這行爲曾使那海賊在那不幸的下午瘋狂地亂跑。

『那可憐的傢伙，』他在想着，『他是那樣嫉妒得發了瘋，那樣爲要報復而發了瘋，以致在那地獄般的大霧中他完全聽不到那車子的聲響。』

索米斯致了他底死命！喬治底眼裏表現着這種裁判。

『這報上說是自殺，』他終於說了。『這猜測不對。』

索米斯搖頭。『一個意外的橫禍罷了，』他喃喃說。

喬治把他那報紙握成一團塞進了他底衣袋裏。在臨別時他忍不住要說句挖苦的話。

『哼！家裏一切都興順吧？得了小索米斯沒有？』

索米斯底臉子像約伯孫商店的階石一般慘白，嘴唇像在怒罵般動着，從他身旁闖過走去了。

一到家，一用他底鑰匙開了門走進了那有燈光的小門廊，他第一件看到的東西是他妻子那塗金的傘躺在那鋪毛氈的櫥子上。丟開了他底皮外衣，他急忙向客廳走去。

廳中的窗幃因爲是夜裏已經拉上，一個熊熊的香柏木燒的火在爐格欄裏燃着，他藉光看見了夷倫坐在沙發上她常坐的角落裏。她不動，好像也並沒有看見他。

「原來你已經回來了麽？」他說。「爲什麽你在這黑暗中坐着呢？」

接着他看見了她底臉子，那樣地慘白而無生意，就像她血管裏的血已經停流了似地：她那看來可怕的眼睛，就像是一隻猫頭鷹底大而圓的受了驚駭的棕色眼睛一般。

緊緊地蜷伏在她那灰色皮衣裏，靠着那沙發的褥墊，她很奇異地就像一頭蜷伏在它底軟毛中緊靠着鐵絲籠的被捕的猫頭鷹一樣。她那身段之婀娜的挺直已失去了，就像她是被殘酷的磨難毀壞了似地；就像是美麗，婀娜和挺直再沒有用處了似地。

「原來你已經回來了麽？」他重複說。

她永不擡起頭來，永不說話，火光在她那不動的身體上閃動着。

忽然她盡力想站起來，但他阻止了她；在這時他才懂得了。

她是像一個受了致命傷的動物般回來的，不知道走什麽地方去，也不知道自己在做什麽。只一看她那蜷伏在那皮衣裏的身體就足够明白了。

於是他知道了布新萊一定是她底愛人；知道了她已經看到了他死的消息——也許像他自己一樣，曾在一條風吹着的街角上買了一份報看了。

原來她是出於自願地回來了，回到她終日勞心焦思爲要掙脫出去的牢籠裏來了——明白了這事之一切可怕的意義，他渴欲大叫道：『把你這可恨又爲我所愛的身體滾出我底房子去罷！在我把它毀掉之前，把那可憐慘白的旣那麼殘酷又那麼溫柔的臉兒滾出去罷。不要在我面前；永遠不要讓我再見你！』

於是，聽着這些沒說出口的話語，他好像看見她站起身來要走開，像一個正在一個可怕的惡夢中掙扎着要從這惡夢裏醒來的女人一樣——站起來要走出去到那黑暗與寒冷中，一想也不想到他，甚至連他在當前也不知道。

於是他與他未說出的話相矛盾地叫道，『不要走；停在這兒！』從她面前轉過身去，他在那火爐的另一邊他常坐的那椅子上坐下了。

他們沉默地坐着。

索米斯想道：『這一切是什麼原故呢？爲什麼我這麼受苦呢？我做了什麼不好的事呢？這並不是我底過錯呀！』

他又看着她，像一隻被鎗擊了的鳥兒一般蜷伏着，你可以看見當氣漸漸要斷時它蹣促的呼吸，它可憐的眼睛看着射擊它的你，用一種遲緩，柔和，無所見的眼光看着你，在向一切良善的事物——太陽空氣和它底伴侶告別。

他們這樣坐着，在那爐火光畔，在沉默中，一人坐在火爐的一邊。索米斯所十分喜愛的燃着的香柏木氣息，好像抓住了他底咽喉，直到他再不能忍受了。他走出到過道裏，把門大開着，儘量地呼吸那湧進來的冷空氣；接着他也不戴帽子也沒穿外衣就走出去到那方場中去了。

有一隻半餓壞了的猫，在順着那花園的圍欄向他走來：索米斯想到：『痛苦！它何時休止呢，我底痛苦？』

在對街一家門前，有一個他所認識的叫做魯特爾的人正在那兒擦鞋子，帶着一種『我是此地的主人』的神氣。索米斯向前走去。

在遠遠那明淨的空氣裏，他與夷倫在其中結婚的那禮拜堂的鐘聲正在演習着基督之降臨，鐘的響聲高出於街上的車馬聲之上。他覺得渴欲飲强烈的酒來麻醉他使無知覺，或者引起他底狂暴。只要他能够跳出他自己，跳出那他有生第一次覺得在圍繞着他的網就好了。只要他能屈服於這種思想就好了：『同她離婚——攆她出去她已經忘記了你。你也要忘記她！』

只要他能够屈服於這種思想也好：『讓她去罷——她已經受苦受够了！』

只要他能够屈服於這種慾望也好：『把她作成一個奴隸——她是在你底勢力之下的！』

就是他只要能够屈服於這種突然的幻象也好：『這有什麼關係呢？』忘記自己一會兒，忘記他所做的事是有關係的，忘記不管他怎樣做都要犧牲一點東西的念頭。

只要他能在一種衝動之下做事就好了！

他什麼也不能忘記；他不能屈服於任何思想，任何幻象或任何慾望；事情是太嚴重了；太密接地圍繞着他，一個打不破的牢籠！

在那方場遠處的一邊，賣報的孩子們正在叫賣他們底晚報，這可怖的叫聲與那些禮拜堂的鐘聲混合而亂鳴着。

索米斯掩住了他底耳朵。他忽然閃電般地想到，如果不是爲了一件意外，也許不是布新萊而是他自己死了躺着哩，而她也許不是像一隻有着那種將死的眼睛的受傷的鳥兒一般蜷伏在那兒，而是——

一種柔軟的東西挨着了他底腿，那隻猫正在把它底身體在他底腿上磨擦。索米斯胸中忽拚出了一聲悲慟，使他通體抖顫了。接着黑暗中一切又靜寂了，黑暗中的許多住宅都像在凝視着他，每一宅中都有着它自己底男女主人和一個快樂或悲哀的秘密故事。

忽然他看見了他自己底家門是打開的，在門廊裏的燈光映射之下，一個男子底黑影正站在那兒背向着外面。他胸中有種東西滑去了，他悄然地追踪到那人緊後面。

他可以看見他底皮衣在那雕花的橡木椅子上；那些波斯氈子和銀碗和成列的瓷盤子順墻排着，還看見這不相識的人站在那兒。

他厲聲問道：『你有什麼事，先生？』

那客人轉過身來，他原來是小岳里昂。

『這門是開着的，』他說，『我可以見你底夫人一會兒麼，我有個消息通知她？』

索米斯奇異地斜睨他一眼。

『我底妻不能見任何人，』他固執地喃喃說。

小岳里昂溫和地答道：『我同她並躭擱不到一分鐘的。』

索米斯從他身旁闖過去攔住了路。

『她任何人也不能見，』他又這樣說。

小岳里昂底眼光越過他看到了那門廊裏，索米斯轉過身去。夷倫正站在那客廳門口，她底眼睛是狂熱而急切，她底唇張着，手伸着。一看見他們是兩個人，她臉上那種光輝逝去了；她底兩手垂落到腰際；但像石頭一般站在那兒。

索米斯又回轉身來，與他底客人眼睛相遇了，看着這眼中的神情，他嘴裏發出一聲像是怒罵般的聲音。他收回他底唇帶着一絲的笑意。

『這是我底宅子，』他說；『我自會管我自己底事。我已經告訴了你一次——我再告訴你一遍；我們今天不會客。』

他對着小岳里昂底臉把門乒的一聲關上了。

資產家終

民國二十五年七月印刷
民國二十五年七月發行

有著作權 不准翻印

世界文學全集 資產家（全一冊）

上海實售中儲券二十五元
（郵運匯費另加）

原著者 高爾斯華綏
譯者 王實味
校閱者 張夢麟
發行者 中華書局有限公司 代表人陸費逵
印刷者 中華書局印刷所 上海澳門路
總發行處 上海福州路 中華書局發行所
分發行處 各埠 中華書局

（本書校對者柳啓新 柳野青）（一〇二三七）（天）